妙解西游记

韩田鹿 著

江苏凤凰文艺出版社

图书在版编目（CIP）数据

妙解西游记 / 韩田鹿著 . -- 南京：江苏凤凰文艺出版社 , 2024.7
 ISBN 978-7-5594-8287-7

Ⅰ.①妙… Ⅱ.①韩… Ⅲ.①《西游记》研究 Ⅳ.① I207.414

中国国家版本馆 CIP 数据核字 (2024) 第 008756 号

妙解西游记

韩田鹿 著

责任编辑	曹　波
特约编辑	邓诗漫　张　怡
装帧设计	所以设计馆
出版发行	江苏凤凰文艺出版社
	南京市中央路 165 号，邮编：210009
网　　址	http://www.jswenyi.com
印　　刷	嘉业印刷（天津）有限公司
开　　本	889 毫米 ×1194 毫米　1/32
印　　张	13
字　　数	339 千字
版　　次	2024 年 7 月第 1 版
印　　次	2024 年 7 月第 1 次印刷
书　　号	978-7-5594-8287-7
定　　价	65.00 元

江苏凤凰文艺版图书凡印刷、装订错误，可向出版社调换，联系电话 025－83280257

目 录

第一回	敢为天下先	
	孙悟空身世背后的中国文化渊源……………………001
第二回	心的修炼	
	须菩提祖师与佛学经典《金刚经》………………005
第三回	绝非巧合	
	如意金箍棒与道家学派的不解之缘………………010
第四回	招安受封	
	用《马经》和《本草纲目》解析"弼马温"……014
第五回	重回上古	
	《山海经》描绘出了王母娘娘的真身……………017
第六回	化胡为佛	
	太上老君与《道德经》……………………………021
第七回	八卦丹炉	
	展现事物自身变化的阴阳系统……………………025
第八回	"经、律、论"	
	现世佛学中真正的三藏真经………………………028
第九回	高僧大德	
	历史上真实的玄奘法师……………………………033
第十回	此龙非彼龙	
	从印度梵文解析中国龙文化的演变………………038
第十一回	六道轮回	
	佛学与《西游记》的不同解释……………………042

第十二回	普度众生	
	小乘佛教与大乘佛教的真正区别	048
第十三回	挺身入局	
	玄奘与唐太宗的真实关系	052
第十四回	挥别昨天	
	孙悟空去除"六根"告别欲望	056
第十五回	白驹过隙	
	真实的白龙马在中国文化中的特殊地位	062
第十六回	霞光四射	
	从锦襕袈裟看中国服饰的演化	066
第十七回	黑熊大神	
	中国古代熊崇拜与熊文化	071
第十八回	八关斋戒	
	猪八戒背后交织的佛道文化	075
第十九回	如来的心脏	
	乌巢禅师亲自传授的《心经》	080
第二十回	万法从心	
	《西游记》中的文化意蕴	085
	西游年表	089
第二十一回	灭魔修心	
	三昧神风背后的文化象征	093
第二十二回	弱水三千	
	《红楼梦》中的姻缘观竟出自《西游记》	097
第二十三回	四圣试禅心	
	《西游记》与《楞严经》的文化渊源	101
第二十四回	金蝉脱壳	
	唐僧前世所传达的中国文化精神	106

第二十五回	天地神人鬼	
	《西游记》里仙人等级的高低	111
第二十六回	慈悲救世	
	用佛经解析观音菩萨手中的法器	115
第二十七回	矛盾重重	
	唐僧与悟空冲突背后的思想隔阂	119
第二十八回	了却残念	
	孙悟空对未来之路的规划与思考	124
第二十九回	奎宿下凡	
	黄袍怪与中国古代精密的星宿学	128
第三十回	善恶难辨	
	神与魔在中西方的不同定义	132
第三十一回	各归其位	
	取经团队内部组织结构的重新洗牌	136
第三十二回	攘外安内	
	悟空的手腕映射了中国古代历史中的现实	141
第三十三回	妙语连珠	
	《西游记》珍贵的童话文学属性	144
第三十四回	葫芦净瓶	
	《西游记》中的超级法宝	148
第三十五回	长生不老	
	唐僧肉与中国古代巫术文化	152
第三十六回	以暴制暴	
	《西游记》浓重的世俗性	156
第三十七回	四教合一	
	"立帝货"到底所从何来?	160
第三十八回	节外生枝	
	乌鸡国王子与哈姆雷特的差别	164

第三十九回	斋僧敬佛
	历史上的梁武帝在《西游记》中的原型·················168

第四十回	血缘存疑
	用基因学解析红孩儿的出身···························172

第四十一回	三昧真火
	中国古代对特殊燃烧现象的归纳·······················176

第四十二回	善财童子
	《西游记》与《华严经》的联系·······················180

第四十三回	清理门户
	从悟空的变化看中国人情社会的关系···················183

第四十四回	作者之谜
	《西游记》与《长春真人西游记》的关系···············188

第四十五回	呼风唤雨
	《西游记》在古代文学作品中的影射···················192

第四十六回	文猜武比
	车迟斗法背后的佛道之争·····························196

第四十七回	童男童女
	人类历史中"人祭"礼俗的还原·······················200

第四十八回	路见不平
	明清时期"侠义精神"的解析·························203

第四十九回	鱼篮观音
	观世音与中国古代帝王心术···························207

第五十回	慎独君子
	师徒四人的道德水准与人生境界·······················212

第五十一回	照单全收
	无敌的金钢琢到底什么来头?·························217

第五十二回	背景深厚
	独角兕王到底是个什么妖怪?·························221

第五十三回	想入非非
	女儿国到底是不是男人的乐土？⋯⋯⋯⋯⋯⋯⋯⋯ 225
第五十四回	绝色女王
	为何女儿国国王有着让一切男人动心的魅力？⋯⋯ 229
第五十五回	独门绝技
	让如来都头疼的西游第一女妖是谁？⋯⋯⋯⋯⋯⋯ 233
第五十六回	真假难辨
	西行路上唐僧与悟空最严重的冲突⋯⋯⋯⋯⋯⋯⋯ 237
第五十七回	冒名顶替
	为什么孙悟空独自取不得真经？⋯⋯⋯⋯⋯⋯⋯⋯ 241
第五十八回	最大悬案
	六耳猕猴的真相⋯⋯⋯⋯⋯⋯⋯⋯⋯⋯⋯⋯⋯⋯⋯ 244
第五十九回	烈焰滚滚
	"火焰山"的原型在今天的什么地方？⋯⋯⋯⋯⋯⋯ 249
第六十回	纵容溺爱
	牛魔王在子女教育方面存在什么问题？⋯⋯⋯⋯⋯ 253
第六十一回	反目成仇
	孙悟空与牛魔王的兄弟之情⋯⋯⋯⋯⋯⋯⋯⋯⋯⋯ 257
第六十二回	心佛合一
	揭开舍利子佛宝背后的秘密⋯⋯⋯⋯⋯⋯⋯⋯⋯⋯ 261
第六十三回	形如鬼魅
	九头虫到底是个什么怪物？⋯⋯⋯⋯⋯⋯⋯⋯⋯⋯ 265
第六十四回	才女杏仙
	唐僧面对女色诱惑的定力如何？⋯⋯⋯⋯⋯⋯⋯⋯ 269
第六十五回	疑点重重
	黄眉大王和以往遇到的妖怪有着怎样的区别？⋯⋯ 272
第六十六回	未来之佛
	弥勒佛在佛教中殊胜的地位⋯⋯⋯⋯⋯⋯⋯⋯⋯⋯ 276

第六十七回	苦修人形
	《西游记》中妖精的段位如何辨别？ ……………… 280

第六十八回	暗中讽刺
	《西游记》在明朝被禁？ ……………………………… 284

第六十九回	悬丝诊脉
	妙手回春的孙大夫 …………………………………… 287

第七十回	爱而不得
	《西游记》中最痴情的妖怪是谁？ …………………… 291

第七十一回	伦理纲常
	张伯瑞为什么对金圣宫娘娘的节操如此上心？ …… 295

第七十二回	秀色可餐
	面对蜘蛛精的唐僧到底有没有动心？ ……………… 299

第七十三回	薄如纸张
	蜈蚣精与蜘蛛精的同门之情 ………………………… 303

第七十四回	终极妖国
	恐怖的"狮驼岭"到底是什么来历？ ……………… 307

第七十五回	祸从口出
	"阴阳二气瓶"为什么不许人说话？ ……………… 310

第七十六回	六牙白象
	普贤菩萨的坐骑为什么有六个象牙？ ……………… 315

第七十七回	大鹏金翅雕
	西游第一妖的神秘身份是什么？ …………………… 319

第七十八回	映射历史
	比丘国国王为何要用小孩心肝做药引？ …………… 324

第七十九回	笔墨深刻
	为何"有背景"的妖怪总能逍遥法外？ …………… 328

第八十回	童身修行
	老鼠精一语道破西游路上女妖最大的秘密 ………… 332

第八十一回	镇海禅林
	寺院到底能不能容留女性住宿？ *336*
第八十二回	天地为媒
	老鼠精招亲背后不为人知的故事 *340*
第八十三回	是非恩怨
	老鼠精怎么会成为托塔李天王的义女？ *343*
第八十四回	夜半剃头
	悟空为何要用特殊的方式震慑灭法国国王？ *347*
第八十五回	三武一宗
	灭法国国王要杀一万个和尚背后的真相 *350*
第八十六回	君子豹变
	作者为何安排一个毫无本领的豹子精？ *353*
第八十七回	天人感应
	为何凤仙郡百姓要替郡守背黑锅？ *357*
第八十八回	降妖宝杖
	沙僧的兵器到底是什么样子的？ *361*
第八十九回	大跌眼镜
	黄狮精为何偏偏召开钉耙会？ *364*
第九十回	传奇天尊
	九灵元圣背后的主人究竟有多可怕？ *367*
第九十一回	大有讲究
	三个犀牛精的神秘来历 *370*
第九十二回	相生相克
	四木禽星的真实本领 *373*
第九十三回	黄金铺园
	天竺脚下布金寺的由来 *376*
第九十四回	椰子文化
	整部《西游记》中最会"聊天"的人是谁？ *379*

第九十五回	对比鲜明
	从玉兔精看《西游记》中妖精的生死 382

第九十六回	大有门道
	"过分热情"的寇员外一家 385

第九十七回	黑色幽默
	天竺国的真实样子 388

第九十八回	脱胎换骨
	"无字真经"背后的禅机 393

第九十九回	九九归一
	八十一难背后的秘密 398

第一百回	人生真谛
	《西游记》究竟告诉了我们什么? 401

第一回

敢为天下先

孙悟空身世背后的中国文化渊源

各位读者朋友大家好，本章说的是《西游记》的第一回，讲的是孙悟空从仙石中孕育而生，因为发现了水帘洞而成为美猴王，后来又想摆脱生死轮回，四处寻仙访道，终于在西牛贺洲找到须菩提祖师，拜在祖师门下学艺的经过。这一回我们要说的问题有三个：一是《西游记》神话世界的构成，二是孙悟空的出身，三是孙悟空的性格。

我们先说说西游记的世界。人生在世，只要有一点好奇心，一定都会提出这样的问题：我是谁？我在哪儿？我从哪里来？将来要到哪里去？这些可以说是宇宙人生的根本大问。今天的读者，都知道我们所在的宇宙开始于大爆炸，我们生活在银河系的太阳系里的地球上，地球有七大洲四大洋。古人其实和我们一样也有这种好奇，所以《西游记》的开头正是从这些人生的根本大问开始的。

作者采纳了宋代学者邵康节的看法，认为宇宙是循环往复的，周期是十二万九千六百年，每个周期又分成十二个阶段，每个阶段都有各自发生的事情，这是时间。作者又把我们所在的世界分成了四大洲，就是东胜神洲、西牛贺洲、南赡部洲、北俱芦洲，这是空间。吴承恩所处的时代，世界地理大发现还没有完成，中国人对世界的认识是非常有限的。这四大洲的看法来自古印度，但又和古印度原来的说法有所不同，是混合了古代印度和古代中国传统观念而形成的。约略说起来，南赡部洲是我们中国的所在地，西牛贺洲是如来和大部分妖魔在的地方，北俱芦洲没有写到，按《西游记》的意思推测，大概位于今天中国的东北和俄罗斯的亚洲北部。东胜神洲则大致对应着太平洋上的那些岛屿。

我们再来说悟空的出身，悟空是天产石猴，这一点和中国的石文化有着非常深厚的渊源。简单来说，中国文化和西方文化最大的差别在于一个是石文化，一个是金文化。中国文化推崇玉，玉是中国人认为能够通灵的石头，所谓石之美者。你看古代的帝王，活着的时候用玉做印玺，死了以后要穿上玉衣，嘴里还要含上一块玉石。你再看古代的文化名人，老子说"圣人被褐怀玉"，孔子也用玉石来比附君子的美德，这些都说明石头在中国文化中的重要地位。

悟空是石猴，而不是铜猴、铁猴，这一点至关重要。而他从石头里孕育而生的方式，也跟上古神话英雄大禹有关系。我们知道大禹变成巨熊挖山，他已经怀孕的妻子给他送饭，看到巨熊向自己走来，吓得转身就跑，大禹忘记了自己现在是熊的样子，紧紧地在后面追赶，妻子跑不动了，就倒在地上化成一块石头，石头裂开以后里面有一个婴儿，这就是禹的儿子，后来夏王朝的开启者夏启。所以实际上悟空与中国上古英雄有文化渊源。至于说孙悟空为什么是猴子，而不是老虎、狮子，则主要是因为猴子的性格活泼好动。这一点和人心的躁动不安非常相似，它是人心在自然界最佳的对照物。

还有一点需要说明，就是孙悟空的年龄。说到孙悟空的年龄，很多人都认为这是一笔糊涂账，以为孙悟空老到与天地同龄，实际上悟空的年龄并没有那么大，《西游记》第十四回说得非常清楚，孙悟空被如来施展法力镇压在五行山下是在王莽篡汉的公元九年，而此前大闹地府的时候他三百四十二岁，这一点在生死簿上写得很清楚。此后他在天宫担任过弼马温和齐天大圣两个职务，总共大概是二百天，也就是阳世的二百年。他在老君炉里待了四十九天，也就是阳世的四十九年。结合这些信息，悟空出生的年代大概是公元前五百八十年左右，也就是中国的春秋时期，大概和孔子、老子是一个年代的。

我们再说一下悟空的性格。悟空为什么能够从一个普通的猴子成为美猴王，乃至后来的齐天大圣、斗战胜佛呢？这一回就揭示了两个关键点，一是敢为天下先的勇气，二是舍得放下，敢于开拓未来的毅力。

先说敢为天下先。悟空为什么能够在众猴中脱颖而出，当然是因为他探得了溪流的源头，并为大家找到了水帘洞这一天造地设的洞府。但他之所以能够做出这样的发现，是因为悟空特别强壮，特别有本领吗？不是。因为悟空发现水帘洞以后，所有的猴子都进去了。他之所以能如此，在于他具有敢为天下先的勇气，在很多时候，做成一件事，胆量是第一位的。

再说放下。悟空第二个跨越,是决定到海外寻仙访道,并且立刻就付诸实施,这一步的跨越更加意义非凡。当年悟空是个普通的小猴,一无所有,但当他做出到海外寻仙访道的决定时,已经是享受着王者荣耀的美猴王了,他要舍弃的东西更多,这说明什么?在很多时候,你要完成对自己现阶段的超越,就需要放下眼前的很多利益。悟空当然非常幸运,因为他遇到的是须菩提祖师,如果遇的是个耍猴的,他就完了。这也说明,成功在很多时候,离不开幸运之光的照耀。但如果不到海外寻仙,等待他的就只有死路一条,在很多的时候,完成生命的超越,还需要放下的勇气。

第二回

心的修炼

须菩提祖师与佛学经典《金刚经》

《西游记》第二回,讲的是孙悟空在斜月三星洞学艺,在须菩提祖师的指导下学会了"长生不老""七十二变""翻筋斗云"等本领的经历,这一回的最后,还让孙悟空小试身手,打败了悟空外出时祸害花果山众猴的混世魔王。这一回我们要说的问题有四个:一是长生不老,二是七十二变,三是悟空的老师须菩提祖师,四是悟空学艺这一经典桥段的出处。

咱们先说长生不老。如何才能长生不老?在这一回里须菩提祖师教给孙悟空一篇口诀,这个口诀就在原文中,大家可以看看,口诀涉及的种种操练方法都来自道家的内丹派,需要懂得一点道家内丹派的学说,才能够详细弄得清楚,不过这并不妨碍大家了解口诀的大意。

它的大意是说，修行的关键就在于保持自己的精、气、神不要外泄，这是各门各派都要遵循的不二法门。那么怎么能够做到这一点呢？首先就是要摒除各种欲念，当你的欲念摒除了，元神就可以显现，当元神显现之后，你再引导体内的元气与其结合，而后用心培育，时机一到就可以成仙了。那么内丹炼成就能够长生不老了吗？未必，实际上这只是万里长征的第一步，做到这一步还只能做到不老，而不一定能够保证长生。

原来神仙的寿命虽然比人类要长得多，但是和人类会生病一样，神仙也会周期性地遇到所谓的劫数，这就是须菩提祖师和悟空说的雷、火、风三灾利害，只有躲过劫数才能够继续活下去，所以成仙也不意味着就可以无忧无虑地活到地老天荒。

那么怎么才能躲过这三灾利害呢？《西游记》提供了两种方法，一种是服用具有防卫效果的丹药。这种丹药在《西游记》里一共提到过四种，即仙桃、金丹、人参果以及唐僧肉。另外一种就是学会变化之术，以便逃过劫难。悟空学习七十二变，其最初的动机就是以变化来度过劫数。

我们再来说七十二变。七十二变是孙悟空的必杀技，但这七十二变到底是什么，看法莫衷一是。一种说法是七十二是总数，没有类别之分，反正加起来就是七十二个；另外一种说法是七十二类，比如昆虫算一类，飞禽算一类，走兽算一类，一共就是七十二个类别；还有一种说法是七十二次，就是说在一天之内的变化次数不能超过七十二。第一种说法肯定是不对的，因为我们后来看孙悟空的变化从来都是随心所欲的，肯定是要超过七十二个的；第二种说法也不太可能，因为中国古人的逻辑思维不发达，分类分不了那么细。排除了前两种说法，正确的说法就只有第三种了，也就是说孙悟空一天之内最多能够变化七十二次。

我们再来说悟空的老师须菩提祖师。须菩提祖师在《西游记》里是个谜一样的人物，他的本领高深莫测，应该说是一个非常厉害的角色。但自从把孙悟空送走以后，他就彻底地人间蒸发了，再也没有出现过。对于这个谜团，后人有过很多猜测，有人说他就是如来本人，理由有两个。一是须菩提祖师住在西牛贺洲，而如来也住在西牛贺洲。二是须菩提祖师的相貌，按照《西游记》里说的，说他是"大觉金仙没垢姿"，大觉金仙指的是如来，也就是说他的相貌和如来非常相近。另外一种说法是，须菩提祖师就是太上老君，还有人说他可能是弥勒佛，诸如此类，想象力非常丰富，很有趣味，但其实这一切的猜测都是误解。

而误解的原因，是因为这些人可能都没有读过佛经，其实只要你读过一些佛经，你就不会有这种疑问，须菩提祖师是确有其人的，他就是如来的十大弟子之一。我们中国流传最广的佛教经典《金刚经》就是记录了须菩提和如来的一段对话。下面是理由。

第一，《西游记》与《金刚经》中提到的名字是完全一致的，就是须菩提。

第二，按照佛教经典上所说的，须菩提号称"解空第一"，而他给孙悟空起的名字叫悟空，解空和悟空是相同的意思，这应该不是巧合。

至于须菩提祖师所居住的灵台方寸山，斜月三星洞，大家对它的看法则相对一致，认为这个地方其实并不存在，是祖师用自己的心地，即意念开辟和点化出的一个地方，理由是灵台方寸和斜月三星都是心的代称。其实这种用意念开辟一个地方的本领，我们在中国古代的文学作品里就经常见到，一点都不稀奇，比如《白蛇传》里，白蛇娘子不就用自己的意念点化了一所住宅，在那里等待许仙嘛。《聊斋志异》里也经常有这样的描写，一个年轻的书生在荒野中的庄园里度过了一个难忘的夜晚，等他出来的时候，回头再看，昨天的庄园已经消失不见，只剩一片荒凉的原野。

我们最后说一下悟空学艺，这段文字非常精彩，不过我们要指出的是，它基本上是由《坛经》借鉴来的。慧能，是禅宗的第六祖，他的《坛经》是中国人写的，唯一被承认为经的著作。里面写六祖慧能到五祖弘忍处学艺，弘忍让门下弟子写一首偈子表明自己对佛法的理解。首座神秀当天晚上就在墙上写下了偈："身是菩提树，心如明镜台。时时勤拂拭，莫使有尘埃。"别的弟子都叹为观止，只有慧能认为神秀尚未见性，因为慧能不识字，所以就自己口述，让别人代笔写下了那首非常著名的偈诗："菩提本无树，明镜亦无台。"又作'佛性常清净'，何处染尘埃。"

弘忍知道慧能已经见性，于是他就去看望慧能，慧能当时正在舂米，弘忍于是拿起米锤在舂台上敲了三下，而后倒背着双手走了。慧能就知道这是暗示，于是夜里三更秘密地来到弘忍处，弘忍也果然就在当天夜里为慧能讲解《金刚经》,并把衣钵传给了慧能。

我们在第一回中说过,悟空从石头中孕育出来的出生方式,源自大禹的传说,所以他的身上有上古神话英雄的血统。现在我们又知道,他的身上还有一代宗师慧能的影子,我们就知道悟空这个形象,他身上的文化含量非常丰富。

第三回

绝非巧合

如意金箍棒与道家学派的不解之缘

《西游记》第三回的大意是孙悟空杀死了混世魔王以后,从傲来国抢了很多兵器,每日操练兵马,把花果山打造成了一个固若金汤的山寨,又从龙王那里得到了称心的法宝如意金箍棒,而后大闹幽冥界,从生死簿上划去了自己的姓名,从此摆脱了生死轮回。龙王就和幽冥界主一块上天告了御状,玉帝接受了太白金星的劝谏,决定将悟空招安。这回我们要说的问题主要有三个:一是如意金箍棒,二是花果山的原型,三是孙悟空性格前后的变化。

咱们先说如意金箍棒。这一章的重中之重当然就是孙悟空在东海龙王那里得到了他的法宝如意金箍棒。对于孙悟空来说,金箍棒就如同关羽的青龙偃月刀、张飞的丈八蛇矛,它和孙悟空形影不离,生死相随。它是孙悟空形象一个不可分割的重要组成部分,所以对于这根棒子我们就必须多说两句。

从这一回的介绍我们知道金箍棒的重量是一万三千五百斤,它最大的特点就是可以随着主人的心意进行或大或小的变化,但这并不是金箍棒的全部。在西天取经的路上,还有很多地方提到孙悟空的这件法宝,其中最详细的是第七十五回,孙悟空当头一棒去打文殊菩萨胯下的青毛狮子变成的老魔时,老魔说,你拿的是什么东西?好像一根哭丧棒。悟空说,我这可不是什么哭丧棒,我这根棒子是大有来历的,天上地下都大有名声。狮子怪就问它有什么来历,后面是很长的一段文字,详细分说了金箍棒的来历。

通过那段文字,我们可以知道两个关于这根棒子的重要信息,第一是棒子的制造者。如意金箍棒是谁打造的呢?说出来可能让一些读者大吃一惊,它的打造者竟然是太上老君,不过,要是联系中国的祖师爷制度来看这个问题也就不那么奇怪了。因为在中国,好多行业供奉的祖师爷都是只沾一点儿边的神仙,比如说化妆业的祖师爷是观世音菩萨,水果行的祖师爷是王母娘娘,水产行的祖师爷是龙王,烧窑业的祖师爷是女娲,等等。太上老君呢,他比以上提到的那些神仙都要更忙些,除了被称为道德天尊,和元始天尊、灵宝天尊一起被尊奉为道教的最高神灵之外,他还是打铁、补锅、冶炼以及金器行共同的祖师爷,而原因就是太上老君拥有世界上条件最好的高温冶炼设备——八卦炉,所以只要和高温沾边的行业,供奉的祖师爷就是太上老君。既然如此,在他的炉子里打造一根金箍棒,又有什么值得奇怪的呢?

第二就是金箍棒的前主人。在来到孙悟空的手上之前，这块神铁还经过了另外一个大名鼎鼎的人物之手，这个人就是治水的大禹。大禹在治水的时候，少一个定江海深浅的定子，于是向太上老君求来使用，具体的用法，大概就是根据需要把它变成一定的长度，然后朝水里一插，根据吃水的情况对江海的水位进行判断。因为曾有这么一段经历，所以金箍棒也被称为定海神针铁。大禹治水以后，这块神铁就被遗落在了海底。从连龙王都不知道这块神铁还能如意变化的奥秘来看，它似乎已经渐渐地被人们遗忘了。至于金箍棒一万三千五百斤的重量，有学者认为这一数字来自道教，因为道家说人一天的呼吸数是一万三千五百次，就目前来看，这应该是最为合理的解释。现在这根棒子就来到了孙悟空的手中，这才算找到了它真正的主人。有了这根棒子，悟空的形象才算完成。想想看，如果孙悟空手持一把大刀、钢叉或者方天画戟，那么这个形象又该失色多少？原因很简单，各种兵器都有自己的特点，因而也具有不同的性格，只有所用的兵器与其主人的身份、性格、特征相符合，才能够给人尽善尽美之感。

举例而言，为什么在《三国演义》中关公要用青龙偃月刀？因为这样才够威猛，同时也暗示着关公皓如明月的心；为什么张飞要用丈八蛇矛？因为那跳动的火焰般的枪刃，正可以暗示主人公烈火般的性格。孙悟空的棍子也是这样。首先，棍在所有的兵器当中，号称"百兵之祖"，它够霸气。其次，孙悟空是猴子，带有非常强烈的原始色彩，所以任何复杂的兵器拿在孙悟空的手中都不合适，只有棍子，既威武霸气又简洁明快，和悟空的形象一拍即合。

然后我们再说一说悟空性格的变化。打败混世魔王是悟空出世以来的第一次战斗，和之后他遇到的数不清的高手相比，混世魔王是一个小得不能再小的角色，但对于孙悟空来说，这次战斗的意义却非常重大。以这次战斗为转折点，悟空的性格发生了重大的变化，这种变化来自对自己能力的确信：混世魔王看起来非常强大，但在自己面前还是不堪一击。在对自己的本领有了充分的确信之后，悟空性格中的另外一面也就被逐渐清晰地展现出来，他彻底告别了以往那个"骂也不恼，打也不气，还要向人行个礼"的老好人的形象。从此以后，他的性格就变得越来越火爆，而强者为尊的信念在他的心中也就扎下根来。

最后，我们再说一说花果山混世魔王事件的另外一个结果，就是花果山组织形态发生的根本性的变化。在离家求道之前，孙悟空对花果山的管理基本上是无为而治，放任自由。但正所谓闭门家中坐，祸从天上来，要不是自己当年道心开发，苦心孤诣地到海外寻找神仙，并最终学有所成，此刻恐怕已经是九死一生了。看来，和平还是需要用武力做后盾的，一味追求和平，最后得到的恐怕只有被奴役的悲惨命运。想明白这个道理后，孙悟空很快就把猴子们组织起来，又从傲来国抢来了大量的武器，每天带着猴子们操练武艺，过上了半军事化的生活。过去的教科书把孙悟空比作农民起义的领袖，虽然并非全无道理，但总有些牵强。如果一定要做比，花果山倒更像是地方团练武装，它最初的目的，实际上主要还是为了自保。

第四回

招安受封

用《马经》和《本草纲目》解析"弼马温"

《西游记》第四回的内容说的是悟空接受了玉帝的招安，上了天宫，糊里糊涂地当上了弼马温。有一天他被手下告知弼马温乃是个至小至贱的官职，不由得恼羞成怒，反下天庭。玉帝派托塔天王下界镇压，反被悟空打得落花流水。玉帝接受了太白金星的进谏，决定封悟空为齐天大圣。这一回我们要说的问题有两个：一个是孙悟空的官职弼马温，另外一个就是玉皇大帝的用人问题。

咱们先说弼马温。《西游记》里为什么给孙悟空封一个弼马温的官呢？弼马温这个说法是有来历的，根据明代大学者赵南星考证，据《马经》记载，在马厩里养一只母猴，把母猴每个月的月经混在草料中，马匹吃了就可以有效地避免瘟疫。所谓"弼马温"就是"避马瘟"，避过马的瘟疫的意思。这就是《西游记》里面孙悟空官拜弼马温的来由了。

我们再考察《本草纲目》，里面也果然有"系猕猴于厩，辟马病"的说法。不过所有的这些信息，指向的都是母猴。现在《西游记》却把这样一个官职赐给了孙悟空，它的玩笑意味是非常明显的。

弼马温的另外一个搞笑之处，就是御马监正堂管事的身份。御马监这个官职在《西游记》成书的明代是实有其职的，它的品级并不像书中所说的那么低，低到了压根就没有品级。实际上如果按照明朝的官职，它的品级是正四品，相当于今天的市长，绝对不是个小官了。但是担任这一职务的，是宫中的太监，而不是外廷的官员。如今让堂堂孙悟空去担任这个只有太监才能担任的职务，怎么能不让人掩口而笑呢？正因为如此，弼马温就成了悟空后来在西行的路上，被猪八戒，乃至沿路的妖精取笑的一个非常重要的话头。而孙悟空也是每次听到谁叫他弼马温就恼羞成怒，火冒三丈。

咱们接着再说玉皇大帝的用人问题，对于玉皇大帝的用人，孙悟空在第一次反下天界的时候，说玉帝不会用人，那么孙悟空的这个判断对不对呢？表面上看似乎是对的。站在孙悟空的角度，自己的本领在满天的神仙当中绝对是出类拔萃的，但玉帝却只给自己安排了一个小小的弼马温，这如何能让孙悟空心甘情愿。用人最重要的原则之一，就是要做到因材施器。如果大材小用，让人才感到不平和压抑，还不如不用。但这只是问题的一个角度，事情的另外一个角度，是玉帝这样用人也有他的道理，正像玉皇大帝自己所说的，凡授官职皆由卑而尊，官都是一步步逐渐做大的，这一点天上和人间是一样的。

据《太平广记》记载，有位神仙每天煮白石头当饭吃，所以人们就叫他白石先生。他活了两千多岁，本来是可以升天的，但他就是不去。有人问他为什么，他说天上都是大神仙，我升上去只能去伺候他们，还不如在人间快乐，就是这个意思。

反过来我们看孙悟空，以前并没有给天庭立下过什么功劳，相反他又是大闹龙宫，又是撕掉生死簿，闹了不少乱子。如果一上来就给他安排一个很大的官职，那么对其他神仙也有失公平。而且当悟空打败了前去镇压他的托塔天王父子，表现出了让天庭侧目的能力后，玉帝也能够从善如流，接受太白金星的劝谏，封孙悟空做了齐天大圣。

所以综合起来看，因为给自己安排了一个弼马温的官职，悟空就说玉帝不会用人，恐怕也不够公平。悟空由造反而进入天庭为官，这是《西游记》的神话笔墨，但也是以社会现实为基础的。在封建王朝中，像孙悟空这样由对抗而进入朝廷的，其实是一种非常常见的情况。封建社会等级森严，平民百姓在经济上被剥削，政治上被压迫，人格上被践踏，实在是卑微到了极点。有这样一些人，他们不甘心于庸碌度此一生，但是又苦于上进无门，就往往会以一种特立独行，乃至与朝廷对抗的姿态出现。但他们之所以如此，并不是为了推翻朝廷，而只是想求得自我价值的实现罢了。所以只要朝廷向他们伸出橄榄枝，他们往往就会欣然接受。过去有一句俗话流行得很广："想做官，杀人放火受招安"，就是对当时这种社会现象的一个很好的归纳。我们来看《水浒传》，宋江等人实际上就是走这条道路，宋江虽然在这条路上走得并不是很成功，到头来他还是死于一杯毒酒，但并不是说这条路上就没有成功者。高俅派去剿灭宋江的十个节度使、王焕、徐京等人，也都是绿林出身。在这点上说，《西游记》虽然表面上看起来是一部远离现实的神魔题材作品，但它对于社会现实的反映，也不可谓不深刻。

第五回

重回上古

《山海经》描绘出了王母娘娘的真身

《西游记》第五回讲的是悟空被封为齐天大圣后，每天东游西逛，四处结交神仙。玉帝担心孙悟空闲来无事，于是命令他掌管蟠桃园，不想悟空监守自盗，将满园的蟠桃偷吃大半。王母娘娘召开蟠桃大会的时候，悟空又偷吃了席上的珍馐美酒，酒醉后又偷吃了太上老君的九转金丹。之后悟空也知道自己闯下了大祸，于是赶忙逃下天界，玉帝大怒，派十万天兵天将前往花果山捉拿悟空，天庭和花果山互有胜负，战斗进入了胶着的状态。那么这回要说的问题主要有三个：一是王母娘娘和玉帝的关系，二是蟠桃园中的仙桃，三是孙悟空的战斗力到底如何。

咱们先说王母娘娘和玉帝的关系，在《西游记》里，王母娘娘和玉帝的关系是很清楚的，他们是夫妻，还有七个女儿，就是被派去采摘仙桃的赤衣、黄衣、紫衣、绿衣、青衣、皂衣和素衣这七位仙女。但实际上在正统的道教里，他们本不是夫妻。王母娘娘最初叫西王母，对于西王母的记载最早出现在记载上古神话的著作《山海经》里，她的形象也并非我们想象的那种中年美妇，而是牙齿如豹子，尾巴似老虎，头发蓬乱，善于哮叫，性别不明，略具人形的一个狠角色。她掌管的也不是蟠桃园，而是灾难、瘟疫和刑法，但这个形象和人们心目中的王母娘娘相去甚远。王母是娘娘，娘娘怎么会那么丑？所以并没有得到人们的认可。从周朝时起，如果《穆天子传》不是伪书的话，那么西王母的形象，就由半人半兽变成了美妇，并不断地和各种人间的男子幽会，有案可查的就有周穆王、东王公、燕昭王、汉武帝和宋徽宗。咱们再说玉帝，在《西游记》里，如来说他修炼了一千七百五十劫，每劫十二万九千六百年，共计两亿多年。按照这样的说法，那他刚开始修行的时候，正是地质史上的三叠纪。经历了这么多年的修炼，他才能够在天宫享受着无极大道。但我们考查典籍，他的出现，实际上要比西王母晚得多得多。

玉帝的名字最早出现在南北朝时期的《真灵位业图》，但地位并不高，到宋代以后，他的地位才骤然飙升，在民间传说中成为天庭的最高统治者。而王母和玉帝的结合就更晚了，从记载上看，不会早于元明时期。而将他们的姻缘固定下来，并从此深入人心的其实正是《西游记》。而《西游记》里玉帝和王母的七个女儿最早是天地的女儿，和他们两个人也没有什么关系。《西游记》的作者发挥了超级丰富的想象力，在民间传说的基础上将玉帝、王母、七仙女组合在了一起，从此以后，这一家人就在中国人的头脑中落地生根了。

再说蟠桃。在《西游记》当中，蟠桃园的意义是非同寻常的，按照《西游记》的说法，这些蟠桃乃是王母娘娘亲手所栽，也正是因为这个原因，后世就把王母娘娘奉为水果行业的祖师。蟠桃园中的桃树，那可不是一般的桃树，按照《西游记》里面所写，蟠桃园的桃林共有三片。"前面一千二百株，花微果小，三千年一熟，人吃了成仙了道，体健身轻。中间一千二百株，层花甘实，六千年一熟，人吃了霞举飞升，长生不老。后面一千二百株，紫纹缃核，九千年一熟，人吃了与天地齐寿，日月同庚。"我们前面说过，在《西游记》的世界里，神仙的寿命虽然很长，但并不意味着神仙就不会死，和人类会生病一样，他们的一生中也会有很多的劫数，这就是所谓的三灾利害。而要度过这些劫数，除了变化之外，就要靠一些能够增强体质的补品，这类补品非常稀缺，在《西游记》里提到的只有以下几种：太上老君的金丹，五庄观的人参果，王母娘娘的蟠桃以及唐僧身上的一身好肉。

在这几种补品里，五庄观的人参果只有一棵树，唐僧只有一个，所以对于绝大多数的神仙来说几乎就没什么意义。太上老君的八卦炉只有一个，出产的金丹数量也非常有限，相对来说，尽管因为蟠桃的成熟期很长，产量也不是很高，但好在有三千多棵，每年总有若干成熟的，这就是满天神仙最能够指望得上的东西了。由此可见，蟠桃园对满天神仙的意义该有多大，可是这么重要的任务，竟然交给了身为猴子的孙悟空，它的性质和让黄鼠狼去看守鸡窝，让大灰狼去看守羊圈又有什么区别呢？

正因为如此，很多读者就从里面读出了阴谋论的味道，说玉皇大帝让孙悟空去掌管蟠桃园，乃是故意如此，他的目的就在于放纵孙悟空吃桃，让蟠桃会开不成，那样很多神仙就会因为得不到仙桃而死，就可以不动声色地对天庭完成一次"清洗"，而把责任完全推到孙悟空的身上。

最后再说一说孙悟空的战斗力。孙悟空的战斗力一直是人们争论不休的话题，你看孙悟空，他在扰乱蟠桃会大闹天宫之际，给人的感觉是十万天兵天将都拿他没办法。第一次是请了灌江口的小圣二郎才勉强将他拿住。第二次则觉得二郎神恐怕都未必是他的对手，直接请来了如来佛祖，这才成功地把孙悟空镇压在五行山下。但是后来到了保唐僧取经的路上，悟空就显得窝囊了许多，天上随便下来一个神仙就能够和孙悟空打得难分难解，这些妖怪随手拿出一个什么法宝，就能把孙悟空折腾得找不着北。要不是观世音菩萨频频出手相救，护送唐僧到西天取经的任务，孙悟空肯定是完成不了的。

为什么同样一个孙悟空，前后的本领差距却如此之大？有人说当年那些妖怪在上界的时候，并没有竭尽全力，如今各自为战，自然就会以死相拼，所以孙悟空就显得弱了。也有人说那是因为孙悟空被镇压在五行山下，五百年不曾练功，所以本领有些生疏了。实际上悟空的本领和当年并没有本质的差别，他之所以在后来显得不如当年厉害，唯一的原因就是前后的身份不同。当年大闹天宫，他的身份是破坏者，无所顾忌，自然就显得厉害无比。后来保唐僧取经，他的任务是保护者，瞻前顾后，投鼠忌器，自然就显得窝囊了很多。我们中国有句古话叫"毁树容易种树难"，就是这个意思。

第六回

化胡为佛

太上老君与《道德经》

《西游记》第六回说的是孙悟空扰乱蟠桃盛会，逃下天宫，玉帝派托塔天王带领十万天兵天将前去捉拿也无可奈何，后来观世音菩萨保举二郎神前去，二人杀得难分难解，太上老君在南天门掼下金钢琢打中孙悟空的天灵盖，在老君的帮助之下，二郎神才算勉强收服了悟空。这一回我们要提示的是两点：一是二郎神的出身；二是解释一下太上老君拿出金钢琢时说出的那句"当年过函关，化胡为佛，甚是亏它"，以及这句貌似随意的话语后面的知识背景。

我们先看第一点，在中国，二郎神是知名度非常高的神。按照《西游记》的说法，他的母亲是玉帝的妹妹，父亲是人间的书生杨天佑。玉帝对妹妹思凡下界的行为感到非常恼火，于是就把妹妹压在桃山之下，还对她所生的几个儿女进行了非常残酷的迫害，杨戬长大以后学成本领，神通广大，劈开桃山，解救了自己的母亲。

但实际上二郎神最初并不姓杨，他最初来源于佛教，乃是托塔天王的原型毗沙门天王的次子，名字叫独健。因为排行第二的原因，人们就叫他二郎神，他在民间有着非常广泛的影响。

到了唐朝末年，四川地区的道教徒不满于佛教系统的二郎神所具有的影响，于是在本地也推出了一个二郎神，他就是隋朝时的嘉州太守赵昱。赵昱被封为神，据说是因为他担任嘉州太守的时候，水中有蛟龙为害，赵昱持刀下水，杀死蛟龙，为民除害。赵昱是位道教的信徒，最终辞官修道，屡屡显灵。在道教徒的一力抬举下，赵昱就取代了独健，成了新的二郎神。不过赵昱毕竟没有非常深厚的民间信仰作为基础，他的根底很浅，所以他二郎神的位置并不稳固。而蜀地的百姓对建造都江堰的李冰心存敬畏，传说李冰的二儿子在治水中帮了父亲的大忙，也曾经有降伏水怪的神技，于是当地的百姓就把李冰的二儿子抬了出来，尊奉他为二郎神，"根据地"就在都江堰所在的灌江口。李姓二郎神有一个非常富有影响力的父亲李冰，又有都江堰这个伟大的工程给他背书，从宋朝开始，又不断地有帝王对李冰次子进行加封，所以他就成了影响最为广泛的二郎神，直到现在，蜀地的百姓说起二郎神，说的仍然是李冰的次子，《西游记》里面二郎神的庙宇在灌江口，就是受李姓二郎神的影响。

那么二郎神什么时候又姓了杨呢？在北宋徽宗年间，有一个著名的太监叫杨戬，因为他善于搜刮百姓地皮，人们就给他起了个绰号叫"二郎神"，极言其搜刮地皮的本领。李姓二郎神的名字不详，而杨戬这个名字听起来更像个神仙,叫着叫着竟然就以讹传讹,弄假成真。于是二郎神也就姓杨名戬了。

而这个说法一旦写入《西游记》,有这么一部流传非常广泛的名著为之背书,也就从此被固定下来,成了大多数中国人心中的"常识"。

说完二郎神,我们再说一下太上老君的出关化胡以及他的法宝金钢琢。在这次战斗里,太上老君把自己的金钢琢从南天门扔了下来,砸到了孙悟空的天灵盖,助了二郎神一臂之力,二郎神这才把孙悟空给擒拿归案。在这一回里实际上金钢琢只是起到了一块砖头的作用,它以后还会给孙悟空带来很大的麻烦,不过这是后话,咱们暂且不提。

太上老君在把这个金钢琢扔下去的时候还说了一句话:"当年过函关,化胡为佛,甚是亏他。"这句话是大有深意的。在道教中,太上老君是地位最为尊崇的神仙之一,他被尊奉为"道德天尊",和"原始天尊""灵宝天尊"一起并称"三清",而老子便是太上老君在人间的化身。老子当年看到周室衰微,于是离开中原,出函谷关而去,守关的官员尹喜看到紫气东来,知道有高人来到,派人搜寻,终于见到了老子。在尹喜的恳求下,老子留下五千言而去,这就是被今人所熟知的《道德经》,按照《史记》的记载,老子出关以后就不知所终了。

但后世的道教徒为了抬高道教,以抗衡在中土日益流行的佛教,就给老子出关的故事又加了一段,说老子出关后到了印度,并令尹喜降生为净饭王太子悉达多·乔答摩,而后又将其点化成佛,成为我们所熟知的释迦牟尼佛,更详细的情况可以参看《老子化胡经》。这个

《老子化胡经》在元朝以后就已经散佚了,不过还有些残片留了下来,我们可以参看。

且据说老子出关的时候,是骑着一匹青牛的,牛的力气很大,脾气又非常倔,要想控制住牛,少不了的一件东西就是牛鼻环。所谓金钢琢,其实就是青牛鼻子上的鼻环,这在后来老子亲自出面降伏青牛怪以后,把金钢琢套在牛鼻子上的情节中可以得到印证。这就是太上老君"当年过函关,化胡为佛,甚是亏他"这句话背后的背景知识。

历史上是否真的有化胡为佛的事实呢?过去这可是佛道两家争论的一大焦点,在历史上佛道两派为此曾经有过多次论战,甚至还闹到了皇帝的面前,比如武则天当政时,就有和尚要求朝廷出面,废除《老子化胡经》。元宪宗八年,蒙哥汗还让忽必烈举行了一场规模空前的佛道大论战,中心议题之一就是讨论《老子化胡经》的真伪。平心而论,无论《史记》《道德经》,还是佛教经典,其实都没有对这一事件的记载,所以它应该是道教徒为了抬高自身的地位,巧妙地利用了老子出关后不知所踪而附会出的故事。

第七回

八卦丹炉

展现事物自身变化的阴阳系统

《西游记》第七回讲孙悟空被玉皇大帝判处死刑，结果刀砍斧剁，雷打火烧都不能够损伤孙悟空的半根毫毛。太上老君把孙悟空放进自己的八卦炉中锻炼，没想到七七四十九日开炉，孙悟空从八卦炉中蹦出来，本领反倒比从前更加高强，满天的神仙面对疯狂的孙悟空都无计可施，只好请来如来佛祖。如来与孙悟空打赌，说他如果能够翻出自己的掌心就请玉帝让出天宫，如果不能就乖乖地返回下界。孙悟空不能取胜，被如来以掌推出，镇压在五行山下。这一回我们要说的问题有两个：一是太上老君的八卦炉，二是孙悟空的火眼金睛。

我们先说太上老君的八卦炉，在《西游记》里八卦炉可以说是大名鼎鼎，在这座炉子里曾经出品过许多仙家的法宝。比如孙悟空手中的如意金箍棒，猪八戒手中的九齿钉耙，观世音胯下金毛犼脖子戴的紫金铃，另外太上老君本人的金钢琢、七星剑虽然没有明说，但应该也是八卦炉中炼出来的珍品。那么这座八卦炉到底是用什么材质造成的，里面的构造如何，估计很多读者对此都有一点好奇。

八卦炉的炉体材料是砖，这点在《西游记》里过火焰山的那回有非常明确的交代。孙悟空过火焰山的时候，曾经问火焰山的土地，火焰山的火是不是大力牛魔王放的。土地回答说这放火的人正是大圣本人。悟空大怒，说你胡说八道，我老孙岂是放火之人？土地说，是这样，这地方本来没有这座山，大圣您当年大闹天宫，被老君安放在八卦炉中锻炼七七四十九天，开炉时大圣您蹿了出来，蹬倒丹炉，落下几块砖，内有余火，到此处就化为了火焰山。

再说八卦炉的构造，它的内部构造按照《西游记》所说，分成八个部分，即乾、坤、震、艮、离、坎、兑、巽，炉内的温度从它能够锻造出金箍棒、紫金铃、九齿钉耙等金属武器来看，应该还是不低的。那么问题来了，为什么这么高的温度，就不能够把孙悟空烧为灰烬呢？

《西游记》的解释是孙悟空很机灵，一进八卦炉就钻在巽位里面躲避，巽位是风位，有风就无火，所以并没有伤到他的性命。对于孙悟空为什么在八卦炉中没有烧死，我还看到过一个与现代科学有关的解释，说孙悟空是石猴，岩石的主要成分是二氧化硅和碳酸钙，碳酸钙的熔点是1339℃，二氧化硅的熔点是1650℃，而古代的高温炉温度也就是1000℃多一点，所以它虽然能够熔化铁矿石，但对岩石还是无能为力。这位作者最后的结论是学好数理化，走遍天下都不怕。对于这位作者，我不能确定他们是认真的，还是专门负责搞笑的，但是也不得不承认他说的确实有点道理。

然后我们再说火眼金睛。在一般读者的心里,孙悟空的火眼金睛是非常厉害的,它如同照妖镜一般,能够识别出妖精的变化。对于这一点,上面那位作者也做出了貌似科学的解释,他说岩石中的二氧化硅在超过一千度的高温时,就会发生玻璃化的现象,孙悟空是石猴,当他眼中的二氧化硅玻璃化以后,就会产生镜面化的效果,所以就能够如同照妖镜一般,识别妖怪。不过真相很残忍,孙悟空的火眼金睛其实只是他在八卦炉中眼睛被烟熏火燎七七四十九天之后留下的一个后遗症。书上是这么讲的:"他即将身钻在'巽宫'位下。巽乃风也,有风则无火。只是风搅得烟来,把一双眼熰红了,弄做个老害病眼,故后来唤作'火眼金睛'。"

实际上从后面的章回来看,孙悟空火眼金睛的识妖能力其实并不强,就如同金庸小说《天龙八部》里段誉的凌波微步,是时灵时不灵的。比如说蜘蛛精、蜈蚣精所点化的庄园,孙悟空就没有识别出来,再比如说牛魔王变成猪八戒的样子来骗他,他也没有认出来。实际上孙悟空辨别妖怪,主要是看出了妖怪身上所透露的一点妖氛。这一点其实很类似于古人讲的望气,而不是像电视剧《西游记》里边所展现出来的透视。对于望气我们举个例,比如说当年秦始皇常常说,东南有天子气,刘邦怀疑发出天子气的是自己,于是就躲避在芒砀山。但无论他躲在哪,他的妻子吕雉——即后来的吕后,都可以非常轻易地找到他。刘邦很奇怪,问吕雉是怎么回事,吕雉就回答说,你的上方常常有云气,寻着云气自然就能够找到你。孙悟空的火眼金睛其实也就是类似于吕雉的望气,他识别妖怪主要靠的是知识和经验,而并不是特殊的生理构造。

第八回

"经、律、论"

现世佛学中真正的三藏真经

《西游记》第八回是说如来佛祖见南赡部洲众生可怜，造下三藏真经，准备传往东土大唐，普度东土众生。于是他派观音前往大唐，沿路寻访取经以及护法之人。观音先行查看地形，沿路收服了孙悟空、白龙马、猪八戒、沙和尚为护法。后来又到长安细心物色取经之人。这回我们要说的问题有三个：一是所谓三藏真经的问题。二是如来为什么不直接把真经送往东土大唐，偏偏要唐僧千山万水地去西行求法？三是如来是不是真的哄骗了孙悟空？

我们先说一说三藏真经，什么是三藏真经？《西游记》里借如来佛祖之口说："我有《法》一藏，谈天；《论》一藏，说地；《经》一藏，度鬼。三藏共计三十五部，该一万五千一百四十四卷，乃是修真之经，正善之门。"

在这里，我要特别强调，《西游记》虽然是一部文学名著，但再厉害的名著也有欠缺和漏洞，而这里对三藏真经的解释，就是《西游记》最大的漏洞之一，这个是我们在看《西游记》的时候一定要注意的。佛教的经典确实包括"三藏"，但这三藏乃是经、律、论。经就是经典之意，是佛祖一生所说的言教的汇编，是佛教教义的根本依据。律是佛所制定的律仪，能治众生之恶，调伏众生之心性。论是菩萨或者各派的论师所作，是对教义的解释以及阐发。

然后说卷，《西游记》说真经有一万五千一百四十四卷，这个数字和现存一切版本的大藏经的数目都对不上，所以肯定也是不对的。但《西游记》这么说确实也有它的原因。

中国的第一部《大藏经》，也就是始刻于宋太祖开宝四年的《开宝藏》，一共收录了佛经四百八十函，共计五千零四十八卷。因此，五千零四十八在佛教徒的心中，就成了一个具有特殊意义的数字，就是所谓一藏经数，比如说《西游记》里猪八戒的耙子，沙和尚的宝杖，它们的重量都是五千零四十八斤，还有取经路上一共花了五千零四十八天，都是这个缘故。在作者看来，一藏经是五千零四十八，那么三藏真经自然就是五千零四十八的三倍，一万五千一百四十四就是这么得来的。

唯一不能确定的就是三藏共计三十五部这个说法的由来。《西游记》的第九十八回倒是具体写了这三十五部经的名字，不过这也和玄奘法师带回来的佛经对不上。玄奘法师带回的佛经是一千一百七十七部，对于为什么单单挑出这三十五部，我猜想原因很可能是作者知道的佛经名目大概也就是这么多了。

至于为什么要把三藏真经传到东土大唐，如来自己有个解释，他说："我观四大部洲，众生善恶，各方不一：东胜神洲者，敬天礼地，心爽气平；北俱芦洲者，虽好杀生，只因糊口，性拙情疏，无多作践；我西牛贺洲者，不贪不杀，养气潜灵，虽无上真，人人固寿；但那南赡部洲者，贪淫乐祸，多杀多争，正所谓口舌凶场，是非恶海。我今有三藏真经，可以劝人为善。"

我们以前说过，按照《西游记》对世界的划分，南赡部洲就是东土大唐的所在之地，如来之所以要把真经传到东土，用现在的话说，是因为东土道德沦丧，世风日下，已经到了令人发指的程度，再不把真经送到他们那里，真不知道会乱成什么样子。那个时候的大唐，在太宗李世民的治下，号称贞观之治，如今被如来说成这个样子，不知道各位读者心里是什么感受。

第二个问题是如来为什么不派人直接把佛经送往东土，而一定要让东土派人，历尽千辛万苦地把佛经取回呢？如来只要派一个人，比如说观世音驾七彩祥云，就能把经书送到大唐，何必如此费事呢？

对于这件事，《西游记》里的如来是这样解释的，他说东土众生愚蠢，如果主动送去，反倒会被他们轻慢。就这么简单。不过，如来这么说确实也有他的道理。从心理上来讲，人们往往对容易得到的东西不够珍惜，对费尽心力得到的东西却非常珍视。

最后说一下如来的手段，对于孙悟空终究没有翻出如来的手掌心，并被镇压在五行山下，许多人心存惋惜，甚至有不少人说，如来是用了欺骗的手段才降伏了悟空的。人民文学版的《西游记》在如来贴在五行山上的六字真言"唵嘛呢叭咪吽"之下有一个很有趣的注解，说这是梵语"莲花珠"的译音，我国明代民间把这句话说成"俺把你哄了"，是当时对迷信佛教的讽刺。

这个解释后面的潜台词是非常清楚的，如来赢悟空的手段其实就是哄和骗，所以胜之不武。悟空自己也一度这样认为，因为后来观音菩萨经过五行山，欲收服悟空做取经人护法的时候，悟空仍然在说如来哄骗了我，把我压在此山的话。那么事实是不是真的像悟空所说的那样呢？绝对不是。后来悟空阅历日深，自己也逐渐晓得了如来的厉害，比如说狮驼岭遇到的那只金翅大鹏，论武艺，论变化，都不在自己之下，甚至必杀技筋斗云，也败在了人家的一对翅膀之下，但这么厉害的角色，如来也只是用手一指，就把它钉在了自己头顶的光焰之中，做了个护法。说悟空的本事和如来差了十万八千里，那都是少的，他们的差距应该说是犹如天壤之别。

如来要想战胜悟空易如反掌，只要想，可以说随时随地，不费吹灰之力，哪里用得着哄和骗呢？实际上，如来可以说是对悟空处处手下留情，比如说作者写到如来把悟空压在五行山下的时候，是轻轻地压的，如果要重一些，恐怕悟空早就被压死了。再比如，如来在降伏悟空后，在五行山上贴了六字真言，还派了五方揭谛善加看管，一方面可以理解为是为了镇压悟空，但其实也未尝没有向天庭说明悟空已经在自己力量的笼罩之下，未得自己的允许，任何人不得染指的意思，因而也完全可以看作是一种变相的保护。而临走时所说的"待他灾愆满日，自有人救他"，更是已经向他允诺了一个有希望的未来。

第九回

高僧大德

历史上真实的玄奘法师

《西游记》第九回讲的是玄奘的身世，状元陈光蕊跨马游街，被抛绣球招亲的殷开山丞相的女儿满堂娇打中，二人成亲同赴江州上任，路遇水贼刘洪。刘洪打死陈光蕊，霸占满堂娇，假冒陈光蕊到江州上任，沉入江底的陈光蕊被龙王所救，暂时栖身龙宫，已经怀有身孕的满堂娇则含羞忍辱，在数月之后生下了陈光蕊的儿子。在刘洪的逼迫下，满堂娇将一封说明孩子身世的血书绑在孩子身上，将孩子投入江中，孩子被金山寺的法明和尚所救，长到十八岁，随师父出家，这就是玄奘。

后来玄奘闻知自己的身世，到京城找到外祖父殷开山，在殷开山的帮助下，诛杀刘洪，为父报仇，故事的最终结果是陈光蕊死而复生，满堂娇则含羞自杀。玄奘留在佛门刻苦修持。

这一回我们要讲的问题有两个：第一，历史上的玄奘法师到底是个什么样的人，他是否真的和《西游记》中的唐僧一样，有着悲苦而曲折的身世？第二，艄公刘洪竟然冒充陈光蕊做了十八年的江州太守，这种事情在古代到底有没有可能发生？

咱们先说历史上的玄奘法师，在中国的佛教史上，玄奘法师是大名鼎鼎的一代高僧，他的俗家名字叫作陈祎，他的父亲也不叫陈光蕊，而是叫陈惠，也没当过状元。说到这里，我们还要就唐僧的俗家姓名多说几句。玄奘法师的姓名除了有人说叫陈祎之外，也有人说应该叫陈袆（huī）的，但是我觉得可能性不大，因为父亲给儿子起一个和自己发音差不多的名字，这种可能性应该是很小的。

玄奘法师的家庭和佛教有着非常深的渊源，所以玄奘很早就被出家的二哥带到寺庙中生活。古人说三岁看小，七岁看老，这话看起来是很有道理的。在别的孩子还在玩那些非常幼稚的游戏的时候，他就已经在学习那些非常深奥的经典了，特别是他十一岁那年，熟读了《维摩诘经》和《法华经》之后就变得更加深沉耿正，每天刻苦自律，深夜也不肯休息，那个时候他还没有出家做和尚，可他的表现实在是比那些和尚还勤奋，看到别的和尚有时恣意放纵，他就替他们感到惋惜，认为他们是虚度光阴，徒耗生命。

十三岁那年玄奘正式出家，出家以后的玄奘在佛学造诣上一日千里。到二十多岁的时候，他就已经名满天下，被公认为是古来少有的稀世之才。不过随着学问的日益精进，玄奘法师的困惑也越来越多，比如关于法相的种种说法，心性和佛性的争论等，历来众说纷纭，莫衷一是。这些问题涉及高深的佛学奥义，不是三言两语能说得清的，也不是多数《西游记》的普通读者所关心的，所以我们也就不在这里细说。我们只说和《西游记》有关的部分，那就是随着这些困惑的日益增加，玄奘终于感到，如果要解决这些问题，就必须亲自到佛教的发源地印度去看一下。

为什么一定要到印度呢？最主要的原因是，在玄奘看来很多问题之所以众说纷纭，很可能是在翻译上出了问题，这个看法是很有道理的。我们知道，好的翻译标准有三条，就是所谓信、达、雅。然而，要真正把一种语言正确、精确、优雅地翻译成为另外一种语言，实在是一件非常困难的事情。翻译可不是简单的字词之间的转换，很多字词本身就有很多义项，对字面意义的错误理解，会犯下很多非常荒谬的错误。

当然了，可能还有一些别的原因，比如说宗教感情，对任何一个虔诚的宗教徒来说，能到教主出生的地方去礼拜，都是一件令人热血沸腾的事情。总之，在这些综合因素的作用下，玄奘就下定了西行求法的决心，并且不顾政府的禁令，踏上了前往印度的漫漫长路。

西行之路漫长而艰险，我们简短解说吧。经历了无数的生死考验，克服了无数的艰难坎坷之后，玄奘终于踏上了印度，这块他牵肠挂肚的理想之地。在这个地方，他刻苦学习，勇猛精进，很快就在印度的佛教界脱颖而出。玄奘在印度留学生涯的顶点是曲女城大会，在那次大会上，玄奘把自己的论点高悬在会场上，一连十八天，没有一个人自认为能够挑出他的任何一点破绽，所以也就始终无人应战。就这样，玄奘不鸣一枪而万众归服，以自己的博学和辩才，让印度的饱学之士折服，成为大家公认的首屈一指的高僧大德，为自己，也为自己的祖国赢得了崇高的声誉。

在印度求学多年以后，玄奘带着大量梵文经典回到了自己的祖国。虽说当初玄奘法师离开大唐到印度取经并没有得到唐太宗的许可，但如今载誉而归，唐太宗也就既往不咎了。玄奘受到的礼遇是盛况空前的。在他回到京师的最初几天，整个长安，不论士、农、工、商全都废业庆贺，而后唐太宗亲自接见他并和他彻夜长谈。在此后的岁月里，玄奘将主要的时间和精力，都贡献给了佛经翻译事业。由于早年经历的风霜之苦太多，加上忘我的翻译工作，玄奘的身体病痛日多，在他六十五岁那年玄奘恬然圆寂，结束了他在尘世的生命。所以有关唐僧父亲被杀，自己满月抛江，后来为父亲报仇这些故事，都是后世人为了故事好看而编造出来的。

我们再说艄公刘洪，杀死并冒名顶替陈光蕊，为官十八年是否可能？要说古代官员是否可能被冒名顶替，就要看古代官场在这方面的防范措施是否严格，是否给那些心存不轨的人提供了可能。实际上，古人为了避免这种事情的发生，还是做了尽可能周密的防范的。

首先，吏部对于官员的出生、籍贯、年龄、相貌、身体等特征是有着比较详细的登记的。

其次，为了确认官人的身份，还需要找到同样是官员身份的同乡以及同年，就是同一年考中举人或进士的人，让这几个人互相保举。

再者，当时的官员还要用花体字写下自己的名字，在吏部留下备案，这个花体的签名不可以透露给其他人。当本人回到京城到吏部报到的时候，要凭着本人的记忆写下这个花押。这些防范措施叠加起来，基本上也就堵住了冒名顶替者的投机之路。

当然了，这也不是说就能完全堵住冒名顶替的路子。假如这个官员在离京赴任时遇害，而冒名顶替者和该官员的年龄、口音等特征都非常类似，也不是完全没有可能，但这个冒名顶替者最多担任一任地方官，他绝对没有胆量回到京师，接受吏部的考察和被害者的同乡质证，谋求下一个任期，所以综合起来看，刘洪害死陈光蕊，并且顶替他做官，一做就是十八年，是绝对没有这种可能性的。

第十回

此龙非彼龙

从印度梵文解析中国龙文化的演变

　　《西游记》第十回讲的是泾河龙王与算命先生袁守诚为降雨之事打赌。袁守诚所算的降雨时间竟和玉帝所下的降雨法旨毫发不差，龙王为逞一时之快，更改了下雨的时辰和点数，忤逆了玉帝的旨意，按罪当斩，行刑之人乃是宰相魏征。在袁守诚的指点下，龙王找到唐太宗李世民求情，希望太宗能以人情通融魏征，免去自己的死罪。太宗应允以下棋拖住魏征，意在使其无法在规定的时刻行刑。但是魏征在下棋的时候忽然睡去，魂灵赴阴曹地府，仍然在规定的时刻将龙王杀死。龙王阴魂不服，到阴间状告太宗，被龙王索命的太宗，病体日重一日，终于命丧黄泉。

　　这回我们要说的问题有三个：一是这一回的内容到底和《西游记》是什么关系？二是说一下龙在中国文化中，到底是什么地位？三是说一说这一回里出现了的重要人物,袁天罡。

先说第一个问题。在《西游记》的所有章节中,这一回的内容可能是和取经之事距离最远的,除了在回目的开头说了一句"且不提光蕊尽职玄奘修行",我们基本上找不到和取经的几个人有什么关系,但是放在整个小说中,它仍然是不可分割的一部分,原因非常简单,如来要把真经送到东土大唐,就需要有一个合适的契机,而最合适的契机,就是君主对真经的渴求,这回的意义就在于它是创造这个契机的重要一环。

龙王向太宗索命,太宗才有可能到阴间去和龙王对质,到阴间被当年自己杀死的冤魂纠缠,太宗才可能意识到超度亡魂的重要性,而要超度亡魂就要到天竺去取到大乘经典,这样一来,如来的传法大业才能够水到渠成。

再说第二个问题。在一般人的印象中,龙的地位是非常高的,它总是和皇家联系在一起,你看,皇帝的椅子叫龙椅,皇帝的袍子叫龙袍,皇帝的后代叫龙子龙孙,就连皇帝高兴都得叫龙颜大悦,但是这个印象在《西游记》中被颠覆了。在《西游记》里,龙是一种随处可见的水生动物,不但海里有龙王,江河里有龙王,最搞笑的是在乌鸡国里,一眼水井里居然也有井龙王,照这个样子,某天我们在洗脸盆里看见一条龙王,也就没有什么值得大惊小怪的了。

龙的数量极多,则它的地位也就相应不高。最让我们大跌眼镜的是,它们还经常在那些大神仙的宴席上去充当高级的食材,比如说《西游记》里第五回中蟠桃会上的菜品里,龙肝就赫然在列,这到底是怎么回事？

原来，这是两种龙在人们心中"打架"的结果，其实按照原产国来划分，有两种龙，按照《西游记》里面的话说，就是真龙和业龙，真龙是中国上古以来的龙，神秘威猛，法力无边，地位尊贵，它是帝王的象征。另外一种是业龙，也就是我们常说的龙王，原产国是印度，样貌虽然也很威猛，并且力大无穷，但地位不高，也不那么稀罕。在唐朝之前，中国是没有龙王这个概念的，那个时候说到龙，指的都是《西游记》里面所讲的那种真龙。到了后世，随着佛教在中国流传得日益广泛，地位不那么高的龙王，才走进了中国的江河湖泊，乃至于坑洼池沼了。因为都叫龙，所以在一般的老百姓中，这两种龙就渐渐地混为一谈了，也就造成了人们对于龙的地位到底如何的迷惑。

最后我们再说一下袁天罡。在《西游记》里，作者主要是讲袁天罡的叔叔袁守诚如何厉害，但实际上袁守诚在历史上并无其人，倒是小说里他的侄子袁天罡，才是一位真正的人物，著名的《推背图》据说就是他绘的，袁天罡的相面之术也可以说是独步天下。关于他看相如何灵验的故事，在新旧《唐书》里都有记载。他最初是在隋朝任职，后来又在唐朝为官，公事之余喜欢研究相术，并且经常为朋友们相面，而所相无不灵验。

而据说给他带来荣誉的原因，是他准确地判断出了武则天的命运。当年袁天罡见到武则天的母亲杨氏，马上就说她法生贵子，于是杨氏就招来她的两个儿子元庆、元爽来请天罡看命，天罡说他们"官三品，保家主也"，意思是能够保持这个家庭的富贵，但说不上大富大贵。后来又看到武则天的姐姐韩国夫人,天罡就说这个女子很贵重,但是对她的丈夫不利——后来她嫁给了贺兰越石,果然很早就守了寡。那个时候武则天还在襁褓之中,被保姆抱出来,袁天罡仔细观察了她的耳目,惊呼道:"龙瞳凤颈,极贵验也;若为女,当作天子。"后来我们知道武则天她真的就做了天子。

袁天罡不但善于推知他人的寿夭穷通,也知道自己的命运轨迹。高士廉曾经问过他,您最后会当上什么样的官呢?袁天罡就说,到今年夏天四月,我的气数就要尽了。果然天罡如期而逝,当时他正任火山令,死后留下了一些相术的著作,根据《新唐书·异文志》记载,有《相书》七卷、《要诀》三卷。根据宋代郑樵的《通志·异文略》里的记载,还有《人伦龟鉴赋》一卷、《气神经》五卷、《骨法》五卷三种。感兴趣的读者可以找来看一看,或许能够受到什么启发也未可知。

第十一回

六道轮回

佛学与《西游记》的不同解释

《西游记》第十一回，讲的是唐太宗魂游地府的经历。因为龙王索命，所以唐太宗一命归西。幸亏魏征事前托了担任酆都掌案判官的朋友崔珏的人情，太宗不但得以生还，还被崔珏偷改了生死簿，得以延寿二十年。阎王派太宗还阳，太宗许诺以南瓜相谢，在回阳的路上，崔珏还带领太宗参观地狱，太宗也遇到了当年被自己杀死的哥哥李建成、弟弟李元吉，以及六十四路烟尘、七十二路草寇，这些人都向太宗索命。多亏崔珏的保护开解并借了相良的一库金银施散众人，太宗才得以脱身。

还阳的太宗做了一系列好事，以减轻自己当年的罪孽，另外为了感谢阎王的盛情，太宗张榜募集愿意替自己带着南瓜看望阎王的贤人，均州人刘全揭榜应征。这一回我们首先要感慨的是中国人人情的厉害，你看魏征的一封书信把太宗托给了崔判官，这个崔判官大笔一挥就可以给太宗添上二十年的阳寿。

文学是社会的一面镜子，《西游记》这么写，反映了人们对社会的理解。发过感慨之后，我们就进入正题，这回我们要讲的问题有四个：一是太宗到阎王处，为什么会遇到哥哥李建成、弟弟李元吉前来索命？二是世界上瓜果尽多，阎王为什么偏偏让李世民给自己捎来南瓜？三是阳间的纸钱为什么能够成为阴间的硬通货？四是六道轮回到底是不是像《西游记》里所说的那个样子？

我们先说第一个问题，李世民在阎王处为什么会遇到李建成、李元吉前来索命？在中国历史上，李世民乃是一代英主，毛泽东在《沁园春·雪》里一共提到过四位皇帝，秦皇、汉武、唐宗、宋祖，其中就有李世民，足见李世民在中国历史上的重要地位，不过这个雄才大略之主登上权力宝座的方式却不是那么正大光明的。

唐高祖李渊最初拟定的继承人乃是太子李建成，但李世民认为自己在开创大唐基业中功劳最大。所以对这个哥哥就很不服气，双方的关系一直非常紧张。弟弟李元吉站在太子建成一边，局势对李世民非常不利，这两个人联手，不断蚕食李世民秦王府的势力，而当时的宰相又是倾向于李建成的裴寂，在这场权力的角逐中，李世民眼看就要输掉，要想扭转局势除了铤而走险再也没有其他的办法。于是，李世民就先发制人了。

武德九年六月初四日庚申日，也就是公元六百二十六年的七月二日,李世民率领长孙无忌、尉迟恭、侯君集、张公瑾等人入朝,并在玄武门设下伏兵。

李建成、李元吉二人不知底细,也一起入朝,骑马奔向玄武门,后来李建成、李元吉觉察到情况不对,立即掉转马头,准备向东返回东宫和齐王府,李世民跟在后面呼唤他们。李元吉心虚,想张弓搭箭射向李世民,但由于着急,一连两三次都没有将弓拉满,箭也没有射中。

李世民弯弓搭箭,一箭就射死了李建成,尉迟恭带领骑兵几十人相继赶到,他身边的将士用箭射中李元吉,李元吉跌下马来,可就在此时,李世民的坐骑受到惊吓,带着李世民奔入玄武门边的树林,李世民又被林中的树枝挂住,从马上摔下来倒在地上,一时爬不起来。

李元吉迅速赶到,夺过弓来就准备勒死李世民,就在这个时候尉迟恭跃马赶来大声喝住了他。李元吉知道自己不是对手,赶紧放开了李世民,想快步跑入武德殿寻求父亲李渊的庇护。但尉迟恭快马追上,放箭将其射死,建成、元吉死后,手下将士群龙无首,很快就被李世民的队伍打败,接着李世民又软禁了他的父亲唐高祖李渊,逼迫他把最高的权力交给自己。至此,政变以秦王李世民的胜利而告终。

这就是李世民夺取大位的历史,尽管后来李世民领导着大唐走向了贞观之治的辉煌,但因权力来路不正,所以民间对于玄武门之变还是非议颇多。《西游记》里讲李建成、李元吉向李世民索命,正是这种民间情绪的反映。

然后我们再说说南瓜。阎王向李世民索要南瓜的原因，按照阎王所说的，是"我处颇有东瓜、西瓜，只少南瓜"。这个问题其实古代人早就注意到了，也试图做出自己的解释。比如清代初年的小说评点家陈世兵的解释就是"南瓜者，南、离，属心"。什么意思呢？原来南对应的是八卦当中的离位，离对应的是五行当中的火，而心属火。阎王说地狱只少南瓜，实际上是作者打的哑谜，意思是在提醒读者要想鬼神保佑自己，就要注意修心，你自己心地光明，就是对鬼神最大的尊重和报答。

另外，如果我们较真地说，《西游记》里李世民送给阎王南瓜，乃是一种缺乏农业史知识的错误。南瓜的原产地是美洲大陆，它传入中国乃是明代以后的事。唐朝的天子是无论如何不可能吃过南瓜的，吴承恩把南瓜写入小说，很可能是在吴承恩那个年代南瓜还比较少见，于是作者就做出了地府没有南瓜的揣测。不过这种写法倒也符合《西游记》里边一贯的戏谑幽默的风格。

再说在这一回里提到的烧纸的习俗。为什么中国会有烧纸的习俗？有一种民间广为流传的说法，是说蔡伦发明了造纸术，天下轰动，名利双收。蔡伦的嫂子见了眼红，就逼使蔡伦的哥哥蔡莫也去造纸，结果蔡莫造出的纸又黑又粗，无人来买，堆积满屋。为了让自己的纸能够卖出去，蔡伦的哥哥和嫂子演了一出双簧，蔡伦的嫂子装死，蔡莫在妻子灵前烧纸，烧着烧着，妻子竟然死而复生。她说自己死后本来是要到阴间去受罪的，但因为丈夫烧了纸，送了钱，小鬼们就把她从地狱里面放回来了，这样蔡莫造的纸能够在阴间当钱使的消息就快速传开，原来堆积如山的纸很快被抢购一空。从此以后，丧家烧纸的习俗就流传了下来。

这当然只是一种民间传说,虽然流传广泛,但还是非常可疑。因为这就等于说老百姓早就知道烧纸是一场骗局了,既然已经知道是骗局,怎么还会形成一种风俗呢?比较有学术含量的解释是,中国本来就有"事死如事生"的观念,认为鬼的世界和人的世界一样,鬼也会像人一样,生活的需求需要花钱来满足。最早是用真的钱币来陪葬,后来有人觉得用真的钱币太可惜了,便将纸剪成钱的形状来陪葬,但也是将纸钱和死者一起埋葬。而从埋钱转为烧钱,有的学者认为应该是受到印度或者中亚习俗的影响,印度和中亚人认为火是可以把祭品传递给鬼神的,比如说婆罗门教中的火神阿耆尼就具有传递物品的能力。另外由于纸钱在焚烧时化作烟雾的形象,能够使人产生进入冥界的想象,所以焚烧就成为最常用的纸钱处理方式了。

最后咱们说一下六道轮回。在这一回里对六道轮回之所的描绘是:"行善的,升化仙道;尽忠的,超生贵道;行孝的,再生福道;公平的,还生人道;积德的,转生富道;恶毒的,沉沦鬼道。"照这样说起来,所谓六道就是仙道、贵道、福道、人道、富道、鬼道。在这里我们要说的是,虽然《西游记》是一部名著,但它具有非常浓厚的民间性,一些说法还是有欠准确的,这里所说的六道轮回就不准确。

所谓六道轮回的说法来自佛家,这六道乃是"天道、人道、阿修罗道、畜生道、饿鬼道、地狱道",前三者是所谓"三善道",后者是所谓"三恶道"。说得具体一点,天道是天神的世界,人道是我们人类的世界,阿修罗费解一些,他们生性好斗,介乎人和神之间,男的非常丑，女的非常美。畜生道是动物的世界，饿鬼道是饥饿者的世界，他们永远生活在饥肠辘辘中，食物到口边就会化作火焰。当然了，最惨的还是地狱道，身处地狱者要忍受着刀剑穿身、烈火焚烧等酷刑，而受苦的时间有的竟长达几十万年。这才是所谓的六道轮回。

我们真不知道，假如如来有知，看到六道轮回竟然变成了《西游记》中的那个样子，到底会做何感想呢？

第十二回

普度众生

小乘佛教与大乘佛教的真正区别

《西游记》第十二回讲的是唐太宗派到阴间送瓜果的刘全还阳,带回了阎王的问候。唐太宗兑现当初魂游地府时对阎王许下的诺言,召开水陆大会,超度地狱中当年被自己杀死的建成、元吉,以及六十四路烟尘,七十二路草寇。而主持大会的就是玄奘法师,玄奘登坛主持法事,不料被观音与木叉幻化的疥癞游僧打断,说玄奘所念的佛经为小乘佛教的佛经,度不得冤魂。大乘佛经在灵山如来处,只有取得大乘经典,才可以超度冤魂,保佑大唐平安。太宗征集愿意去灵山取经的僧人,玄奘法师挺身而出,太宗大喜,与玄奘结为兄弟。第二天,玄奘就领了通关文牒,踏上了茫茫的取经之路。这一回我们要讲的问题有两个:一是关于唐僧御弟的身份;二是在这一回里,观音菩萨说"此时传到中原都是小乘佛教",这个说法到底合不合乎历史事实?

我们先说第一个问题,唐僧的御弟身份。说到唐僧的御弟身份,相信所有看过八六版电视连续剧《西游记》"取经女儿国"那一集的读者,耳边都会立刻响起一声柔情万千的"御弟哥哥",而后脑海中就会闪现出女儿国国王扮演者朱琳那双波光粼粼、一往情深的大眼睛。为什么女儿国国王会喊唐僧"御弟哥哥"?在小说里,原因是唐僧为了大唐的国泰民安而甘愿西行求法,这让太宗十分感动,因此,在离京之前,唐太宗不仅亲自为唐僧饯行,还与他结拜为异姓兄弟,以表示对他的支持。

那么历史上的玄奘法师,是不是真的曾经和当时的大唐天子李世民结为异姓兄弟呢?答案是没有。在真正的历史中,唐太宗不仅没有和玄奘法师结为兄弟,也不支持玄奘西行求法。实际上玄奘西行求法之初,他的身份竟然是一名偷渡客。那时国家初定,边界局势不稳,国人不得随便出境。贞观元年,也就是六百二十七年,玄奘几次三番地申请"过所"——那个时候的通行证,也就是小说里的"通关文牒"——都没有被通过,但这并没有打消玄奘法师西行求法的念头,他还是决心寻找机会西行。

根据当时的规定,私渡边关比私渡内地的关隘惩罚更重,所以他的这个决定非常危险。贞观三年,也就是六百二十九年,长安遭遇大灾,政府允许百姓自寻出路,玄奘就借机混入灾民之中,偷渡出关。

既然唐太宗从来没有和玄奘法师结为异姓兄弟,那么唐僧"御弟"的称号又来自何处呢?原来啊,玄奘虽然不是唐太宗的御弟,但他倒还真有另外一位贵为国王的异姓哥哥,他就是高昌国的国王麴文泰。

这个高昌国在今天的新疆吐鲁番市，根据历史记载，高昌国国王麴文泰听说玄奘到来，遣使迎候，并与玄奘结拜为兄弟，他希望用盛情把眼前这位博学多才的僧人留在自己的身边。

玄奘西行的路途再次受阻，于是他以绝食抗争，表明西行的决心。到绝食的第四天，玄奘已经非常虚弱了，麴文泰只好同意放他走，不过要求他离开之前必须讲经一个月，而且如果将来玄奘从印度返回中国，路过高昌时还要留驻三年。对于这些要求，玄奘都一一答应了。不过，令人感到遗憾的是，这个美好的约定，竟然因为麴文泰的提前去世而没能实现。当玄奘法师从印度回来的时候，高昌国国王麴文泰已经不在人世了。所以，唐僧确实是御弟，不过他不是李世民的御弟，而是高昌国国王麴文泰的御弟。

咱们再说大小乘佛教的问题，《西游记》里说唐僧到西方是为了取回大乘佛教的佛经，还说东土只有小乘佛教而没有大乘佛教，这个说法是非常错误的。

我们先说什么是大乘佛教，什么是小乘佛教。"乘"来自梵文的意译，有承载或者道路的意思。用最简单通俗的话来说，所谓大乘，意思就是大型的交通工具，相应的，所谓小乘就是小型的交通工具，大小乘的分别主要在于大乘着重于利他，而小乘则着重于自我的解脱。

佛教在印度最初兴起的时候强调自度，属于小乘佛教。大约在公元一世纪左右，印度佛教内形成了一些具有新的思想学说和教义教规的派别，这些佛教派别自称他们的目的是普度众生。他们信奉的教义好像一只巨大无比的船，能够运载无数众生从生死的此岸世界到达涅槃解脱的彼岸世界，从而成就佛果。所以，这一派自称是大乘，而把原来的原始佛教和部派佛教一概贬称为小乘，但是这一称呼，所谓小乘佛教派别本身是不承认的。例如现在缅甸、泰国、斯里兰卡等国的佛教，一直是自称为南传上座部佛教。

然后再说所谓的唐僧取经之前，东土只有小乘佛教，没有大乘佛法这一说法的错误。实际上早在东汉时，大乘佛法就由月氏国三藏法师、支娄迦谶法师传过来了。魏晋玄学后期衍生了"佛玄"的讨论，其中六家七宗的般若学与《肇论》就是它的结晶，般若学就属于大乘佛教。玄奘法师的主要佛学贡献，是比较系统地译出了对法、因明、中观、唯识的经典。比较以前的翻译，它的规范性和整合性都大大提高了。

以护法唯识作为标准，法相宗创立了，从而消解了之前地论宗、摄论宗关于心识的争论，建立了系统的中国佛教逻辑。所以，观音说大唐没有大乘佛法，只是《西游记》中的小说家言。《西游记》说到底只是一部小说，里面难免会有一些错误的信息，这是我们在阅读的时候要时时加以注意的。

第十三回

挺身入局

玄奘与唐太宗的真实关系

《西游记》第十三回讲的是唐僧告别了唐太宗,带着两个随从踏上了茫茫的西行之路。唐僧离开长安是秋天,结果刚刚走到两界山,还没有换季,就遇到了熊、虎、牛三个妖怪,将唐僧的两个随从吃掉,幸亏太白金星相救,唐僧才得以活命。唐僧惊魂甫定,又有狼虫虎豹挡路,危难之际猎户刘伯钦驱散猛兽,将唐僧引到家中。唐僧在刘伯钦家停留一日,为刘伯钦念经超度他父亲的亡魂。第二天刘伯钦送唐僧出行,走到半路忽然停下,再也不肯上前。原来,两界山乃是大唐与鞑靼的界山,山的西边就不归大唐管了,想到前路凶险,唐僧满眼垂泪,正当此时忽然传来一阵如雷鸣般的喊声:"我师父来也!我师父来也!"

这一回我们要说的问题有两个:一是唐僧上西天取经是出于自觉

自愿吗？二是按照观音的说法，唐僧以往念的都是小乘佛经，无法超度鬼魂，那么为什么在这一回里，唐僧所念之经却能够超度刘伯钦的父亲呢？

咱们先说第一点。历史上的玄奘法师，为了解决佛经的翻译问题，弄清佛法的奥义，不惜偷渡边境，远赴天竺，他的西行求法乃是完全出于自愿，这是毫无问题的。但《西游记》里的唐僧，恐怕就不是这样子了。在《西游记》里，他去西天取经多半只是出于一种不得已，比如在这一回里，唐僧离开长安到法门寺，寺中的僧人们议论唐僧西行求法的事情，有的说水远山高难行，有的说妖魔鬼怪难降，唐僧钳口不言，只是用手指心，点头几度，僧人们问原因，唐僧说了这样一番话："心生，种种魔生；心灭，种种魔灭。我弟子曾在化生寺对佛设下洪誓大愿，不由我不尽此心。这一去，定要到西天，见佛求经，使我们法轮回转，愿圣王皇图永固。"注意这里用的是"不由我不尽此心"。

其实这已经是书中第二次出现类似的说法了，在刚刚接受了唐太宗的任务回到他自己修行的洪福寺，几个弟子说到西天路远，沿路多狼虫虎豹，只怕有去无回的时候，唐僧的回答也和这个差不多，他说："我已发了洪誓大愿，不取真经，永堕沉沦地狱。大抵是受王恩宠，不得不尽忠以报国耳。我此去真是渺渺茫茫，吉凶难定。""不由我不尽此心""不得不尽忠以报国"，都说明唐僧西行并不是完全出于自觉自愿，而是有一种不得不如此的意味，那么为什么唐僧还是走上了西行求法的道路呢？从作品上看，大抵有两个原因。

从主观上说，唐僧是艰苦修行的佛弟子，作为虔诚的佛教信徒，能够到教主所在之地瞻视一番，是一个心愿。从客观上说，其实也是当时的情境所逼。当时他作为法会的主持者，被唐王李世民封为大阐都僧纲，相当于中国佛教协会主席的职务了，身上穿着御赐的锦襕袈裟，手里拿着御赐的九环锡杖，万众瞩目。这个时候李世民询问，谁肯领朕旨意，上西天拜佛求经，唐僧要是不挺身而出，那他还有什么脸面继续在大唐的佛教界混下去呢？我这样说，并不是在诋毁唐僧。成就事业离不开艰辛与风险，而人性往往是好逸恶劳的，很少有人主动去追求风险与艰辛，在很多时候，面对艰难，人都是不得已而承担起来的。在当时的情况下，唐僧虽然有一点箭在弦上不得不发的意味，但他能够挺身而出，并在此后的西行之路上毫不退缩，比起历史上真正的玄奘法师，虽然逊了一筹，但仍然能够称得上是英雄。风险和机遇并存，英雄豪杰与庸碌众生最重要的区别就是能够挺身入局，勇于承担随机遇而来的风险，置之死地而后生，逼迫自己走向成功。

然后我们说第二个问题，怎么看待唐僧念经超度刘伯钦父亲的问题。在《西游记》里，唐僧西行求法的原因就是观音所说的你这小乘教法度不得亡者超生，只可浑俗和光而已。要想超度鬼魂，只有到西天如来处取来大乘经典，但事实果真如此吗？在这一回里，我们看到了和观音所说的完全不同的情况。刘伯钦救了唐僧，为了报答刘伯钦，唐僧应刘伯钦母亲的邀请为刘伯钦的亡父念经。对于唐僧做法事的过程，书中是这样说的："这长老净了手，同太保家堂前拈了香，拜了家堂，三藏方敲响木鱼，先念了净口业的真言，又念了净身心的神咒，然后开《度亡经》一卷。诵毕，伯钦又请写荐亡疏一道。再开念《金刚经》《观音经》，一一朗音高诵。诵毕，吃了午斋，又念《法华经》

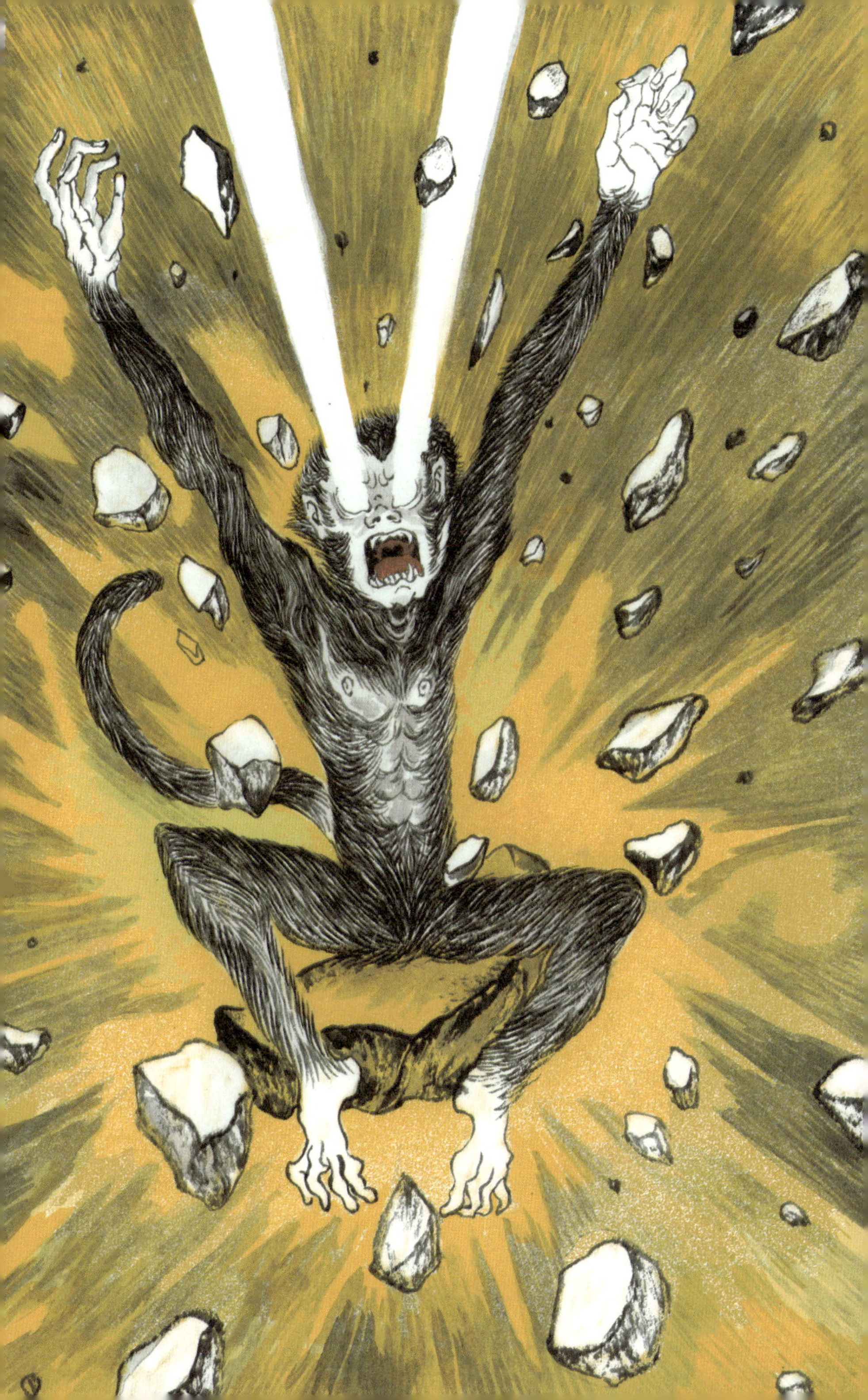

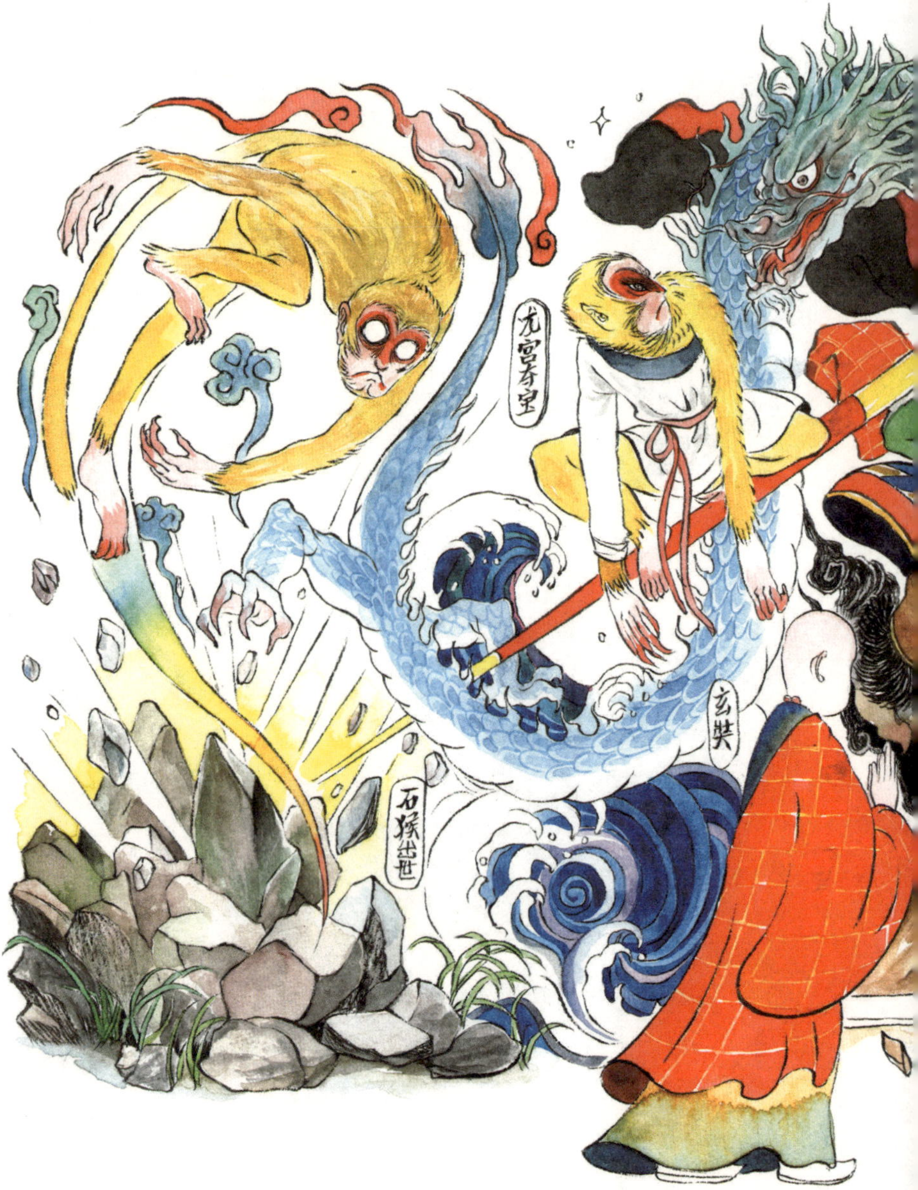
龙宫夺宝
玄奘
石猴出世

黄风怪 悟能 悟净

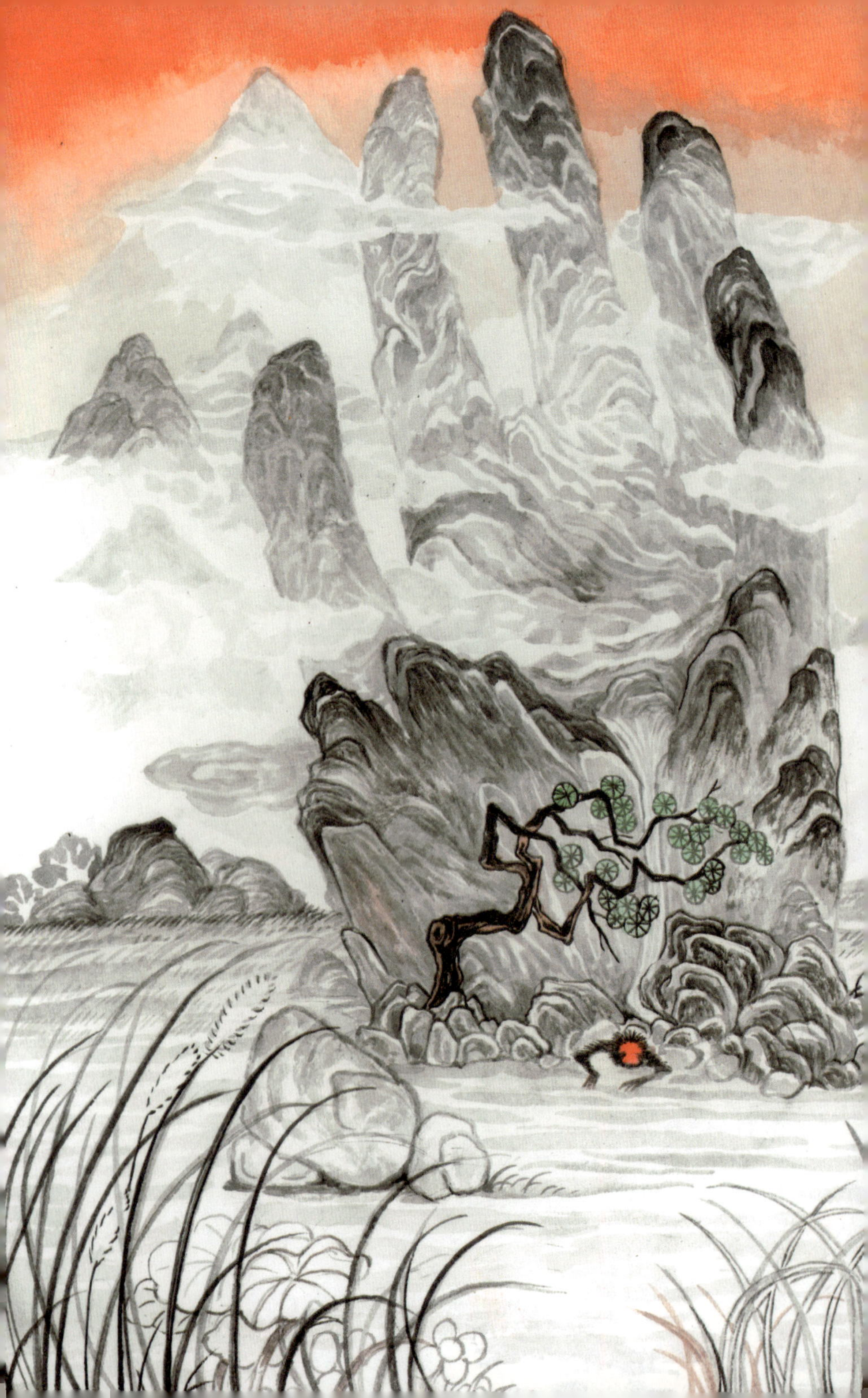

《弥陀经》。各诵几卷，又念一卷《孔雀经》，及谈苾蒭洗业的故事。早又天晚。献过了种种香火，化了众神纸马，烧了荐亡文疏。佛事已毕，又各安寝。"

那么念经的效果如何呢？答案是好极了，到次早太阳东上，伯钦的娘子道："我今夜梦见公公来家，说他在阴司苦难难脱，日久不得超生。今幸得圣僧念了经卷，消了他的罪业，阎王差人送他上中华富地、长者人家托生去，教我们好生谢那长老，不得怠慢。"不仅他娘子有此梦，伯钦本人以及伯钦的母亲，也都与此梦不差分毫，这说明什么？这说明唐僧念的经是可以超度亡灵的，而此时唐僧还没有走出大唐国界，念的绝对是观音所说的小乘教法，很明显，观音所说的话和这个情况有很大的不同。

怎么解释这个现象？许多读者开动脑筋给出了五花八门的解释，一种比较流行的解释是说观音本来就是骗李世民和唐僧的。因为当初如来说到这三藏真经的性质和功效，也只是说它是修真之经、正善之门，可以劝人为善，既没说原来的小乘经典不能度鬼，也没说大乘佛教能够度鬼。观音之所以这样说，是因为如果不如此就不足以打动唐太宗李世民，如来的传法大业也就无法完成，超度亡魂只是观音菩萨的方便善巧而已，不必当真。

不过呀，我的看法是，《西游记》虽说是伟大的经典，毕竟也还是一部民间小说，它是在历史上真实的玄奘取经的故事基础上，辗转流传数百年才最后加工写定的，书中有一些矛盾之处也是很稀松平常的事情，我宁愿把这个矛盾之处，看成是作者一个小小的疏忽。

第十四回

挥别昨天

孙悟空去除"六根"告别欲望

《西游记》第十四回讲的是唐僧揭下了如来压在五行山顶的封印，悟空重得自由。按照和观音的约定，悟空拜唐僧为师，成为保护其西天取经的护法。二人相识不久，悟空桀骜暴躁、野性难驯的特点就有所显露，为了更好地约束悟空，观音菩萨指点唐僧给悟空戴上了紧箍儿。这章我们要讲的问题有两个：一个是被孙悟空打死的那六个毛贼为什么会有那么奇怪的名字，以及悟空打死这六个毛贼的寓意；二是观音为什么一定要把紧箍儿套在悟空的脑袋上？

咱们先说那六个毛贼，在这一回里，悟空和唐僧遇到了一伙毛贼，这六个毛贼的本领不值一提，值得一提的是他们的名字：眼看喜、耳听怒、鼻嗅爱、舌尝思、意见欲、身本忧。这六个名字是大有深意的。《西游记》和佛教有着很深的渊源，这六贼的名字来自佛家，在佛家看来眼睛有眼神经,耳有听神经,鼻有嗅神经,舌有味神经,身有感触神经,意有脑神经,这些都是心和物媒介的根本,所以称为六根。

这六根如果不能被很好地管束,就会对人心造成损害,所以又把它们称为六贼。在这一回里悟空把六贼打死是有深刻寓意的。悟空大闹天宫失败,被如来镇压在五行山下,经过五百多年的反思,当他再次获得自由的时候,也就完成了一次人生的蜕变与升华。就像镇压他的那座山的名字叫两界山一样,他第一次迸裂而出是他的出生,当他再次从山石中迸裂而出的时候他就获得了新生。

以往的孙悟空是由欲望而驱动的,学道是为了长生不老,扰乱蟠桃会是为了口腹之欲,大闹天宫是为了自己的自尊,而打死六贼就意味着他已经告别了昨天的自己,从今以后他的人生就开始了新的篇章。

然后我们重点说一下孙悟空的紧箍咒,戴上紧箍儿是悟空生命中的一件大事,假如这个东西是套在猪八戒的脑袋上我们还可能觉得舒服些,因为猪八戒常常犯错误嘛,但它却偏偏套在了孙悟空的脑袋上,从感情的角度而言,因为一部《西游记》几乎就是贴着孙悟空的心来写的,所以许多读者,特别是小读者就很容易站在悟空的情感立场上,对悟空脑袋上戴的这个紧箍儿痛恨万分。

那么为什么如来和观音一定要把这个讨厌的东西套在孙悟空这样一个热爱自由的脑袋上呢?仅仅是为了折磨这个可怜的猴子,还是确实有理由呢?我们的看法是尽管从感情的角度出发,这个箍确实给孙悟空带来了很大的痛苦,所以显得十分可恶。但是从理智出发,套在孙悟空脑袋上的这个紧箍却并非多此一举，原因有三个。

第一是这个紧箍咒可以改变唐僧和孙悟空之间的力量对比，树立唐僧对于悟空乃至整个取经团队的绝对权威地位。西天取经不是一个人的事，是一个团队齐心协力才能完成的事，而在这个团队中处于领导地位的是唐僧，唐僧虽然在佛学的修养上出类拔萃，但如果要论神通，却又是这个团队中本领最弱的一个。

在这样的情况下，如何保证悟空这样有大法力的下属为自己所用，达到这个团队的既定目标，就成了一个必须解决的问题。如果没有这个紧箍咒，唐僧对孙悟空是无可奈何的，而如今有了这个紧箍咒，情况就完全不一样了，紧箍咒是三藏对付悟空的撒手锏，它时刻提醒悟空自己的命门掌握在唐僧手里，因而也就必须无条件地听从唐僧的调遣，死心塌地地护送唐僧到达西天取经。而一旦把孙悟空这个最厉害的下属紧紧地掌握在手中，其他几个不那么厉害的弟子自然也就不在话下了。

第二是可以堵住悟空的退悔之路，取经是一件充满艰险的事，最重要的是悟空并不是取经人，只是一个全程的"保镖"，他要保护的又是一个和自己在性格及处事方法上存在着巨大差异的唐僧，悟空也明白跟着唐僧取经才是自己最光明的出路，但要跟着唐僧取经就必须在很多地方调整自己的行为方式，尽量按照唐僧能够接受的方式去处理问题，而这对于悟空来说实在是一件痛苦的事情，有好几次悟空都想干脆放弃取经回花果山了，之所以没有回成，就是因为脑袋上有这个紧箍。戴着这么个箍，即使回到花果山，想到自己的命门就在唐僧手里攥着，心情也不会轻松，与其如此不如再隐忍几年，面见如来。到那个时候，紧箍就可以摘去，还能得个正果，何乐而不为呢？在这个意义上，套在悟空头上的紧箍就不是一个可有可无的东西，它使得悟空因为没有退路而不得不死心塌地地跟随唐僧取经，而这其实也是符合悟空根本利益的正确选择。

第三是这个紧箍有助于解决孙悟空的意志无力问题，意志无力是个心理学术语，意思是在很多时候一个人在理智上明明知道他应该怎么做，但却没能那样去做，反而做了许多正好相反的事情。生活中这样的例子很多，比如说许多人明明知道吸烟对身体有百害而无一利，自己也下定了戒烟的决心，可是一旦稍微遇到一点诱惑就又开始吞云吐雾；又比如一个贪污犯，本来他也愿意做一个清正廉洁的人，也知道贪污是违法犯罪的行为，可是一旦真金白银摆在自己面前，就把一切原则都抛在脑后了；等等。

那么怎么解决这个意志无力的问题呢？最直接而有效的方法就是在一个个体无法自律的情况下，就要借助他律，比如说他人的监督，以及一些必要的约束手段，等等。

我们举一个例子，这个例子来自古希腊神话，故事的主人公是古希腊的著名英雄俄底修斯，他在返回家乡的时候要路过一个叫塞壬岛的地方，在这个岛上住着一些女妖。这些女妖善于用美妙的声音迷惑过往的客人，她们站在岛上，每当船舶经过的时候，就开始歌唱，她们的声音是如此的美妙，以至于凡是听到女妖歌声的人都忍不住这种诱惑，纷纷登上塞壬岛。而一旦登上岛，等待他们的就是可怕的死亡，俄底修斯快要航行到岛上的时候，想起了这件事情，于是提前用蜜蜡封上了同行伙伴的耳朵，但他自己却舍不得放过欣赏一下这美妙歌声的机会，所以就告诉同伴们，把自己绑在桅杆上，路过塞壬岛时，自己挣扎得越厉害，捆绑自己的绳子就一定要束得更加牢固一些。做好了这些准备之后，俄底修斯的大船继续向前进发，路过塞壬岛时，那些女妖们果然开始唱歌了，歌声比人们传说的还要美妙，以至于俄底修斯觉得为了能够再多听一会儿，哪怕是死都是值得的，他剧烈地扭动，大声地喊叫恳请伙伴们把他放开。当然了，他的喊叫同伴们是听不到的，而剧烈扭动的结果也只是被伙伴们捆绑得更加牢固了一些。俄底修斯在听到女妖的歌声后，恳请伙伴们放他到塞壬岛的情况，就是典型的意志无力的状态，在理性上他何尝不明白，一旦到岛上自己面临的必定就是死亡，但是在感情上却又无法抵制女妖之歌的致命诱惑。好在他已经做了充分的准备，否则后果真是不堪设想。悟空在西行路上很多时候面临的也是类似的问题，只不过发出那致命诱惑的，不是塞壬岛上的女妖，而是他自己的心魔。

对于悟空来说，造成他意志无力的主要问题就是他火爆的脾气以及骄傲的性格。他很容易冲动，并且一旦冲动起来往往会不计后果，比如在五庄观的时候明明偷吃了人家的人参果，错在自己，但就因为人家骂了他几句，他就把人家的人参果树推倒，给自己也给整个团队都造成了非常大的麻烦。如果不能对他的性格进行必要的约束，西行是无法完成的。而紧箍咒则无疑是帮助其克服冲动的最有效的方法。

基于这三个理由，站在如来、观音的角度，为了保证取经行动的成功，这个紧箍就必须牢牢地套在悟空的脑袋上。我们其实还可以再延伸一句,那就是无论是谁,只要你还没有达到孔子所谓的"从心所欲不逾矩"的人生修养的高境界,必要的约束就是不可缺少的,哪怕这个约束有时候会让当事人觉得非常不舒服。

第十五回

白驹过隙

真实的白龙马在中国文化中的特殊地位

《西游记》的第十五回讲的是西游第一年的冬天,唐僧和悟空走到鹰愁陡涧的时候,唐僧胯下的白马被涧底的玉龙吃掉。悟空和玉龙争斗,玉龙不敌悟空,躲在涧底,再也不肯出头。悟空无可奈何,只好向观音求救。观音前来,将玉龙变为白马,并赐给悟空三根救命的毫毛。

这一回我们要说的问题有两个:第一,为什么小玉龙只因纵火烧了殿上的明珠,一旦父亲告他忤逆,就要被判处死刑?第二,历史上的唐僧西天取经,骑的真的是一匹白马吗?如果不是,为什么《西游记》要改变马的颜色?

先说第一个问题,关于白龙马的罪行,在第八回"我佛造经传极乐，观音奉旨上长安"中有明确的说明，那是观音和木叉兴云雾前往东土大唐的时候——

> 只见空中有一条玉龙叫唤。菩萨近前问曰："你是何龙，在此受罪？"那龙道："我是西海龙王敖闰之子。因纵火烧了殿上明珠，我父王表奏天庭，告了忤逆。玉帝把我吊在空中，打了三百，不日遭诛。望菩萨搭救搭救。"

我们以前说过，在《西游记》的世界里，龙并不是一种很珍稀的物种，但西海龙王之子，地位还是比较尊贵的。他之所以从龙王三太子的位置落到马上要被开刀问斩的地步，原因有两个：一是纵火烧了殿上明珠，二是忤逆。在今天的一些读者看来，这两个罪都不算太大，但在古代，这两个罪名都是不轻的。

先说纵火（也就是故意放火）。古代的房屋多是土木结构，极易燃烧，所以对防火都很重视，也就把纵火看成是很重的罪过。以吴承恩所处的明代为例，如果出于故意而焚烧他人房屋，一律判处死罪。其实即使在今天，放火罪也是很严重的罪行，按照《中华人民共和国刑法》的规定，即使尚未造成后果，也要被判处三年以上有期徒刑。今天的一些听众觉得玉龙的罪过似乎不大：一是因为注意力只放在"殿上明珠"上，从而忽视了更严重的纵火；二是觉得龙宫到处是水，纵火似乎也不会造成太大的危害。但实际上文学作品是社会生活的反映，龙宫适用的其实还是人间的法律。

再说忤逆。在提倡"法律面前人人平等"的今天，忤逆已经不是个罪名了。但在倡导以孝治国的封建时代,忤逆乃是除了谋反、谋大逆等危害国家安全之外最重的一个罪名,古代有所谓"十恶不赦"的重罪,不孝即是其中之一。我们不清楚敖闰和玉龙这对父子之间的是非曲直,但就冲这两条罪名,玉龙被判处死刑,应该没有太大的问题。也正因为如此,它才被变成唐僧的一匹脚力,用日复一日的奔走劳作来为自己赎罪。

再说现实中唐僧的脚力。在现实中,玄奘法师的脚力并不是一匹白马,而是一匹红色的老马。根据《大唐大慈恩寺三藏法师传》的记载,玄奘法师曾经收服过一个胡人徒弟石槃陀,石槃陀本来说要陪伴玄奘法师一路西行的,但马上要穿越大漠的时候,他又改变了主意,因为这实在太危险了。不过,在临走之前,他还是为玄奘做了一件好事。他和一个年老的胡人一起,带着一匹很瘦的老红马来见唐僧,那个胡人说,您如果一定要西行,可以乘坐我这匹老马。这匹马穿越大漠已经十五次,脚力强劲,而且认得道路。您的马太年轻,不能走远路。玄奘法师看着这匹马的样子,想起了临行前找术士何弘达算命的事情。何弘达是当时一个有名的算命高手,据说非常灵验。玄奘法师临行前找他占卜西行的吉凶,何弘达说应该没问题,从推算的结果看,您好像是骑着一匹红色的老马,老马的鞍桥前有一块铁物。玄奘于是仔细观察这匹老红马,鞍桥前果然有一块铁物,和何弘达说的都符合,于是就和老胡人换了这匹老红马。这匹老红马后来果然在关键时刻找到了水源,救了唐僧的性命,带着玄奘平安穿过大漠。

那么,现实中的老红马为什么在小说中变成了白马呢?原因就在于白马和中国文化有着极其深厚的渊源。比如古人祭祀或盟誓,往往选用乌牛白马,白马象征苍天,乌牛象征大地,以此表示对天地的敬畏或对诺言的重视。这种习俗似乎是来自游牧民族,但随着民族之间的交流,对汉族的文化心理也产生了很大的影响,比如《三国演义》里写刘关张结义,就有"备下乌牛白马祭礼等项,三人焚香再拜而说誓"的描写。很多和马有关的典故,马的颜色都是白色,比如青丝白马、丹书白马、白驹过隙等。

然而更深刻的原因,还在于中国佛教从一开始进入中国,就和白马结下了不解之缘。佛教正式进入中国,源于汉明帝的一个异梦。汉明帝刘庄在永平七年(公元六十四年)夜晚梦见一位神人,高一丈六尺,全身金色,项有光明,在殿前飞绕而行。第二天刘庄会集群臣,问:"这是什么神?"当时学识渊博的大臣傅毅回答道:"听说西方有号称'佛'的能飞行于虚空,神通广大,陛下所梦见的想必就是佛。"第二年,汉明帝派遣蔡愔及其弟子秦景等十人远赴西域求法。使团到达大月氏国后,抄得佛经四十二章,并于永平十年(公元六十七年),在此地遇见高僧摄摩腾、竺法兰,邀请二师来汉地传播佛教。二师接受邀请,用白马驮着佛像和经卷,随蔡愔一行来到洛阳。汉明帝对他们的到来表示欢迎,永平十一年(公元六十八年),专门为之建立佛寺,名曰"白马寺"。白马寺是我国汉地最早的佛寺,取回的佛经则收藏于皇室图书档案馆兰台石室中。这就是"白马驮经"的故事。

正因为白马在中国文化中有如此殊胜的地位,所以唐僧的马就从红转白了。

第十六回

霞光四射

从锦襕袈裟看中国服饰的演化

《西游记》第十六回讲的是西游第二年的春天，唐僧和悟空走到黑风山附近的一个观音禅院，寺庙的主持金池长老是一位二百七十岁的老和尚。悟空一时卖弄，将如来赐予唐僧的袈裟展示给金池长老看，引动了金池长老的觊觎之心。金池长老将唐僧的袈裟拿到自己的房中，夜半时分，令手下的寺僧在唐僧的门外放起火来，想将唐僧师徒烧死，将袈裟据为己有。悟空警觉，借来防火罩，护定自己和老僧的房屋，将火引到其他房舍。众寺僧慌忙救火，忙乱中将袈裟丢失。金池长老丢失袈裟，羞愧自尽。悟空听说附近黑风山上有个妖怪，断定袈裟被妖怪窃取，即刻赶往黑风山。

在《西游记》里，这一回是最没有奇幻色彩的故事之一。如果把悟空从广目天王处借来防火罩的情节去掉，整个故事就和"三言二拍"

里那些害人者终究害己的故事没有任何差别了。这一回作者想要传达给我们的信息其实很明确：警告害人者，贪心不可长，更不可由贪心而生出杀心，害人者终究会搬了石头砸自己的脚；提醒被害者，炫耀之心不可有，因为这很容易引起他人的觊觎之心，使自己处在非常危险的境地。

我们这一回要说的问题有两个：一是在《西游记》里，这件锦襕袈裟乃是著名的宝贝之一，所以我们就从这件袈裟说起，讲一讲袈裟是怎么回事；二是说一说寺院本是清净之地，而《西游记》又是一部和佛教有着很深渊源的作品，为什么在小说里竟然会出现金池长老这样不堪的和尚和简直如黑店一般的寺院呢？

先说袈裟。

先说袈裟的样子，它是长方形的，说得直白些，就是一块长方形的布。但这块长方形的布，又不是用一块完整的布料做成的，而是要先把布裁成小块，再缝合在一起。之所以如此，主要是为了防盗，因为布料已被裁成小块，不能再做他用，所以也就不会有人盗取。因为袈裟是用小块的布料拼成的，看起来很像一块块的农田，所以也称为"福田衣"。

再说袈裟的种类。根据佛教的制度，比丘的衣服有大中小三件：一种是用五条布缝成的小衣，我国俗称"五衣"，是打扫劳作时穿的；一种是七条布缝成的中衣，我国俗称"七衣"，是平时穿的；一种是九条乃至二十五条布缝成的大衣，我国俗称"祖衣"，是礼服，出门或见尊长时穿的。大衣又根据其条数、格数被划分为不同的品级，品级最高的由二十五条布缝成，每条布由四长一短的布条缝制而成。三衣总称为袈裟。如来赐予唐僧的袈裟，应该是那种二十五条布缝成的大衣，是袈裟中最正式的那种。而所谓"锦襕"，就是每条布皆以织锦为边，自然更是袈裟中的上品。

再说袈裟的颜色。电视连续剧《西游记》中，唐僧那件锦襕袈裟的颜色是红色的，这也是符合原著的。比如这一集里说孙悟空将袈裟拿出来的时候，还隔着两层油纸，就有霞光迸射，去了纸，取出袈裟抖开时，红光满室，彩色盈庭，很明显是红色的。

唐僧的锦襕袈裟是红色，这是符合我国汉族僧人实际情况的。我国汉族僧人的袈裟，大衣是赤色，中衣和小衣一般是黄色。但并非所有地方的僧侣都是如此。蒙藏僧人的袈裟，大衣是黄色，平时所披的中衣近赤色。现在缅甸、斯里兰卡、泰国、柬埔寨、老挝、印度、尼泊尔诸国的僧服都是黄色，仅有深浅的不同。

有的朋友可能会有疑问，袈裟实际上就是大小不同的长方形的布，那它能完美地起到遮寒蔽体的作用吗？这个问题问得挺好。确实，在印度那种炎热的地方，几件袈裟就足够了；但在我国北方，大中小三件袈裟穿在一起恐怕也不能够御寒，所以我国僧众在袈裟里面另穿一种常服，这种常服是由古代俗人的服装略加改变而成的。常服的颜色，明代曾做过规定，修禅僧人常服为茶褐色，讲经僧人蓝色，律宗僧人黑色。清代以后，没有什么官方规定，一般僧人常服均为黄色。

再说怎么看待以金池长老为代表的坏和尚，和以观音禅院为代表的坏寺庙会出现在《西游记》中。在《西游记》里，金池长老活了二百七十岁。这二百七十岁应该是源于《心经》。《心经》正文是二百六十字，加上其正式的名字《摩诃般若波罗蜜多心经》，就是二百七十字了。可惜的是，老和尚活了二百七十岁，天天参禅，却仍然没有修到《心经》中"心无挂碍"的境界，尤其是对待袈裟的态度如同一个痴迷于打扮的女性对于衣服鞋帽的执着。我们平常说"女人的衣橱里永远缺一套衣服"，用到金池长老身上就是"老和尚的衣橱里永远缺一件袈裟"，已经有七八百件了，见到唐僧的袈裟好，仍然止不住自己的贪念，为了得到它，竟然不惜谋财害命，最终落得个自杀身亡的结果。住持如此，其徒子徒孙的情况也好不到哪里去。两个和尚广谋、广智，完全就是为虎作伥的帮凶，其余一众僧人，也没有一个能够站出来阻止金池长老的罪行。整个观音禅院，哪里是佛门的清净之地，分明就是十字坡一样的黑店。

为什么《西游记》中的这座寺院显得如此不堪？不仅仅是《西游记》，我们翻看明代的其他文学作品，比如《金瓶梅》、"三言二拍"等，会发现里面也都有不少形象非常负面的僧人。文学是社会生活的反映，很多文学作品都这样写，就足以看出那个时代一般民众对于僧人的普遍评价并不是太高。之所以如此，大致有以下原因。

一是明代的制度使然。明太祖朱元璋当过和尚，深知宗教凝聚人心的威力，为了加强对僧人的管理，将僧人分为禅僧、讲僧、教僧三类，禅僧修禅，讲僧讲经，教僧做法事。在这三类僧人之中，与普通百姓日常生活关联最紧密的，当然首推教僧，而教僧不但佛学修养在这三类僧人中最低,他们收钱办事的行为方式其实也与商贩无异。久而久之,百姓对僧人的尊敬也就大为降低。

二是时代的原因。明代中晚期以后,一方面是商品经济的空前发展,另一方面是陆王心学所引发的思想解放,这两股潮流的合力使得中国社会上出现了一个"放荡晚明"的特殊时期。所有社会成员,无论僧俗,都受到这股大潮的洗礼,从而表现出不同于以往的行为模式,如不再讳言财利,放纵身体情欲等。

三是明代的僧人确实有不少素质低下者混迹其中,这些人对社会秩序造成了一定的影响。明清时期,由于人口增长与土地问题日趋严重,出现了大量无法通过正常生活维持生计的人员,这些人中有很多迫于生计而出家。他们并非出于坚定的信仰而出家,要他们保持严格的持戒行为也是勉为其难。明代僧人圆澄在其《慨古录》中曾对僧尼来源不纯所导致的犯戒逾矩之事做出批评:"或为打劫事露而为僧者,或牢狱脱逃而为僧者,或悖逆父母而为僧者,或妻子斗气而为僧者,或负债无还而为僧者,或衣食所窘而为僧者;或妻为僧而夫戴发者,或夫为僧而妻戴发者,谓之双修;或夫妻皆削发,而共住庵庙,称为住持者;或男女路遇而同住者。以至奸盗诈伪,技艺百工,皆有僧在焉!"

总之,明代小说中僧尼的负面形象是当时佛教人员与社会法律秩序紧张关系的重要反映,通过文学作品与社会现实的比照,既可以更全面地理解特定历史时段的社会生活,也能对文学作品在中国法律史研究中的价值有适当的体会和认识。

第十七回

黑熊大神

中国古代熊崇拜与熊文化

《西游记》第十七回讲的是孙悟空在观音菩萨的帮助下夺回锦襕袈裟的故事。悟空听说观音禅院附近的黑风山有妖,断定是这个妖怪将袈裟盗走。赶到那里后,果然不出所料,盗走袈裟的是个黑熊精,武艺与悟空不相上下。悟空无计可施,到南海找来观世音菩萨。观音菩萨将禁箍套在黑熊精头上将其降伏。悟空夺回袈裟,观世音将黑熊精带回普陀,做了个守山的大神。这一回实际上是前一回的延续,讲的是金池长老的贪婪给自己带来了杀身之祸,以及悟空的炫耀心给自己带来了麻烦。我们只讲一点:黑熊精为什么如此特殊,他不但没有被打死,还成了观世音的守山大神。

今天对《西游记》稍微熟悉一点的读者,恐怕都知道这个玩笑:在《西游记》里,凡是没有背景的妖怪都被打死了,凡是有背景的妖怪都活了下来。这个玩笑对众多妖精命运所做出的归纳基本上是正确的，但也不是没有例外，比如这只黑熊精。他盗取了唐僧的袈裟，还欲对悟空请来帮忙的观音菩萨动手，但观音却只是将他制服而已，制服之后，还让他做了自己的守山大神。要知道，以观音的神通广大，能跟着观音，基本上也就意味着有一个光明的未来。

有人说这是因为这只熊同样有深厚的背景，那观音禅院是观音菩萨的道场，他和观音禅院的金池长老交往，也就等于间接地和观音有关联。这当然是错误的。观音禅院的住持金池长老尚且因为自己的贪心受到惩罚，何况和金池长老交往的黑熊怪。这只熊之所以如此幸运，就在于中国古代普遍存在的熊崇拜与源远流长的熊文化。

说到"熊"字，大家基本上都会想起一些负面的词语，比如愚蠢、笨拙，等等，以至于"狗熊"已经成了"英雄"的反义词了。但你知道吗，古代，特别是上古时代，中国人对于熊却有着非同一般的情感。熊不仅是中华民族公认的祖先黄帝所在部落的姓氏，还是传说中中国历史上第一个王朝夏信仰的图腾。史载"黄帝有熊氏""本是有熊国君之子"。早就有学者提出，上古部落的姓氏往往渊源于图腾崇拜，如果此说不错的话，黄帝所在的有熊氏，自然与熊图腾有着千丝万缕的关联。至于夏，据《史记·夏本纪》记载，原本就是黄帝有熊氏的后裔。还记得大禹的父亲鲧吗？根据《左传》的记载，鲧当初因为治水失利被尧杀死后，他的魂魄即化为一只黄熊。至于禹本人，更是与熊有着不解之缘。他在治水中，遇到特别难疏通的地方，就会化身为一只力大无穷的巨熊，用爪子挖开泥土与山石。后来做了天子，根据上海博物馆馆藏的战国竹简《容成氏》篇的记载，他制作了东、西、南、北、中五方之旗，其中最为重要的"中正之旗"的标志，就是熊。所有这些，都表明了熊在夏文化中的突出地位。

但这其实还不是熊图腾的最早起源。在比黄帝早一千多年的红山文化的祭祀仪式里，就已经出现了熊的踪影。牛梁河遗址的女神庙中，考古人员曾发现真熊的下颌骨和泥塑的熊头、熊爪。此外，在附近的其他新石器时代遗址中，也出土过人工塑造的熊像残件。透过这些历史的碎片，我们不难看到熊在先民心中的殊胜地位。

为什么看似傻乎乎的熊，会成为我们祖先膜拜的图腾呢？有学者说因为熊生命力顽强、力大无穷，所以被视为男性勇气和力量的象征；也有学者认为熊的季节性活动规则，尤其是冬眠的习性，给原始人留下一种死而复活的印象，因此熊被视作大自然力量重生的体现而受到崇拜。且不论谁是谁非，总之，在代表我们祖先精神信仰的诸多图腾动物中，熊绝对是一个重要的角色，这是毫无疑问的。

正因为如此，熊在《西游记》中就受到了非同一般的礼遇。在这一回里，黑熊怪虽然是个妖怪，但他居住的地方清幽别致，他的谈吐温文尔雅，处处透出一种高人逸士的风范，连悟空也不由得感叹："这厮也是个脱垢离尘，知命的怪物。"观世音菩萨接受悟空的请求，前来降妖，一踏上黑熊精的洞府，竟然也心中暗喜："这业畜占了这座山洞，却是也有些道分。"而你还记得唐僧离开长安的第一难吗？三只妖怪捉了唐僧，吃掉了他的两个随从，其中有一只妖怪叫作"熊山君"。按照另外两只妖怪老虎精、牛精的意思，似乎是想将唐僧和几个随从一起吃掉，但正是熊山君的一句"不可尽用，食其二，留其一可也"，让唐僧度过了有惊无险的一夜。《西游记》里的两只熊，从形象上来看都比较正面，从结局来看也都还不错，这应该不是偶然。作者做出这种处理，应该是潜意识中受到中国文化对熊尊崇的影响。

第十八回

八关斋戒

猪八戒背后交织的佛道文化

《西游记》第十八回讲的是西游第二年的春天，唐僧与孙悟空走到乌斯藏国高老庄，遇到了千方百计要除掉妖怪女婿的高太公，而高太公要除掉的妖怪女婿，就是在中国家喻户晓的猪八戒。悟空自告奋勇，变作高小姐的模样去会八戒。当假冒的高小姐说出高太公要请孙悟空降伏他的时候，八戒不由得心慌起来。正当他开门要溜的时候，悟空现出原形，八戒化作万道火光逃走，悟空在后紧紧追赶。

这一回我们要讲的问题有三个：一是"猪八戒"这个名字的来历；二是猪八戒的人间原型；三是猪八戒在给高太公做女婿期间，明明很能干，帮助高太公发家致富，高太公为什么恩将仇报，一定要将八戒除之而后快呢？

先说第一个问题："猪八戒"这个名字的来历。猪八戒一共有三个名字：一个是本名，叫作猪刚鬣，这个名字是根据猪八戒本身的生理特征而得来的，"鬣"的意思就是脖子后面的硬毛，猪八戒是猪精，脖子后面自然有一溜刚硬的鬣毛；还有一个名字是猪悟能，这是观音菩萨在收服八戒的时候给起的；第三个名字才是八戒，这是唐僧给起的，而叫得最响的，就是唐僧给起的八戒了。

那么，唐僧为什么要给猪八戒起这样一个名字呢？根据书中的交代，猪八戒见到观音交代给他的取经人唐僧，非常开心，于是说："师父，我受了菩萨戒行，断了五荤三厌，在我丈人家持斋把素，更不曾动荤；今日见了师父，我开了斋罢。"三藏道："不可！不可！你既是不吃五荤三厌，我再与你起个别名，唤为八戒。"看来，在作者的心中，八戒的意思就是戒了五荤三厌的意思。那么，究竟什么是五荤三厌呢？所谓五荤，来自佛教，指的是葱、洋葱、大蒜、小蒜、韭菜五种荤菜，这五种荤菜，生着吃味道难闻，熟着吃据说会激发人的情欲，所以修行的人是不吃的。所谓三厌，则来自道教，指的是天上的大雁、地上的家犬、水里的乌龟。道家之所以不吃这三种动物，是因为大雁彼此忠诚，像人间的夫妻；家犬护卫主人，像忠实的仆从；乌龟谦逊守礼，像尽职的臣子，所以不忍心把它们作为食物。

很明显，这个"八戒"的说法乃是道教与佛教的混合体。这样的命名方式带有很明显的民间色彩，是绝对不符合唐僧高僧大德的身份的。因为佛家自有其八戒，也就是"八关斋戒"，那就是不杀生、不偷盗、不妄语、不饮酒、不非梵行、不非时食、不坐高广大床、不化妆歌舞，哪里有一个高僧把道家的信条也掺和进来的说法。作者这样写，应该是出于故意的搞笑，因为猪八戒就是个大俗人，你让他守住自己的心，那是绝无可能的，他能做的，也就是稍微控制一下自己的嘴，挑出几样不能吃的东西稍微克制一下，意思意思罢了。

再说八戒的人间原型。《西游记》是一部文学名著，而其最大的成就，就是塑造了孙悟空、猪八戒两个令人难忘的艺术形象。这两个形象，都是按照"三结合"的方式塑造出来的，他们既有动物的特征，又有神仙的本领，还有人类的属性。以猪八戒而论，他有猪的外形，有天蓬元帅的本领，但最重要的地方，还在于他有人的性格特征。文学来源于生活，所以猪八戒注定是有其社会原型的。这个社会原型，比较被大家认可的说法，是源于旧时代农民的普遍特征。其实，只要我们稍微回想一下，就会发现八戒身上确实有着太多来自农村的烙印。比如他的外形是农家几乎家家都会饲养的肥猪，他的武器是九齿钉耙，他的皮肤黝黑，而他的性格更是有典型的农民的特征。正如张锦池先生所说："既狡黠而又憨厚，既懒惰而又勤谨，既好色而又情真，既畏难而又坚定，既自私贪小而又不忘大义。其狡黠是农民的小黠而大憨，其贪吃贪睡是累极了的长工放下担子后的口壮身惰，其好色是旷夫的寡人之疾，其畏难是太过务实的求止，自私贪小是小生产者的惜财活口心理，其人生目标是勤谨一生而忍饥挨饿的山野村夫的人生目标。"总而言之，和孙悟空透露出的市民气质不同，猪八戒处处透露出农民的气质特征。

最后说一说猪八戒在高家受到的待遇。很多人一想到猪八戒，一个笨拙的形象就浮现在脑海之中。但我要说的是，用笨拙来形容西游路上的猪八戒可以，用它来形容在高老庄时期的猪八戒则绝对错误。

猪八戒本质上是个庄稼汉，他在西游路上的笨拙，其实类似于出门在外农民的种种不适应，一旦来到农村广阔的天地，他们就会如鱼得水。比如在高老庄时期的猪八戒，其实是非常能干的。对于这一点，《西游记》有很好的交代。孙悟空变作高翠兰的样子探猪八戒的口风，故意叹了口气，说"造化低了"。一句话勾起猪八戒的不满，他说："你恼怎的？造化怎么得低的？我得到了你家，虽是吃了些茶饭，却也不曾白吃你的：我也曾替你家扫地通沟，搬砖运瓦，筑土打墙，耕田耙地，种麦插秧，创家立业。如今你身上穿的锦，戴的金，四时有花果享用，八节有蔬菜烹煎，你还有那些儿不趁心处，这般短叹长呼，说甚么造化低了！"八戒绝没有撒谎。悟空后来拿八戒这话到高太公面前质证："那怪也曾对我说，他虽是食肠大，吃了你家些茶饭，他与你干了许多好事。这几年挣了许多家资，皆是他之力量。他不曾白吃了你东西，问你祛他怎的？据他说，他是一个天神下界，替你巴家做活，又未曾害了你家女儿。"

这些，高太公本人也是承认的。但对这么个极能挣钱养家的女婿，高太公何以必欲除之而后快呢？说来说去，只是为了自己的面子而已。用他自己的话说，有这么个妖怪女婿在家，虽不伤风化，但毕竟名声不好，面对人们动不动就说出的"高家招了一个妖怪女婿"的议论，高太公觉得难以承受。而为了这一点面子，高太公所表现出的绝情是令人极度心寒的。针对如何处置八戒，悟空与高太公之间有几句简单的对话，高太公要请人除掉八戒，悟空道："这个何难？老儿你管放心，今夜管情与你拿住，教他写个退亲文书，还你女儿如何？"高老道："但得拿住他，要甚么文书？就烦与我除了根罢。"——这是要对八戒下死手的意思了。这对话乍一听很容易被放过去，但细细想来，人的忘恩负义真是令人恐极。但对这一切，八戒似乎全然无感。在后来的西游路上，八戒每遇到难处，就会嚷着要回高老庄做女婿，可见在八戒心中，高老庄乃是一个令他梦魂萦绕的地方，是他心灵中一块最柔软的角落。八戒的一往情深与高太公的冷面冷心相对比，让我们对八戒不由得不生出一腔同情与怜悯。

第十九回

如来的心脏

乌巢禅师亲自传授的《心经》

　　《西游记》的第十九回说的是孙悟空追赶八戒来到云栈洞,打斗中得知彼此都是早被观音安排好一路护送唐僧西天取经的师兄弟,当即化干戈为玉帛,共同回到高老庄。从此,八戒就告别了在高老庄做庄稼汉的日子,走上了护送唐僧西行求法之旅。这一回的结尾,是师徒三人离开高老庄一个月左右,在浮屠山遇到了一个神秘莫测的乌巢禅师,禅师将《心经》传授给了唐僧。

　　这一回我们要说的问题有三个。前两个都是知识性的问题,一是解释一下什么是"火居的道士";二是介绍一下乌巢禅师隆重推出的《心经》;三则是说一下为什么猪八戒这个浑身是缺点的人物千百年来一直受到读者的喜爱?

我们先说一说什么是"火居的道士"。在这一回里,高太公见悟空收服了八戒,非常高兴,于是摆酒席酬谢唐僧。宴席上,八戒扯住高太公,说:"爷,请我拙荆出来拜见公公、伯伯,如何?"这时悟空在旁说了一句:"贤弟,你既入了沙门,做了和尚,从今后,再莫题起那'拙荆'的话说。世间只有个火居道士,那里有个火居的和尚?"

那么什么是"火居的道士"?所谓"火居的道士",就是结婚居家的道士。在我国,道教分为两个大的派别,一派是全真派,另一派是正一派。全真派的道士,都必须出家修行;正一派的道士,则既可以出家修行,也可以在家修行,而且,正一派中最重要的流派天师道的法统,自从张道陵以来,都是由嫡传子孙担任的。但和尚就不同了,一旦剃度为僧,就必须放弃家庭生活,绝没有既当和尚又结婚的道理,这就是悟空说的"世间只有个火居道士,那里有个火居的和尚"的意思。不过据说今天的日本,和尚已经成为一种职业,所以娶妻生子的也不在少数。如果悟空西天有知,不知道会不会发出"不是我不明白,这世界变化快"的感慨。

再说一说《心经》。在中国,凡是对佛教有一丁点儿了解的人,对《心经》应该都不陌生。连上正式的名字"摩诃般若波罗蜜多心经"在内,一共才只有二百七十字。但就是这样一部短短的经典,在佛教的诸多经典中,却有着极其殊胜的地位,以至于有人说,它在佛经中的地位,就如同释迦牟尼的心脏一样。《西游记》说它"此乃修真之总经,作佛之会门",是没有问题的。另外,历史上的玄奘法师与《心经》有着极为特殊的缘分,也是没有问题的。根据《大唐西域记》《大唐大慈恩寺三藏法师传》的记载,玄奘遭遇艰难苦厄,经常会默念

《心经》，而结果也总是会峰回路转，柳暗花明。

但《西游记》中说《心经》乃是由乌巢禅师传给唐僧，而后由唐僧传之后世，则是不正确的。实际上，可以考证出的最早的《心经》是在三国时期，由吴国的支谦译出的，不过已经失传了。保留下来的较早的《心经》译本是魏晋时期西域僧人鸠摩罗什翻译的。不过，流通最广的《心经》译文确实是玄奘法师的，这大概是《西游记》说《心经》由乌巢禅师传给唐僧，至今流传的缘由吧。

最后说一说我们为什么不讨厌猪八戒。在《西游记》乃至整个中国古代小说史中，猪八戒是一个极其特别的形象。这个形象可以说缺点满满。他的信仰不坚定，在西行之路上，每次遇到艰难困苦，第一个提出散伙的都是他。他好吃懒做，一顿饭能吃下几十碗米饭，能喝下几十碗面汤。西行之路上，他总是一再抱怨着他那几乎填不满的肚肠。他还很好色，每次遇到漂亮一点的女人，他都会垂涎三尺，丑态百出。

但令人奇怪的是，古往今来的《西游记》读者，说到八戒，觉得八戒可笑可爱的多，可恨可恶的少。为什么这样一个三心二意、浑身是缺点的形象，却能得到古往今来那么多读者的欢迎，乃至喜爱呢？

原因有两个。

第一个原因，猪八戒并非只有缺点，他的一些优点其实也很突出。比如他淡泊名利。八戒没有野心，对功名利禄和荣华富贵等其实没有太多的诉求。一个最简单的例证,就是他当过天蓬元帅,那是天界的高官了,但他在西行之路上,对这段日子并不怎么怀念,最让他魂牵梦绕、念念不忘的一直是在高老庄和高翠兰一起度过的那段幸福日子。这就让我们这些普通人在阅读时倍感温暖和亲切。

还有,猪八戒其实非常能干。在几个师兄弟中,八戒的生活经验是最丰富的。一个明显的例证是唐僧师徒来到通天河的时候,唐僧问起河水的深浅。别人都一筹莫展,八戒却说只要找一块卵石丢到水里,假如溅起水泡,就是水浅;假如咕嘟嘟沉下去,就是水深。再比如通过结冰的河面时,白龙马蹄下打滑,八戒就讨了些稻草包在白龙马的蹄子上,包好马蹄,还让唐僧把禅杖横着担在马上。悟空以为八戒在偷懒,把原本应该自己挑的锡杖让师父拿着,八戒解释说,冰上行走,最怕的就是落到冰窟窿里,而有了这个横担之物,就可以架在冰上,免去落入冰下之苦。从这些例子我们不难看出八戒是个解决生活问题的能手。西行路上降妖除魔的主力当然是悟空,但离开八戒的帮助,我们很难想象取经大业会取得圆满的成功。

第二个原因,则是猪八戒毛病虽多,但好色、贪吃这些毛病,都是从正常人性的欲望所滋长出的,并且也都没有发展到令人不可谅解的邪恶的程度。

我们可以根据对欲望的态度把人划分为三种不同的类型。面对欲望,能够很好地克制,乃至做到完全不起心不动念,那是圣贤;面对欲望,不加遏制,乃至不择手段地寻求满足,那是禽兽;面对欲望,既不能完全克制,又无法完全满足,那就是我们普通人。所以说到底,八戒的缺点，就是我们普通人的缺点；八戒的可笑，其实也正是我们普通人的可笑，因为我们普通人在大多数时候，之所以看起来可笑，就是因为面对诱惑既无法满足又无法克制，从而感到矛盾、尴尬。更何况，在很多时候，猪八戒那强烈欲望的背后，其实是基本欲求都不能得到满足的饥渴与可怜。比如他垂涎的不是山珍海味，而是能勉强填饱肚子的包子、面条；他情欲的满足对象也不一定是什么国色天香的美人。

所以，八戒不过是我们普通人稍作夸张处理的漫画形象罢了。面对八戒，我们只能有限度地嘲笑，笑过之后，则是同情、理解，以及最后的原谅——面对自己的漫画，试问谁能真正恨得起来。

第二十回

万法从心

《西游记》中的文化意蕴

　　《西游记》第二十回说的是西游第二年的夏天，唐僧、悟空、八戒三人走到黄风岭，黄风岭上有个魔头叫作黄风怪。不过在这一回里，黄风怪并没有正式出场。与悟空、猪八戒为敌的，乃是黄风怪手下一个本事不大，心性却颇高傲的虎先锋。他第一次出场，就被猪八戒一顿钉耙打败，他使用金蝉脱壳之计逃脱，正巧碰上了从马上摔下来斜躺在地上念经的唐僧，于是顺便将其捉回洞府；第二次他居然还敢出来，并且在黄风怪面前夸下海口，说只要带领五十个小妖，就可以连孙悟空一并捉来，和唐僧凑在一起吃掉。结果可想而知，他几个回合就被孙悟空打败，在逃跑的路上又撞着正在放马的猪八戒，八戒一钉耙就把虎先锋的脑袋筑了九个窟窿，虎先锋呜呼哀哉死了。虎先锋的教训告诉我们，为人不可吹牛逞强，做事切须量力而行。

这一回我们要说的问题有两个：一是对此回开头的那首偈子做一个简单的介绍，因为这首偈子可能会被我们轻易放过，但其中的文化意蕴其实还真是非常丰富；二是以这一回中对于季节景物的提示，说一说《西游记》中的时间问题。

先说这一回开头的那首偈子。偈子是这样写的：

> 法本从心生，还是从心灭。
> 生灭尽由谁，请君自辨别。
> 既然皆己心，何用别人说？
> 只须下苦功，扭出铁中血。
> 绒绳着鼻穿，挽定虚空结。
> 拴在无为树，不使他颠劣。
> 莫认贼为子，心法都忘绝。
> 休教他瞒我，一拳先打彻。
> 现心亦无心，现法法也辍。
> 人牛不见时，碧天光皎洁。
> 秋月一般圆，彼此难分别。

这首偈子的大意是：世间一切的生生灭灭，其实都源于自己的一颗心。既然如此，就要好好调服自己的内心。那么，怎么调服呢？过程就像调服一头倔强的蛮牛。我们怎么驯牛？一定是将绒线穿过牛鼻子，把它拴在树下，省得他乱走乱跳，如果它狂躁，就拳脚相加，直到驯服为止，只要功夫下到，牛就一定会驯服，乖乖地为我们服务。对待我们狂躁的内心也是这样。只要方法得当，就一定会有修行成功的一天。

偈子讲的是万法从心,修行即是修心的道理。既然讲修心,为什么偈子中会出现那么多和牛有关的东西呢?原来,在佛教中,用牛比喻人心是一种非常常见的说法。无论是佛经,还是后世的一些高僧大德,都用过这个比喻,而流传最广的,又莫过于宋代高僧普明禅师的《十牛图颂》。《西游记》中的这首偈子,里面的许多说法乃至字句,都化用了普明禅师的《十牛图颂》。

再说《西游记》的时间表。

我们从小看《西游记》的电视和动画,听《西游记》的各种故事,但在多数人心中,对于唐僧师徒在西游路上遇到的妖魔鬼怪出现的具体时间,恐怕都是一头雾水。如果我们把唐僧辞别唐太宗踏上西游之路的那一年作为"西游元年"的话,现在问你几个问题:红孩儿是西游第几年遇到的?女儿国国王是西游第几年遇上的?金翅大鹏呢?牛魔王呢?恐怕绝大多数朋友都会一脸懵懂。他们会说:啊呀,我怎么知道?再说,《西游记》也没写啊!

那么,《西游记》到底写了没有呢?答案是:写了。不过,它不是以非常明确的笔墨写的,而是以一种巧妙而隐晦的方式写的。以这一回为例。本回开头是一偈子,说的是唐僧彻悟了《心经》,心性渐渐开发的情况。接着就是一句话:"且说他三众,在路餐风宿水,带月披星,早又至夏景炎天。"这说明什么?说明碰到黄风怪的季节是夏天。其实,不仅是这一回,在《西游记》里,这种点出故事发生季节的句子经常会出现在作品当中，比如第十八回孙悟空和唐僧到高老庄的时候，书中就说"正是那春融时节"；再比如第五十三回，唐僧师徒到女儿国时，书中也有一句"行够多时，又值早春天气"；等等。根据这些时令和景物的描写，我们不难从中看出时间的推移，也不难把西行路上发生的事情落实在比较准确的年份上。一句话，西行路上十四年，哪件事发生在哪一年，都是不难推知的。而且作者本身对这个也是了然于心、丝毫不乱的。按照作品中的景色变化排开去，正好十四年（实际上是五千零四十八天，跨十四个年头，）丝丝入扣，一毫不乱。所以，《西游记》不是没有写事件发生的具体时间，而是用一种巧妙的方式写出来了，需要我们仔细阅读，才能读出。

下面，我们就把西游路上发生的事件做成年表呈现给大家，好让大家能做到心中有数。

西游年表

西游元年(贞观十三年)

九月甲戌初三日,唐僧自长安出发,西行求法(第十二回)

深秋,遇到熊虎牛三怪(第十三回)

深秋,遇到刘伯钦(第十三回)

深秋,收服悟空(第十三回)

初冬,打死六贼(第十四回)

腊月,收服白龙马(第十五回)

西游二年(贞观十四年)

春天,遇到黑熊精(第十六回)("光阴迅速,又值早春时候……")

春天,收服八戒(第十八回)(接上回"正是那春融时节,师徒们走了五七日荒路……")

夏天,遇到黄风怪(第二十回)("早又至夏景炎天")

秋天,收服沙僧(第二十二回)("光阴迅速,历夏经秋……")

西游三年(贞观十五年)

秋天,四圣试禅心(第二十三回)("历遍了青山绿水……光阴迅速,又值九秋……")

西游四年（贞观十六年）

时间不明，路过五庄观（第二十四回）（"行罢多时，忽见一座高山……"）

夏天，遇到白骨精（第二十七回）（"桃子成熟，夏天……"）

夏天，遇到黄袍怪（第二十八回）

西游五年（贞观十七年）

乌鸡国宝林寺，唐僧说："我记得离了长安城，在路上有四五个年头。"

春天，遇到金、银角大王（第三十二回）（"夜住晓行，却又值三春景候……"）

秋天，解救乌鸡国国王（第三十六回）["一轮高照，大地平分……"（"平分"是中秋节）]

秋末冬初，遇到红孩儿（第四十回）（"上了平阳大路，正值秋尽冬初时节，行经半月有余，忽又见一座高山……"）

冬天，遇到鼍洁（第四十三回）（"行了一个多月过了黑水河，一路西来真个是迎风冒雪戴月披星……"）

西游六年（贞观十八年）

春天，遇到虎力鹿力羊力大仙（第四十四回）（"行够多时，又值早春天气……"）

西游七年（贞观十九年）

秋天，遇到灵感大王（第四十七回）（"又值秋光天气……"）

冬天，遇到青牛怪（独角兕王）（第五十回）（"正遇严冬之景……"）

西游八年（贞观二十年）

春天，遇到如意真仙（第五十三回）（"行够多时，又值早春天气"）

春天，遇到女儿国国王（第五十四回）

春天，遇到蝎子精（第五十五回）

夏天，遇到六耳猕猴（第五十六回）（"又早是朱明时节"）

西游九年（贞观二十一年）

秋天，三借芭蕉扇（第五十九回）（"说不尽光阴如箭，日月如梭，历过了夏月炎天，却又值三秋霜景……"）

秋末冬初，遇到万圣老龙、九头虫（第六十二回）（"正值秋末冬初时序……"）

西游十年（贞观二十二年）

春天，遇到荆棘岭植物精（第六十四回）（"正是时序易迁，又早冬残春至……"）

西游十一年（贞观二十三年）

春天，遇到黄眉大王（第六十五回）（"又值那三春之日……"）

春天，遇到稀柿衕蟒蛇精（第六十七回）（"行经个月，正是春深花放之时……"）

夏天，朱紫国降伏金毛犼（第六十八回）（"光阴迅速，又值炎天……"）

西游十二年（永徽元年）

春天，遇到蜘蛛精、蜈蚣精（第七十二回）（"秋去冬残，又值春光明媚……")

秋天，遇到狮子、大象、金翅大鹏（第七十四回）（"又是夏尽秋初，新凉透体……"）

冬天，遇到白鹿怪（第七十八回）（"又经数月，早值冬天……"）

西游十三年（永徽二年）

清明后五日，遇到地涌夫人（八十回）（"时遇清明，带领本家老小……"）

夏天，过灭法国（第八十四回）（"不觉夏时，正值那熏风初动。梅雨丝丝……"）

夏天，遇到南山大王（第八十五回）

西游十四年（永徽三年）

春天，凤仙郡祈雨（八十七回）。而后又经历秋天（"光景如梭，又值深秋之后……"）

深秋，遇到黄狮精、九头狮子怪（第八十八回）（另外，唐僧见玉华王子，说"贫僧在路，已经过一十四遍寒暑矣"。）

西游十五年（永徽四年）

正月，青龙山遇到犀牛怪（第九十一回）（"上元佳节"）

春天，天竺国遇到玉兔精（第九十三回）

夏天，铜台府遇到寇员外（第九十六回）（"春尽夏初时节……"）

夏天，到达灵山（第九十八回）

第二十一回

灭魔修心

三昧神风背后的文化象征

《西游记》第二十一回讲的是悟空到黄风洞向黄风怪索要师父唐僧,被黄风怪拒绝。二人交手,黄风怪不是对手,但他吹出的三昧神风却让悟空瞬间睁不开眼睛,悟空只好败下阵来。当晚,护法伽蓝化作老者送来眼科良药三花九子膏,治好了悟空的眼睛。双眼恢复光明的悟空变作蚊子潜入黄风洞,无意中得知灵吉菩萨乃是此妖的克星。在太白金星的指点下,悟空在小须弥山找到灵吉菩萨,灵吉前来,以飞龙宝杖降伏黄风怪,悟空欲将其打死,灵吉拦住。原来,它是灵山脚下得道的黄毛貂鼠,因为偷了琉璃盏中的清油,怕金刚拿他,所以逃到此处。灵吉将它拿住,到西天请如来处置。

这一回我们要说的问题有三个:一是黄风怪的三昧神风到底是什么风;二是说一说给孙悟空送三花九子膏的护法伽蓝等一帮小神仙;

三是说一说擒住黄风怪的灵吉菩萨到底是何方神圣。

先说第一个问题：什么是三昧神风。

欲说"三昧神风"，先说"三昧"。在《西游记》中，"三昧"是经常出现的一个词。比如孙悟空为什么会有金刚不坏之身？其原因就是太上老君说的："那猴吃了蟠桃，饮了御酒，又盗了仙丹，——我那五壶丹，有生有熟，被他都吃在肚里，运用三昧火，煅成一块，所以浑做金钢之躯，急不能伤。"再比如红孩儿能发三昧真火，那火有火有烟，威力巨大，连孙悟空也觉得难以承受。如今的黄风怪刮的也是"三昧神风"，换作凡人早已一命呜呼，悟空虽厉害，也眼珠酸痛，处于半失明的状态。那么什么是"三昧"？三昧是佛教用语，指禅定境界，系修行者之心定于一处而不散乱之意。三昧是梵语"samadhi"的音译，也译作"三摩地""三摩提"，意思是止息杂念，使心神平静，是佛教的重要修行方法，后来也引申为诀窍、奥秘的意思。

知道了什么是"三昧"，我们再来看"三昧神风"。《西游记》中，假如说要找出一个主题的话，那就是在书中反复出现的"心生，种种魔生，心灭，种种魔灭"，读遍千经万典，走过万水千山，说来说去，为的就是修炼这一颗心，整部《西游记》，讲的就是这样一个"修心"的过程。所以，西游路上所遇到的一切妖魔鬼怪，在某种意义上，都可以看作是"心魔"的具体呈现。明白了这一点，我们就可以说，在表面上，我们可以把所谓的"三昧神风"看作是黄风怪的一种很特殊、厉害的技能；再进一步说，我们也可以在象征意义上把三昧神风看作是沙漠的风沙对取经造成的阻碍，因为历史上玄奘西行求法遇到的最致命的阻碍之一就是沙漠的风暴。然而说到根本，应该还是把它看作是扰乱心性、致使心神散乱的一切扰动性因素的象征。

再说给孙悟空送来"三花九子膏"的护教伽蓝。一般人说起护送唐僧取经的护法，立刻就会想到孙悟空、猪八戒、沙和尚，再加上充当坐骑、偶尔出手的小白龙；但实际上，保护唐僧西天取经的队伍要远远比我们一般认为的要庞大。还记得鹰愁涧收服小白龙吗？当时孙悟空因保护唐僧就顾不上寻访马匹；因寻访马匹就顾不上保护唐僧，唐僧又在一旁哭哭啼啼、唠唠叨叨，把孙悟空气得七窍生烟。这时，就听得空中有人说话："孙大圣莫恼，唐御弟休哭。我等是观音菩萨差来的一路神祇，特来暗中保取经者。"唐僧听了，连忙礼拜，悟空问："你等是那几个，可报名来，我好点卯。"众神道："我等是六丁六甲、五方揭谛、四值功曹、一十八位护教伽蓝，各各轮流值日听候。"这样，六个丁神，六个甲神，四个功曹，五位揭谛，十八位护驾伽蓝，总共是三十九名。这三十九名小神祇都有来历。六丁六甲来自道教，六丁为丁卯、丁巳、丁未、丁酉、丁亥、丁丑，是为阴神；六甲为甲子、甲戌、甲申、甲午、甲辰、甲寅，是为阳神。他们虽然地位不高，却非常重要，经常被道士们役使。四值功曹也来自道教，分别是值年、值月、值日、值时四位功曹。五方揭谛来自佛教，分别是金头揭谛、银头揭谛、波罗揭谛、波罗僧揭谛、摩诃揭谛，乃佛教五方守护大力神。十八位伽蓝也来自佛教，分别是美音、梵音、天鼓、叹妙、叹美、摩妙、雷音、师子音、妙叹、梵响、人音、佛奴、颂德、广目、妙眼、彻听、彻视、遍视。

最后说一说灵吉菩萨。在《西游记》里，灵吉菩萨一共出现了两次，两次都和风有很大关系，一次是帮助孙悟空对付黄风怪的三昧神风，另一次是帮孙悟空对付铁扇公主使用的阴风。不过这位菩萨，翻遍佛经，也找不到他的名号，所以很多人就驰骋想象，猜测可能的人选，有说是文殊菩萨的，也有说是普贤菩萨的，也有说是大势至菩萨的，但都没有什么说服力。他很可能只是作者杜撰出来的一个人物而已。

第二十二回

弱水三千

《红楼梦》中的姻缘观竟出自《西游记》

《西游记》第二十二回说的是西游二年的秋天,唐僧、悟空、八戒来到了流沙河,遇到了从河中钻出、想要吃掉唐僧的沙和尚。沙和尚不能战胜悟空、八戒,于是采用鸵鸟策略,坚决不再出战,悟空和八戒无可奈何。后来观世音出面,说明沙僧也是安排好在这里等待取经人的护法,于是沙僧也顺理成章地加入了取经队伍。观音菩萨让沙僧摘下项下的九个骷髅,安放在木叉带来的葫芦上,结成一条法船,驮着唐僧,安然渡过了流沙河。

这一回我们要说的问题多一些,一共有五个:一是沙僧的来历;二是所谓"弱水";三是沙僧降妖宝杖的形状;四是沙僧的"卷帘大将"到底是个什么官;五是沙僧项下九个骷髅的来历。

先说沙僧的来历。沙僧所以姓沙,有历史上真实的玄奘法师穿越茫茫大漠所留下来的印记。玄奘法师西行求法时,曾经过今天的哈顺戈壁,当时叫"莫贺延碛",也叫"沙河"。在这个地方,唐僧曾经因为失手打翻盛水的袋子而几乎死掉,弥留之际,一位大神忽然出现在他面前,将他叫醒;接着他的马嗅到了水的气息,带着他一路飞奔找到水源,玄奘才活了下来。关于这位大神,玄奘法师在《大唐大慈恩寺三藏法师传》中并没有提到他的名字,但到中唐以后,人们就根据他出现的地点而叫他"深沙神"了。那么为什么深沙神后来竟然成为流沙河的水神了呢?"沙河"虽然不是真正的河流,但它在形态上和水一样具有流动性;而西游故事流传的中原地区,沙漠并不多见,人们很容易望文生义,将"沙河"当作一条真正的河流。不过,"流沙河"也还是多少保持着一点"沙河"的印记:它是一条"弱水",承载力有限,人和动物很容易陷入其中,这些都和流沙的特点相符合。

再说"弱水"。很多朋友第一次听说"弱水"这个词,估计都是在《红楼梦》中。那是宝玉目睹了"春日画蔷"这一幕后,终于悟到了爱情的真谛,就是所谓"任凭弱水三千,我只取一瓢饮",从此就结束了"泛情"的阶段,一心一意只想和黛玉在一起。但很少有人知道,"弱水三千"的典故,竟然是来自《西游记》。沙僧被贬下界,住的地方就是我们所熟知的流沙河,流沙河河水浑浊,波涛汹涌,水面上看不到一条小船,两岸也望不到什么人烟,只有一道石碑,上面写着"八百流沙界,三千弱水深。鹅毛飘不起,芦花定底沉"。碑文上的诗对流沙河做了详尽的介绍:长三千里,宽八百里,水力很弱,连鹅毛、芦花都漂不起来。这就是"弱水三千"的出处了。那么什么是"弱水"?原来,有些河流浅而湍急,这些河流不能用舟船而只能用皮筏来渡过，古人认为这是水力羸弱的缘故，所以称这些河为"弱水"。

再说"卷帘大将"是个什么官。许多读过《西游记》的朋友，都有一种误解，就是认为"卷帘大将"是一个很高的官位。实际上，所谓"卷帘大将"，其重点在"卷帘"，而不在"大将"，其日常的工作，沙僧自己也有详细的描述，就是每天穿得盔明甲亮，腰里别着虎头牌（出入证），手里拿着降妖杖，跟在玉帝的身边，玉帝出门入门，就去为玉帝卷个帘子什么的。也就是说，沙僧不过是个御前侍从而已，其地位和当年的悟空、八戒，绝对是不可同日而语的。不过，沙僧对这一点并没有什么不满，从他提到当年在天庭这段工作经历时的语气来看，沙僧对这份工作还是非常自豪的。

再说降妖宝杖。在一般听众的印象中，沙僧的兵器是一根和鲁智深用的差不多的水磨禅杖。不过，这个印象是错误的，错误的主要源头就是央视八六版电视连续剧《西游记》。实际上，对于这根降妖宝杖，《西游记》原著有一番仔细的叙述。宝杖的基本材质是月宫里的梭罗木，由吴刚砍下，再由鲁班亲手制造。这根宝杖中间略粗，两头略细，从剖面看，有点像我们的擀面杖。因为是木器，怕不结实，还在里面加了一条金属的内芯；为了好看，又在外面用彩色的丝线进行了缠裹和装饰。它的重量和猪八戒的九齿钉耙是一样的，五千零四十八斤，正好是一藏经的数量。

最后说一说沙僧项下的骷髅。

收服了沙僧之后，紧接着面临的就是过河的问题。我们说过，流沙河是一条"弱水",连鹅毛都浮不起来,又如何能载动唐僧师徒四人呢?这就用到沙僧项下那九个骷髅了。按照观音菩萨的吩咐,沙僧把九个骷髅围绕在从观音处带来的一个葫芦周围,做成了一条法船,师徒四人立在法船之上,稳稳地渡过了流沙河。

沙僧项下的九个骷髅何以有如此大的力量?

这九颗骷髅头确实有非凡的来历。自从沙僧被玉帝贬到流沙河以后,就一直住在水里,吃人度日。吃完人以后,就把骷髅扔到河水里。绝大多数骷髅都沉到水底,唯有九个取经人的骷髅浮在水上,沙僧觉得这些骷髅很特别,就用一条绳子把他们穿了起来戴在脖子上。当然,关于这贡献了骷髅的九个取经人到底是谁,也有许多猜测,而最为大家所接受的,就是这九个取经人都是唐僧的前身。理由就是按照《西游记》所说,既然如来将金蝉子贬到南赡部洲,其唯一的使命就是到西天取经,那么,"取经"就必然内化为金蝉子生命中最顽强的密码,深入到他的基因之中。西天取经之于金蝉子,就好比大马哈鱼纵然九死一生也一定要回溯到自己出生的江河中去产卵,所以这金蝉子在他到现在为止十世的生命中,一定都是锲而不舍地走在西行求法路上的。金蝉子在第十世,也就是转世为唐僧之前,已经经历了九世,而沙僧杀死的取经人也正是九个,这一定不是数字上的偶合。他们因为传法的时机未到都没有获得成功,但他们的愿力和业力,都凝聚在这九个骷髅之上,所以九个骷髅才具有漂浮于流沙河这"弱水"之上的特殊功能。

第二十三回

四圣试禅心

《西游记》与《楞严经》的文化渊源

《西游记》第二十三回的故事发生在西游三年的秋天,讲的是黎山老母和观音、文殊、普贤三位菩萨,分别假扮成中年寡妇贾莫氏以及她的三个美丽女儿真真、爱爱、怜怜,对唐僧师徒进行考验。考验的结果,是唐僧、悟空、沙僧完全合格,只有八戒色心未泯、出乖露丑。

这一回我们要说的问题有两个:一是为什么《西游记》给唐僧师徒(主要是唐僧)安排那么多关于女色考验的故事?二是对于唐僧来说,"四圣试禅心"这一次经历,到底算不算得上真正的考验?

我们先说第一点。

说到唐僧师徒在西行之路上所受的磨难,一般人都会条件反射般地想到所谓"九九八十一难"。其实,这样的说法并不准确,因为这"九九八十一难"是从唐僧的前身金蝉子遭贬的时候就开始算了,真正在西行路上遭的难并没有这么多。这些难又可以按照灾难的类型分为若干种类,有的磨难来自沿路恶劣的自然条件,比如火焰山;有的是来自从天界误走的妖魔,比如比丘国遇到的梅花鹿;如此等等。而在所有这些故事类型里,《西游记》中出现得比较多,也特别容易引起人们阅读兴趣的,恐怕就是包括"四圣试禅心"在内的色欲考验故事了。按照《西游记》第九十九回开列的那个受难清单,八十一难当中,和色欲考验有关的竟然有"四圣显化""吃水遭毒""西梁国留婚"等十个左右,占了整个八十一难的八分之一,足见作者对这一题材的重视。

那么,作者为什么会安排那么多关于色欲考验的内容?

简单地说,这和佛教的教义,以及《西游记》一书的性质有着密切的关联。在佛家看来,世界充满痛苦,而痛苦的根源之一,就在于人的欲望太多。佛家把人的欲望分为内外五欲,所谓外五欲是指眼、耳、鼻、舌、身这五种身体外部感官的欲望,内五欲则是指财、色、名、食、睡这五种内在的欲望。而在这些欲望之中,最难摆脱的,大概又首推男女间的爱欲了。人类最根本的欲望无非两个,就是食欲和色欲,因为这两个欲望,一个涉及个体的生存,另外一个涉及种族的延续。在这两个最根本的欲望之中,食欲的问题又远不如色欲的问题那么突出,原因很简单,按照国学大师钱穆的说法,饮食没有深度,再美味的食品,也是第一口最好,而后便一口不如一口,一旦吃饱,眼前就是山珍海味,也觉得没有可下筷子的地方。另外佛教教义也并不是让教徒不吃东西,只不过在吃的方面有一些禁忌罢了,而这些禁忌也不复杂,并不难做到。总而言之，食的问题相对比较容易解决。但色欲就不一样了。它的困难也在于两点：第一，这种欲望是与生俱来的，而且它和食欲的没有深度不同，由于身体以及社会综合因素的作用，情欲是无法得到所谓真正的"满足"的，所谓"三十三天，离恨天最高；四百四病，相思病最苦"。第二，而要想真正得到解脱，就必须绝对放下对爱欲的追求，如《楞严经》上就说得非常明确：凡是修习禅定的人，如果不断除爱欲的话，你想成功，就好比想把沙子煮成米饭一样，就算时间再长，也是没有希望的。这样问题就来了：一方面是与生俱来、深入到DNA中的本能；另一方面，却必须断然地将其灭除，想一想我们都知道这有多难。正因为如此，所以在佛教经典以及佛教文学中，就经常会出现高僧如何摆脱爱欲的故事，希望以此来为世人做出典范，唤醒世人。《西游记》作为和佛教有着甚深渊源的文学作品，当然也不例外。作品中有一句反复出现了几十次、可以说是点题性的话语，那就是"心生，种种魔生，心灭，种种魔灭"。在很大程度上，师徒四人西天取经的历程，其实也就是他们战胜自己的心魔、修炼自己心性的历程，而色欲作为最难消除的一种魔障，自然就更是这师徒四人要重点面对的考验之一了。

再说第二个问题：对于唐僧来说，"四圣试禅心"算不算得上真正的考验？

我们的回答是：恐怕还真算不上。原因很简单，要想考验一个人，两个因素是必须具备的：一是给出的条件是不是足够打动人心，二是当时的场合是否合适。而四圣试禅心这一关，这两个因素都不具备。

先看第一点，条件是否足以打动人心。

还记得唐僧初见贾莫氏时是怎样称呼她的吗？唐僧称她为"老菩萨"。此后不久，我们也从她的口中得知，她的年龄是三十六岁。古代和今天不同，今天来说，三十六岁的女人仍然可能魅力十足，但在古代说，三十六岁已经是非常大的年龄了。

任何人，只要用脚指头想一想都会明白，对于唐僧这样一个一表人才、满腹经纶、年纪轻轻就担任了大唐佛教领袖（其具体职务为左僧纲、右僧纲、天下大阐都僧纲），一个被大唐天子认为御弟的青年才俊来说，让他去娶一个荒郊野外的老寡妇为自己的妻子，这样的婚姻，他怎么能够同意？

再看第二点，场合是否合适。要想实现"色诱"，除了女人够美，还必须给他们一个单独接触的机会，而这个机会，观音并没有给。贾氏提出和唐僧结婚的时候，是当着唐僧师徒四人说的。在这种情况下，即使唐僧真的有那种意思，也是不好意思承认的。一个可以参照的例子是八戒。八戒的脸皮在几个师兄弟中是最厚的，而且对留在贾氏这里当女婿有着浓厚的兴趣。即使这样，当贾氏在师徒四人面前问谁愿意留下来做女婿的时候，八戒也只是说了一句留有余地的"从长计较"而已。唐僧是有着非常高地位的僧官，是要脸面的人，又当着自己的三个徒弟的面，就算他真的有意，你又让他怎么能张得开嘴啊。

所以，这"四圣试禅心"，对于唐僧来说，根本就没有构成任何考验。

既然这一环节根本就不构成真正的考验，那么，观音又为什么设立这样一个环节呢？连我这样智力平平的凡人都看出了其中的问题，观音的智慧远在我之上,难道她竟然看不出来吗?

唯一合理的解释就是,所谓"四圣试禅心"根本就不是一场考验,而只是一个明确的警告。观音的本意,就是通过对八戒的惩戒来告诉师徒四人:好色是不允许的,而且你们的行动时刻在我的掌握之中,所以,不要有任何侥幸的念头。

那么,唐僧究竟有没有"凡心"呢?我们刚才说了,要想真的考验一个人是否能经受得住美色的诱惑,一定要给他一个单独和美色相处的机会。那么,碰到这样的机会,唐僧又会如何表现呢?

不要着急,这样的考验,随着西游故事的展开,往后还多的是呢。

第二十四回

金蝉脱壳

唐僧前世所传达的中国文化精神

《西游记》第二十四回的故事发生在西游四年,说的是唐僧师徒四人来到了镇元大仙所在的五庄观,五庄观里有一种奇珍异宝叫人参果,形如出生三天的婴儿,据说闻一闻就能活三百六十年,吃一个就能活四万七千年。唐僧师徒到来的时候,镇元大仙因赴元始天尊之会不在,但给看家的童子留下话,让他们摘下两个,专请唐僧食用。结果唐僧不识仙家至宝,不敢食用,便宜了清风、明月两个童子。八戒听说此地有人参果,垂涎三尺,怂恿悟空去偷。悟空摘来果子,与八戒和沙僧分享,结果被清风、明月发现。

这一回我们要说的问题有两个:一是唐僧的来历;二是人参果到底是什么东西,为什么明明是树上长出来的水果,却像一个三朝未满的小儿形状?

先说第一个问题：唐僧的来历。在这一回说这个问题，是因为在《西游记》里，这是第一次说到唐僧的来历：根据镇元大仙的说法，唐僧的前世乃是如来的第二个徒弟，道号金蝉子。后来，镇元大仙的说法在如来那里也得到了证实，当唐僧带着几个徒弟完成了传法大业，重新回到灵山的时候，如来对唐僧说："圣僧，汝前世原是我之二徒，名唤金蝉子。因为汝不听说法，轻慢吾之大教，故贬汝之真灵，转生东土。"但实际上，我们查阅佛经，如来有十大弟子，这十大弟子各有一个强项：智慧第一舍利弗、神通第一目犍连、说法第一富楼那、解空第一须菩提、论义第一迦旃延、头陀第一大迦叶、天眼第一阿那律、持戒第一优波离、多闻第一阿难陀、密行第一罗睺罗，里面并没有金蝉子。所以，我们说金蝉子是作者虚构出来的，应该是没有什么问题的。那么，为什么要给这个虚构出来的人物起一个"金蝉子"的名字呢？

一些学者做出了自己的解释，这些解释概括起来，大概有以下几条：

一、金蝉是一个炼丹术语，此词频繁使用于明初的《三峰老人丹诀》一书。这里显示出中国自古以来流行的将蜕壳变身的蝉作为长生、再生象征的思想同炼丹术相结合的看法。唐僧原名金蝉子，说明还未蜕壳，不能自由飞翔，只有蜕掉那层金壳，才能虚灵自在。

二、在中国文化的语境中，蝉因为择高枝而立，吸风饮露，不食污秽等特点，被赋予了高洁的精神意味；其未蜕壳时数年乃至十数年隐忍地下的生活习性，又隐喻着砥炼品质、陶冶情操和追求崇高的精神旅程。这些，也都和唐僧高洁的人品、为了取经大业而不辞劳苦的特点非常符合。

三、在汉语里,"蝉"与"禅"是同音字,而"金"除了指佛家七宝之一的金子,也可以指金刚,象征着美好、锐利、光明的品质。合起来,"金蝉"正可以象征着唐僧作为一代高僧大德的美好品行。

综合以上三点,《西游记》的作者选取蝉而不是其他动物作为唐僧的化身,正是在全面考察了蝉在中国文化中的各种含义后才做出的选择,明白这一点,我们才能领会并欣赏《西游记》中的这一细节,从而加深对《西游记》的理解。

再说第二个问题:人参果到底是个什么东西?

五庄观的人参果,不是当归、黄芪等别的药材的果实,它的形状极其特殊,是一个出生不满三天的婴儿的形状。

为什么是人参果?这就要说到中国人对人参的特殊情结。

站在现代实证科学的角度,人参的实际功效到底如何其实一直存在很大的争议。《美国药典》在1880年将人参从药典中删去。《美国国家药典》也在1937年将人参删去。目前西洋参原产地的医学权威机构(美国医学联合会和加拿大医学联合会)都不太承认参的医学价值。

但在中国,人参的境遇就大不相同了。《神农本草经》首次将人参作为药物列入,此后的一千年里,人参虽也入药,但地位并不被尊崇,基本上是被当作一种保健品看待的。人参开始受到追捧,是从明朝开始的。它几乎是突然间就具有了"百草之王""众药之首"的无上地位。李时珍在《本草纲目》中收录了其父李言闻撰写的《人参传》,首次对人参做了详细论述。按其说法,人参几乎就是一种包治百病的神药,"能治男女一切虚症"。人参由此身价百倍,在中原地带很快就被挖得绝种,只有在东北的深山老林中还可以找到,以致现在人们一提起人参,就以为是东北长白山特产,不知道在古代,山西上党的人参才被视为佳品。清朝,国人对人参的狂热有增无减。现在,野生人参被国家定为一级保护植物,已濒于灭绝。

《西游记》创作于人参受到热烈追捧的明代,所以作者选择人参而不是当归、枸杞、黄芪作为能够延寿健身的仙家至宝,可以说是势所必然。

再说人参果的形状为什么是出生不满三天的婴儿形状?这就要说到中国人的"以形补形"观念以及中国文化对婴儿的崇拜了。先说"以形补形"。什么叫"以形补形"?简单来说,就是要想滋补某一器官的功能,最简单的方法就是食用动物的同一器官以及自然界中和那一器官外形类似的食品,比如肾脏功能不好,就要多吃动物的腰子,以及形状和肾脏类似的腰果或栗子。什么是"婴儿崇拜"?简单来说,就是中国文化,特别是道家文化,对婴儿有着一种异乎寻常的推崇。比如道家哲学的开创者老子在其《道德经》里,竟然有三次直接论及"婴儿",还有两次则以"孩"或"子"代替"婴儿"之意。《老子》总共才短短五千字,也就是八十一句话,但竟然五次提到婴儿,足见"婴儿"在老子心中的重要性。

在老子看来,婴儿看似柔弱而生机勃勃,小小的身体中包孕着无限的可能，正是"道"的完美载体与完满体现。当然，婴儿是绝对不能吃的，但形状和婴儿类似的水果就是另一回事了，既然它形状和婴儿类似，也就含有和婴儿类似的能量；它又是水果，所以但吃无妨。一言以蔽之：对人参的推崇、"以形补形"观念、对婴儿的崇拜，就造出了人参果这个想象中的滋补圣品。

再多说两句。在今天的水果摊上，也有卖形状如同小儿的"人参果"的，大约十块钱一个。它当然不是《西游记》中的草还丹，而是趁瓜或茄还小的时候，就把它放在形如婴儿的塑料模具中，等瓜或茄长大，自然就成婴儿的形状了。

第二十五回

天地神人鬼

《西游记》里仙人等级的高低

《西游记》第二十五回说的是悟空偷人参果事发,被清风、明月二人骂得狗血淋头。悟空恼羞成怒,作为报复,把人家的人参果树推倒,师徒四人连夜逃走。镇元大仙从元始天尊处回来,得知情况,赶上悟空等人,不费吹灰之力将师徒四人捉回了五庄观。捉回来是捉回来了,但面对铜头铁额、刀枪不入如同滚刀肉一般的孙悟空,镇元大仙也无可奈何。

在《西游记》里,镇元大仙绝对是个霸气非常的人物。他本领高强,捉拿孙悟空如探囊取物——不过捉住了也不能把悟空怎样。更令人好奇的是他的身份。他的打扮是个道士,但在他的正殿里,供奉的却不是什么三清、四帝、罗天诸宰,而是五彩妆成的"天地"二字。何以如此?童子解释说,三清、四帝都是镇元大仙的朋友、故人,九曜、元辰是镇元大仙的晚辈,所以都拜不得;就连天地二字,拜"天"礼数还当,拜"地"都有些牵强,因为镇元大仙本来就是地仙之祖。

那么问题来了:什么是"地仙"?除了地仙,还有什么仙?在这一回里,我们就集中解决一个问题——由镇元大仙所谓"地仙之祖"的身份而引发出来的神仙分类问题,以便让大家对于中国的神仙体系有个比较清楚的了解。

按照《西游记》中的分类方法,神仙有五种。这个分类法是借如来之口说出的。悟空和六耳猕猴争持不下,打到如来跟前,请如来裁决。如来先问观音:"观音尊者,你看那两个行者,谁是真假?"菩萨道:"前日在弟子荒境,委不能辨。他又至天宫、地府,亦俱难认。特来拜告如来,千万与他辨明辨明。"如来笑道:"汝等法力广大,只能普阅周天之事,不能遍识周天之物,亦不能广会周天之种类也。"菩萨又请示周天种类。如来才道:"周天之内有五仙:乃天、地、神、人、鬼。有五虫:乃蠃、鳞、毛、羽、昆。"也就是说,仙分五类:天仙、地仙、神仙、人仙、鬼仙。

《西游记》里对于神仙的分类,绝非作者杜撰,而是有其明确来历的,这个来历,就是道家内丹派的经典著作《钟吕传道集》,作者为唐末五代时的著名诗人、道学家施肩吾。全书以汉钟离与吕洞宾师徒问答的形式,论述内丹术要义,以天人合一的思想为基础,阴阳五行学说为核心,炼形、气、神为方法,系统完整地论述了内丹学说,建立了钟吕派内丹体系,对后世影响极大。书中对于仙,按照等级由高到低做了五类划分,这就是所说的天仙、神仙、地仙、人仙、鬼仙了。

原文在《论真仙第一》一篇中，因为都是晦涩的文言，而且涉及许多道家修炼的术语，是比较晦涩的文言文，为了方便各位读者了解，我就直接用白话转述其大意了：

在所谓"五仙"中，段位最低的是鬼仙。所谓"鬼仙"，其实就是鬼，不过因为修炼的原因，死后灵魂不散，能够免于轮回而已。鬼仙的特点，是有阴无阳，能量不足，所以连个清晰具体的形象都没有，既不能上天，也无法居住在仙岛之中，四处游荡，无所依托。其最后的出路，要么是重新投胎做人，要么假借别人的身体进行修炼。

比鬼仙段位高一等的是人仙。所谓人仙，其实就是修炼有所成就的人，即我们平时所说的"半仙"。这些人偶然得到了一个修炼的小法门，比如辟谷、导引、采补，等等，一旦抓住一个，就坚定不移地修炼下去，坚持得久了，体内的阴阳五行之气就结合得十分牢固，身体素质和一般人有了很大的区别。他们精神矍铄，身体健康，什么瘟疫疾病之类的都难以侵害他们。

比人仙段位再高一等的是地仙。地仙是天地之间的存在，他们身体阴阳之气均衡，可以在天地间遨游，是可以做神仙的材料，但是没有明悟大道的全部，没有更高的精神境界和追求，没有出离红尘的大宏愿心，因此修至地仙后再没办法得功，只是长生久视地活在天地间永远不死。

比地仙再高一等的是神仙。所谓神仙，就是地仙不再以仅仅长生久视为满足，而后离开红尘世界继续修炼的结果。具体的修行手段很复杂，成功的标志，就是能完全脱离身体形质的拖累，身外有身，胎仙自化、超凡入圣。神仙的居住之地，一般在尘世之外的仙山仙岛上。

级别最高的就是天仙了。地仙厌居尘世，用功不已，而得超脱，便是神仙。神仙不愿在海外三山待着，到人间传道，在修炼上有功，在人间有好的行为，功和行都圆满后，接到天书就可以返回洞天福地，这就是天仙。已经成了天仙，如果厌居洞天，效职天庭就可以成为天官。最低的是水官，中等的叫地官，上等的叫天官。这些仙官于天地有大功，于今古有大行。官官升迁，历任三十六洞天，而返八十一阳天，最后返回到三清虚无的仙境之中，就是修炼的顶峰了。

为了帮助大家理解，我们在《西游记》中各举一些例子来说明。

鬼仙：在五庄观的故事里，当方的土地在出场时就自称"小神是个鬼仙"。以此可知，城隍土地，就是鬼仙的代表了。

人仙：比如想霸占唐僧锦襕袈裟的金池长老，就是属于"人仙"之流。

地仙：不用说，镇元大仙就是。

神仙：居住在蓬莱仙境的福禄寿三星，是神仙的代表。

天仙：比如太上老君、玉皇大帝、托塔天王等，都是天仙。

第二十六回

慈悲救世

用佛经解析观音菩萨手中的法器

《西游记》第二十六回讲的是悟空答应镇元大仙救活人参果树，而后就开始到处寻找能够医活人参果树的灵丹妙药。他上天入地，四海奔波，终于在观世音那里找到了他要找的东西。观音菩萨以净瓶中的甘露滋润人参果树，霎时间使其枝繁叶茂，重现生机。镇元大仙非常开心，与悟空结为兄弟，并召开人参果宴，请观音菩萨、南极仙翁等一众神仙品尝仙家异宝。

在这一回里，风头最劲的无疑是观世音菩萨。面对被悟空推倒的人参果树，南极仙翁等人无计可施，而观世音则手到擒来，不费吹灰之力就使人参树枯木生春。观世音菩萨的灵丹妙药就是她净瓶中的甘露水。据观世音说，医活人参果树还不是甘露水救治仙树灵苗的极限，她曾与太上老君打赌，老君将净瓶中的杨柳枝拔去，在八卦炉中

烤得焦干还她,观音将其插在瓶中,一昼夜仍复青枝绿叶,与旧时不差分毫。于是问题来了:

一、观世音菩萨净瓶中的甘露水到底是什么水,竟如此厉害?

二、她为什么托着个瓶子,瓶子中插的杨柳枝又有何来历?

今天,我们就来说一说这些东西的来历。

观音菩萨为什么能够救活人参果树?当然是因为净瓶中的甘露水。但如果我们再刨根问底一句:甘露水是什么水?它从何而来?到底是江河水,还是雨水,还是井水?恐怕你就不一定能回答上来了。那么,甘露水到底是什么?观音菩萨是来自佛教中的人物,所以答案自然就要从佛教中去找寻。实际上,在佛教中,所谓"甘露水",指的就是用《甘露咒》加持过的水。你用瓶子也好,别的什么容器也好,盛了水,对着水念七遍《甘露咒》,想象着咒语的威力作用于水,则此水就成为"甘露水"了。根据佛经上说,甘露水的威力是很大的,把它洒向四方,则"饿鬼咽喉自开,法界众生一时皆得甘露饮食,诸鬼神等充足饱满,欢喜无量"。《甘露咒》的具体咒语如下:

南无喝啰怛那哆啰夜耶
南无阿唎耶
婆卢羯帝铄钵啰耶
菩提萨埵婆耶
摩诃萨埵婆耶

摩诃迦卢尼迦耶

怛侄他

唵

度宁度宁

迦度宁莎诃

各位读者如果感兴趣的话，不妨也自己试试看。

再说观音手中的净瓶。净瓶同样与佛教有着密切的渊源，它是梵语"Knudikā"的意译，本来是印度人民用来洗手、沐浴的一种日常生活用具，但佛教徒也在使用，逐渐就赋予它以宗教意义，久而久之，净瓶成为僧众十八物之一，而其作为法器的宗教意味也逐渐压倒了其作为日常生活用具的实用功能。至于观音菩萨本人的净瓶，自然就更是一个大法器了，在收服红孩儿一回中，这个净瓶还展示过巨大的威力，不要看它小，它竟然能够盛下整整一个海洋的水量，真正体现了佛经中说的那种"大中现小，小中现大"的不可思议。观世音菩萨手执净瓶，瓶中有甘露水，表示菩萨普救世间的广大悲行。众生可怜，如居火宅，观世音菩萨体察众生之苦，时以瓶中的甘露水遍洒世间，使在热恼中的一切有情皆获清凉。

最后说一说净瓶中的杨柳枝。

观世音菩萨随身携带杨柳枝，应当是源自佛陀时代的僧侣随身携带"齿木"的习惯。那什么是"齿木"呢？古代没有牙刷，怎么除去牙垢和口中的异味呢？古人的方法是用纤维比较柔软的木头，把一头嚼软，而后用这嚼软的一头来刷牙，讲究的还可以蘸上一些盐和香料什么的。用过之后用刀将已用部分剪去，下次再用后面的一段。僧侣随身携带杨枝，据说是因为有的僧侣有口臭，让人讨厌，于是就有人把这事情告诉了佛陀，佛陀于是就告诉诸位比丘，应当用嚼齿木的方法去除口臭。佛陀金口玉言，从此，齿木就成为僧侣随身携带的物品。当然，齿木的材质很多，除了几种特定的，比如恶臭、有毒，或有着特定宗教含义的树木不行，其他的都是可以的。观世音用杨柳枝，除了杨柳枝生命力顽强，在中国极其普遍、方便取用外，还有一个原因就是它枝条特别柔软，可以象征观音菩萨对众生的慈悲与同情。

第二十七回

矛盾重重

唐僧与悟空冲突背后的思想隔阂

《西游记》第二十七回的故事发生在西游四年的夏天，唐僧师徒来到了白虎岭，遇到了今天在中国家喻户晓、妇孺皆知的妖怪白骨精。在西游路上的众多妖怪中，白骨精是第一个知道吃了唐僧肉可以延寿长生的妖怪。为了能吃到唐僧肉，白骨精先后变作美女、大妈、大爷图谋接近唐僧，趁便下手，但三次均被悟空识破，最终被悟空打死。唐僧肉眼凡胎，人妖不辨，责备悟空伤生害命；八戒在一旁煽风点火，挑拨离间。最终的结果，是唐僧下定决心，将悟空逐出取经队伍。

在《西游记》诸多的妖精中，白骨精是特别著名的一个。但实际上，这白骨精在整部《西游记》中，实在是一个小极了的角色，论法力她不堪一击，论地盘她只有一座荒山，论势力她是孤身一人的光杆司令，手下连个供使唤、壮门面的小妖都没有，除了乔装改扮的小把戏外，她一无所能。不要说孙悟空、猪八戒，就是沙和尚、白龙马，吊打白骨精都绰绰有余。于是问题来了：

一、她的本领如此低微，为什么能给取经队伍造成如此巨大的麻烦？

二、为什么这样一个本领低微的妖怪，竟然如此有名？

先说第一个问题，这么个一无本领、二无实力、三无关系的白骨精，为什么竟然能给取经队伍造成这么大的麻烦？

说到底，就是因为取经队伍刚刚组建，内部还存在着种种矛盾。

悟空的被逐，和八戒的谗言有直接的关系。我们看悟空三次打倒白骨精之后，对唐僧都有解释，但每次都是在唐僧就要相信的当口，八戒的一番谗言又使唐僧改变了态度。为什么八戒会如此？这和八戒对悟空的不满有直接关系。由于悟空骄傲自负，整天"呆子"长、"呆子"短的，加上生性促狭，有事没事就捉弄八戒一下，所以八戒对悟空有着很深的不满。再就是八戒和悟空之间还存在着一定的竞争关系。在广大读者看来，八戒那两把刷子，跟悟空怎能相比，但人最难的就是有自知之明，在取经的初期，八戒的心里也未尝没有赶走了孙悟空，他就是大师兄的想法，直接的证据就是悟空走后的那一段时间，八戒那一副意气风发的样子。

然而，归根结底还在于唐僧和悟空之间的矛盾，因为八戒只是说说，听与不听完全取决于唐僧。他们之间的矛盾首先是观念上的。唐僧信奉的是"行善"，用他的话说就是"出家人行善，如春园之草，不见其长，日有所增；行恶之人，如磨刀之石，不见其损，日有所亏"。而悟空信奉的则是"惩恶"，用悟空的话说就是"师父，你若不杀他，他却要杀你呢"。

能力方面的差异也是造成二人矛盾的重要原因。孙悟空有火眼金睛，能够识破妖魔的变化，而唐僧则是肉眼凡胎，不识好坏，这就使得他们在面对同一现象时会产生截然不同的看法。

然而造成他们矛盾的最重要的原因还是性格方面的对立。悟空的性格是骄傲自大、脾气火爆，说话常常不讲究方式。比如悟空说送饭的女子是白骨精变的，要打死，唐僧不让打，悟空就说唐僧一定是看到她的美貌动了凡心，还说如果你真有此意，就在这里搭个窝棚，你与她圆房成事。这话就很难听，换了谁，也不可能喜欢这种公然的羞辱。唐僧呢？表面上看，似乎非常懦弱，但他的内心实际上是非常骄傲而坚定的。这份骄傲和坚定来自他渊博的佛学修养，以及不可动摇的宗教信仰。但他在学术和道德方面的优势在西行取经的路上并没有体现出来，他在面对悟空的时候有一种焦虑感。他的内心实际上是非常敏感的，但悟空那骄傲的个性却使他无法观察到这些，他们二人时常处于非常尖锐的对立中。在这样的情况下，唐僧就会在下意识中对悟空有一种很强的排斥态度，这种负面的情绪只要有适当的机缘，就会表现甚至爆发出来。当然了，悟空现在被唐僧赶走，还有一个很重要的前提，就是八戒和沙僧的加入。

悟空说唐僧"鸟尽弓藏,狗烹兔死",如今有了别人了就"昧着惺惺使糊涂",一定要赶自己走,也并非全无根据,因为后来悟空说"怕我走了你身边无人"的时候,唐僧很硬气地说"那悟能、悟净就不是人?"就很清楚地表明了这一点。

再说第二个问题,为什么白骨精那么出名。

白骨精那么出名,有三个原因。

第一,她是第一个知道吃唐僧肉能够延年益寿的妖怪。唐僧肉的特殊营养,如今在中国已经是家喻户晓,不过在《西游记》中,第一个披露这个信息的,正是白骨精。在她之前出现的妖怪,有的对唐僧根本不感兴趣,比如黑熊精,人家感兴趣的是锦襕袈裟;有的也想吃唐僧肉,但那态度其实也就和吃个普通人差不多,比如熊山君、特处士、黄风怪。但从白骨精之后,这一局面就发生了根本的改变,许多妖怪已经知道唐僧肉乃是延年益寿的大补之物,所以早就做好了准备,布置好天罗地网,只等唐僧一到,就开吃进补了。在这个意义上,白骨精的出现,确实是意义非凡。

第二,她确实给取经队伍造成了极大的麻烦。在整个西游途中,取经队伍内部确实小矛盾不断,但真正闹到散伙级别的危机,其实一共也就两次,一次是遇到六耳猕猴,另一次就是遇到白骨精了。

第三,她之所以特别出名,也得力于新中国成立以来对她的特殊宣传。在二十世纪五十至八十年代的这几十年间,《西游记》中有两个故事被反复渲染和放大,这就是"大闹天宫"和"三打白骨精",前边的故事被附会成农民起义用来说明孙悟空的反封建精神;后边的故事用来说明孙悟空善于识破敌人伪装以及那种除恶务尽的斗争精神。因为这样特殊的机缘,白骨精就成了《西游记》中的"天下驰名第一妖"了。

第二十八回

了却残念

孙悟空对未来之路的规划与思考

《西游记》从第二十八回开始，一直到第三十一回，讲的都是黄袍怪的故事，这一回只是故事的一个开端。

故事发生在西游四年，孙悟空因为三打白骨精被逐出取经队伍，只好回到花果山重新当妖怪，唐僧、八戒、沙僧三人则继续西行。把悟空赶走之后，八戒如愿当上了大师兄，但现实很快表明，他其实并不是当大师兄的料。仅仅是一个化缘的问题，八戒就充分理解了"不当家不知柴米贵"的道理。猪八戒又累又困，找了个草窝睡着了。沙僧寻找八戒，看到他正在草窝里睡觉，顿时心生不满。唐僧久等八戒、沙僧不来，烦躁中独自散步，结果误入了黄袍怪的洞府。八戒、沙僧回来不见唐僧，到处寻找，很快找到黄袍怪。双方动起手来，一时未分胜负。

这一回主要的内容，讲的是孙悟空回到花果山的种种行为。在很多人的头脑中，悟空回到花果山，应该会有一种"久在樊笼里，复得返自然"的喜悦，但我们看，悟空回到故乡的心情似乎并不怎么好。这是什么原因呢？

答案很简单：第一，因为孙悟空的心根本就不在花果山上了。经历过那么多事，花果山已经不是当年的花果山，而悟空也已经不是当年的美猴王了。

花果山已经不是当年的花果山，指的既是实实在在的地理意义上的花果山，更是悟空心中的那一片旧日家园。

不错，悟空的确是花果山当年的主人。但悟空当年能够在花果山众多的猴子中脱颖而出，一个重要的原因，就是发现了水帘洞，替大家找了一个天造地设的安身之处。后来学艺归来，又替大家除掉了混世魔王，让猴子们免受来自别处的骚扰之苦。这也是孙悟空当年能够在花果山理直气壮地称王作祖的底气所在。但是，现在的情况不一样了。悟空再次回到花果山，按落云头，睁眼观看，看到的是什么？书中的原话是："那山上花草俱无，烟霞尽绝，峰岩倒塌，林树枯焦。你道怎么这等？只因他闹了天宫，拿上界去，此山被显圣二郎神，率领那梅山七弟兄，放火烧坏了。"那山中的猴子呢？根据当年悟空学艺归来时候的盘点，有四万七千余口，现在还剩下了多少？这一回没有说，但后来猪八戒来到花果山找孙悟空的时候有个估算，大概也就是一千多只而已。这里面当然也有猎户捕猎的因素，但应该说，主要还是当年悟空与天庭作对后被剿灭的结果。这说明悟空当年的大胆妄为，给花果山带来的是灭顶之灾。

在这样的情形下，就算众多小猴依然毫无怨言地继续尊奉悟空为"大圣爷爷"，悟空的心里难道就没有一点愧疚吗？悟空是个自尊心极强的人。我想，此时悟空的心情恐怕和当年的西楚霸王有得一比。当年的西楚霸王垓下一战，逃到乌江边上，乌江亭长撑来一只小船，催促项羽赶快上船，说江东虽小，但也有几十万人，上千里土地，您在江东也足以称王。项羽不肯，说我当年带着八千子弟兵渡江，如今只剩下一个人回去，就算江东父老们可怜我，尊奉我为王，我又有什么脸面回去？就算他们不说什么，我难道就能无愧于心吗？确实，悟空是朝东海龙王借来了甘霖，将花果山重新洗清，但枯焦山水可以重新洗清，心中的不愉快记忆却很难被洗去。一句话，对于孙悟空来说，花果山已经不再是从前那个桃花源，而是带有许多不堪回忆的伤心之地了。

同时，更重要的，孙悟空也已经不是当年的美猴王了。首先，悟空的心气已经发生了很大的变化。当年学艺归来，悟空的感觉是不可一世的，觉得天上地下，只有自己的本领最大，自己是不可战胜的。但是，在和如来比试身手而被轻易打败之后，悟空的自信已经动摇了。他已经明白，在如来强大的法力下，自己实际上是不堪一击的。没有了自信力的支撑，这个当年做起来津津有味的"齐天大圣"其实也真是没有什么意思。

第二，此时的孙悟空，头上还多了一道金箍。有这道金箍在头上，自己的命门就在唐僧手上攥着，不管天涯海角，只要唐僧一念起咒来，自己的头还是疼的。与其提心吊胆地做个山大王,还不如跟着唐僧,将来有个正果。

第三,也是最重要的,此时的悟空,已经认同了如来给他规划的人生之路。他在收服八戒的时候,八戒说:"你这猴子,我记得你闹天宫时,家住在东胜神洲傲来国花果山水帘洞里,到如今久不闻名,你怎么来到这里,上门子欺我?莫敢是我丈人去那里请你来的?"还记得悟空的回答吗?悟空的回答是:"你丈人不曾去请我。因是老孙改邪归正,弃道从僧,保护一个东土大唐驾下御弟,叫做三藏法师,往西天拜佛求经。路过高庄借宿,那高老儿因话说起,就请我救他女儿,拿你这馕糠的夯货!""改邪归正",意思很清楚,就是承认了从前走的是邪路,而认定了跟唐僧西天取经才是正路。而后来八戒前来找他的时候,他说"我老孙身回水帘洞,心逐取经僧",而在回去的路上,他还不忘记停住云光,对八戒说"兄弟,你且在此慢行,等我下海去净净身子""我自从回来,这几日弄得身上有些妖精气了。师父是个爱干净的,恐怕嫌我",这些都表明了悟空早就认定了西天取经才是正途。

所以,对悟空而言,花果山已经不再是梦中的家园了。他回到花果山,实在是走投无路的权宜之计而已,而且自从这次花果山之行后,他也就彻底断了心中对花果山的最后一丝残念。后来当他再一次被唐僧驱逐的时候,他就没有再回到花果山,而是到观音处去倾诉心中的委屈,也很好地说明了这一点。

第二十九回

奎宿下凡

黄袍怪与中国古代精密的星宿学

《西游记》第二十九回，黄袍怪和八戒、沙僧正在打斗，忽然听到妻子叫他，立刻丢开八戒、沙僧从云端下来，询问是怎么回事。原来，黄袍怪的妻子原是不远处宝象国的公主百花羞，十三年前被黄袍怪掳到碗子山波月洞，做了妖怪的妻子。百花羞见到被黄袍怪捉到洞中的唐僧，知道他是前往西天取经的和尚，路上要经过宝象国，于是就请求唐僧悄悄给父王捎去一封求救的家书。唐僧答应了百花羞公主的请求，百花羞就将黄袍怪叫来，假意说自己要斋僧，求他放过唐僧。黄袍怪答应了百花羞。唐僧师徒三人来到宝象国，将公主的书信上呈给宝象国国王。国王请求唐僧师徒搭救女儿，不自量力的八戒和沙僧自告奋勇前去捉拿妖怪，结果被妖精打败。八戒撇下沙僧躲进草丛，沙僧被妖怪一把抓住，拿进洞中。

故事发展到现在，有两个问题肯定盘旋在读者的心中：

第一，自从白骨精开始，吃唐僧肉能够延年益寿的消息已经在西行路上传开，但很显然，黄袍怪并不怎么把唐僧肉放在心上。你看他对百花羞说的话："浑家，你却多心呐！甚么打紧之事！我要吃人，那里不捞几个吃吃？这个把和尚，到得那里，放他去罢。"这到底是为了什么？

第二，黄袍怪是个凶狠的魔头，为什么对百花羞公主却如此温柔，言听计从？他们恋爱的背后，又透露出哪些天界的信息？

我们先说第一个问题。

黄袍怪为什么对唐僧肉不怎么感兴趣？原因就在于他的特殊身份。他是二十八星宿之一的奎木狼。星宿是天上的大神，作为天上的大神，天上每年召开蟠桃会都会有他的一份蟠桃，他根本就没有必要靠吃唐僧肉来帮助度劫，所以自然不必像西游路上遇到的其他妖精那样，对唐僧肉垂涎三尺了。

那么星宿是什么？是天上的星星吗？星宿不是星星。所谓星宿，最简单来说，就是中国古代版的"星座"。古人为了便于观察天体的运行，以此判断季节、方位等，将黄道、赤道附近那一圈比较明亮的恒星分为28个集合，作为判断天空位置的标志。这28个星宿，各有自己的名字，各和一种动物相对应，又分别与日、月以及金、木、水、火、土五大行星对应。以黄袍怪的真身"奎宿"来说，它由十六颗恒星组成，它对应的行星是"木"，对应的动物是"狼"，合起来就是"奎木狼"了。

这28个星宿中，角、亢、氐、房、心、尾、箕，这七个星宿组成一个龙的形象，春分时节在东部的天空，故称东方青龙七宿；斗、牛、女、虚、危、室、壁，这七个星宿形成一组龟蛇互缠的形象，春分时节在北部的天空，故称北方玄武七宿；奎、娄、胃、昴、毕、觜、参，这七个星宿组成一个虎的形象，春分时节在西部的天空，故称西方白虎七宿；井、鬼、柳、星、张、翼、轸，这七个星宿则组成一个鸟的形象，春分时节在南部天空，故称南方朱雀七宿。青龙、白虎、朱雀、玄武，合称四象、四维或四兽。

再说第二个问题：为什么奎木狼那么凶狠，却对百花羞公主温柔有加、言听计从。

许多看过《西游记》的女性朋友，估计都能想到一首曾经很流行的歌曲《狼爱上羊》。奎木狼这个形象，还真有点像西方浪漫小说中的那些骑士，他们都有一个共同的特点，就是"温柔似绵羊，凶猛如豺狼"：对待敌人，像豺狼般凶狠；对待情人，像绵羊般温柔。那么奎木狼作为天上的大神，为什么会对一个人间的女子情有独钟呢？原来，这百花羞公主也不是凡人，她本是天上披香殿侍香的玉女，因为和奎木狼相好，又怕玷污了天宫胜境，所以就先行下界，托生为宝象国公主；而后奎木狼变作妖魔，占了名山，将公主摄到洞府做了夫妻。

奎木狼和百花羞的故事听起来确实很美，很多人对这个故事都很感动，说奎木狼乃是《西游记》中的最佳老公，但对百花羞公主就颇有微词，说她是最令人寒心的妻子。但这其实也不怪公主，上辈子的事情，请问有谁还能记得？而如果不看上辈子，只看这一辈子的话，百花羞所经历的其实就是许多被拐卖到贫困山区女性的遭遇和命运。

试问她抓住机会托人捎信向父母求救不正确吗？难道谁抢了我们，对我们好一点，我们就应该对他感激涕零吗？这不就是典型的"斯德哥尔摩综合征"吗？

黄袍怪和百花羞故事的背后还透露出了一些更有意思的东西，即作者对于天宫的一些看法。这个看法，简单来说，就是天宫虽然富丽堂皇，可是没有人间夫妻的恩爱，实在也没什么意思。其实，这也不是《西游记》作者一个人的想法。我们想一想，甘愿放弃天上生活的神仙难道还少吗？我们从小就熟知的牛郎织女、董永和七仙女，不也是这样吗？文学作品里的天宫，在某种程度上，其实正是人间宫廷的曲写，看起来富丽堂皇，但等级森严，是最不自由，也最没有温情的地方。中国的文学，在写到天宫的生活时，笔调几乎都是压抑的，而里面的女性，对下界的感情生活无不充满向往，甚至甘冒惩罚而下界，这都表明了民间对于宫廷的看法。《红楼梦》里的元妃，在见到贾母与王夫人的时候，说那是"不得见人的去处"，背后所透露出的信息，其实正与此处相同。

第三十回

善恶难辨

神与魔在中西方的不同定义

《西游记》的第三十回说的是黄袍怪把沙僧捉回洞府，与百花羞对质，询问百花羞是否透露了信息。沙僧为报百花羞拯救师父的恩情，一口咬定和公主无关。黄袍怪放过百花羞，变作一个俊俏的后生来到宝象国，用妖法将唐僧变为猛虎。唐僧危在旦夕，白龙马不顾性命，变作宫女接近黄袍怪，想趁机刺杀妖魔，结果被黄袍怪打伤。侥幸逃脱的小白龙找到八戒，劝八戒到花果山向悟空求救。到此为止，取经团队的每个成员都充分展示了自己的本领，而他们的表现都说明了一点：悟空是不可取代的。在这个团队内部，请回悟空已经是众人的共识，下面的问题，就是悟空能不能不计前嫌，重新回到取经队伍中来了。这一回我们要说的问题有两个：一是黄袍怪是天上的大神，为什么还会下界吃人作恶，这背后又透露出了什么文化信息？二是在黄袍怪事件中，每个成员都经历了考验，那么这次考验，他们的表现都能打多少分？

先说第一个问题：黄袍怪是天上的大神，为什么还要下界吃人作恶？

在今天一般人的观念中，神仙是好的，妖怪是坏的。实际上，这并不是中国古人的观念，而是受到西方宗教中上帝与魔鬼善恶二元对立观念的影响后的产物。在中国古人的观念中，所谓神仙鬼怪之类的概念都来自中国的道教，而中国的宗教与西方严格意义上的宗教的最大不同之处，就是中国的宗教并没有创造一个与此岸世界相对立的彼岸世界。

对于西方的宗教，马克思有一句名言："宗教即颠倒了的世界观。"但对中国的道教而言，这个影像基本上是正的，基本上就是此岸世界的延伸。在道教的世界里，神仙和妖怪并无绝对的善恶之分，他们都是既可以为善，也可以为恶的。《西游记》里的神仙与妖怪，就是这一观念之下的产物。如果我们一定要比附的话，《西游记》里的神仙，乃是朝廷官僚的缩影，而妖怪则更像是绿林豪强。朝廷官员可以为善也可以为恶，绿林豪强同样可以为善也可以为恶。所以，看《西游记》，完全不必因为神仙作恶而有所纠结。

而《西游记》里对于神仙及其下属多所为恶的描写，其实也正从某个侧面说明了中国古代百姓对于当时官员群体的看法。这个看法，就是萨孟武先生在《红楼梦与中国旧家庭》中所说的："奇怪得很，吾国小说关于官场现象，均不写光明方面，而只写黑暗方面。小说乃社会意识的表现，社会意识对于官僚若有好的印象，绝不会单写黑暗方面；单写黑暗方面，可见古代官场的肮脏。"

再说第二个问题：在这场考验中，取经队伍各成员的表现如何？

本领放在一边，就表现来说，沙僧、小白龙都可以打满分；八戒差一些，但打七十分还是可以的。沙僧打满分，是因为他在被妖怪捉住后，表现得很有担当，有英雄气概。黄袍怪怀疑公主有书信给宝象国国王，因此一手执刀，一手抓着公主，来与沙僧对质。只要沙僧承认确有捎书一事，公主就可能命丧黄泉。在此危难之际，沙和尚断然否定了黄袍怪的猜测，要用自己的死报答公主解放唐僧之恩，其勇气义气，都值得称许。不过沙僧有此表现，并不奇怪。《西游记》第二十二回中八戒与沙僧打斗时，当八戒问沙僧是什么妖精的时候，沙僧曾有一首长诗说起自己的出身。他在学成道法上天界当卷帘大将之前，是"自小生来神气壮，乾坤万里曾游荡"，应该是个江湖游侠之类。

小白龙打满分，是因为他在关键时刻，不顾自己法力低微，竟然能挺身而出，而且还有勇有谋，在解救唐僧失败之际，还能苦苦哀求八戒去请回大师兄孙悟空，避免了取经队伍散伙的命运，真可以说是"时穷节乃现"的英雄了。

八戒打七十分。扣三十分是因为他在和沙僧双战黄袍怪失利之际，竟然撇下沙僧，扭头就跑。打不过就跑是对的，因为战场上打不过还打那是傻子，但他让沙僧先顶着，自己先跑就不对了。不过他知错能改，承认了自己在赶走悟空中所犯的错误，并且还接受了白龙马的建议，亲自上门去请大师兄，并且自此以后就心甘情愿地做二师弟，再没有动过悟空的歪念头。尽管有缺点，但在本质上，八戒还是个老实的好人。

一切团队其实都是如此。未经磨合前，所有团队其实都是有杂质的粗铁，最后究竟是能成为百炼精钢，还是被打成碎片，一个关键因素，就是团队成员的基本品质必须是正面的。中国民间有句俗话，叫"不怕没好事，就怕没好人"，说的就是这个道理。

第三十一回

各归其位

取经团队内部组织结构的重新洗牌

《西游记》第三十一回说的是猪八戒说出唐僧有难,想请悟空去救师父。怕悟空不回,他又使出激将法,编造了一通黄袍怪如何藐视悟空的谎话。悟空果然大怒,当即随八戒去找黄袍怪。悟空一回来,取经队伍头上那天大的乌云立马就消散了。他以令人眼花缭乱的招数打败了黄袍怪,还查明了黄袍怪的真实身份乃是天上二十八星宿之一的奎木狼,以及奎木狼与披香殿侍香玉女的一段风流往事。最后,悟空破了黄袍怪的障眼法,将唐僧变回人形。师徒重归于好,继续向西天行去。

这一回我们要说的问题,是黄袍怪的故事在《西游记》中的里程碑意义。

在《西游记》里，黄袍怪当然不算太弱，但和青牛怪、大鹏金翅雕这些真正的大魔王相比，还是要平庸得多。他的本领算不得特别高强，而且也没什么厉害的法宝。但为什么这个并不太厉害的黄袍怪能够占用四回的篇幅？原因很简单：在《西游记》中，黄袍怪的故事是具有里程碑意义的。

在黄袍怪之前，唐僧师徒其实并没有遇到过什么真正有本领的妖怪，悟空能对付得了的，似乎猪八戒、沙和尚也能对付。这就给唐僧一种错觉，认为西天取经的任务并不是离开孙悟空就不行，在这样的情况下，唐僧和悟空之间的性格、观念上的矛盾就显得非常突出。另外，也正是因为还没有遇到什么像样的妖怪，几个师兄弟之间的关系也还没有理顺，特别是猪八戒，对于孙悟空还颇有几分不服气。正因为如此，在唐僧已经相信了悟空打死的乃是妖怪的情况下，猪八戒还在旁边不停地说悟空的坏话，最终导致悟空被唐僧逐出取经队伍。

但是，黄袍怪出现了。黄袍怪在《西游记》中并不是什么了不得的大魔头，但对于八戒与沙僧来说，却已经是不可战胜的了。他的出现，让唐僧和八戒、沙僧都意识到，西天取经，离开了孙悟空，还真是寸步难行。

先说唐僧。首先，通过自己被黄袍怪变成老虎的经历，唐僧也明白了，光看表面，有时确实很难分清妖怪和常人的分别，自己的凡胎肉眼，确实不如孙悟空的火眼金睛，自己当初很可能真是错怪了悟空。

其次，悟空对自己有救命之恩，这份人情，足以让唐僧觉得对悟空有所亏欠，再想起自己曾对悟空说过那么多绝情的话，怎能不感到惭愧。

再次，当初唐僧赶走悟空，一个重要的前提，就是他觉得反正有猪八戒和沙和尚，离开孙悟空，路照走，经照取，这地球离了谁还不是一样转。但现在他知道了，八戒、沙僧和悟空根本就不是一个级别的，西行路上，还真是离不开这个得力的干将。从此以后，他对悟空的所作所为有了更多的认同。

再说八戒。一开始，八戒对悟空的态度并不友好。之所以如此，主要有两个原因。孙悟空恃才傲物，说话做事不考虑别人的感受，整天呆子长呆子短的，这就让猪八戒很不舒服。而且有孙悟空这个大师兄在，自己就只能屈居老二，假如赶走了孙悟空，自己就能升格为大师兄，那样的话，到了灵山，按功封赏，自己也可以得到更好的结果。在我们看来，猪八戒的本领和孙悟空怎能同日而语呢？但人最难的就是有自知之明，何况猪八戒从加入队伍到遇到黄袍怪前，也确实还没有遇到什么特别厉害的妖怪。正是利益和性格两方面的因素，让八戒在关键时刻向唐僧进了谗言，并导致了悟空被赶走的结果。

悟空刚被赶走时，八戒的心情非常愉快，工作的积极性也空前高涨。但一个化斋的小问题，就让他体会到了"不当家不知柴米贵"的滋味，体会到了大师兄风光背后的种种责任与艰难。假如化斋之类的生活细节问题是勤快一点就能解决的，那么在实力方面，八戒和悟空的差距则是无法弥补的。

八戒想当大师兄的另一个原因就是对自己本领的自信，但接下来发生的事情很快打破了他的迷梦，自己觉得颇为了不起的本领，在黄袍怪面前居然不堪一击。在残酷的现实面前，猪八戒终于认清了这个现实：凭自己的本领，是根本担不起"大师兄"这副重担的。此后的八戒，就再也没有取悟空而代之的想法。当然，在此后去往灵山的路上，八戒偶尔也还会撺掇唐僧念念紧箍咒，但基本上都是抱着一种恶作剧的心态，因为说实话，悟空这家伙有时也确实是太讨厌了，他骄傲自大，还动不动就拿自己寻开心找乐子，捉弄他一下也是应该的；而且就算念了紧箍咒，孙悟空也就是疼一下，这猴子生命力很强，反正也死不了。

再说沙僧。在这个小小的取经队伍当中，沙僧的出身最低，本领最差，参加的时间最晚，承担的责任最小，所以在取经队伍当中的分量当然也就最轻。这个低微的身份，决定了沙僧在多数情况下都三缄其口的原则。但这并不意味着沙僧就没有自己的想法。他清楚地知道，自己的本领比西天路上遇到的小妖强不了多少，要想取经成功，有个光明的前途，只能寄希望于强者的保护。所以，尽管他在唐僧赶走悟空的时候不敢说什么，但在内心深处对八戒是非常不满的。而在遇到黄袍怪后八戒的一系列行为，更是让他难以对八戒产生如同对悟空般的尊敬：让他去化斋，他却躲到草丛里睡觉；明明是两个人双战黄袍怪，他看打不过就推托出恭躲了，结果自己措手不及被黄袍怪俘虏。经过这次事件，沙僧进一步体会到了悟空的难得，对这个大师兄佩服得是五体投地。

从此以后，每当唐僧和悟空的意见有冲突的时候，他都会在力所能及的范围内劝解唐僧相信悟空，化解矛盾，成为这个小小的队伍当中维护稳定的重要因素。

综合以上的分析,我们可以看出,通过这个事件,取经团队的内部格局发生了重大的变化。悟空去而复返,充分说明了他在取经队伍中不可或缺的重要性,他的大师兄地位从此就不可动摇了。

第三十二回

攘外安内

悟空的手腕映射了中国古代历史中的现实

《西游记》第三十二回的故事发生在西游第五年的春天。唐僧师徒来到平顶山，遇到了在这里占山为王、一心要吃唐僧肉的金角大王和银角大王兄弟。从这一回开始，一直到第三十五回，故事的内容都和这一对兄弟有关。在这一回里，主要讲的是悟空接到日值功曹的通报，说山上的妖魔如何厉害。悟空派八戒巡山，第一次八戒偷懒睡觉，被悟空发现并狠狠捉弄了一番；第二次巡山，八戒遇到了银角大王，二人动起手来，八戒不是对手，被银角捉回洞中。

在《西游记》里，这一回堪称是最好玩的章回之一，而搞笑担当，自然就是孙悟空、猪八戒这一对"相爱相杀"的师兄弟了。于是问题来了：在降妖除怪中，孙悟空向来是当仁不让、一马当先的，但在这一回，悟空却几乎是绝无仅有地让八戒去充当了一回降妖除怪的开路先锋，并且在八戒动身巡山之前，还对唐僧说了一通八戒的坏话。这难道是和八戒在唐僧面前争宠吗？肯定不是，因为悟空绝不是那样的人。那如果不是，又是为了什么？

要看懂悟空的心思，就要把悟空的行为放到整部《西游记》故事的前后因果关系中来看。《西游记》其实是有两条线索的，一条线索是外部的，就是唐僧师徒一路降妖除怪；另一条线索是内部的，就是唐僧师徒内部关系的发展变化。对于悟空的行为，只要把它放到师徒内部关系的发展变化当中，就可以洞若观火，一目了然了。在平顶山遇到金角大王和银角大王的时间，是在黄袍怪事件之后。我们说过，在取经团队内部的关系上来说，黄袍怪事件是一个里程碑，它雄辩地说明，取经队伍是离不开孙悟空的。但悟空回来之后，他是不可能对此前的白骨精事件无反思的。

在悟空看来，问题主要有两个：一是虽说"能者多劳"，而这个"多劳"也是悟空愿意的，但什么事情都靠自己，仿佛降妖除怪就是自己的事儿，这让悟空在行动中经常有身单力薄之感，另外在心理上也很不平衡，悟空希望获得对这两个师弟的调遣权，从而使得他们两个真正成为自己降妖除怪的帮手；二是唐僧认定八戒是个老实人，对八戒的好感远远超过悟空，而实际上猪八戒并不像唐僧想象的那么老实。我们还记得，当初悟空在白虎岭之所以被赶走，八戒的谗言起了关键的作用。因为黄袍怪的出现，悟空被请回了取经队伍，但说来说去，被请回去只是因为自己本领高强，沿路降妖除魔离不开自己，而并不代表唐僧对自己就很信任。悟空已经敏锐地感觉到，和自己比起来，唐僧其实是更相信猪八戒的。要想避免此类事情再次发生，最好的办法就是让师父相信自己而不是相信猪八戒。

为了达到目的，悟空是动了一点小心眼、耍了一点小手腕的。他听到日值功曹说两个妖魔怎么厉害，其实并不害怕，但为什么还是做出一副眼泪汪汪很害怕的样子？就是要用这副表情吓唬唐僧，明确告诉唐僧他一个人是斗不过那一群妖怪的。悟空的潜台词很明确，如果想要过山，八戒、沙僧就必须听我调遣才行。对于悟空的这个要求，唐僧很痛快地答应了。再就是要想办法让唐僧对八戒有个正确的认识，省得在关键时刻八戒又像三打白骨精时那样进谗言，搞得自己非常被动。出于这个目的，悟空才故意让八戒巡山，并在唐僧的允许下对八戒进行跟踪，然后才有了八戒在众人面前的出乖露丑。从实际效果看，悟空的目的达到了。我们可以清楚地看到，也就是从这次开始，一直到《西游记》结束，八戒再也没有向唐僧进过一次真正意义上的谗言。为什么？从好的方面想，他可能觉得自己在白虎岭那一次也有些过分；但从另一个方面想，和这次自己的谎言在唐僧面前被揭穿也有很大的关联。他已经感觉到，师父不那么相信自己了，背后再说悟空的坏话，除了让唐僧讨厌自己，恐怕没有任何其他的作用。

有人可能会问：悟空有那么狡诈吗？我们的看法是，这不是狡诈，这是聪明。白虎岭那一次悟空吃的亏太大了，如果再不反省他就是傻子了。他已经清楚地明白了这个道理：在很多时候，攘外就得先安内，否则你在前面拼命做事，后边还不时有给你使绊子的，这让人情何以堪啊。有时为达到美好的目的，不得不用点不太美好的手段，这就是现实。《西游记》用游戏的笔墨把这个深刻的道理说得这么清楚，你说它厉害不厉害。

第三十三回

妙语连珠

《西游记》珍贵的童话文学属性

《西游记》的第三十三回说的是，银角大王将猪八戒捉回洞中，又去捉拿唐僧。他知道悟空的厉害，于是变做一个受伤的老道，骗得唐僧的信任，定要悟空背他；而后念动咒语，移来三座大山将悟空压住，并将沙僧和唐僧捉回洞中。为了彻底消灭悟空，金角大王和银角大王派出两个小妖精细鬼和伶俐虫，手拿红葫芦和玉净瓶两样法宝来装悟空，没想到悟空早已脱身，并从小妖手中骗得玉净瓶和红葫芦。

这一回，我们来讨论《西游记》的童话色彩。

在这一回中，给人留下印象最深的，就是悟空用一根毫毛变成葫芦，从两个小妖手中骗取宝贝的一段描写了。两个小妖不懂得自家宝贝的珍贵，听说悟空手中的葫芦可以装天，就自作主张，一定要拿自己的宝贝和悟空换。怕悟空不换，还赌咒发誓，说"但装夭就换，不换，我是你的儿子"，结果被悟空一通海骗，两个宝贝，只换了悟空身上的一根毫毛。

林庚先生对这段描写赞扬备至，有过非常精彩的分析。"对于这个场景，甚至悟空和小妖的神情口吻，我们是不是都觉得似曾相识呢？孩子们碰在一起，各自带着自家心爱的东西，比如邮票、糖果、石子、贝壳，拿出来夸耀一番，然后相互交换，怕事后反悔，又赌咒发誓。这难道不是儿童生活中最常见的场面吗？"这一段文字，把《西游记》作为童话文学的特征，表现得淋漓尽致。童话最大的特点，就是模拟儿童的心理和性格特征。两个小妖要拿自己的葫芦和净瓶与悟空交换，这是完全符合孩子的心理特征的。儿童的好奇心重，总是看着别人的东西好，所以也就最喜欢交换；而在交换的时候，他们又根本不懂得自己手中的东西在成人世界里的价值，所以许多交换就显得极其荒唐。一个家长曾经训自己的孩子，说你的变形金刚四百块钱，为什么要和小明四块钱的玩具交换，孩子的回答就非常简单："他那种的我没玩过。"这就是孩子的逻辑。其实，在《西游记》里，给人留下深刻印象的小妖并非只有精细鬼和伶俐虫两个。沿路之上的什么"小钻风""奔波儿灞""灞波儿奔"，还有孙悟空花果山上的那些小猴子们，也都是些可爱的小妖。他们有的胆大冒失，有的生性老实，有的没事的时候经常跳舞，遇见事情的时候一张口"大王，祸事了"，孩子气就不由分说地冒了出来。可以这样说，这些小妖，构成了西游路上一道有趣的风景。他们大多天真烂漫，如同一群快乐的孩子。

甚至取经团队里两个最重要的角色孙悟空和猪八戒，也都带着很明显的童话思维特征。以金角大王的故事来说，你看猪八戒在打定主意骗唐僧、悟空的时候，一个人面对着石头念念有词："我这回去，见了师父，若问有妖怪，就说有妖怪。他问甚么山，——我若说是泥捏的，土做的，锡打的，铜铸的，面蒸的，纸糊的，笔画的，他们见说我呆哩，若讲这话，一发说呆了，——我只说是石头山。他问甚么洞，也只说是石头洞。他问甚么门，却说是钉钉的铁叶门。他问里边有多远，只说入内有三层。——十分再搜寻，问门上钉子多少，只说老猪心忙记不真。此间编造停当，哄那弼马温去！"一听就是笨小孩。孙悟空则把降妖除怪当游戏，走到哪里，一开口，就把自己大闹天宫时闯下的大祸炫耀到哪里，这是典型的精力充沛型孩子的爱冒险、找刺激、求关注。当他变成小妖进入压龙山压龙洞去见金角大王、银角大王的母亲，不得不下跪时，不由得眼中流泪，而流泪的原因，竟然是下跪低了名头；而后来变成老母亲到莲花洞里，两个大王朝他下拜，他又满心欢喜，觉得占了便宜，这也是典型的孩子在游戏时喜欢在辈分上抬高自己的表现。

不仅如此。整部《西游记》其实都弥漫着这种童话思维。许多问题，也只有你用童话思维来看待时才能迎刃而解。比如孙悟空的法力问题。孙悟空在大闹天宫时似乎无所不能，但到后来保唐僧取经的时候就显得弱了很多。八戒、沙僧也有这个问题。八戒在高老庄的时候可以和孙悟空大战几个时辰，但在面对战斗力远不如孙悟空的黄袍怪时，十几个回合就败下阵来。沙僧出场时，他在流沙河和八戒的大战，也堪称骁勇了，但后来其表现基本上和路上遇到的小妖也没有什么差别。对于这种现象，我们可以有很多解释，而童话文学就是一个非常好的解释角度。儿童文学模拟的是儿童的心理特征和认知特点，儿童的思维有一个很明显的特征就是非逻辑性。儿童对于眼前世界的经验是从个别开始的，这些个别的经验在其最初的阶段上还不能够联系为一个整体，因此是片段的、跳跃的，彼此间缺少一贯的逻辑思维。这就带来一个结果，就是儿童的想象常常只是相对于一个具体的情境而展开的，因此哪怕是对于一个人的想象，也有可能随着具体情境而变化，出现前后不一致甚至是矛盾的现象。这看似是一个问题，但也为《西游记》提供了更多的阅读乐趣。《西游记》之所以变化无穷，引人入胜，在某种意义上说，也正是因为它没有将孙悟空的神异性一以贯之地坚持下来。他的行为不落于一种格式，你无法预料他接下来会做些什么。他的行动中充满了即兴式的花样与创新，因此让人眼花缭乱、目不暇接。

我们常常说，《西游记》是一部具有深厚文化内涵的经典之作，中国文化的一切生长性要素，它几乎全都具备，几乎没有人敢拍着胸脯说，他已经把《西游记》完全读懂了。但博大精深只是《西游记》的一个方面。从另一个方面来说，《西游记》又是一部写给孩子们的书，在儿童文学极不发达的中国古代，《西游记》是极其少有的一部让孩子们能够乐在其中的文学作品。它是上天借吴承恩的手送给中国孩子们的一份珍贵的礼物。

第三十四回

葫芦净瓶

《西游记》中的超级法宝

《西游记》第三十四回的主要内容，是孙悟空从精细鬼、伶俐虫那里骗了玉净瓶和红葫芦，又假扮莲花洞的小妖，从金角、银角大王母亲那里骗来幌金绳。悟空假扮成老妖，带着几件宝贝来到莲花洞，结果被妖精认出。他甩出幌金绳来捆银角大王，结果反被银角大王念动咒语捆住。趁人不备，悟空把金箍棒变作钢锉，锉断幌金绳，用一根毫毛变做替身，真身来到洞外，化名"者行孙"与妖怪索战，结果又被收入葫芦。悟空在葫芦中惨叫，骗老妖揭开查看，就在瓶子打开的一瞬间，再次成功脱逃。逃出葫芦的悟空变做小妖侍奉两位魔头，趁其不备，再次将红葫芦偷到手中。

这一回的内容，是围绕着金角、银角大王的几件法宝而展开的，所以我们就顺着这几件宝贝，来说一下《西游记》中的法宝。

两位大王的宝贝一共有五样：羊脂玉净瓶、紫金红葫芦、幌金绳、芭蕉扇、七星宝剑。七星宝剑实际上就是一件比较锋利的武器，没有什么特别之处。芭蕉扇是生火的，从后来太上老君收服青牛怪时说的话来看，应该是很厉害，但《西游记》对此并没有什么展示。在这几样宝贝之中，居于核心地位的，实际上是两件装人的宝贝：羊脂玉净瓶和紫金红葫芦。这两件宝贝的用法是瓶口或者葫芦口向下，然后叫人的名字。只要被叫的人一答应，顿时就会被吸入瓶中或者葫芦中，不到一时三刻，就会被化为汁水。还有一件法宝幌金绳比较有意思。这个幌金绳，它的作用是捆人，只要把幌金绳对着你要捆的人扔出去，那绳子就会自动把人捆得结结实实，不过从悟空很快就锉断了幌金绳来看，也没有什么过人之处。不过这件宝贝，以"阴谋论"来解释《西游记》的门派之争，意味就显得特别深了，因为它原来的用处是太上老君的腰带，而这件宝贝竟然在一个狐狸精手中。再考虑到金角大王和银角大王管狐狸精叫干娘，太上老君和狐狸精的关系似乎一下子就变得暧昧起来。我是不太同意这种看法的，但还是很佩服提出这个看法的读者，他的想象力真是丰富到了令人目瞪口呆的程度。

超级法宝的出现，在《西游记》里这还是第一次。这并不是说《西游记》以前就没有出现过法宝，但那些法宝，比如孙悟空的金箍棒，论功能只是一件随身的武器罢了，不过材质特别，除了特别结实、能够大小随心所欲方便携带之外，它和人间的刀枪剑戟之类并无本质的不同。类似的还有八戒的上宝沁金钯，沙和尚的降妖宝杖。但金角大王和银角大王的这几件宝贝，特别是紫金红葫芦和羊脂玉净瓶，却和以往的任何法宝都有本质的不同，它们具有特殊的功能，不管是什么人，只要他手持这几样宝贝，就能够降伏比自己厉害得多的对手。

用现代的话语表述，我们也可以说，这些东西已经不是简单的兵器，而是声控的智能型武器，只要用语言开启其内部程序，其他的事情它都能自己完成。这类超级法宝的出现，为《西游记》本来就很丰富的想象锦上添花，增加了许多重要的看点。而要特别说明的是，这一点，完全是《西游记》在中国古代小说里的首创，所以特别值得重视。

更为难得的是，这些超级法宝的出现，并没有降低故事中人的重要性，而是成为作品中人物展开其个性的有效道具。关于这一点，我们只要把它和《封神演义》中的那些法宝做一个对比就会有更清晰的理解。《封神演义》中也有很多宝贝，比如可以自动杀人的匕首，比如装在葫芦里可以杀人的黑鹰，等等。单就其想象的丰富性而言，好像比《西游记》还要更胜一筹，但如果要说到这些东西对《封神演义》作为一部文学作品的作用来说，那么我们可以说对它们的运用是非常失败的。它们本身的确功能强大，令人眼花缭乱，但这些法宝对于作为文学作品重心的人物形象塑造来说，没有什么积极的效果，人的重要性反而退居这些法宝之后了。《西游记》中的法宝却不是这样。比如金角大王、银角大王派出精细鬼、伶俐虫这两个小妖用玉净瓶和紫金葫芦去装压在山下的孙悟空，没想到悟空已经成功地从山下逃脱，而几人又正好在路上相遇。两个小妖炫耀自己手中的宝贝好，能装人，悟空于是拔出一根毫毛变了个大葫芦，信口就说了个天大的谎话，说那葫芦只能装人，没什么稀奇，我这葫芦能够装天。两个小妖不信，要悟空装一装看。话赶话说到这里，那是能装也得装，不能装也得装了。悟空也是万般无奈，低头把揭谛等一班游神叫到自己身边，让他们向玉帝请求给自己一个面子，借天来装上一会。天怎么能装？玉帝也是无法。正当我们发愁悟空这天大的谎怎么能圆上的时候，哪吒三

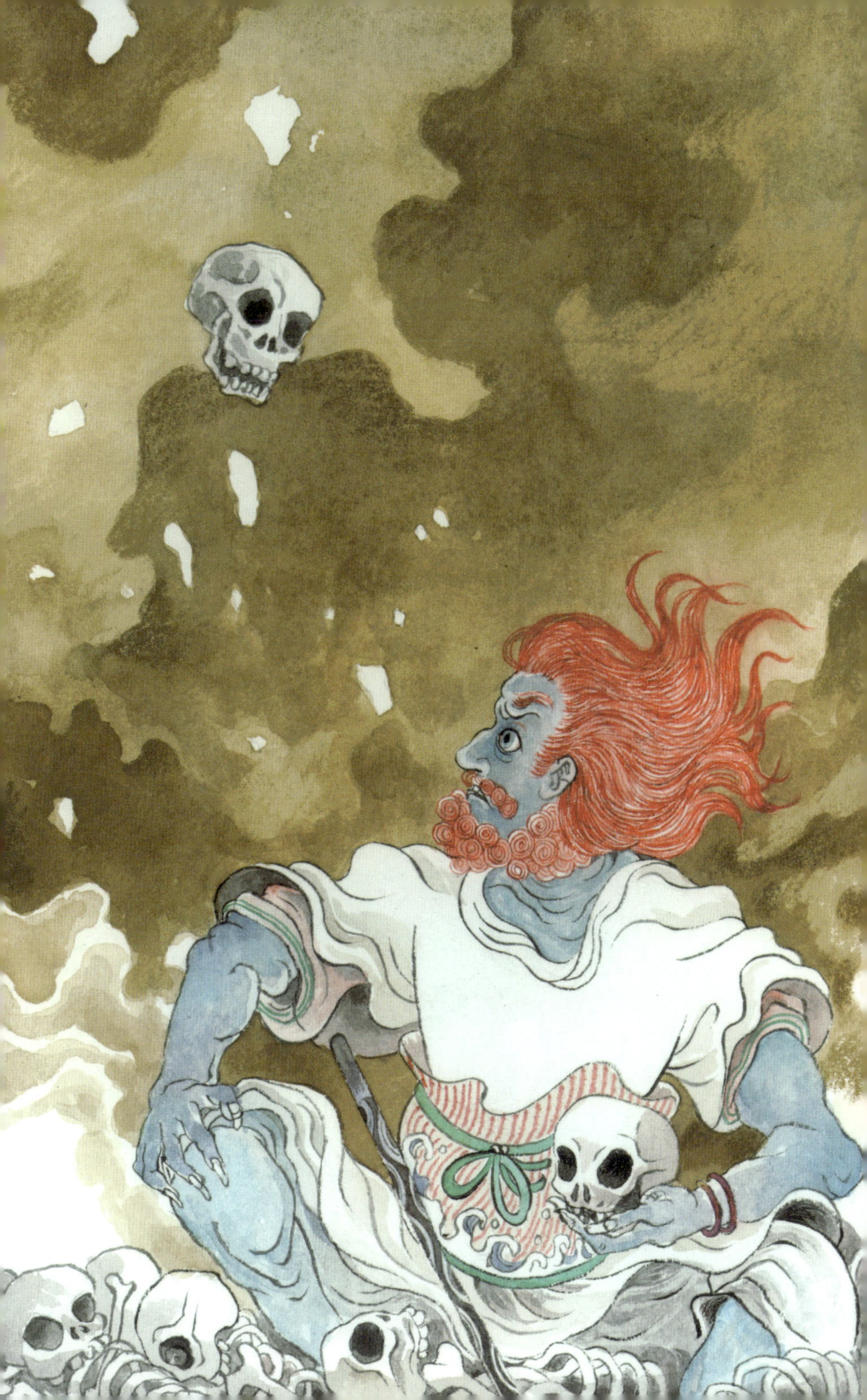

镇元子　银角　白骨精

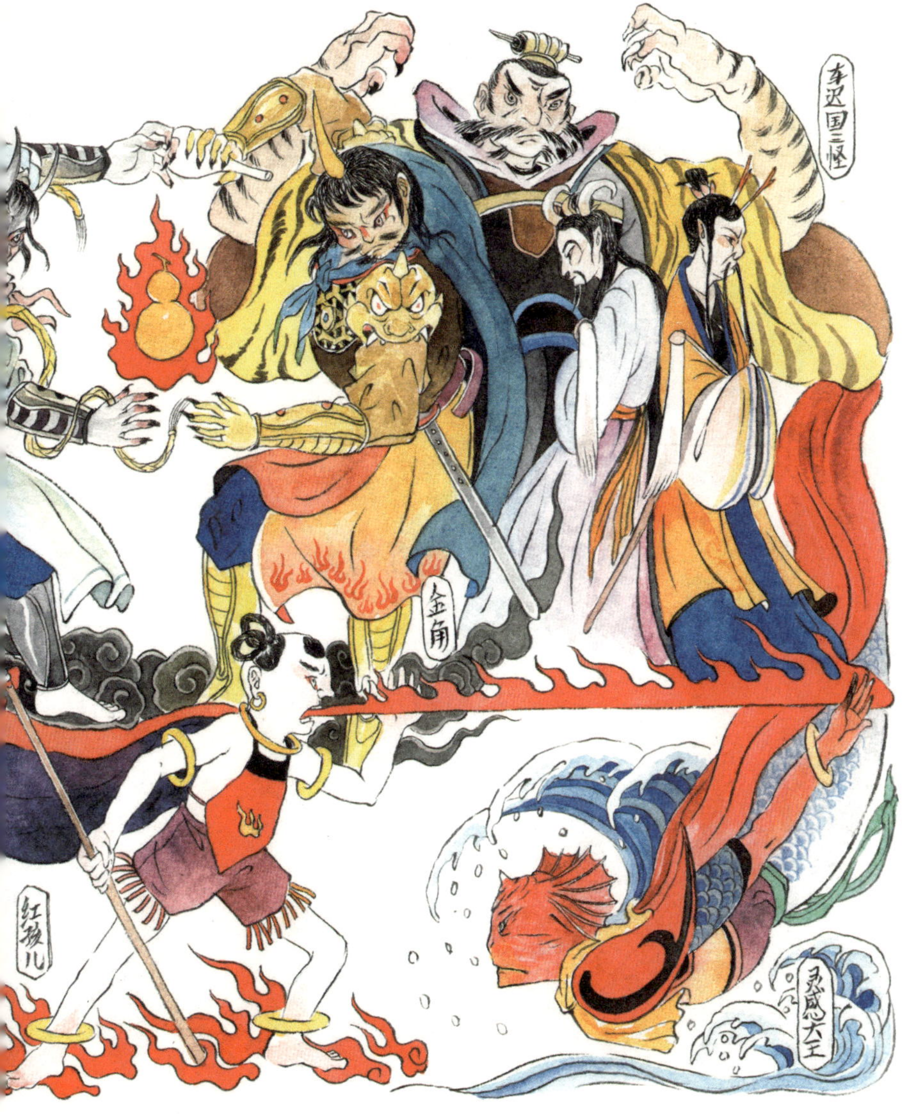
车迟国三怪
金角
红孩儿
灵感大王

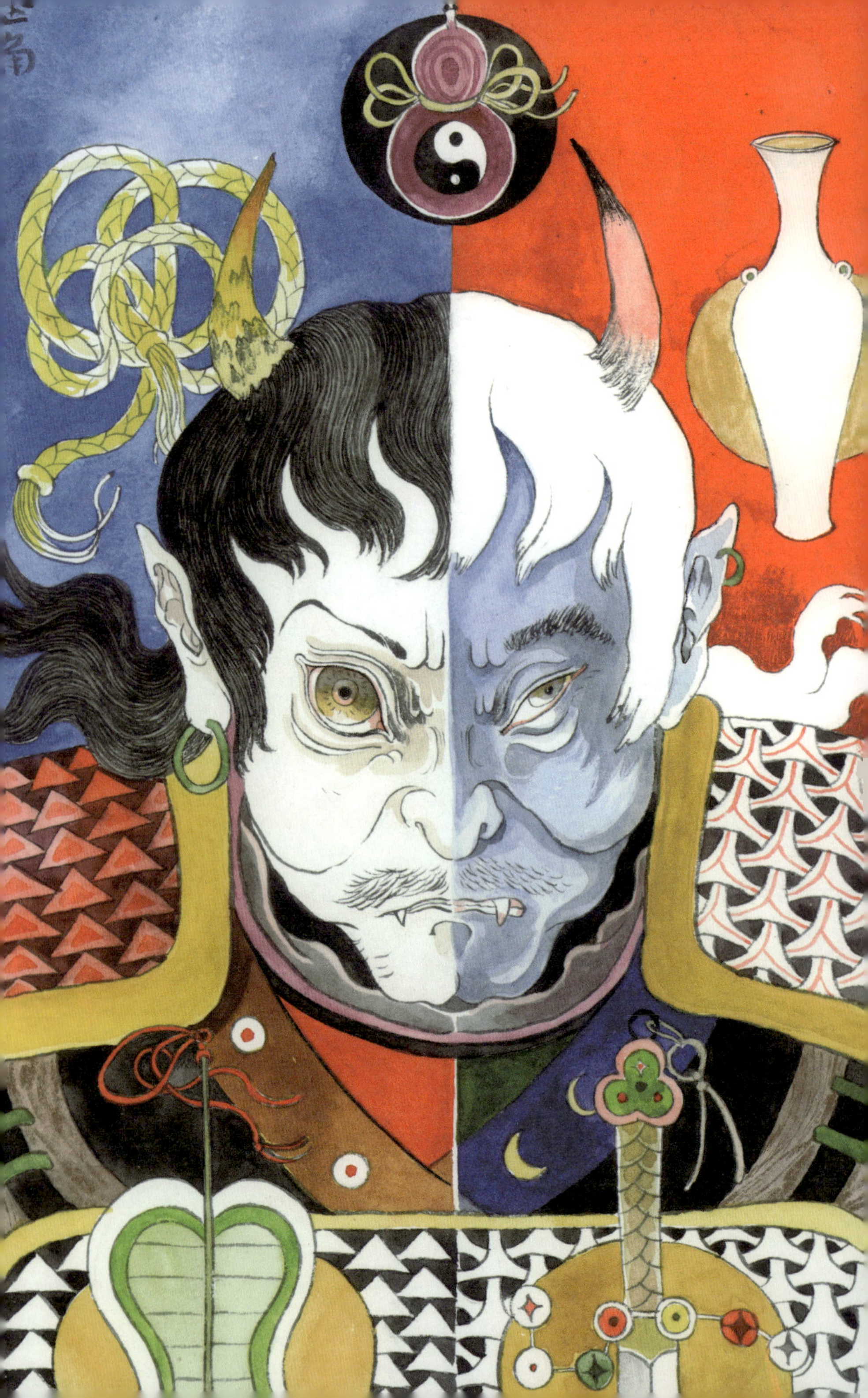

太子说话了，说天也能装。方法是用一面黑旗在北天门上一挡，遮住了日月星光，搞得一团漆黑，就算是装了天了。就这样，两个小妖不但相信了悟空的葫芦可以装天的胡话，还非要用紫金红葫芦外加羊脂玉净瓶和悟空的葫芦交换。你看在这一系列围绕着法宝而展开的故事中，居于中心的一直是人物，我们固然惊异于这些法宝的强大功能，但给我们留下最深印象的，自始至终都还是悟空的机智、聪明，以及他的可爱与一点小促狭。而围绕着这几件宝贝展开的故事中，即使一些配角也被刻画得十分生动。比如金角大王和银角大王，虽是异姓兄弟，但彼此之间的金兰之谊十分深厚，比如说两位小妖在丢失了宝贝之后，从恐惧懊恼、准备逃走，到最后决定到大王面前坦白自首的那一段心理活动，都刻画得非常地动人，给人留下了十分深刻的印象。

当然，这些武器，最终并没有归悟空所有，而是被它们真正的主人太上老君收回了。有人替悟空惋惜，觉得悟空白忙活了。但这其实是这些武器的最好归宿。你想，要是悟空带着这些宝贝继续西行，那就等于是开了"外挂"，遇上妖怪只要叫一声对方的名字就能将其收服，这一路走下来，还有什么乐趣呢？

第三十五回

长生不老

唐僧肉与中国古代巫术文化

《西游记》第三十五回的主要内容,是孙悟空在偷了紫金葫芦后又得到了羊脂玉净瓶,巧妙施为,先后将金角大王和银角大王都装进了他们自家的法宝之中,不消一时三刻,都化为了脓水。妖怪剿除,又得了若干宝贝,正当悟空兴奋异常之时,太上老君出现了,说金角大王和银角大王乃是他的两个烧炉童子,几件宝贝分别是他盛水的瓶子、盛丹的葫芦、炼魔的宝剑、扇火的扇子、束袍的带子。悟空将宝贝还给太上老君,老君从葫芦和净瓶中倒出两股仙气,依旧化为两名童子,而后就带着童子和宝贝,腾云驾雾而去。

到这一回,金角大王和银角大王的故事就彻底结束了。这四回的内容,都是因为两位大王要吃唐僧肉而起的,所以在这一回里,我们就说一说唐僧肉的问题。

吃唐僧肉能够长生不老，是《西游记》里最重要的桥段之一。一路上，之所以唐僧走到哪里，哪里的妖怪就设下天罗地网来抓捕唐僧，就是因为这个原因。当然了，这主要是对于男妖精来说的。女妖精惦记的则主要是和唐僧成亲，关于后一点，我们遇到女妖精再说，现在只说唐僧肉的问题。

吃唐僧肉能够长生不老的传言，是从遇到白骨精那一回开始的。黄袍怪对唐僧肉没兴趣，因为他是天上的大神，每年有王母娘娘的蟠桃可以吃；但白骨精之前的黑熊精和黄风怪也都没提起过这个话头，又是什么原因呢？有人说是因为唐僧在遇到白骨精之前，刚刚在镇元大仙那里吃了人参果的缘故。也就是说，吃唐僧肉之所以能够长生不老，不在于唐僧本身如何，而全在于人参果的功效。这种看法是错误的，这种看问题的思路，就好比我们得了病不自己去吃药，而是让猪吃药，我们吃猪肉。假如这种看法成立，那么悟空、八戒、沙僧也吃了人参，就算悟空是石猴吃不得，可是也从没有听哪个妖怪说吃了八戒沙僧的肉可以长生不老的。实际上，吃唐僧肉之所以能长生不老，白骨精和金角大王都有解释，而他们的解释也高度一致："唐僧乃金蝉长老临凡，十世修行的好人，一点元阳未泄。有人吃他肉，延寿长生哩。"也就是说唐僧肉之所以有这等功效，原因就是两个：一是他的前身是金蝉长老；二是他十世修行，一点元阳未泄，也就是说他十辈子都守身如玉，从来没有与女性有过什么瓜葛，和吃不吃人参果没有什么关系。白骨精之前的妖怪之所以没有提起这个话头，最大的可能性就是那时唐僧刚刚上路，消息还没有传开而已。

《西游记》里对于吃唐僧肉何以能够长生延寿的解释就是如此。

那么，这种观念究竟所从何来呢？

有两点。一是对于"童子"的崇拜，二就是巫术文化。

先说"童子崇拜"。这里的"童子"不是指年龄，而是指童子之身。

从现代科学的眼光来看，一个男人在婚前和婚后，他的体质是没有什么本质变化的。但在一些古人的观念中，童子之身中蕴藏着极其宝贵的能量，一旦破戒，这种宝贵的能量也就消失了。这一点被沿路的妖怪们反复强调："十世修行的好人，一点元阳未泄"——唐僧十世皆为童男之身，体内存储的生命能量自然十分强大，那么吃唐僧肉的补益，自然就非比寻常了。

再说第二点巫术文化的影响。

站在人类文化学的视角，吃人的现象在比较原始的部落中曾是普遍存在的现象。原因除了生存条件恶劣，食物匮乏，另一个很重要的原因，就是在原始人的观念当中，吃掉敌人，特别是敌人中地位特殊、能力超众的人，就可以获得被吃者的灵力。这种吃人的习俗，随着文明的演进，在绝大多数社会中已经逐渐被视为野蛮落后而抛弃了，但仍在一些非主流的文化中得以留存，比如密宗的经书《大佛顶广聚陀罗尼经》就记载了吃人肉所能获得的益处，并且被吃的人越是优秀，所能获得的益处也就越多，而优秀的标志之一，就是连续多次转世为人。当然了，密宗中所述的情况，是有一系列特定的步骤和仪式的，这也就解释了为什么西游路上的妖怪在捉到唐僧后并不是立马就吃，而一定要耽搁上几天，个中原因，除了出于编故事的需要而一定要给悟空留下营救的时间外，另外一个就有这种宗教仪式的影响痕迹。

第三十六回

以暴制暴

《西游记》浓重的世俗性

　　《西游记》第三十六回的故事发生在西游第五年的秋天。从这一回开始，一直到第三十九回，所有的故事都发生在乌鸡国，讲的是唐僧师徒替乌鸡国国王除掉篡位的妖道，恢复其王位的故事。有人把这个故事和莎士比亚的《哈姆雷特》相比，说它完全可以起个名字叫《乌鸡国王子复仇记》。这个故事也挺跌宕起伏的，不过在这一回，妖道并没有出现，只是讲唐僧师徒到了乌鸡国宝林寺，唐僧前去求宿，结果被宝林寺势利眼的方丈拒绝。唐僧无计可施，满眼垂泪；悟空拿出金箍棒，一棒子把石头狮子打碎，把方丈吓得半死，连忙叫起满寺的僧人，跪在地下，迎接唐僧师徒入住。当晚正是八月十五，面对所谓"一轮高照，大地分明"的中秋之景，师徒几人赏月聊天，不觉天晚，悟空、八戒、沙僧三人睡下，唐僧则打开经卷，默默看经。

这一回我们要说的有两点：一是提醒大家注意一下唐僧师徒走到宝林寺的时间；二是从唐僧请求在宝林寺住宿而被拒绝的事情，说一说游方僧的"挂单"问题。

先说第一点。在《西游记》中，这一回可以说是最没有故事的，不但大魔王没有出现，连个小妖都没有。不过要说它不重要就不对了。起码有一点：它是我们确定唐僧师徒行程的一块重要的里程碑。在这一回里，唐僧有一句特别重要的话："我记得离了长安城，在路上春尽夏来，秋残冬至，有四五个年头，怎么还不能得到？"这就告诉我们，这一回的故事发生在西行路上的四到五年之间。在整部《西游记》中，几乎每一个事件发生，都会有关于季节景物的描写，这是所谓"草蛇灰线"；但仅有"草蛇灰线"是不够的，因为它太细小而烦琐，所以还需要有大一点的标记，像唐僧说的"有四五个年头"就是这样的大一点的标记。这就好比我们的尺子，有毫米，有厘米，有分米，这才能既足够精确，又便于计数。这样的标记，在《西游记》里具有里程碑的意义，它们为数不多，大概有三四处左右，需要我们在阅读的时候特别加以注意。

再说第二点：游方僧的挂单问题。

游方僧到别处寺院求食，佛教中有个专门的说法，叫作"挂单"。所谓"单"，指寺院僧堂东西两序所录的寺中的僧众名单，平时寺中僧人的衣钵就挂在名单下的钩子上，行脚僧入寺，要在东西两序墙壁上贴上名字，并把衣钵挂上，这就叫"挂单"。凡是受过具足戒的比丘，都可以以行脚僧的身份，到其他寺院"挂单"。一般来说，天下和尚都姓释，在某种意义上可以说天下僧人是一家，所以原则上寺庙一般不会拒绝游方僧挂单的请求，但也并不是说任何一个寺庙都有这个义务。行脚僧可以挂单，并不意味着寺院就一定要接受他的挂单。判断一座寺院是否接受挂单，据说最明显的标志是看韦驮菩萨降魔杵的方向：如果韦陀的降魔杵扛在肩上，表示这个寺庙是大寺庙，可以招待云游到此的和尚免费吃住三天；如果韦陀的降魔杵平端在手中，表示这个寺庙是中等规模的寺庙，可以招待云游到此的和尚免费吃住一天；如果韦陀的降魔杵杵在地上，表示这个寺庙是小寺庙，不能招待云游到此的和尚免费吃住。另外，即使是可以接受游方僧挂单请求的寺院，如果人员已满，没有多余的歇宿之处，也是可以拒绝的，这叫"止单"。

解释完"挂单"的情况，我们再来评价一下这一回里悟空的行为。

在这一回里，唐僧要求在宝林寺挂单，被宝林寺的方丈拒绝了。应该说，这个方丈给人留下的印象并不好。他听闻客僧说有客人来了，立刻出门，待看到并不是什么达官显贵，就变了脸色，这是趋炎附势。面对生性良善的唐僧，他恶语相向，拂袖而去，而一旦悟空打碎石狮，给他一个下马威，他就立刻变了一副嘴脸，这是欺软怕硬。趋炎附势、欺软怕硬，即使在平常人中也是令人憎恶的，更何况是本应有着更好修持的出家之人。正因为如此，后来悟空用武力逼迫方丈接纳自己一行四人入住的行为就让我们感到十分解气，颇有一种看到了"恶人自有恶人磨"的现世报的快感。

但是，悟空的行为却不符合佛教的仪轨。因为：第一，悟空没有强迫人家接纳自己的权力，具体情况我们已经在前面做了介绍，这里就不啰唆了。第二，悟空的行为也太暴躁了。出家人修行，在"六波罗蜜"中，就有"忍辱波罗蜜"，面对哪怕是武断的侮辱，都要以此作为消除往世恶业，增进今世智慧的机缘，欢喜忍受。但悟空就不是这样。一听人家不肯接受唐僧挂单的请求，立刻就把门扇打破，要人家"赶早将干净的房子打扫一千间，老孙睡觉！"；僧人说不方便，他就将棍子变成盆来粗细，将门前的石头狮子打碎，这是明显的武力逼迫了；最可笑的是人家答应你挂单也就是了，还要连夜叫人家把满寺五百僧人都叫起来，一群和尚抬着唐僧，驮着八戒，挽着沙僧，一起进寺。这哪里是和尚，简直就是黑社会大哥的做派了。但作者对于悟空的举动，没有一毫觉得不恰当，相反是兴味盎然地写来，他想传达的，乃是世俗智慧中的"人无刚骨，立身不牢""恶人自有恶人磨"的道理，而绝非佛家的教诲。在这个意义上，《西游记》终究还是带有很浓重的世俗性的。

第三十七回

四教合一

"立帝货"到底所从何来？

　　《西游记》第三十七回说的是唐僧正要睡觉，忽然一阵阴风吹来，一个鬼魂立在唐僧的面前。这鬼魂乃是乌鸡国的国王，三年前被一个妖道推下水井，后者变为国王的样子篡了王位。他恳请唐僧让悟空出手为自己报仇雪恨，并留下金镶白玉珪为表记。唐僧飒然醒来，将此梦转述给悟空，悟空一口应承。正好第二天乌鸡国王子到附近狩猎，悟空用计将王子引入宝林寺，对王子说明缘由。

　　这一回我们要说的问题有三个：一是怎么会有"乌鸡国"这么个奇怪的国名；二是悟空变化的小人为什么叫"立帝货"；三是要让大家注意一段对话，这对于我们理解《西游记》中取经团队内部的关系大有好处。

咱们先说"乌鸡国"。很多人第一次听到"乌鸡国"这个国名的时候，都会有一种感觉，就是这也太不像个国名了，这要是出现在童话中，这个国家的国民都是乌鸡，起这么个名字还差不多，但这个国家分明都是人啊！合理的解释就是，所谓"乌鸡国"，其实就是"无稽国"的意思。这不过是作者玩的一个文字游戏，意在告诉读者，这个国家无可稽考，或者说本来就不存在，故事也都是编的，切勿当真。这和现在的书籍或电影前面往往有一行"本故事纯属虚构，请勿对号入座"是一样的，都是为了避免不必要的麻烦。至于《西游记》这样做是为了避免什么麻烦，我们在后文中会有解释，这一回先按下不表。实际上，以"无稽"为地名乃是古代文人常玩的一种文字游戏，比如在《红楼梦》里，那块通灵宝玉的前身就是被女娲娘娘遗弃在"大荒山无稽崖"下的一块补天剩下的石头。

再说"立帝货"。在这一回里，孙悟空变作一个宝贝，它的形状是一个两寸长的和尚，盛放在一个红金漆匣之中，名字就叫"立帝货"。

这真是一个奇怪的宝贝。你检索遍手头的中国古代书籍，除了《西游记》，它就再没有出现过。那么这个"立帝货"到底所从何来呢？对于"立帝货"的解释主要有两派意见：一派认为是从字面意思解释的，"立"是扶助的意思，"帝"就是君王，"货"就是东西，"立帝货"合起来就是辅助君王的宝贝；另一种则认为"立帝货"是个音译词，比如北师大的侯会先生就持这种看法。我觉得这个看法很有道理，所以下面就把这个观点引述下来，以飨读者。侯先生说在《西游记》故事流传的时候，正是西方的天主教进入中国的时期，Redimere 一词也在这个时候进入中国。这个 Redimere，如果用英语发音，可以音译为"立帝莫"或者"立帝贸";而以法语发音的话,基本上就是"立帝货"了。作为这个看法的佐证有两点:一是悟空叮嘱唐僧向乌鸡国王子介绍这个"立帝货"的时候,说它"上知五百年,下知五百年,中知五百年,共一千五百年过去未来之事,俱尽晓得"——因为耶稣基督的诞辰,距离《西游记》创作的年代,正好是一千五百年左右;二就是盛放"立帝货"与"金镶白玉珪"的小匣子,正是一个放置耶稣蒙难十字架的神龛的形状。今天的我们,觉得耶稣就是耶稣,和尚就是和尚,十字架就是十字架,珪就是珪,但在对西方缺乏了解的中国古人眼里,他们就是把耶稣当作西方和尚,把十字架当作珪来看待的,这和当初佛教刚传入中国,中国人把佛陀看作是印度的大神是一样的。侯会先生的结论是:研究《西游记》的学者,总喜欢谈论儒释道三教合一的文化元素,现在看来,恐怕还要加上基督教的元素,变成"四教合一"了。中国文化向来不是封闭的体系,在五千年漫长的发展岁月当中,它以海纳百川的博大胸怀,容纳并熔铸了大量外来文化的精华,才有了中华文化今天的渊博与浩瀚。

最后提醒大家注意一段对话。乌鸡国国王给唐僧托梦后,唐僧从梦中醒来,连声叫:"徒弟!徒弟!"八戒醒来道:"甚么'土地土地'?……这早晚不睡,又叫徒弟作甚?"三藏道:"徒弟,我刚才伏在案上打盹,做了一个怪梦。"行者跳将起来道:"师父,梦从想中来。你未曾上山,先怕妖怪,又愁雷音路远,不能得到,思念长安,不知何日回程,所以心多梦多。似老孙一点真心,专要西方见佛,更无一个梦儿到我。"我们听听,唐僧只叫了一声"徒弟",八戒就一顿埋怨;只说了一句"做了一个怪梦",悟空不问缘由,劈头盖脸就是一顿教训,这哪里是徒弟对师父应有的态度,老子教育儿子,无非也就是这样了。我们多数人对《西游记》的了解，都是从央视八六版电视连续剧中得到的，实际上，八六版电视连续剧《西游记》的情节基本做到了对原著的忠实，但人物形象，特别是孙悟空的形象，和原著相比，是做了很大美化的。因为六小龄童版的孙悟空给大家留下的印象太深了，所以周星驰、徐克的《西游降魔篇》《西游伏妖篇》出来以后，很多观众说它们把孙悟空妖魔化了，实际上，在对悟空"魔性"的捕捉上，应当说周星驰把握得还是很准确的，因为原著中的悟空就是一个充满野性与戾气的桀骜不驯的妖猴。西行之路，其实也是悟空脱去野性、驯服心魔的历程。

第三十八回

节外生枝

乌鸡国王子与哈姆雷特的差别

《西游记》第三十八回说的是乌鸡国王子听了唐僧师徒的话语,将信将疑,来到宫中与母亲对证。母子二人回忆起这三年来的颇多怪异的情形,确认现在的国王为假。王子回到宝林寺,请悟空为父报仇,悟空与其约定第二天上朝面见国王时动手除妖。当天夜里,悟空骗八戒说要到琉璃井中捞宝,实际是要捞出国王的身体,好在第二天与妖道争斗时有个见证。八戒欢喜而去,结果捞出的乃是一具死尸。为了报复悟空,八戒撺掇唐僧念咒,定要悟空将已死三年的国王救活。唐僧念起咒语,把悟空勒得痛苦难当,只好满口答应。

在这一回里,我们要说的问题有两个:一是井龙王的那件宝贝"定颜珠";二是请你设想一下,假如你是乌鸡国王子,站在王子的立场上,请你评价一下孙悟空此番救活乌鸡国国王的举动是否属于多此一举。

咱们先说"定颜珠"。光听这个名字，今天的很多女性，假如要她们在《西游记》中选一样宝贝，不知多少人会选择这颗"定颜珠"呢。有了这颗宝贝在手，什么面膜、护肤水、美容针，就都可以扔在一旁了。不过实际上，《西游记》里的定颜珠并不是给活人用的，而是给死人用的，正是靠了这颗含在口中的"定颜珠"，即使在死去三年之后，乌鸡国国王依然能够面色如生。除了《西游记》中提到的这颗定颜珠，另外一颗最著名的定颜珠，就是坊间流传的所谓慈禧太后口中含着的那颗"定颜珠"了。据说孙殿英挖开慈禧的陵墓，发现慈禧面色如生，口中就含着一颗大珠子，大珠子取出不久，慈禧太后的脸色马上就开始变化。

听了我这个解释，有些人可能会很失望，说既然不能美容养颜，死后才能发挥作用，那么这个东西还有什么用，还不是一钱不值。这个想法真是大错特错了。实际上，这东西如果真的存在，到现在应该说价值连城。这当然都是玩笑话，定颜珠这种东西是不存在的。人们想象出定颜珠这样的宝贝，最可能的情形，是古人本来就有在死者的口中放上一块珠宝玉石的习惯，期望死者能够借此不朽，而在偶然的一些情况下，也真的有一些尸体很长时间都没有朽烂，当然，不朽的真实原因是一些特殊的情况，比如墓穴的密封性很好，或长期浸泡在水中等。古人不懂这些科学道理，将其归因为珠宝的作用，于是定颜珠这样的宝贝就被想象出来了。

再说站在乌鸡国王子的角度上，八戒最后提出的要把乌鸡国国王救活的想法，是否多此一举。

在上一回里，我们曾经提出过，有的学者曾把乌鸡国国王的故事和莎士比亚的《哈姆雷特》相类比，说它是东方版的《哈姆雷特》。但这两个故事其实相差甚远。《哈姆雷特》中，替老国王复仇的是王子本人；但在乌鸡国的故事里，王子起到的作用是零。一开始，当他知道自己的父亲被杀，当朝的国王乃是妖道所变时，为父报仇的态度还是很积极的，但是当乌鸡国国王被救活，出现在金銮殿上时，王子没有再说一句话，更不要说协助悟空、八戒等人了。

《西游记》这样写，是颇值得玩味的。对于这样在我们今天看来有些怪异的举动，我们能做的唯一合理的解释就是，其实，乌鸡国王子是不愿意看到父王起死回生的。

我这样说，绝非是不近人情的妄测。个中道理，韩非子在《韩非子·备内》中有过一个很著名的论断，就是："且万乘之主，千乘之君，后妃、夫人，适子为太子者，或有欲其君之蚤死者。"意思是，皇后或者王妃，如果她们的孩子已经被立为太子，不少人是希望君王能够早死的。为什么呢？韩非子后面也给出了解释，说帝王对女人的感情很不可靠，一旦女人年老色衰，帝王就可能移情别恋，而一旦移情别恋，则立新得宠的女人为皇后，立她的儿子为太子也是很有可能的。出于这样一种考虑，当然是自己的孩子早一天登基，自己的心就早一天放进肚子里。韩非子的话语，今天想必凡是看过《甄嬛传》的读者都会深表赞同。

了解了这些，乌鸡国王子的行为也就可以理解了。他最初接受唐僧师徒的帮助，一是因为对妖怪心有恐惧，二也是因为一旦除去假国王，自己就可以登基。在王子的心中，原本是没有父王复活的选项的——这本来也不在悟空的计划当中。但后来，情形发生了变化——先是悟空多此一举，在没有与王子商议的情况下去找尸体作为证据；接着猪八戒为了捉弄悟空，又让悟空将国王复活，这实际上就意味着王子即将到手的王位化为乌有了。当此之时，王子目瞪口呆还来不及，哪里还有什么心情出来说话做事呢。

第三十九回

斋僧敬佛

历史上的梁武帝在《西游记》中的原型

《西游记》第三十九回说的是悟空到太上老君处求得一粒九转还魂丹,救活了乌鸡国国王。唐僧师徒带着救活的国王来到乌鸡国金銮殿上,揭穿了妖道谋君篡位的真相。妖道驾云逃走,被悟空赶上;二人交手,妖道不是悟空的对手,反身变作唐僧的样子,又被八戒献计识破。悟空正欲结果其性命,被文殊菩萨赶到救下。原来这个妖道乃是文殊菩萨坐下的青狮,而乌鸡国国王之所以有此灾厄,是因为他当年有眼无珠,将下凡的文殊菩萨浸泡在御水河之中三天三夜的报应。

这一回我们要说的问题有三个:第一是乌鸡国国王故事的历史影子;第二是《西游记》中祸乱朝廷的妖怪为什么都是道士;第三是乌鸡国的故事给我们普通人的一点小启示,即所谓"一人不进庙,二人不窥井"。

我们先说第一个问题：乌鸡国故事的历史影子。

对佛教有所了解的人，在看过乌鸡国的故事之后，立刻就会想起中国历史上一个以敬佛而著称的皇帝——梁武帝。历史上的梁武帝以礼佛而出名，中国和尚不吃肉就是从他开始的。本来，和尚是可以吃所谓"三净肉"的——所谓"三净肉"，就是"我不杀，不为我杀，我不见杀"的肉，这样的肉即使吃了，也不会增长所谓的"恶业"。但梁武帝觉得这还不彻底，干脆主张凡为僧侣皆断绝肉食，这才可以真正远离杀生。凡此种种，不一而足。当初达摩西来，去拜访梁武帝，谈话中梁武帝问达摩，说我这一生造寺、写经、斋僧无数，功德应该很大吧？达摩说并无功德。凡是读过《金刚经》的人，都知道这其实就是其中所讲的"凡所有相，皆是虚妄"的道理，告诉人不应有所挂碍，不执着的功德才是真功德，但是梁武帝枉看了许多经书，竟然没有听出达摩话中的禅机，很不高兴，对达摩非常冷淡。达摩看出梁武帝根底有限，于是渡过长江来到北方。渡河的时候，达摩不是坐船，而是在江边折了一片芦苇叶飘然过江，这就是所谓"一苇渡江"的故事。

回过头再看乌鸡国国王。他因为好善斋僧而招致了菩萨的注意，这和梁武帝因为崇佛而感政达摩西来是一样的；乌鸡国国王受到文殊菩萨几句相难而发作，这和梁武帝参不透达摩几句话头而龙颜不悦也是一样的；乌鸡国国王葬身水井，而历史上的梁武帝结局也不好，被囚死于建康台城。《西游记》是一部宗教意味非常浓厚的小说，如果追究故事背后的深意，那就是要警示那些王公贵胄，不要因为权势而增长傲慢心，更不要依仗自己的权势而造业，要增进自己的智慧，叶公好龙式的崇佛实际上是没有意义的。

再说第二点：祸乱朝廷的妖怪为什么都是道士？

在《西游记》里，唐僧师徒曾经走过许多荒山野岭，也走过许多人间的国度。在这些国度中，有好几个国家的朝政都是被妖怪把持或者祸乱的。这些祸乱朝政的妖怪有一个共同的特点，他们都是以道士的形象出现的，比如乌鸡国，以及后面会出现的车迟国，以及比丘国等。

这种现象在《西游记》中一再出现，一定有它的深意。作者之所以这样写，就是要以此来影射明代皇帝佞道的历史事实。在中国历史上，明朝皇帝对道教的青睐是非常突出的。开国皇帝朱元璋对道教中的正一教非常欣赏，洪武七年（公元1374年），朱元璋亲自制订道教斋醮仪轨，颁布全国实行。有时他自己也亲自斋戒祈祷。明成祖朱棣在位的时候（公元1402—1424年）自命为真武神转世。真武神就是道教敬奉的"真武大帝"，据说湖北武当山是这位天神的居住地。所以，明成祖在位期间曾经动用大批人力物力，大修武当山的道观。明初的这些做法，对整个明代都有一定影响。后来的明朝皇帝都喜欢搞斋醮法事活动，国家节庆、皇帝和皇后的生日及忌日、旱灾水涝等，大事小情都要叫道士做法事。而对道教最为热衷的，又莫过于明世宗嘉靖皇帝，他已经达到了痴迷的程度。他不仅躬亲斋醮，广修道观，而且还自封为"三天金阙无上玉堂都仙法主玄元道德哲慧圣尊开真仁化大帝"，他对宫中道士委以重任，加官晋爵，先后封道士邵元节、陶仲文为"真人"，这些"真人"身居高位，甚至官至礼部尚书。在以皇帝为首的朝廷大力提倡道教的大背景下，吴承恩敢于直面现实，将道士和国王的沆瀣一气、鱼肉百姓淋漓尽致地表现出来，确实需要极大的勇气。当然，为了避祸，吴承恩也玩了一个小小的文字游戏，就是给故事发生的国家起了个"乌鸡国"，也就是"无稽国"的名字，以此来预防可能的政治风险。

不过，这个故事也有一个小小的瑕疵，那就是文殊菩萨作为佛门中人，他惩罚乌鸡国王，却派自己的狮子变作道士的模样来篡夺他的王位，这真是有点令人莫名其妙。这一点也常常被那些用阴谋论来解读《西游记》的人抓住，说《西游记》就是一部道派与佛派争夺势力范围的黑幕小说，而强有力的论据之一，就是文殊菩萨使出的这个所谓的"阴招"。

最后再说一说这个故事可以给我们普通人的一点小启发，就是中国的一句俗话"一人不进庙，二人不窥井"。意思是寺庙一般都在深山之中，孤身客人入内，很容易遇到危险；看水井需要弯腰，如果现场只有两个人，假如其中一个人起了歹心，只需一抬手就可以将另一个人推入井中。这个世界上的人并不都是天使，也会有不少恶魔混杂其中，这样就需要我们有一些安全意识，经常保持一种警惕状态，特别是在一些容易出现危险的情境之中。

第四十回

血缘存疑

用基因学解析红孩儿的出身

《西游记》从第四十回开始，一连三回都和牛魔王与铁扇公主的儿子红孩儿有关。故事发生在西游第五年的秋尽冬初，本回是故事的开头部分。说的是唐僧师徒来到六百里钻头号山。号山火云洞住着牛魔王的儿子红孩儿，红孩儿欲吃唐僧肉，于是假扮作一个七岁儿童的样子，赤条条地吊在一棵树上，假说是被劫匪捆绑在此，以此骗得唐僧的同情，唐僧命悟空背负红孩儿，悟空识破要挟欲趁唐僧不备，将其除掉，红孩儿发觉后逃走，并顺手将唐僧劫回火云洞。悟空从当方山神土地处打听得红孩儿是牛魔王之子，不顾沙僧的劝阻，就要上门认亲，讨还唐僧。

这回我们要说的问题有两个：一是红孩儿的身世问题，二是《西游记》里的土地和山神。关于红孩儿的出身，《西游记》里面借当地的土地、山神之口交代得明明白白，他的父亲是牛魔王，母亲是罗刹女，他的乳名叫红孩儿，号圣婴大王，曾在火焰山修行了三百年，炼成三昧真火，牛魔王派他来镇守号山。既然如此，那么为什么还要特别在这对红孩儿的身世来进行说明呢？原因就是近来有一种很流行的说法，说红孩儿的亲生父亲不是牛魔王，而是太上老君。牛魔王之所以和罗刹女分居，找了玉面公主，就是因为发觉了罗刹女和太上老君的真相。

我相信最早编出这个说法的人，不过是出于调侃的目的罢了。但不少人竟然真的认为红孩儿的亲生父亲就是太上老君，所以我们就不得不把这种说法拿出来批驳一番，替红孩儿洗清身世。说红孩儿的父亲是太上老君的理由一共有三个。第一，牛魔王是牛精，他的儿子头上应该有犄角，但红孩儿没有，这说明这两个人没有血缘关系；第二，罗刹女有芭蕉扇儿，太上老君也有芭蕉扇，这说明罗刹女和太上老君的关系非同寻常；第三，红孩儿会三昧真火，此项技能，牛魔王并不掌握，而太上老君的八卦炉里就是三昧真火，说明太上老君对红孩儿特别留意。综合以上三点，说明红孩儿的父亲就是太上老君。

但这三条理由都是站不住脚的。第一，我们说红孩儿的长相。说红孩儿头上应该长犄角，这条意见貌似挺有理，它最直接的影响就是张纪中版的《新西游记》，就真的在红孩儿的脑袋上安了一对犄角。实际上按照现代医学的观点，父母双方谁的显性基因强一些，子女的相貌就像谁，子女的相貌既可以像父亲，也可以像母亲，还可以和父母都有点像，但又都不太像，所以红孩儿的相貌既可以像父亲牛魔王，也可以像母亲罗刹女，这本来就没有任何问题，这是现代医学的观点。但古人也是在对生活的观察中掌握了这个规律，以《西游记》而论，另外一个妖怪奎木狼和人间女子百花羞也生了两个孩子,这两个孩子的样子都是人娃子而不是狼崽子,所以我们的结论就是牛魔王的孩子不一定长犄角。以此来推断,以红孩儿是否有犄角来推论他是不是牛魔王的儿子,是站不住脚的。

第二,说罗刹女有芭蕉扇,所以和太上老君的关系非同寻常,这也站不住脚。实际上罗刹女的芭蕉扇和太上老君的芭蕉扇功能是不一样的,根本就不是同一把扇子。罗刹女的扇子是用来灭火的,而太上老君的扇子是用来生火的,这在《西游记》里有着非常具体的描述。相关描述可以翻看火焰山三借芭蕉扇和平顶山扫平金角银角两位大王的故事,在这儿就不赘述了。结论:用一把芭蕉扇来作为太上老君和罗刹女私情的物证是没有任何说服力的。

第三,红孩儿和太上老君都会三昧真火,而牛魔王不会,所以红孩儿的这一技能一定是老君的私相授受。这一条更是错得离谱,把这一条作为依据的,其实都是那些只看过电视连续剧而从来不看原著的人。在八六版电视剧中,老君只说了一句"看我用三昧真火来炼他",就成了太上老君会三昧真火的依据。实际上,在原著当中,太上老君炼孙悟空的乃是文武火。如果把会三昧真火作为父子关系的依据,那么孙悟空倒更可能是红孩儿的父亲了,因为原著中说得很清楚,悟空所以能够铜头铁额,刀枪不入,就是因为"那猴吃了蟠桃,饮了御酒,又盗了仙丹,——我那五壶丹,有生有熟,被他都吃在肚里,运用三昧火,煅成一块,所以浑做金钢之躯,急不能伤"。

所以说把红孩儿说成是太上老君的儿子,不过是信口开河,万万不能当真。

然后咱们再说第二个问题,《西游记》里的土地和山神。在这一回里土地、山神的出场显得非常狼狈——孙大圣着实心焦,将身一纵,跳上那巅险峰头,喝一声叫:"变!"变作三头六臂,似那大闹天宫的本像。将金箍棒,幌一幌,变作三根金箍棒,劈哩扑辣的,往东打一路,往西打一路,两边不住的乱打。……打了一会,打出一伙穷神来,都披一片,挂一片,裈无裆,裤无口的,跪在山前……为什么这些土地和山神如此狼狈,因为红孩儿神通广大,常常把这些土地山神拿去烧火顶门,提铃喝号,小妖儿们又讨常例钱,不然就要毁庙宇,剥衣裳,搅得他们不得安生。

其实不仅是号山的土地、山神,别的地方的土地和山神也好不到哪里去。在第八回里,观音菩萨到唐都长安也把那里的土地和山神吓得半死,赶忙让出自己的庙宇,供观音菩萨居住,自己则去城隍庙暂住。悟空路上有什么事情叫那些土地、山神回话的时候也从不客气,还常常吓唬他们,拿棒子打他们。总而言之,随便一个厉害的神魔出来都能把他们吓死。何以如此呢?简而言之,这些土地、山神在《西游记》中乃是最底层的小仙,按照神仙体系,他们是所谓的鬼仙,等级最低,他们也只是两头,甚至多头受气,夹缝里求生存罢了。

第四十一回

三昧真火

中国古代对特殊燃烧现象的归纳

《西游记》的第四十一回说的是悟空和八戒前去火云洞,说出当初和牛魔王结拜的往事,希望红孩儿放过唐僧,结果红孩儿根本就不买悟空的账。二人交手,红孩儿不敌悟空,以三昧真火将其逼退。悟空找来四海龙王灭火,但红孩儿的三昧真火遇水反而烧得更旺,烟气蒸腾,倒把悟空熏得半死,幸亏八戒还懂得些按摩揉擦的功夫,顷刻将悟空救活。悟空思量难敌红孩儿的三昧真火,让八戒前往南海找观世音求救,结果在半路上被红孩儿抓进洞中。

这一回我们要说的问题有两个:第一,在我们的印象中孙悟空是不怕火的,但在这一回里,他却险些被红孩儿的三昧真火烧死,那么,孙悟空到底是怕火还是不怕火?第二,在一般人的印象当中,水是能够克火的,但红孩儿的三昧真火遇水反而烧得更旺,这个三昧真火到底是什么东西?

咱们先说第一个问题，悟空到底怕不怕火？在《西游记》里，孙悟空至少有四次面对火的考验，而在这些考验中，悟空的表现其实是很不相同的。第一次是在太上老君的八卦炉中被文武火烧而没有被烧死，但没有被烧死的原因不是说老君的文武火不厉害，而是因为悟空机灵躲在了巽位，也就是风的位置上，有风则无火，所以逃了一劫。第二次就是这次被红孩儿的三昧真火烧，悟空几乎丧了性命。但究其原因，一是三昧真火伴着浓烟，二是被烟熏火燎之后猝然入水，火气攻心，而并非纯然是火的功效。我们不要忘了当红孩儿刚开始喷火的时候，悟空并没有退却，他是捏着避火诀钻进火里寻找红孩儿厮杀的，只是红孩儿在喷出一口浓烟之后，他才不得不败下阵来。第三次是在火焰山，那一次他被铁扇公主的假芭蕉扇骗了，几扇子下来，火焰腾起，几乎把他两腿的毛都烧光了。八戒嘲笑他，说他平时吹牛不怕火，如今怎么会如此狼狈。悟空解释说，平时不怕火，是因为念着避火诀，这次没有提防，不曾念着诀，所以腿毛才被烧坏了。最狼狈的一次是在狮驼岭被收入狮子精、大象精、大鹏金翅雕的阴阳二气瓶中，瓶中有几条火龙围困，那一次悟空是念着避火诀的，但仍然差点被烧死。要不是用观世音菩萨赠给他的几根救命毫毛变了金刚钻，钻透阴阳二气瓶，定然是一命呜呼了。

综合这几次的表现，我们似乎可以下一个结论，就是悟空基本上不怕火，但不怕火的原因，除了身体条件特殊，主要还是因为他会避火诀，但如果火力极猛且极其持久，避火诀似乎也就起不了什么作用。这倒是和悟空金猴的特点相符合，我们常说真金不怕火炼，这大抵是不错的，但如果火的温度足够高而足够持久，则真金也还是会被化掉的。

第二，咱们再说一说三昧真火。对于三昧真火我们可以从两个层次上加以理解。第一个层次，我们可以把三昧真火理解为古人对某些特殊燃烧现象的观察和归纳。从物理特性上来看，这个三昧真火和一般的火最大的差别就是它不怕水。

一般来说火遇水而灭，但这个三昧真火则不然，龙王喷出的水浇到它的上面，就如同火上浇油一般，越泼越旺。如果就文学是现实生活的反映这一点来说，我们可以说三昧真火应该是凝聚着古人对于火的观察的，他们已经发现并非所有的火都是能够被水浇灭，对于某些特殊的火，还应当用不同的手段来对付。这一点在今天已经成为常识，比如说汽油、酒精，就只能用干粉或者泡沫来灭火，你用水来对付它，它反而会越烧越旺。

就第二个层面而言，三昧真火有着更深的宗教和哲理的意味。在黄风怪的故事里，我们已经解释过，所谓三昧乃是梵语"Samadhi"的音译，也译作"三摩地""三摩提"，也即是禅定，意思是止息杂念，使心神平静，这是佛教的重要修习方法。

三昧火实际上就是《治禅病秘要法》中所谓的火三昧，在佛教中它是有特殊所指的，它是一种禅病，即在修禅的过程中出现的一种走火入魔的状态，而对付它的方法就是要想象。想象由琉璃瓮内中盛水，水中有花，花上有佛，佛光照耀，甘露降临，又有天神手持宝瓶，瓶中有水，遍洒全身，甘露所到之处，火光熄灭，宝花盛开。明白了这些，再看观音菩萨以净瓶水浇灭三昧真火的描写，就能够了解其背后的宗教意味了。当然，就算我们不知道这么多的宗教知识也不要紧，我们记住所谓"心生,种种魔生,心灭,种种魔灭"就好。

而就其象征意味而言,会三昧真火的红孩儿还是指修习路上的心魔之一种。另外我们就孙悟空跑到红孩儿处认亲被"打脸",也可以看出一些人情世态。孙悟空当年和牛魔王的结拜不假,但二人不过是酒肉朋友而已,加上几百年间不通消息,如今就靠着这一点比纸还薄的情面,就想让红孩儿把唐僧交出来,确实是太天真了。须知,唐僧肉可是能够帮助度劫的滋补圣品。在这一点上,倒是沙和尚对世态人情有着更清醒的认识,他说:"哥呵,常言道'三年不上门,当亲也不亲'哩。你与他相别五六百年,又不曾往还杯酒,又没有个节礼相邀,他那里与你认甚么亲耶?"

第四十二回

善财童子

《西游记》与《华严经》的联系

《西游记》第四十二回说的是悟空假冒牛魔王混入火云洞,结果被红孩儿识破。好在此时悟空的身体已经恢复得差不多了,于是驾筋斗云来到南海,向观音菩萨求救。观音前来,先以净瓶之水浇灌号山,净瓶之水乃是甘露水,自然能灭红孩儿的三昧真火,而后让悟空前往火云洞引出红孩儿,自己用天罡刀将其困住,最后抛出金箍儿戴在红孩儿的头顶和手脚上,将其降伏,留在身边,做了善财童子。

这一回我们要说的问题有两个:一是观音菩萨向来以慈悲闻名,但在这一回里,降伏红孩儿的场面却堪称残忍。为什么慈悲的菩萨,却要用如此残忍的手段来降伏红孩儿?第二个问题是,这一回说观音菩萨降伏红孩儿后,让他一步一拜,一直拜到落伽山,五十三参,参拜观音,做了善财童子。但其实,佛教中的善财童子另有其人。那么,真正的善财童子又是怎么回事呢?

先说第一个问题。提到观世音菩萨,我们头脑中反映出来的第一个词恐怕就是"大慈大悲"。这个印象是对的。本来,菩萨的意思就是"觉有情",他是已经觉悟了的众生,其没有成佛的原因,只是因为还割舍不下对众生的悲悯同情而已,而在这些菩萨中,对众生怀有慈悲心最大的,又莫过于观世音菩萨了。她遍观大千世界,众生的悲苦就是她的悲苦,众生的喜悦就是她的喜悦,也正是因为如此,她在中国的信众就特别多。既然如此,那为什么《西游记》的作者又会构思出用天罡刀来收服红孩儿这么一个情节呢?想象一下这个场景吧:"那妖精,穿通两腿刀尖出,血深成汪皮肉开。好怪物,你看他咬着牙,忍着疼,且丢了长枪,用手将刀乱拔。""(菩萨)却又把杨柳枝垂下,念声'唵'字咒语,那天罡刀都变做倒须钩儿,狼牙一般,莫能褪得。"怎么看观音都是个狠角色,不怎么慈悲,作者的构思,是不是和观音菩萨大慈大悲的人物设定冲突啊?

答案是:并不冲突。佛教中有个很微妙的看法,就是只要怀有慈悲,不起嗔恨之心,威就是德,大威就是大德,制恶伏恶就是导善行善。关于这一点,中国近代名将胡林翼有副对联,把这个道理说得特别透彻:"用霹雳手段,显菩萨心肠"。胡林翼这话是送给他的老师曾国藩的。曾国藩平定太平天国之乱时杀人如麻,对手甚至赠了他一个"曾剃头"的绰号。作为儒者出身的知识分子,曾国藩也时常为自己杀人过多而痛苦,所以,当他读过胡林翼的对联后,顿时热泪盈眶。胡林翼话中的道理是深刻的,霹雳手段不是菩萨身上可有可无的点缀品,而是菩萨慈悲的先决条件,没有霹雳手段,菩萨的慈悲就成了无用的仁慈。

　　第二个问题是"善财童子"。所谓的善财童子来自佛教经典。根据《华严经》的记载,他是福城中的长者五百童子之一。他出生的时候,家里自然地涌现出许多奇珍异宝,所以取名叫"善财"。不过他对金钱没有什么兴趣,而是一心发誓要成就道业。文殊菩萨在福城说法时,善财前往福城请教修行的道理,文殊菩萨告诉他,最好的方法,就是参访那些真正的善知识,聆听他们的教诲,获得智慧的开示。在文殊菩萨的鼓励下,善财童子开始了自己的访学之路。他先后参访了德云比丘、善见比丘、观音菩萨、明智居士等五十三位不同的善知识,听受种种法门,最后到达普贤菩萨的道场,证入无生法界,自身也成了菩萨。所以,所谓"五十三参",是参访了五十三位善知识的意思,而不是像《西游记》说的让红孩儿一步一拜,一路参拜到落伽山。它强调的是孜孜不倦追求佛法奥义的精神以及在修道过程中善于向他人学习的重要性,而非佛菩萨降伏野性的大法力。《西游记》的作者赋予"善财童子"一个妖精的身份,他要么是没有读过《华严经》,么就是故意杜撰出这样一个故事来说明自己对"用霹雳手段,显菩萨心肠"的见解,反正此善财童子和佛教中的善财童子不一致。不过,因为《西游记》的影响力太大,以至于今天的中国人一说起"善财童子",就认为是牛魔王的儿子,善财童子的本来面目反而被淹没了。这样看来,文学的力量,真是不可低估啊。

第四十三回

清理门户

从悟空的变化看中国人情社会的关系

《西游记》第四十三回的故事发生在西游六年的春天。唐僧师徒离开火云洞一个月左右,就到了黑水河,在渡河的时候,唐僧、八戒被潜藏在河底的鼍龙捉住。这鼍龙是西海龙王的外甥,几年前趁着大潮来到黑水河,抢占了老河神的洞府,在此兴妖作怪。悟空得知妖精的底细,前往西海去找西海龙王,西海龙王派太子摩昂前往黑水河将鼍龙捉回西海,唐僧、八戒重获自由,师徒四人继续向西而行。

这一回我们要说的问题有两个:一是由鼍龙带出来的中国龙族的家族谱系;二是悟空降伏鼍龙的方式,给我们带来的处理人际关系的启示。

先说中国的龙族。

本回兴妖作怪的是一只鼍龙精。鼍就是扬子鳄，它是中国特有的一种鳄鱼，体形较小，主要生活在长江中下游流域。因为长江中下游河段旧称"扬子江"，所以这种鳄鱼就叫作"扬子鳄"。除了"鼍"，它又被称作"土龙""猪婆龙"等。如今的扬子鳄，因为人类的捕杀以及水质污染等原因，数量已经非常稀少，被列为国家一级保护动物，但在古代的扬子江中，它却是一种触目可见的存在。

作为一种相貌奇特且令人生畏的常见动物，它幻化成的精怪出现在《西游记》这样充满妖魔鬼怪的小说中，乃是一件极其正常的事情。不过，多少让我们现代读者感觉到有些不太正常的，是《西游记》赋予鼍龙精的血统。按照《西游记》所说，鼍龙的父亲乃是当年因为和袁守诚打赌而被魏征处斩的泾河龙王，母亲则是西海龙王的妹妹。我们不是常说"龙生龙，凤生凤，老鼠的儿子会打洞"吗？为什么龙生出的却是一只鳄鱼？在泾河龙王的家里，到底发生了什么？

按照中国古人的看法，龙的特点之一，就是孩子众多而形状、性格各异，即所谓的"龙有九子，各不相同"，人们多用此来比喻同胞兄弟的良莠不齐。其中"九"只是表示数量众多的意思，并非实指。但到了明朝，关于这九个孩子的具体称呼就出来了，不过各家的说法有很大的差别，非常混乱。流传比较广的是以下九种：

老大囚牛，喜音乐，蹲立于琴头；
老二睚眦，嗜杀喜斗，刻镂于刀环、剑柄吞口上；
老三嘲风，形似兽，平生好险又好望，殿台角上的走兽是它的遗像；
四子蒲牢，受击打就会大声吼叫，充作洪钟提梁的兽钮，助其鸣声远扬；

五子狻猊，形如狮，喜烟好坐，所以形象一般出现在香炉上，随之吞烟吐雾；

六子霸下，又名赑屃，似龟有齿，喜欢负重，是碑下龟；

七子狴犴，形似虎，好讼，狱门或官衙正堂两侧有其像；

八子负屃，身似龙，雅好斯文，盘绕在石碑头顶；

老九螭吻，又名鸱尾或鸱吻，口润嗓粗而好吞，遂成殿脊两端的吞脊兽，取其灭火消灾。

我们注意到，在这种最流行的所谓"九子"中，是没有鼍龙的。这很正常，因为本来关于这九子就很混乱，并没有一个规范可信的源头。但对于"鼍龙"也是龙子之一的说法，一直也被许多人所认可。比如明代《初刻拍案惊奇》的《转运汉遇巧洞庭红，波斯胡指破鼍龙壳》中，商人文若虚在海外发现的，就是鼍龙的壳，并且这篇小说还指出了鼍龙的成龙之道："列位岂不闻说龙有九子乎？内有一种是鼍龙，其皮可以幔鼓，声闻百里，所以谓之鼍鼓。鼍龙万岁，到底蜕下此壳成龙。此壳有二十四肋，按天上二十四气，每肋中间节内有大珠一颗。若是肋未完全时节，成不得龙，蜕不得壳。也有生捉得他来，只好将皮幔鼓，其肋中也未有东西。直待二十四肋，肋肋完全，节节珠满，然后蜕了此壳变龙而去。"而清代蒲松龄《聊斋志异》中也有一篇《西湖主》，书生陈弼教救下了一条受伤的鼍龙，这条鼍龙就是西湖龙王的王妃，而陈弼教因此而被龙王招为女婿。

那么，为什么人们给龙王安排了这么多形状各异的孩子呢？原因很简单，龙本来就是一个想象的综合体，它是集中了众多动物的特征而塑造出来的一个神话形象,将它身上的诸多特征再分散到众多动物中去,就得到了它的各个形状不同的孩子了。

再说悟空降伏鼍龙的方式给我们带来的启示。和唐僧师徒在路上遇到的那些大魔王相比,这个鼍龙实在是微不足道。以鼍龙低微的本领,而又如此大言不惭、不知死活的做派,按照悟空惯常的脾气,只消动动手,他早就死了好几回了。但悟空根本就没有出手,他知道这鼍龙是西海龙王的外甥时,立刻就找到敖闰,让他自己去清理门户。在《西游记》中,这是悟空第一次以这样的方式来处理问题。这说明什么?说明悟空较之以前成熟了很多。一开始的时候,悟空的举止行为多是率性而为,不太计较后果,但社会是复杂的,人与人之间的关系千丝万缕,构成了一个复杂的网络,在很多时候,你触动了一个人,也就触动了这个人所在的那张复杂的网。我们常常听人说"对事不对人",但这个说法在大多数情况下都显得不切合实际,特别是不切合中国这个人情社会的实际。实际的情况是,事是人做的,人和事有时很难分得清楚。在很多时候,解决了出问题的人,则人造成的问题也就解决了,而且效果会更好。我们说悟空成熟了,就是因为悟空已经不再是从前那个性格单纯、我行我素的猴王了,他开始懂得投鼠忌器,懂得以最小的成本解决问题。以对鼍龙的处理而言,他拦住了想一把打死鼍龙的八戒,让摩昂将鼍龙带回西海,既解决了师父被捉的问题,也给了西海龙王一个面子,让他欠了自己一个很大的人情,而西海龙王敖闰的背后,还有东海、南海、北海龙王这一整个势力庞大的龙族。随着《西游记》故事情节的展开,我们以后还会发现悟空有很多次去找四海龙王帮忙,而这些龙王答应得都很痛快。很难想象,假如这一次悟空的做法是将鼍龙打死,他以后遇到需要龙王帮忙的时候该怎么开口，龙王们还会不会热心地帮助悟空。

我们小的时候看《西游记》，看到的是悟空降魔除怪的精彩表演，但《西游记》不仅写了这些，它也写到了各路妖魔鬼怪和神仙菩萨之间错综复杂的关系，以及悟空在处理这些问题时的成长和性格的变化。当然，悟空的成长不是一蹴而就的，他的性格还会在以后的西行之路上得到磨炼。但这一回的故事，实在是悟空性格成长中的一个小小的里程碑。

第四十四回

作者之谜

《西游记》与《长春真人西游记》的关系

《西游记》第四十四回的故事发生在西游七年的春天。从这一回开始,一直到四十六回,讲的都是唐僧师徒在车迟国的遭遇,这一回只是故事的开端部分。师徒四人来到车迟国,发现这个国家的和尚都处在求生不得、求死不能的惨境之中。一来是兔死狐悲、物伤其类的同情之心;二来也是太白金星早就把悟空到来的消息告诉了车迟国的和尚,这些和尚对悟空的热烈盼望让悟空欲罢不能,悟空遂下定决心,要拯救车迟国的和尚于水火之中。当天晚上,悟空就拉上八戒沙僧,来到三清观,准备大闹一场。

这一回要说的问题有两个:一是解释一下"车迟国"的含义;二是解释一下太白金星、护教伽蓝等明明告诉车迟国僧人,将来救他们的人是孙悟空,而他们在受苦之时,念诵的为什么是"大力王菩萨"?

先说第一点:"车迟国"的含义。

《西游记》给"车迟国"起了这么个特殊的名字,主要是和道教有着紧密的关联。我们看回目的名称"法身元运逢车力,心正妖邪度脊关",只要对道家稍有了解的人,都不难看出其中道教的修炼意味。据道教《丹经》记载,内丹术修炼过程中,元气会从下腹部出发,沿身体脊背上的"督脉"运行到头部与元神相交,内丹学家称这时的元气为"河车",认为元气经过尾闾、夹脊、玉枕这三道关口最难,所以会很慢,这就是"车迟"了。他们分别把通过这三关的元气称为"虎车"(或"牛车")、"鹿车""羊车"。此回回目中的"脊关"就是"夹脊关"的简写,指的是背后第一胸椎至第五腰椎两侧旁开半寸的一组穴位,每侧17个穴位,共34个穴位。另外两关的玉枕穴在脑后,尾闾穴在尾椎骨和肛门之间。本回一开头,有一段和尚拉车上坡的描述:"滩头上坡坂最高,又有一道夹脊小路,两座大关;关下之路都是直立壁陡之崖,那车儿怎么拽得上去?"这正是对打通夹脊关之难的生动描述。这些和尚迟迟推不上车,自然就是"车迟"了,而一旦悟空这只"心猿"到来,使个神通,就能将车拽过两关,按照道家的修炼功法,就是所谓"识神主事"了。因此,站在道家修炼者的角度,车迟国的故事就是一个比喻,意味着修行中的一道重要关口,一旦将其打开,在修行之路上,就向着成功迈进了一大步。

从车迟国的故事和道教的紧密关联,我们还可以把知识稍做拓展。很多现代读者不知道的是,在很长一段时间内,公认的《西游记》作者竟然不是吴承恩,而是著名的道士丘处机——没错,就是《射雕英雄传》里的丘处机。为什么会如此?一个原因是丘处机确实写过一部

《长春真人西游记》。当年成吉思汗西征,路上感觉到自己身体的衰老,于是就派人去请被世人看作是活神仙的丘处机,希望能从丘处机那里得到长生不老的法术。丘处机跟随成吉思汗派出的使者在今天的阿富汗境内找到了成吉思汗,这两位当时最厉害的政治和宗教领袖进行了一番开诚布公的会谈。丘处机明言这世界上没有长生之法,只有养生之道,劝成吉思汗减少欲望,停止无谓的杀戮。成吉思汗对丘处机的回答有些失望,但很赞赏丘处机的坦诚,也部分接受了丘处机的建议。丘处机回到山东之后,就由自己口授,弟子执笔,写了一部《长春真人西游记》。这部《长春真人西游记》当然和吴承恩的《西游记》不是一回事,但因为名字很像,一些人就有意无意地把这两部书弄混了。另一个更重要的原因,就是像我们刚刚揭示的那样,《西游记》中有大量的道教术语,里面确实讲了很多道教修炼的道理;有些人甚至说《西游记》在某种程度上就是一部以文学讲说周天功法的修炼之书,文中的妖魔鬼怪,不过是修炼路上的各种困难的隐喻。正因为其道教意蕴深厚,而当时《西游记》还没有取得今天的"名著"地位,为了引起世人的注意,增加其流行的砝码,所以就索性把道家中鼎鼎有名的丘处机写在了封皮之上。

再说第二点:为什么和尚们喊号子,喊的是"大力王菩萨"?

仔细的读者在读这一回的时候,很可能会产生一点疑问,就是在这些和尚苦难深重、求生不得、求死不能之际,太白金星以及护法伽蓝等给他们带去了口信,让他们等待孙悟空前来拯救,于是这些和尚就心心念念地盼望悟空。既然如此,他们在做苦力喊号子的时候,为什么喊的不是悟空的名号,却是"大力王菩萨"呢?而且这个大力王菩萨在《西游记》中只出现过这一次，以后就再也没有出现过了。

答案是，这个名号实际上透露出了《西游记》故事在历史上流传的痕迹。《西游记》成书之前，西游故事在民间已经流传了数百年，在这几百年间，取经的人物和故事都是在变化之中的。对于悟空的果位，元代《西游记平话》这样说："玄奘法师往西天取经，路经此山，见此猴精压在石缝，去其佛押出之，以为徒弟，赐法名吾空，改号为孙行者，与沙和尚及黑猪精朱八戒偕往。在路降妖去怪，救师脱难，皆是孙行者神通之力也。法师到西天，受经三藏东还，法师证果'旃檀佛如来'，孙行者证果'大力王菩萨'。"我们翻看佛经，是没有"大力王菩萨"的，只有一个"大力明王菩萨"，"大力王菩萨"应该就是"大力明王菩萨"的简称了。据《佛说出生一切如来法眼遍照大力明王经》称，有一尊"大力明王"，身穿虎皮衣，手持金刚棒，神通广大，能降伏龙王及一切魔王，并与须菩提尊者大有缘法。其本领、身份，以及与须菩提祖师的甚深渊源，都与孙悟空有极高的相似度，所以，给悟空一个"大力王菩萨"的果位，确乎水到渠成。但这个"大力王菩萨"的果位和悟空在西游路上的功劳相比似乎低了些，而且也没有反映出悟空的性格特征，所以到吴承恩创作《西游记》的时候，就给了他一个全新的封号。不过可能是作者的一时疏忽，没有将"大力王菩萨"的痕迹删除干净，这就出现了和尚们心心念念盼望悟空，嘴上念的却是一个和悟空不相干的菩萨名号的情况。

第四十五回

呼风唤雨

《西游记》在古代文学作品中的影射

《西游记》第四十五回说的是悟空、八戒、沙僧深夜潜入三清观假扮三清——元始天尊、灵宝道君、太上老君的样子,将三位大仙及其弟子敬献三清的贡品吃了个风卷残云。正当此时,一位小道士前来寻找白天落在三清观大殿的手铃,发现大殿中有人,遂将此事报告三位大仙。三位大仙带领众徒弟进入大殿,以为三清降临,定要讨要些金丹圣水,结果被悟空三人戏弄,以小便冒充圣水,骗三位道士喝下。三位道士发觉上当,上前捉拿,三人一阵风走脱。第二天一早,唐僧师徒与三位大仙在车迟国大殿上相遇。时逢春旱,国王遂提议双方比赛祈雨,结果悟空大获全胜。

这一回我们要说的问题有两个:一是悟空、八戒、沙僧师兄弟三人捉弄老道,让他们喝了自己的小便,还说这是"圣水",这样的描写,到底只是作者无谓的恶作剧，还是有所影射？二是车迟国国王提到，之所以重用三位道士，就是因为他们祈雨有功。还记得乌鸡国吗？青狮怪变化的老道之所以得到国王的信任，也是因为祈雨。为什么《西游记》的道士得宠，总是和祈雨联系在一起？这里面有什么影射吗？

先说第一个，喝"圣水"的问题。

什么是"圣水"？所谓"圣水"，指宗教信徒及民间迷信用以降福、驱邪、治病的水。在整个世界范围内，相信"圣水"的大有人在，而在中国，这个传统就更加源远流长。不过，在一般情况下，"圣水"指的是经过咒语加持，或者以特定方式取得的雨水、井水、河水等普通的水，有没有奇效我们姑且不论，反正还是能喝的，但用小便来当作所谓"圣水"，确实让人感到有些恶心。也正是因为这一点，对一般的读者而言，悟空、八戒、沙僧变成三清戏弄三位老道，大概也就是一个恶作剧而已。但如果你对中国文化中关于尿的一些比较偏门的知识有所了解之后，就会明白悟空让三位老道喝尿的情节并不那么简单。这里面除了有一望而知的恶作剧味道，其实还有一定的文化和历史意蕴。当然，这个"意蕴"充满了尿骚味，各位在了解之前最好有一点思想准备。

把小便当作"圣水"，其渊源很可能始于中医的"轮回酒"。"轮回酒"，又叫"还原汤"，都是中医对于小便比较隐晦的说法，据说对于上火、头痛都有奇效，其具体作用，可以参考李时珍《本草纲目》中关于"轮回酒"的具体说明。

而《西游记》安排几位老道将尿当作"圣水"喝下的更直接的渊源还是来自明代道士对小便的滥用。明代好道的皇帝不少,其中以世宗嘉靖帝为最,而道士们为世宗献上的药方之中,就有所谓"秋石方",也就是用童男的小便提炼出的晶体,据说壮阳有奇效,而许多道士也因此大获重用。明代朝政紊乱,对其负责任的首先当然是皇帝本人,但那些献药获宠的道士起到了推波助澜的作用,也是毫无疑义的。这些专走歪门邪道的道士基本上都属于所谓的"符箓派",或者叫"外丹派",他们的行为,不但为正直的士大夫所鄙弃,也被那些"内丹派"的道教人士所不齿。《西游记》的作者与内丹派有很深的渊源,他以让几位老道士们喝尿的方式戏弄他们,对于明代那些专走偏门的道士,甚至朝廷乃至皇帝本人,都是一种莫大的讽刺。在这点上,我们真要为作者的勇气和正直点赞。

再说第二点,为什么妖道们都善于祈雨?

在这一回里,对祈雨的描写占了相当大的篇幅。何以如此?因为这是三位大仙在车迟国获得崇高地位的原因。据国王所说,三位大仙之所以获得重用,就是因为当年国家大旱,和尚们求雨无功,而三位道士却能呼风唤雨,拯救生灵于涂炭之中。从此回祈雨的过程来看,虎力大仙有呼风唤雨的神通是毫无疑问的,风雨之所以没有如期而至,不是法术不灵,而是悟空以自己的情面紧急叫停了雷公、电母、风婆、龙王的行动。其实不仅是这一回,再联想乌鸡国的老道,也是因为祈雨有功而获得国王的宠信。何以在《西游记》中,得到君王宠信的老道总是和求雨联系在一起?这也是有历史渊源的。在历史上,明世宗,也就是嘉靖皇帝以好道闻名,他最宠信的道士是邵元节以及由邵元节引荐给他的陶仲文，而这两个人的得宠，都与他们祈雨成功有关。站在当代科学的角度来看，祈雨除了具有民俗学和文化人类学的研究价值，是不会有任何实际功效的。邵元节、陶仲文祈雨成功，或出于偶然，或是因为他们善于观测天象，捕捉到下雨的征候后再进行祈雨活动，于是风雨似乎就在他们的祈求下如期而至。但在科学不甚昌明的古代，却很容易将风雨与道士的求雨活动联系在一起。作者将道士的祈雨活动写进《西游记》，是时代信息在文学作品中的反映，也是那个时代科学认知水平在文学作品中的折射。

第四十六回

文猜武比

车迟斗法背后的佛道之争

《西游记》第四十六回说的是悟空祈雨大获全胜，三位大仙不服，接着提出比赛云梯显圣、隔板猜枚，不想仍然是悟空获胜。如果说祈雨、云梯显圣、隔板猜枚的比赛还是所谓"文比"，比较文明的话，后面的"武比"环节可就血腥味十足了。气急败坏的三位大仙不惜以性命相搏，提出断头再续、剖腹剜心、滚油洗澡三样赌命的比赛，结果可想而知：三位大仙均死于非命。国王看到三位大仙惨死，不由得伤心大哭，悟空则警告国王：三位"大仙"乃是妖怪，将来迟早为害江山社稷，只有儒释道三家并重，才是江山永固之正道。

在《西游记》中，"车迟国斗法"总共占了三回的篇幅，不是最长的，但绝对是最有意思的。我们看《西游记》里写到的那些大大小小的降魔故事，基本模式就是所谓"降魔六步曲"：唐僧遇险—悟空解救—遇到困难—找人帮忙—战胜妖魔—继续西行。虽然每个故事总还是能在具体情节或者思想寓意上给人以新鲜之感，但作为模式而言，确实显得单调了一些。但这个故事就完全不同。在这个故事里，作者非常聪明地玩了一个花活儿，让三个道士和四个和尚来了一场别开生面的法力竞赛，并且是绝无仅有的，唐僧没有老老实实地等着被捉和被救，而是隆重出场，参与了文比环节的所有三个比赛项目，这就给了习惯看到唐僧一副软弱无能面孔的读者一个极大的惊喜。而在整个斗法环节中，悟空的机灵、唐僧的惴惴不安、三位大仙的骄盛与倔强，都被刻画得非常生动。

但"车迟国斗法"，给我们提供的不仅仅是一个有意思的故事。通过这个故事，我们至少可以看到两点：一是这场争斗背后中国历史上的佛道相争；二是《西游记》中暗喻对于游戏规则的无视与破坏。

先说第一点：斗法背后的佛道之争。

一些用阴谋论解读《西游记》的人，常常说《西游记》就是一部佛派和道派争夺势力范围的小说，唐僧师徒就是佛派拓展势力范围的特遣小分队。将《西游记》的性质归结为黑幕小说肯定是不对的，但这并不是说《西游记》中就没有佛道相争的内容。实际上，不少看过车迟国斗法故事的读者都有一种感觉，就是三位大仙和西游路上的妖怪都不一样。他们没有惦记着吃唐僧肉以图长生不老，也没有做什么杀人放火祸国殃民的坏事，相反，他们甚至以求雨行动真正地造福过百姓，但就是这几个有功无过的道士，却死得比谁都难看：一个掉了脑袋，一个丢了内脏，一个被油炸得皮脱肉烂。

作者之所以这样写，大致有两个原因。

一是佛道之争在历史上本来就客观存在。佛教和道教的争论在佛教初入中华的时候就拉开了序幕。东汉时，有印度僧人摄摩腾与诸位道士的争论；西晋惠帝时，沙门帛远和道士王浮二人常辩两教之邪正，王浮屡次失败，退而作《老子化胡经》；此后历经唐、宋、元、明、清，二者之间的争论绵延不绝。争论的核心问题有两个：二者孰先孰后，即关于老子化胡问题的争论；生死问题，即佛教的涅槃和道教成仙的不同。在争斗中，道佛二教各成派系，互相诋毁；而君王也往往介入，使得宗教之争时常蒙上浓厚的政治阴影，失败者甚至遭毁灭之厄运。

二是明代社会生活的投射。明代君王好道之风长盛，又恰恰在西游问世的嘉靖一朝达到顶点：邵元节和陶仲文两大道士被先后授予礼部尚书和光禄大夫的官位，嘉靖本人躲于后宫烦琐的斋醮中二十年不登朝堂，大兴土木建造道观竭尽了民脂民膏，以宫女经血炼丹的荒唐行径更是直接激起了宫变。所有这些都使得作者的不满如鲠在喉，所以在写到几位大仙的时候，就必然地会将一腔怒火发泄到他们的身上。

再说第二点：对于游戏规则的忽视和破坏。我们看在这两轮、总计六项的法力竞赛中，有一个规则是被双方认真遵守的吗？一个也没有。比祈雨，悟空不但挡着龙王不让人家下雨，还让几位原是被虎力大仙请来的神仙表演了一把真人秀。比坐禅，鹿力大仙变出个臭虫咬唐僧脑袋；悟空更狠，亲自变成蜈蚣咬人家鼻凹。比猜枚，虎力大仙和国王商量藏什么，这简直就是裁判和一方运动员商量怎么对付另一方运动员；悟空也不是省油的灯，直接爬到柜子里作弊。比砍头，虎力大仙在背后出阴招，让土地按住悟空的脑袋；悟空也够狠，变出条黄狗直接把虎力大仙的脑袋叼走。比剖腹，悟空变出老鹰叼走鹿力大仙的内脏。比下油锅，羊力大仙作弊用冷龙，而悟空呢？不是站出来指出这一点，而是悄悄让西海龙王把人家的冷龙突然收走。悟空和几位大仙的竞赛，表面上比的是法力，实际上比的是人情，比的是破坏规则的想象力。而更深刻的是，作者对此视作当然，而读者对此也司空见惯。在这个意义上，《西游记》在不经意间把某些人的竞争观念写得入木三分。而我要说的是，在现代社会，我们需要的是真正的公平精神，在彼此的竞争中，这样的聪明和手腕，还是少用一点的好。

第四十七回

童男童女

人类历史中"人祭"礼俗的还原

《西游记》第四十七回的故事发生在西游八年的秋天,地点是通天河。

在唐僧师徒的西行之路上,到达通天河是一个重要的节点。至此,他们已经在路上走了七八年,行程是五万四千里,无论是时间还是行程,都正好过半。而出现在这个重要节点上的妖怪,就是灵感大王。

灵感大王的故事共占了三回,这一回是故事的开端部分。故事讲的是唐僧师徒走到通天河,借宿陈家庄,得知此处有个灵感大王,每年要吃庄上的一对童男童女,而今年要吃的,正是提供食宿的陈澄、陈清兄弟的一对儿女。唐僧听了心下惨然,悟空自告奋勇,自己变作童男,又令八戒变作童女,冒充祭品,准备借机下手,为民除害。

这一回的内容基本上都围绕着陈家庄准备献给灵感大王的一对童男童女进行，所以我们的话题，也就围绕着作为祭品的童男童女。

绝大多数中国人对作为祭祀用品的"童男童女"应该并不陌生，因为在大部分殡葬用品商店，都有纸扎的"童男童女"赫然在目，不过我们熟视无睹，没有细究它们的含义罢了。

其实，这些纸扎的"童男童女"，和《西游记》中的一秤金、陈关保一样，都是上古时代流传下来的"人祭"，即杀人以祭祀神灵的礼俗在文学或生活中的反映。上古时代，科学远未昌明，人们相信掌握人类命运的乃是超自然的神灵，于是希望以祭祀求得神灵的庇佑。想得到神灵的庇佑，自然就得拿出点诚意来，而表达诚意最好的方式就是把自己认为最好的东西献给神灵，以讨神灵的欢心。由于人的喜好五花八门，所以各种各样的祭品就应运而生了，粮食、牲畜、珍宝、鲜花等，都曾经是献给神灵的祭品。而在所有这些可能作为祭品的事物中，人无疑是最富有灵性，等级最高的。所以，在古代的世界各地都不难找到人祭的现象，比如古代的玛雅、阿兹特克、迦太基、希腊，都有人祭的历史遗留和记载。中国也不例外，经推测，人祭之风最盛的时期又非商周莫属，其人祭用人之多，手段之残忍，可以说令人瞠目结舌。

以童男童女祭神则是人祭的种类之一。之所以如此，可能一是源于上古食人习俗的影响，儿童肉质鲜嫩，最为美味可口，神灵大约会很喜欢；二是儿童天真无邪，纯洁无瑕，有他们陪伴，神灵大约会很开心；三是儿童乃是父母的最爱，而把最爱的东西交给神灵，最能表明自己的诚意。古希腊神话中，雅典每年须向米诺陶洛斯供奉七个童男童女；《圣经》中，老亚伯拉罕要杀死自己的儿子祭祀上帝，都显示出以童男童女作为祭品的现象，绝不仅仅局限于中国。

不过，随着人类的进步，人祭的现象越来越少。以中国而论，到孔子生活的春秋时期，人祭的现象就很稀有了，即使是国家的祭祀大典，也仅仅是选用牛羊猪，而不以人为祭品了，以至于孔子见到陪葬的陶俑，心中都很厌恶，发出了"始作俑者，其无后乎"的谴责。至于残杀童男童女作为人祭，除了在一些具有邪教性质的团体还偶有所见，在主流文化圈子中，都被视为邪恶不祥的事情而摒弃了。

听完"童男童女"的介绍，你再看到殡葬用品中那些纸扎的"童男童女"，是不是心中隐隐升起一丝恐怖呢？所以，我的建议是，即使是纸扎的童男童女，我们最好也不用。在今天科学昌明的时代，我们更不必对这些野蛮的习俗有所留恋。

最后附带说一说童男童女的价格。从悟空和陈澄、陈清的对话来看，男孩是五十两，女孩是一百两。五十两银子，按照当时的综合购买力来说，折合人民币大概是两万，一百两，就是四万。当然，用活人来作为祭品，无论是《西游记》所设定的故事背景唐朝，还是其所写定的明朝，都是被法律所严格禁止的，所以它不具有真实性；不过，在人口买卖市场上，童女的价格高于童男，倒是一种真实的情况，这从一些史料中可以得到印证。这和我们平常"封建时代重男轻女"的印象似乎并不符合。造成这种情况的主要原因，在于封建时代的男性劳动以社会性劳动为主，而社会性劳动很早就实行了雇佣制，男性劳力的获得来自劳动力市场，而不是人口市场。人口市场主要的针对对象是家庭劳动，而女性与男性相比，无疑更适合这一行业的需要。

第四十八回

路见不平

明清时期"侠义精神"的解析

《西游记》的第四十八回说的是悟空和八戒变成童男童女,坐在祭桌上等待灵感大王。半夜时分,灵感大王御风而来,被八戒一钉耙筑下两块冰盘大小的鳞甲。灵感大王狼狈逃回水府,闷闷不乐,思量捉住唐僧,一来报仇,二来也可吃肉。手下鳜鱼精献计,要灵感大王做法将通天河水冻住,待唐僧师徒踏冰过河时,裂开冰面,趁乱出手,定能将唐僧擒住。灵感大王依计而行,果然拿住唐僧。悟空、八戒、沙僧三人丢了师父,回到陈家庄,准备捉拿妖怪,拯救唐僧,也为陈家庄永除后患。

这一回的故事,和以往的降妖除怪有着很大的不同。我们在上一讲说过,通天河的故事,发生在唐僧师徒西行之路时间和行程的双重中点上。这么重要的节点,发生的故事一定是具有重大意义的。于是问题来了：通天河降妖除怪，与以往的降妖除怪有何不同？

简单来说，灵感大王故事的主题是路见不平，为民除害。以这次行动为标志，悟空完成了从"好汉"到"英雄"的转变。

在遇到灵感大王之前，悟空的降妖除魔基本上是出于防卫。因为男妖精要吃唐僧肉，女妖精要和唐僧结婚，车迟国稍微特殊一点，但也是面临道士对和尚的群体迫害才做出的反应。但这次不一样。灵感大王原来并不知道唐僧师徒到来的消息，并且他对唐僧肉也并没有什么特别的兴趣，所以唐僧师徒本来是可以与灵感大王相安无事的。悟空主动要求去剿灭残杀儿童的灵感大王，完全出于纯粹的利他之心，是为民除害的义举。类似的事情，还有比丘国降伏白鹿怪，以及七绝山剿灭蟒蛇精等，但这种纯粹以为民除害为目的的降妖故事的开端，还是这次的灵感大王事件。单从数量上看，这类故事在《西游记》中并不很多，但它们对于塑造取经团体，特别是对于塑造悟空这个英雄形象来说，显得非常重要。所谓"英雄"并不是一个中性词，能够被称为"英雄"的人，不仅要有过人的才能与勇武，更应当具有为了众人的利益而不畏艰险、英勇斗争的令人钦佩的品质。那些令我们景仰的英雄人物，他们或帮助人类战胜妖魔，或帮助百姓战胜邪恶，总之，他们的身上一定是有真正的利他的色彩，闪现着动人的道德光辉。美德之于英雄，如灯之有光，如火之有焰，如珠玉之有宝色，没有了这种利他精神，英雄也就只是个莽汉罢了。在这个意义上说，假如悟空只是为了自己这个小团体顺利取到真经而与沿路的妖精进行争斗，即使过程再精彩，说到底，也不过还是出于功利的考虑，境界究竟还是不高的，但有了这样路见不平的故事，悟空的人格中就被注入了利他的成分，他的形象就具有了某种真正的英雄色彩和侠义精神，变得光辉和高大起来。在明清时期，受《西游记》的影响，在中国大地上曾一度非常盛行孙悟空崇拜，根据众多学者的考证，除了孙悟空法力高强、好打抱不平外，能够为民除害应该是最重要的原因之一。

所以，通天河事件意义非凡。假如说悟空从前只是个好汉，那么从这一回开始，他就越来越带有"英雄"的色彩了。

其实，在这一回里，形象得以提升的，还不止是孙悟空。在这个故事中，不仅唐僧的慈悲、悟空的机敏幽默给我们留下了深刻的印象，就连八戒、沙僧也有上佳的表现。先说八戒，他表现出来的丰富的生活经验，让我们不由得对这个平时悟空口口声声"呆子"不离于口、相貌蠢笨的家伙刮目相看。还记得唐僧师徒刚来到通天河边的时候，八戒估量河水深浅的那一幕吗？唐僧问起河水的深浅，八戒说我试试。唐僧认为八戒在开玩笑，说这水的深浅你怎么试。八戒说很简单，找一块卵石丢到水里，假如溅起水泡，就是水浅；假如咕嘟嘟沉下去，就是深。八戒说的是真的。在手头没有任何工具的时候，这是判断河水深浅的最有效的方法。因为石头在入水的时候，会带入一部分空气，这些空气在入水的过程中，特别是在降到水底与河床碰撞的时候，会被释放出来。如果水深的话，那么这些气泡还没等石头沉底水面安静下来就已经释放完了，所以几乎不被我们注意到；而如果水浅的话，这些气泡就会在石头沉底水面安静下来以后还在冒出，所以就能被清楚地看到。再就是在通过结冰的河面时，白龙马蹄下打滑，八戒就讨了些稻草包在白龙马的蹄子上，包好马蹄，还让唐僧把禅杖横着担在马上。悟空以为八戒在偷懒，把原本应该自己挑的锡杖让师父拿着，八戒这才解释说，冰上行走，最怕的就是落到冰窟窿里，而有了这个横担之物，就可以架在冰上，免去落入冰下之苦。再说沙僧。他虽然是一如既往地低调，但在与灵感大王交战的时候，表现得也相当勇猛。可以说，在这次通天河事件中，整个团队都有上佳的表现，说得稍微夸张一点，我们完全可以讲，通过这次事件，一个为民除害的英雄团体形象，就树立在我们面前了。

第四十九回

鱼篮观音

观世音与中国古代帝王心术

《西游记》第四十九回说的是悟空、沙僧、八戒三人来到通天河，八戒、沙僧下水将灵感大王引出水面，悟空在岸上趁便捉拿。不想灵感大王斗不过悟空，潜回水底，再不出战。三人无计可施，悟空遂驾云找观世音菩萨求救。观音已知此事，来不及梳妆，匆匆与悟空赶到通天河，施大法力，用一只竹篮将灵感大王擒住。原来，这灵感大王乃是观音菩萨莲花池中的一尾金色鲤鱼。观音菩萨将灵感大王带回南海，留下陈家庄百姓望空膜拜，内有善于绘画者，留下观音图像，这就是后世广为流传的"鱼篮观音"。唐僧等人在通天河边，正商议如何过河，一只巨鼋游到岸边，口吐人言，声称自己是通天河的旧主人，感谢悟空等赶走灵感大王，愿送取经人过河。巨鼋驮四人过河后提出一个请求，希望唐僧到灵山面见如来，替自己询问佛祖，何时才能得到人身。

这一回我们要说的问题有两个：一是在民间广泛流传的"鱼篮观音"像的来历，是不是像《西游记》所写的那样，源于降伏鲤鱼精呢？二是陈家庄百姓对待灵感大王和观世音菩萨的态度，以今天的眼光来看，到底有没有问题。

先说第一个问题："鱼篮观音"。"鱼篮观音"是佛教所谓"三十三观音"之一。所谓"三十三观音"，其实就是观音菩萨的三十三种造型，彼此间的区别仅在于姿态、场景与所持法器，比如杨柳观音、龙头观音、持经观音、白衣观音等。在这"三十三观音"中，鱼篮观音是非常流行的一种，你到任何佛教场所，或者随意打开一个佛教网站，都能看到构图元素为观音、竹篮、鲤鱼的观音像。

那么，"鱼篮观音"的来历，是否真的像《西游记》所描述的那样，源于观音的降妖除怪呢？

回答是否定的。根据明代大学者宋濂《鱼篮观音像赞》的介绍，鱼篮观音像的来历是这样的。唐元和十二年（公元八百一十七年）的一天，陕西金沙滩上出现了一位极其美艳的女子，提着一个竹篮卖鱼。因为她长得太好看了，所以男人们都很动心，争先恐后地来看她，都想娶她为妻。这女子说你们人太多，我嫁不过来啊。这样吧，我教你们佛经，谁能在一晚上的时间里背下《观音菩萨普门品》——《妙法莲华经》的一个部分，大概一两千字，讲的是观音菩萨大慈大悲，到处救度众生的事迹——我就嫁给谁。众人一听，都争先恐后地背诵，到了黎明，能背诵的有二十人。这女子说人还是太多啊，这样吧，我再教你们《金刚经》，谁能一晚上背诵，我就嫁给谁。《金刚经》

五六千字，这次能背过的只剩下一半也就是十个了。这女子说人还是太多，还是不行啊，你们干脆背《法华经》吧。《法华经》一二十万字，当然不是一天就能背下的，于是定了期限三天。三天之后，只有一个姓马的年轻人背过了。于是这女子就嫁给了马家的年轻人。不过，婚礼完成，当天晚上，这个女子就死了，并且死了以后尸骨马上就全部烂掉了。马家还能怎样？只好把这个女子埋葬了。事情过后，有一天，一个和尚来到这里，听说了这件事，说这是观音菩萨现身，借此来度化你的。马家人把坟墓挖开，里面果然没有人的尸骨，只有一副黄金的锁子骨——这里指的并非是普通人的锁骨，而是得道之人连接如锁状的骨节。这件事轰动了陕西，自此之后，陕西诵经的人就多了起来，而以此故事为依托的"鱼篮观音像"也就成为观音菩萨最常见的画像之一了。与白衣观音、杨柳观音等相比，"鱼篮观音"最明显的特征就是形象极其美艳。

那么问题又来了：观音菩萨，应当是法相庄严的，为什么会以此娇媚的形象示人呢？这就要说到观音菩萨的特点了。观音菩萨慈悲为怀，最善于以各种方便法门开启众人，即使是对好色之人，也不忍心看着他们堕落，于是就幻化成美艳的妇人，以美色吸引他们进入佛门，等他们入门，再借机引导他们走向善路。这一点，观音菩萨和《封神演义》中的女娲娘娘有着根本的不同。商纣王到女娲庙参拜，看到女娲娘娘很好看，色心顿起，写了一首表达相思的诗在庙里的墙壁上，女娲娘娘回来一看，不由大怒，于是招来九尾狐，以美色勾引商纣王，断送了商朝的江山。假如商纣王碰到的是观音菩萨，观音菩萨的反应绝对会有所不同，她一定会引导商纣王走上向善之路的。

再说第二个问题：陈家庄百姓对待灵感大王以及观世音菩萨的态度。灵感大王每年要吃一对童男童女，按说陈家庄的百姓应该对灵感大王恨之入骨才对，但从唐僧师徒和陈家庄人的交谈中可以看出，在陈家庄人看来，只要能保证风调雨顺，每年献上一对童男童女完全是可以接受的条件。陈家庄人背后的逻辑其实很简单：庄上一百多户人家，每年一家，要轮一百年才能轮到自己，自己家百年一次的痛苦，就能够获得整个村子长久的风调雨顺，并非不能接受。看陈家庄村民的思想境界，似乎有点"舍小我顾大家"的精神。而这一点是与现代的人道主义理念极其不同的。按照现代的理念，灵感大王把每年一对童男童女的生命和全村人的幸福对立起来，以后者绑架前者，这本身就是极其不人道的；而陈家庄人居然也接受了这样的条件，既不逃走也不反抗，也就足以看出这一村人面对欺凌的麻木。

对观音的态度也有类似之处。按说，观音菩萨家养的金鱼为恶，陈家庄人对观音应当愤怒声讨才对，但是，当观音菩萨在悟空的要求下现身云端时，我们看到的场景是这样的："一庄老幼男女，都向河边，也不顾泥水，都跪在里面磕头礼拜。"这在我们今天看来是很难理解的。打个比方，就好比你养的狼狗咬伤了我，我应当愤怒，让你赔偿才对，我绝对不会因为你制止了狼狗对我的伤害就对你感恩戴德。但是，陈家庄人的逻辑就和我们现在人不一样。他们背后的逻辑是这样的：假如观音不出来收服灵感大王呢？我们除了忍受，还能有什么办法？所以，只要观音出来，就是大功大德。这个逻辑，在我们今天看起来或许懦弱，但站在陈家庄人的立场，似乎也没什么毛病。有一句话是这么说的："不要总是纠结于大人物没有履行更多的义务，多想想他们本来有能力做更多的坏事，却没有做。"这话，真是说到陈家庄百姓的心里去了。

另外，也有人从观音的行动中读出了帝王心术。说站在观音的角度，如果在灵感大王还没有作恶的时候就将其收回，陈家庄的百姓固然不会受害，但观音的法力与慈悲，也就无人知晓。但是，等到百姓面对灵感大王的伤害而无可奈何之际再出手，效果就完全不一样了。所以，纵容灵感大王下界作恶一段时间，未必不是观音收获百姓崇拜敬畏的一个手段。我是不大同意这种厚黑学的解读方式的，但也认为，生活中的此类现象，还真是不少。

第五十回

慎独君子

师徒四人的道德水准与人生境界

　　从《西游记》的第五十回开始，一直到第五十二回，内容都和独角兕大王有关，这一回是故事的开头部分。故事说的是西游八年的冬天，唐僧师徒走到金�山附近，悟空外出化缘，临行前用金箍棒画了一个圈子，让唐僧、八戒、沙僧坐在圈子里不要外出。三人在圈子里等待多时，又寒冷又无聊，遂在八戒的撺掇下走出圈子，来到附近一座庄院处避寒。八戒进去打探，发现三件纳锦背心，遂一起拿出。唐僧则认为不告而取无异于盗窃，坚决不肯穿。八戒、沙僧一人一件穿上，结果背心变成绳索，将二人捆住。原来庄院是独角兕王点化而成的。霎时魔王出现，将三人捉回洞中。悟空化斋归来，与魔王争斗，魔王拿出一个亮灼灼白森森的圈子，将金箍棒套走。悟空赤手空拳，翻筋斗云逃了性命。

这一回是故事的开端部分，故事的精彩处还没有展开，不过也还是有两个对于我们为人处世、反思自我很有意思的看点：一是悟空用金箍棒画的"圈子"，从中可以看出做事须守规矩，"出圈"必致后患的道理；二是从唐僧、八戒、沙僧面对纳锦背心的不同态度，可以看出三人道德水准的差距。

先说悟空的"圈子"。今天的我们一想起孙悟空用金箍棒在地上画圈的动作，立刻就会想起动画片以及电视连续剧"三打白骨精"中的经典镜头：随着悟空金箍棒的移动，地上火光四射，而后一个堪比铜墙铁壁的保护圈就形成了，唐僧、八戒、沙僧三人在圈子里休息，白骨精刚想接近，就被悟空圈子发出的电光阻拦。用现在的视角来看，悟空哪里是画圈，分明就是在唐僧身边拉了一个高压电网。

但如果你读过原著，就会发现，这些内容在"三打白骨精"的故事中是没有的。悟空用金箍棒画圈子，其实是出现在今天我们讲的独角兕王的故事中，并且这圈子和你我用树枝在地上画的圈子是一样的，根本就没有什么威力。其实我们认真想想就知道，沿路上的许多妖魔鬼怪，悟空亲自拿着金箍棒都不一定能打赢，如今只用金箍棒画个圈，怎么可能挡住它们？正因为如此，悟空走后，八戒才说了一通"古人划地为牢。他将棍子划个圈儿，强似铁壁铜墙，假如有虎狼妖兽来时，如何挡得他住？"的话。

那么问题来了：既然没什么威力，挡不了虎豹狼虫，那么悟空画这个圈子有什么用？

还是有用的。第一，从最直接的用处来说，就是防止唐僧乱跑惹出麻烦。悟空为什么画这个圈子？就是因为他看到所处的大山极其险峻，远处露出的一带楼阁隐隐透出恶气，直觉告诉他这里恐怕有妖魔鬼怪。但唐僧肚子饿了，他又不得不到远处化斋，所以才在地上画了一个圈子，又说了些"老孙画的这圈，强似那铜墙铁壁。凭他甚么虎豹狼虫，俱莫敢近"之类的话，其目的，就是让唐僧不要到处走动，省得遭了妖魔鬼怪的害。第二，更重要的，恐怕还是由此所引申出来的象征意义。在独角兕王故事结尾的时候，唐僧与悟空有一段意味深长的对话。唐僧道："徒弟，万分亏你！——言谢不尽！——早知不出圈痕，那有此杀身之害。"悟空道："只因你不信我的圈子，却教你受别人的圈子。多少苦楚，可叹！可叹！"师徒二人话语中的"圈子"，其实都远远超出了单纯的字面意义，而可以引申出很深的含义来。即做人做事，都要有一定的规矩，不能超出应有的规则，一旦行为脱离了合理的范围，破坏了必须遵守的规则，就一定会招致或大或小的麻烦。

做人做事不能"出圈"，这就是我们除了欣赏到一个有意思的故事之外，能得到的一个启示。

再说第二点，从唐僧、沙僧、八戒面对纳锦背心的态度，看三个人道德水准的差异。

看一个人道德境界的高低，固然要看他在众人之前、面对监督时的表现，但更重要的，还要看独自一人、无人监督时的表现。后者才是一个人道德水准的真实体现。正是在这个意义上，儒家才提出了一个非常重要的概念叫"慎独"，意思是说在无人监督之时仍然能够坚守自己的操守，不做坏事，不自欺，这才是道德的最高境界。

拿这个标准来衡量唐僧、沙僧、八戒三人，三人道德境界的差别就一目了然了。

八戒的境界最低。他是不论好歹，直接拿了就要穿上。唐僧责备八戒，说你不告诉主人就将背心拿了出来，等于是盗窃。八戒说反正没人看见，管他什么盗窃不盗窃呢。唐僧说就算没人看见，你也不能暗室亏心，还是赶快还回去。饶是唐僧这样说，八戒还是不肯立刻就还，说现在寒冷，先穿一会，等悟空回来再还回去不迟。简单来说，八戒是只要没人，就可以为所欲为，有点见利忘义的"小人"的意思。

沙僧其次。他也感到寒冷，也想穿一件背心，不过他还有基本的是非观念，所以他并没有站在猪八戒的立场上附和什么"四顾无人""谁人告我"的所谓"道理"，但他的是非观念又没有强到足以抵抗让自己暖和一下的诱惑，所以一旦八戒说出"且等老猪穿一穿，试试新，焐焐脊背。等师兄来，脱了还他走路"这个折中的提议时，马上就也拿了一件穿在身上。他是那种有一定道德水准，但自我约束力不强、很容易从众的那种人。我们普通人，大多如此。

唐僧境界最高。论体质，他肉身凡胎，抗寒指数和八戒沙僧绝对不是一个量级的，八戒沙僧觉得寒冷，他只会觉得更寒冷。但不管冷到什么程度，也不管周围有没有人在场，他都能做到严格的自我约束。他真正做到了人前人后一个样，是个不折不扣的"慎独"君子。

细节之处见精神。在日常行为中，我们不经意之间暴露在人前的言行，很可能就成了他人判断我们的依据和标准。长存慎独之心，是《西游记》第五十回给我们上的第二课。

第五十一回

照单全收

无敌的金钢琢到底什么来头？

《西游记》第五十一回说的是悟空的金箍棒被独角兕王的圈子套走，赤手空拳逃了性命，而后就开始四处找帮手，寻求破解之道，不过所找的各路人马，包括托塔天王与哪吒太子、火德星君、黄河水伯，对独角兕王的圈子都无能为力。

这一回写得很热闹，但其实说来说去，看点只有一个，就是独角兕王手中那个超级厉害的圈子。那么这个圈子究竟是什么来头，竟然有如此强大的威力？

在几百年前，《西游记》的主要传播方式尚处于讲说评书，没有哪一个说书艺人敢提前剧透，因为那简直就是砸了自己的饭碗，但现在已经无所谓了，因为影视剧的播出，相关剧情早已经家喻户晓、妇孺皆知，所以也不在乎我提前一章告诉大家了：这个厉害的法宝，就是太上老君的金钢琢。

这个金钢琢，在《西游记》中很早就出现过，太上老君在孙悟空与二郎神斗得难分难解之时，曾把它从南天门外丢下来，一下就砸中了悟空的天灵盖，把他打倒在地。当时太上老君对此宝也有个介绍，说它由锟钢炼成，还丹点就，水火不侵，善能变化，能套诸物，一名金钢琢，又叫金钢套，当年出关化胡，就多亏了这件宝物。所谓"锟钢"，就是锟鋙山出产的钢。"锟鋙山"又叫"昆吾山"，是古书上记载的一座山，以出产好钢好铁而著名。原材料好，又有太上老君的一番锻造之功，自然是厉害非常了——在《西游记》所有的法宝中，如果说它是第二，就没有其他哪个宝贝敢称第一。

不过我们在这里并不是要讨论它到底有多厉害，因为它的种种神奇之处都是作者赋予它的，作者说它有多厉害，它就有多厉害。我们要做的事情是深挖一步——为什么作者把这么厉害的功能赋予一个圈子。

这个原因，还要从中国文化中去寻找。

作者之所以将这么厉害的功能赋予一个圈子，主要有三点：

第一，它是中国早已存在的"圆形崇拜"的遗留。在久远的过去，中国就有了对圆形物的崇拜现象。我国甘肃省齐家文化遗址，是一处典型的新石器文化遗址。在这里，就发现了状如圆圈的祭祀遗址，圆圈直径四米，用砾石铺成。这种对圆形物的崇拜其实一直延续了下来，直到今天，我们其实还是能够发现不少这种崇拜的遗留：耳环、戒指、手镯、平安扣，随便一个家庭，你总能找到几件圆形的饰品。而之所以这种崇拜流传如此广泛而久远，一是太阳、月亮这两个对人类生存至关重要的天体都是圆形的，这就极大地唤起了圆形的神秘感与人们对它的崇拜之情；二是圆形也确实存在着一些极其奇特的数学特征，比如绝对的对称、没有绝对的起点与终点等，难怪连毕达哥拉斯这样的数学家都对圆形赞不绝口，声称一切的平面图形中，圆形是最美的。圆形的这些数学属性，在古人朴素的思维中，越琢磨，越会觉得奥妙无穷。

第二，佛教文化，特别是禅宗文化中，有一个很特别的参悟方式，叫作"参话头"，高僧提出少至一字，多不过数字的一句话供人参究，这个字或这句话就叫作"话头"，它往往蕴含着很深的奥义，把这个话头参透了，也就开悟了。著名的话头很多，比如"狗子有无佛性？""父母生前是何面目？""念佛者是谁？"等等。而金钢圈就是禅宗内非常有名的一个话头。它的提出者是杨岐方会禅师，原句是这样的："栗棘蓬你作么生吞？金钢圈你作么生跳？"翻译成现代汉语就是："长满刺的栗子你怎么硬生生吞下？金刚做的圈子你怎么跳出？"后一句也就是"金钢圈你作么生跳"也经常被单独拈出使用。面对这个问题，一般的和尚是参不透，当然也就回答不出的，所谓"寻常拈个金钢圈，天下衲僧跳不出"，就如同被困住的猴子，所以禅门内就又有个说法，叫"金钢圈，栗棘蓬，是甚么弄猢狲家具"。你看，金钢圈和猴子就在这里联系起来了。作者用一个金钢圈把孙悟空这个猴子折腾得团团转，也是禅宗文化在《西游记》中的具体体现。至于"金钢圈你作么生跳"这个禅门公案的话头究竟是什么意思，也请你来参一参，看看你的慧根如何吧。

第三,"金钢琢"的比喻意义有二。首先,"圈子"在汉语中具有多方面的含义,它既可以指令人上当受骗的"圈套",也可以指做事的规矩、准则,这样《西游记》中的这个能够套走金箍棒的金钢圈也就有了两个引申含义,一是天下最厉害的武器其实就是圈套,二是无论谁有多能耐,终究还是不能超出规矩准则。其次,从金钢琢的具体用处来看,它是穿在牛鼻子上的一个鼻环,我们知道牛性情执拗而力大无穷,单凭人力几乎无法控制,但只要穿上鼻环,即使一个小小的牧童也能随心所欲地驾驭它,这样"牛鼻环"就引申出了一个"掌控事情的关键"的含义来。《西游记》这个故事的结尾,是悟空找来老君,老君将鼻环穿进牛鼻子里,牛就乖乖被牵走了,也可以理解为解决问题就要抓住关键,一旦抓住关键,事情就能迎刃而解的意思。

第五十二回

背景深厚

独角兕王到底是个什么妖怪？

《西游记》第五十二回说的是悟空潜入金岘洞，将自己以及其他众神的武器偷回，二次挑战魔王，谁知重蹈覆辙，众神的武器再次被妖怪用圈子套走。悟空无可奈何，只好向如来求救。如来派出十八罗汉，携带十八粒金丹砂帮助悟空降魔，谁知金丹砂撒下，依然被妖怪收走。降龙、伏虎二位罗汉见金丹砂被收走，这才告诉悟空，说奉如来法旨，若金丹砂被收走，就向太上老君求救，必定能够降伏魔头。悟空上兜率宫请来太上老君，魔王果然现出原形：它原是老君胯下的青牛，那个白森森厉害无比的圈子，乃是老君的金钢琢。

这一回我们要说的问题有两个：一是"独角兕王"到底是什么动物变的；二是如来明知道太上老君能降伏独角兕王，为什么还要让十八罗汉出马，白白让妖魔将金丹砂套去。

先说第一个问题：独角兕王到底是个什么妖怪？

凡是看过86版电视连续剧《西游记》的，对于这个问题大概都会觉得莫名其妙：太上老君来的时候，它不是乖乖现出原形了吗？它分明就是个青牛啊！而《西游记》原著也交代得很清楚："那怪物力软筋麻，现了本相，原来是一只青牛。老君将金钢琢吹口仙气，穿了那怪的鼻子，解下勒袍带，系于琢上，牵在手中。——至今留下个拴牛鼻的拘儿，又名'宾郎'，职此之谓。"这个答案，其实也和一些文献中关于老子的说法是相合的，比如根据刘向《列仙传》的说法，老子出关的时候，胯下坐骑，就是一只青牛；而后世的老子画像，只要胯下有坐骑，那坐骑一定是一只青牛。至于老子为什么骑牛而不是骑马，已有的解释有如下三种：一是老子是春秋时期的人，那个时候还没有发明马镫，所以马是没法骑的；二是牛力气大而性格执拗，可以象征人难以驯服的执拗的内心，这样降牛就很有一种哲学的意味；第三种解释最能显示解答者深厚的历史文化学养，说刘向的《列仙传》实际是一部伪书，它的成书年代是魏晋南北朝，而魏晋南北朝时期马匹是重要的战略物资，贵族私人出行，主要还是靠牛车甚至是骑牛，《列仙传》让老子骑牛，实际上是在无意中透露了魏晋南北朝的历史文化信息。

但是，对于这个答案，也有人并不认可，他们说这个独角兕王并不是一般的牛，而是一只犀牛；不但是一只犀牛，还是一只雌犀牛。这个说法乍一听真的是惊世骇俗，令人脑洞大开，但认真想一想，还真的有几分道理。一是春秋时期，我国南方的气候还比较温暖，那个时候犀牛还真不是什么稀有动物，只是到了战国后期特别是汉代以后，随着气候变冷以及人们大规模的捕杀，数量骤然减少乃至基本灭绝，犀牛才成了一种极其稀罕而带有一种异域风情的珍稀动物；二是根据古书的解释，"兕"本身就有雌性犀牛的意思，而且你看，独角兕王捉住唐僧、八戒、沙僧的时候，用的是三件精致非常的纳锦背心，这其实也透露出了独角兕王的性别信息。

那么我们的答案是什么呢？还是青牛。因为古书虽然有把"兕"解释为雌性犀牛的，但也有解释为青牛的，比如《说文解字》就说"兕，如野牛而青"，"如野牛而青"，则其形状自然就是"青牛"了。而《西游记》这一回的原文也是："那怪物力软筋麻，现了本相，原来是一只青牛。"

世界上有一些问题，对普通人来说不是问题，但对有学问的人来说就成了问题，不过再往上一层就又不是问题了，这是一种很有意思的现象。比如诸葛亮的"空城计"，对普通的将领或者对诸葛亮这个级别的都无效，前者不动脑子一阵冲杀，后者看透识破还是一阵冲杀，唯独对于司马懿这样聪明但还没绝顶的人才有效。这是《西游记》给我们的一个极有意思的启示。

再说第二个问题：如来明知道太上老君能降伏独角兕王，为什么还要让十八罗汉出马，白白让妖魔将金丹砂套去？

这个问题，乃是以"厚黑学""权谋论"解释《西游记》的人最喜欢的一个问题。在他们看来，西天取经就是如来为扩张佛教势力所下的一盘大棋，取经的过程就是这个计划逐步实施的落地过程。以这个眼光来看，如来在这一回的做法就可以得到完美的解释了。青牛乃是太上老君故意派来为难唐僧师徒的,如来心知其故,所以故意派十八罗汉带来了十八粒金丹砂,一粒金丹砂就是一座金山,十八罗汉故意将金丹砂输给青牛,也就相当于输给了太上老君,第一是服个软,给太上老君一个面子;第二也是更重要的,是以金钱铺路,以利益换取地盘。说真的我是一向不大同意用权谋论、厚黑学之类的观点来解释《西游记》的,但不可否认,在分析到一些具体问题的时候,这个思路也有其部分的合理性,只是把如来说得那么黑,我是持保留态度的。折中一下,我认为合理的解释就是,青牛是自己跑下来的,而非老君的故意差遣,但如来也"懂得打狗须看主人"的道理,所以并不愿意直接与太上老君发生冲突,为了取经这个有益东土众生的大业,如来一面请老君自己降伏青牛,一面送上十八粒金丹砂作为礼物。做正义的事业也须讲究手段,这是本回给我们的启示之二。

第五十三回

想入非非

女儿国到底是不是男人的乐土？

《西游记》第五十三回的故事，发生在西游九年的春天，说的是唐僧师徒来到了西梁女国，唐僧与八戒喝了城外子母河的河水，结果意外怀孕。原来这西梁女国一国都是女人，并无男子，女人若要怀孕，只消喝一口这子母河的河水，若要堕胎，也只消喝一口落胎泉的泉水。如今这落胎泉被牛魔王的兄弟如意真仙霸占，悟空于是动身到落胎泉讨水。如意真仙痛恨悟空曾降伏红孩儿，坚决不肯答应。悟空战胜牛如意，取来泉水，唐僧与八戒喝下，解了胎气。休整一日，第二天一早，师徒四人动身西行，进入女儿国。

这一回我们要说的问题有三个：一是西梁女国也就是"女儿国"的原型；二是女儿国到底是不是男人的乐土；三是说一说如意真仙的生意经。

先说第一个问题:女儿国的原型。

女儿国,这是一个光听名字就能让许多男性忍不住想入非非的国度。那么这个神奇的国度到底是一个男作家凭着自己的想象纯粹虚构出来的产物,还是有现实的原型呢?

答案是:还是有现实原型的。实际上,历史上留下名字的女儿国还不止一个。《山海经》《淮南子》《三国志》《大唐西域记》《旧唐书》等书中,都有所谓女儿国的记载。

由于一些报刊文章的误导,现在的一般读者,往往将《西游记》中的女儿国认定为《旧唐书》中所提到的"东女国"。这个东女国是公元六七世纪出现的一个地方政权,主要活动范围在四川阿坝州、甘孜州丹巴县和西藏自治区昌都市等地区,是川西及整个藏族历史上重要的文明古国。按照《旧唐书》第一百九十七卷的记载,这个国家并非没有男子,只是女人的地位特别高,不但国王是女人,而且在社会和家庭生活中,女性也处于绝对的主导地位。按照我们现在的话来说,就是东女国还有着浓厚的母系氏族公社的遗留。

但实际上,这样的说法是不准确的。既然《西游记》以记载玄奘法师事迹的《大唐西域记》为母本,那么就应该以该书所记载的"女儿国"为准。按照《大唐西域记》的记载,这个国家是这样的:"拂懔国(东罗马)西南海岛有西女国,皆是女人,略无男子。多诸珍货,附拂懔国,故拂懔王岁遣丈夫配焉。其俗产男皆不举也。"翻译成现代汉语的意思就是,这个国家在东罗马的西南海岛上,这个国家里都是女人。这个国家有很多宝贝,依附罗马而存在。罗马每年都会派遣一些男子到西女国和那里的女人婚配,女人生下孩子,女孩被留下抚育成人,男孩则交给男方或被杀死。这个西女国在西方很著名,它在《荷马史诗》中提到过,今天通行的由楚图南翻译的《古希腊罗马神话》中,将她们称为"阿玛宗人"。这个部落里的女人都是骁勇善战的武士,为了便于射箭和投掷标枪,她们甚至把妨碍行动的右边乳房用烙铁烙平。特洛伊战争时期,这个国家的国王是潘提丝蕾亚,她为了帮助特洛伊人,曾无所畏惧(也可以说是不知天高地厚)地向古希腊最强大的英雄阿喀琉斯挑战,结果被阿喀琉斯一箭射穿右乳而死。将她射死后,阿喀琉斯看着她美丽的面庞,心里还惋惜了好半天。

那么这个西女国如何能够进入吴承恩的视野呢?两个原因。一是《大唐西域记》,这是创作《西游记》的母本,作者自然要认真留意;另一个可能的原因,则是中晚明时期,一些来自西方的传教士到中国传教,他们也曾经向与他们交往的中国士人提到过这个国家(我猜很可能是那些中国人出于好奇,主动向他们问起是否有女儿国)。

这就是女儿国的原型。我们看 86 版电视剧《西游记》,女儿国的国王柔情缱绻地偎依在唐僧身边的时候,你能想象她竟然是一名女战士,并且右边的乳房是被烙平的吗?

再说第二个问题:女儿国是不是男人的乐土?

很多男人想起女儿国来,第一感觉恐怕就是那里真是男人的乐园,特别是现实生活中被女生各种嫌弃的人,想一想到女儿国后被夹道欢迎的盛况,恐怕梦里都要笑醒。但我要说的是,除非你抱定了"牡丹花下死,做鬼也风流"的信条,否则还是不要去的为好。个中原因,那几个接待唐僧师徒的老太太已经说得很清楚了:"我一家儿四五口,都是有几岁年纪的,把那风月事尽皆休了,故此不肯伤你。若还到第二家,老小众大,那年小之人,那个肯放过你去?就要与你交合。假如不从,就要害你性命,把你们身上肉,都割了去做香袋儿哩。"简单来说,一个男人,来到这个满街都是极度饥渴的女人的国家,只有死路一条。

最后说一说如意真仙的生意经。

在《西游记》中,最会做生意的,应该就是牛魔王的兄弟如意真仙了。从前落胎泉的水是免费的,但如意真仙却将其据为己有,凡是要讨水喝的,不论是谁,都要花红表礼,羊酒果盘,还只能讨得一碗。按照现在的话说,牛如意占有的,是典型的垄断性资源,在所有行业中,最赚钱而没有竞争的,就是这种行业了。因为资源具有唯一性,所以别人根本就没有和你讨价还价的资本,类似的行业,我们还可以举出旅游业、道路收费、稀缺矿产等。在投入部分资金把产业做起来之后,你要做的,就是用一根绳子把它拦起来,然后坐地收钱就好了。当然,能做这个行业的,必须要有足够的势力或本领才行,而这两点,如意真仙都不缺——他的背后是神通广大、结交广泛的大魔头牛魔王。他的本领在妖怪里虽然算弱的,但和人类比起来就是不可战胜的了。把一瓶矿泉水卖出天价,如意真仙的生意,还真是一门无本万利的如意生意。

第五十四回

绝色女王

为何女儿国国王有着让一切男人动心的魅力?

《西游记》第五十四回说的是唐僧师徒来到女儿国,结果女儿国国王一眼就看上了唐僧,非要和唐僧结婚。悟空设计,让唐僧假意应允,骗得女儿国国王在通关文牒上签字画押后,悟空以定身法定住女儿国满朝文武,师徒就要离开时,忽然有一女子出现,用旋风将唐僧摄起后顿时无影无踪,不知去向。

在《西游记》中,女儿国的故事只占一回,和那些动辄三四回的故事,比如牛魔王、金翅大鹏、金角银角大王的故事等相比,它实在是太短了。但偏偏就是这极短的篇幅,却讲述了一个在《西游记》中知名而难忘的精彩故事。所以我们的问题就是:为什么女儿国国王的故事令人如此难忘?

原因是：女儿国国王具有让男人动心的一切。

能够打动男人的是什么？说来说去无非四样：美貌、财富、权势、真情。而这几样，女儿国国王无不具备。

首先是美貌。按照《西游记》所说，女儿国国王的美貌到了惊人的程度。书中说她是"月里嫦娥难到此，九天仙子怎如斯。宫妆巧样非凡类，诚然王母降瑶池"，也就是说，只有王母和嫦娥才能和她相提并论。

其次是财富与权势。这两点很容易理解：她的国家虽小，但也拥有一个小小的天下。在一个男权社会中，权势与财富可以说是令几乎一切男子梦魂萦绕的东西。一个男子，只要能够充分拥有这两样东西中的任意一样，就可以在社会中站住脚跟，其他的一切东西几乎都可以不求自来。正因为如此，在一个男性社会中，许多男子宁愿丢掉性命，也不愿意放弃权势与财富。现在，它们统统作为陪嫁摆在这里，只要唐僧答应了婚事，这一切都会不求自来。

最重要的还有女王对唐僧的一往情深。数不清的财富，掌控一个国家的权力，这些能够让几乎任何一个男子都热血沸腾、不惜杀身以求的东西，女王竟能够拱手相送，甘心从此退居幕后，过相夫教子的平淡生活。即使是一个一无所有的普通女人，能够有这种忘我的付出精神，也足以令人无限感动了，更何况她交出的是她的整个天下，更何况她还拥有无与伦比的美貌。有人说这女王对唐僧的感情来得也太莫名其妙了，对一个初次相遇的男子，就能在顷刻之间做出将整个国家托付给他的想法，对于一个掌握着整个国家的女人来说，这样的冲动未免太强烈了一些。对于这样的说法，我的看法是一分为二。一方面，我们当然承认，《西游记》只是一本书，作者为男性，如何激起男性的欲望和阅读兴趣是其根本考虑，所以作者在构思情节的时候就不会以女性的需求和心理为其依据；但另一方面，这样的写法也不是全然脱离现实，在现实生活中，情感在一个女人的生命中所占的分量似乎确实要超过男性，特别是以前还从来没有经历过感情生活的女性，在这一点上，小仲马的《茶花女》有一段特别动人的表述，那段话的大致意思是，一个从来没有经历过感情生活的女孩子，她的感情就像一个放在路边的篮子，随时可能被一个闯入她心中的男子拎走。

唐僧就是那个第一次闯入女王心中的男子。现在，只要自己一点头，这一切令人艳羡的东西就会不费吹灰之力地纳入自己的手中。任何人都不难想象，对于正当壮年、童年生活又遭逢不幸的唐僧来说，这个诱惑该有多大。

所以，我们就看到了唐僧种种难以自持的表现。当太师前来提亲的时候，唐僧的表现是"低头不语""越加痴哑"；当女王喊出"大唐御弟，还不来占凤乘鸾也"的时候，唐僧的表现是"耳红面赤，羞答答不敢抬头"；当女王一把拉住他，请他上金銮殿匹配夫妇的时候，唐僧的表现是"战兢兢立站不住，似醉如痴"。对于唐僧的这样一番表现，今人张锦池先生有一段非常精妙的论述。他说鲁迅先生有一段很有意思的话，"浊浪在拍岸，站在山冈上者和飞沫不相干，弄潮儿则于涛头且不在意，唯有衣履尚整，徘徊海滨的人，一溅水花，便觉得有所沾湿，狼狈起来"，假如将"浊浪"比作"情海"，用这段话来形容悟空、八戒、唐僧，倒是非常贴切的。悟空对女人全无感觉；八戒对好色从无掩饰；唯有唐僧，因为既要坚持自己的修行，又不能对女王的一往情深无动于衷，所以才显得非常尴尬。用仓央嘉措的传世名句"世间安得两全法，不负如来不负卿"来形容唐僧面对女王的心情，应该说是非常恰切的。

但是，世上没有两全法，所以无法做到"不负如来不负卿"。在留在女儿国坐享权势与金钱和继续西行求取真经这两个选项面前，唐僧还是决然地选择了后者。支撑唐僧意志的不外乎两点。一是责任。对李世民的知遇之恩，唐僧时刻铭记在心。当悟空开玩笑地说这世界上哪里有这么合适的婚姻，师父你就留在这里的时候，唐僧想到的是李世民对自己的殷切希望，说"我们在这里贪图富贵，谁却去西天取经？那不望坏了我大唐之帝主也？"在这个意义上，我们也可以说，在唐僧的身上，体现了古代士人重承诺，"士为知己者死"的宝贵品格。

二是信仰，就是唐僧对悟空所说的"我怎肯丧元阳，败坏了佛家德行；走真精，堕落了本教人身"。我看过一些现代人写的文章，很多人都在拿唐僧开玩笑，说唐僧最终拒绝了女王的求婚是不敢追求真情的软弱，说唐僧在整个西游过程中都在打一场极其搞笑的"下半身保卫战"，这种战争就是胜利了也没有什么意义，其实这样的看法是极其狭隘的。听从信仰的召唤而有所不为，是比单纯听从感情与欲望的吸引而放纵自己更为崇高的品质，因为前者映射出的是更为夺目的德行与信念的光辉。总之，唐僧切实地感受到女王的殷殷情义，对这份情义背后的富贵与权势也不是没有片刻的动摇，但在人生更大的责任面前，在自己的终极信仰面前，他还是拒绝了普通人难以拒绝的诱惑，通过了一般人无法通过的考验，这也正是唐僧难能可贵的地方。

第五十五回

独门绝技

让如来都头疼的西游第一女妖是谁？

《西游记》第五十五回的故事是紧接着女儿国之后发生的，所以时间同样是西游九年的春天。故事说的是就在悟空准备用定身法定住女儿国满朝文武，离开女儿国之时，一个女妖忽然出现，一阵狂风将唐僧摄入自己所在的毒敌山琵琶洞，施展魅力，要勾引唐僧与自己成亲。正在纠缠之际，悟空追到洞府，结果被那妖精用倒马毒桩当头扎了一下，负痛败走。妖精回到洞府，继续纠缠唐僧，唐僧坚决不从，那妖精不耐烦，把唐僧捆作一团，自己上床睡觉。第二天一早，头皮已经不痛的悟空和八戒再来挑战，八戒的嘴被蜇了一下，二人再次败走。正当无可奈何之际，观音菩萨出现，告知二人此妖乃是蝎子精，当年如来也被这妖怪蜇过，要除掉此妖，请来昴日星官方可。悟空上天请来昴日星官，昴日星官对着那妖怪只叫了一声，那妖就现出原形，再叫一声，妖怪便死在坡前。

蝎子精是唐僧师徒遇到的第一个要和唐僧结婚的女妖。所以，尽管她的故事不长，但在西行之路上也很独特。另外，这个女妖的性格特点也很突出，这是一个泼辣、妖冶、自我感觉极其良好的女妖。她对于自己的称呼是"老娘"，一听就是个彪悍的女子；她行事说话极其直接，当着女儿国满朝文武和唐僧师徒就对唐僧大喝一声："唐御弟，那里走？我和你耍风月儿去来！"悟空闯入洞府营救师父，她说的是："泼猴忒懒！怎么敢私入吾家，偷窥我容貌！"她的故事虽然不长，但也足能够给人留下深刻的印象。

这一回我们要说的问题有三个：一是蝎子精为什么不吃唐僧肉，而是一定要和唐僧成婚；二是以此为契机，对女妖群体，这道西行路上的独特风景做一个讲解；三是讲一讲为什么一只小小的蝎子，其威力竟然大到让如来都感到头痛。

先说第一个问题：蝎子精为什么不吃唐僧肉，而一定要和唐僧结婚。

唐僧肉吃了可以延寿长生，这是我们都知道的。那么，为什么蝎子精放着营养丰富的唐僧肉不吃，而一定要和唐僧成亲？难道是因为她也和白娘子爱上许仙那样，看上了唐僧的相貌英俊，器宇轩昂？

回答是否定的，要真是这样，那么蝎子精也就不会在唐僧不答应她的要求之后，一根绳子把唐僧捆得结结实实，扔在房廊大半夜了。

既然不是，那又是为什么呢？在这一回，作者并没有给出答案，谜底的揭晓要等到后面金鼻白毛老鼠精出现的时候。不过为了满足读者的好奇心,我在这里也就不留什么悬念了,直接把答案告诉各位读者就好:西游沿路的女妖要和唐僧结婚,唯一的原因就是因为和唐僧结婚能够带来比吃唐僧肉更大的好处,唐僧乃金蝉子转世,又是好几世童男子修行,一点元阳未泄,只要和唐僧成亲,就能成就太乙金仙。所谓"太乙金仙",乃是"仙"中比较低的一等,但不管怎样,"仙"毕竟和"妖"是不一样的,套用现代话语,这个区别就是"仙"乃是有编制的,只要名登仙籍,天上开蟠桃会的时候就有机会得到王母瑶池的蟠桃,帮助自己度过每五百年就会到来一次的劫难。简言之,把唐僧杀了吃肉只能帮自己躲过一次劫难,而和唐僧结婚却可以位列仙班,几乎就永无后顾之忧了。

再说第二个问题:西行路上的女妖。

在《西游记》中,沿路遇到的女妖构成了西行之路上一道独特的风景。这些女妖,都是为了考验唐僧师徒,特别是唐僧本人是否能够经受住色欲考验的,至于为什么《西游记》会有这么多色欲考验的故事,我们在"四圣试禅心"那一回有过详细的说明,感兴趣的读者可以回过头去看;我们这一回要说的是另外一个问题:为什么同样是妖怪,《西游记》中的男妖怪的相貌往往很凶恶,基本上都带有其所变化而来的动物本身的特点,但女妖怪却基本上都非常漂亮呢?

最表面的回答是:男妖怪的目的是吃唐僧肉,凭借的手段是武力夺取,长得好与不好和吃不吃得到唐僧肉没有关系,所以长得好不好看当然也就无所谓。如果一定要说有关系的话,那么相貌凶恶对于吃唐僧肉的目的应该说还有些好处,那就是凶恶的相貌比较吓人,等于还增加了自己的武力值。

不过更深一层的答案还要到人类文化中去找。这就是，人类自从走过了母系氏族公社，就进入了男权时代；在男权时代中，衡量两性的价值尺度是不一样的。对于男性来说，人们重视的是他的社会价值，男性的魅力主要来自其能力、地位、财富等社会属性；对于女性来说，人们重视的则是她的自然价值，于是女性的魅力主要就体现在其年轻貌美上，人们经常说的"郎才女貌"，就是对两性衡量价值不同的一个最简单的体现。

最后说一个小问题：为什么一只小小的蝎子，竟能如此厉害，连如来都对她忌惮几分。

记得小时候玩过一种《西游记》纸牌，里面的人物设定，最厉害的当然是如来，但如来居然也怕一个人，这个人就是蝎子精。其实，要说法力，她也没什么了不得之处，除了会拿钩子蜇人外，就没有什么拿得出手的本领了。那么作者为什么会这样设定呢？这其实体现出了作者对生活的细致观察。拿生活中的例子来说，壮士力能伏虎，但面对几只大黄蜂，恐怕也只有抱头鼠窜的份；但对于鸟类，比如乌鸦、喜鹊来说，黄蜂却是它们最美味的点心。《西游记》的蝎子精和如来的关系告诉我们另外一个朴素的结论，就是世上的万事万物实际上是一种相生相克的关系，并没有绝对的强弱之别。

第五十六回

真假难辨

西行路上唐僧与悟空最严重的冲突

从这一回开始,接连三回,都和六耳猕猴有关。

在《西游记》中,"真假美猴王"乃是哲理和文化意味都极为深长的一个故事,它绝对不是影视剧中所展示的一个真猴王一个假猴王那么简单。它关乎团队合作,关乎战胜自我,关乎慈悲与信仰,按照我的眼光,如果要评选《西游记》的最佳故事,它绝对是不二之选。

这个在《西游记》中极其重要的故事发生在西游九年的夏天,这一回是故事的开端部分,内容是悟空被唐僧赶走的缘由。

唐僧师徒走到一处不知名的高山,忽然遇到一伙强盗。悟空打死两个领头的,已经惹得唐僧十分不悦。后来师徒四人来到一家姓杨的老汉家借宿，恰巧老汉的独生子也是那伙强盗中的一个。杨老汉和妻子热情款待师徒四人，说到做强盗的儿子，老汉表达了既恨铁不成钢又舍不得将其送官的矛盾心情。当晚，师徒四人住在老汉家中，睡到四更时，杨老汉的儿子和那伙强盗到家吃饭，听说四个和尚住在家中，知道是唐僧四人，于是打算将他们杀害。杨老汉慌忙告知师徒四人，送他们连夜逃走。走到半路，那伙强盗追来，唐僧再三告诫悟空不可伤生害命，但悟空不但一顿棍子将众人打死大半，还特别问清哪个是杨老汉的儿子，而后将其脑袋割下来，血淋淋送到唐僧面前。唐僧忍无可忍，当时就把紧箍咒念了十几遍，而后断然将悟空赶出取经队伍。

我们这一回的问题是：唐僧明明知道取经离不开孙悟空，为什么一定要将他赶走？

最直接的原因，是孙悟空对杨老汉儿子的所作所为，已经突破了唐僧能够容忍的底线。唐僧的不满和愤怒有一个累积的过程。实际上，对于悟空一开始杀死那两个强盗头子，唐僧尽管已经很不满，但还是努力克制住了自己。假如强盗的事情就此打住，那么也许过上几天，这种不愉快的情绪就会散去，毕竟悟空这次对事情的处理克制了许多，只杀死了两个为首的，其余的还是给了他们一条生路。但悟空接下来所做的事情，如将那伙强盗几乎悉数打杀，特别是问清谁是老杨的儿子后将其首级割下拿到唐僧面前的举动，远远超出了唐僧能够容忍的极限。唐僧说得对，杨老汉又是奉斋，又是留宿，待我们何等殷勤，老汉只有这一个儿子，纵使他再不良，也毕竟是老汉的养老送终之人，无论如何，也该有一点看顾之心吧。但悟空不但将其打死，还要割下他的脑袋，并且将一颗血淋淋的人头怼到唐僧面前。换作任何人，只要稍微有一点人情味，都不可能赞同悟空的做法，更何况是自幼长在佛门，秉教沙门的唐僧。

但这其实只是直接原因，是一条导火索而已。更深层次的原因还有两个：一是孙悟空与唐僧二者观念的冲突；二是悟空对唐僧的态度。

先说观念的冲突。作为虔诚的佛教徒，唐僧是坚决反对杀生的。在唐僧看来，如果说对于一路上面对的那些要吃唐僧肉或要与唐僧成亲的妖魔，因为对方的强大，不杀死他们就无法顺利西行，杀死他们有不得已之处的话，那么，对待这些人间的盗匪，悟空是根本不必将其打杀就能轻易摆脱的。但悟空却不是这样想，对于打死个把人类，悟空的态度是满不在乎的。尽管我们承认，那些强盗是坏人，有可恶之处，但他们毕竟是人，可以不杀而一定要将其杀死，这只能说明悟空性格中的暴戾与残忍。

再说悟空对唐僧的态度。悟空对唐僧的态度是怎样的？一言以蔽之，就是赤裸裸的藐视。基本上，每次遇到妖怪，唐僧只要表示出一点担心害怕，悟空就是一通训斥；唐僧如果被妖怪吓得掉下马来，"脓包""废物"之类的话就更是脱口而出。以这一回而论，唐僧为什么孤身一人先行遇到强盗？就是因为八戒说了一句马走得慢了，结果悟空就一扬棒子，把马吓得溜了缰，撒开四蹄狂奔，一直跑出二十多里才渐渐停下。这分明是拿唐僧当玩笑了，试问天下哪个做师傅的能容忍得了如此的戏弄？

在唐僧与悟空发生的所有冲突中,这绝对是最严重的一回。一般而言,如果双方发生冲突,即使没有绝对的是非,也总有一方相对正确而一方相对错误。在白骨精事件中,孙悟空是正确的:是唐僧的肉眼凡胎,导致他对妖怪产生了不该有的仁慈,而后他又听信了八戒的谗言,错误地把悟空赶回了花果山。但这一次,悟空要负的责任无疑应该更多一些。并且更为严重的是,悟空根本就不认为自己有错,还认为是唐僧负了他的心,满怀委屈地找观音菩萨去折辩。所以,悟空与唐僧之间的冲突,并不简单地是一时一事之对错,而是涉及更深层的是非观乃至世界观,这个问题不解决,取经队伍的危机还会一而再再而三地爆发。那么这个问题是怎么解决的?这就需要继续往下读后面的故事了。

第五十七回

冒名顶替

为什么孙悟空独自取不得真经？

《西游记》第五十七回的内容，是悟空被唐僧赶走，觉得唐僧辜负了他，于是跑到南海观世音菩萨处诉说心中的委屈。观音指出错在悟空，而后将他留在身边，择机将其送回取经队伍。

与此同时，却又有一个来路不明的行者出现在唐僧身边。八戒、沙僧一个化缘，一个找水，只剩唐僧孤身一人，那行者先是恳请唐僧重新接纳他回到取经队伍中，唐僧不允，他登时大怒，将唐僧打伤，抢了包袱，驾云回到花果山。沙僧前去讨取未果，也赶往南海观世音处求救，在那里遇到了孙悟空，就要与悟空厮打。悟空听说有个假行者冒充自己作恶，当即辞别菩萨，与沙僧一起赶往花果山水帘洞。

这一回我们要提醒大家注意的有两点：一是这个假美猴王与以往

的妖怪有什么不同;二是借沙僧之口解答一个很多人都提过的疑问,那就是为什么孙悟空独自取不得真经。

先看第一个问题:这个假美猴王与以往的妖怪有什么不同?西游路上唐僧也曾遇到许多妖怪,女的不必说了,所有的男妖怪,基本上都是一个目的,就是要吃唐僧,求长生。但这个假行者不一样。他心心念念的目的,其实和真行者没有什么两样,就是上西天拜佛求经。为了达到这个目的,他先是恳求唐僧接受自己;唐僧不接受他,他就将唐僧打伤,抢走了行李包裹与通关文牒,准备自己组建取经队伍。甚至他对唐僧的态度都和真行者是一样的,就是不满与愤怒,唯一的差别,就是真行者虽然也藐视唐僧,也心怀愤怒,但碍于师徒的情面,毕竟还是只能把愤怒埋在心底,不敢对唐僧恶言相向;但假行者就不一样了,他不但敢于骂唐僧:"你这个狠心的泼秃,十分贱我!"而且还敢抢铁棒,在唐僧的背上砑了一棍子。说到底,假行者和西游路上的所有妖怪都不一样,倒是和孙悟空本人有着极高的相似度。唯一的差别,就是他敢于辱骂唐僧并动了手,悟空则至多只敢抱怨一两句而已。

另外,这一回其实也回答了一个盘旋在许多人心中的疑问,那就是,唐僧肉身凡胎,孙悟空法力无边,为什么孙悟空不自己一个人到西天取经,那样岂不是效率要高很多?假行者就是这样想的,用他自己的话就是:"我打唐僧,抢行李,不因我不上西方,亦不因我爱居此地。我今熟读了牒文,我自己上西方拜佛求经,送上东土,我独成功,教那南赡部洲人立我为祖,万代传名也。"而沙僧当即否定了假行者的天真想法:"师兄言之欠当。自来没个'孙行者取经'之说。我佛如来造下三藏真经，原着观音菩萨向东土寻取经人求经，要我们苦历千山，询求诸国，保护那取经人。菩萨曾言：取经人乃如来门生，号曰金蝉长老。只因他不听佛祖谈经，贬下灵山，转生东土，教他果正西方，复修大道。遇路上该有这般魔障，解脱我等三人，与他做护法。兄若不得唐僧去，那个佛祖肯传经与你！却不是空劳一场神思也？"

第五十八回

最大悬案

六耳猕猴的真相

《西游记》第五十八回说的是孙悟空跟着沙和尚来到花果山,果然看到了另一个一模一样的自己。两个行者斗在一处,手段一般无二,难分胜负;到南海请菩萨分辨真假,观音念起紧箍咒,两个行者同时头痛;到凌霄宝殿请玉帝裁决,玉帝命托塔天王取出照妖镜,镜子中也是毫无分别的两只猴子;来到阴曹地府,神兽谛听倒是可以分辨真假,但又不敢说出真相。两个行者最后来到大雷音寺,请如来分辨。如来指出假行者乃是六耳猕猴。悟空打死六耳猕猴,并向如来说了被唐僧赶走的事情。如来指派观音带着自己的口谕送悟空回到取经队伍,要唐僧务必接受悟空。师徒二人重归于好,继续向西天进发。

这一回我们要说的问题有三个:一是六耳猕猴的真相,二是六耳猕猴事件对于唐僧团队内部关系的意义,三是地狱里的谛听到底是个什么动物。

先说第一个问题：六耳猕猴的真相。

自从《西游记》被创作以来，对于"六耳猕猴"的身份，就有着种种不同的猜测。最简单、普遍的看法是，六耳猕猴就是六耳猕猴。如来不是说了吗，这世间有四猴混世，它们分别是灵明石猴、赤尻马猴、通臂猿猴，以及六耳猕猴。但事情不是这样简单的。要真是六耳猕猴的话，真假悟空又有什么难以辨别的，大家只要数一数耳朵就好，哪里还用得着天上地下地折腾一通。我的看法是，六耳猕猴并非如来向大众所说的与灵明石猴、通臂猿猴、赤尻马猴并列的一个物种，而是另一个真实的悟空，或者说是悟空的另一个自我。人在很多时候，在面对一些重大问题的时候，都会出现彼此矛盾纠结的两个自我，而将这两种纠结矛盾的自我分化为两个独立的人物，乃是文学史上一种早已有之的做法，并非《西游记》的独创，比如元代著名戏曲家郑光祖的《倩女离魂》，就是一个非常典型的例子。作品写张倩女爱上了王文举，念念不忘，她的灵魂离开了身体，追随王文举而去，而身体则留在家里，继续过着安分守己的日子。两个张倩女，前者代表着她对感情的执着与狂野，后者则代表着她作为女孩子的羞涩与对现实的无奈。这两个张倩女都是真的，并且也都以为自己是唯一的。真假美猴王亦可作如是观。

我们这样说的理由有四：第一，禅门中早就有以"六耳"比喻妄心的公案。当年泐潭法会禅师曾拿一个很常见的禅门公案"如何是祖师西来意？"（即"达摩祖师从西方来到东土的意旨是什么？"）问马祖，马祖说你近前来我和你说,等法会走到近前,马祖却一巴掌打在法会脸上,说:"六耳不同谋,且去,来日来。"第二天法会禅师独身一人去见马祖询问答案,马祖又说:"且去,待老汉上堂出来问,与汝证明。"根据后代大德的参悟,这个"六耳",指的就是人的妄心。

第二,在三星洞学艺的时候,悟空打破了须菩提祖师的盘中之谜,恳请祖师传给他道术的时候,就说过"此间更无六耳,止只弟子一人"的话,而如来所说假悟空的名字就叫"六耳猕猴",这应该不是名称上的巧合而是有意的照应。第三,紧箍只有一个,观音已经套在了悟空的脑袋上,又怎么可能同时出现在六耳猕猴的头上?第四,也是最重要的一点,则是如来其实已经在对大众的宣示中隐晦地指出了这一点:当他看到两个悟空来的时候,当时就说道:"汝等俱是一心,且看二心竞斗而来也。"那意思很清楚,你们都只有一心,但有人就是有二心,且二心之间正在进行着激烈的竞斗。如来为什么不直接说出呢?我们的解释是,直接说出来,效果并不好。世间的许多事情,过去了就过去了,与其说清楚,不如不说清楚。假如如来把谜底打破,说悟空恨不能打死唐僧,你让他们以后再如何相处而心无芥蒂呢?如来巧妙地用"六耳"来点醒悟空,这是留有余地,是非常高明的智慧。而悟空上前一棒将所谓"六耳猕猴"打死,也等于是向佛祖进行了保证:我的"二心"已经被我自己打消了,从此我就只有"一心",也就是向佛的心了。如来对悟空的表现很满意,所以才随后对悟空说出了自己的承诺:只要你一心保着唐僧取经,将来成功,果位不会低于菩萨。而我们也确实看到,此后的悟空,果然就没有再干一件滥杀无辜的事情。在这个意义上,"六耳猕猴"事件的发生是一件好事,通过这次事件,悟空的心性改变了许多,和以前那个狠戾暴躁的猴王,已经是脱胎换

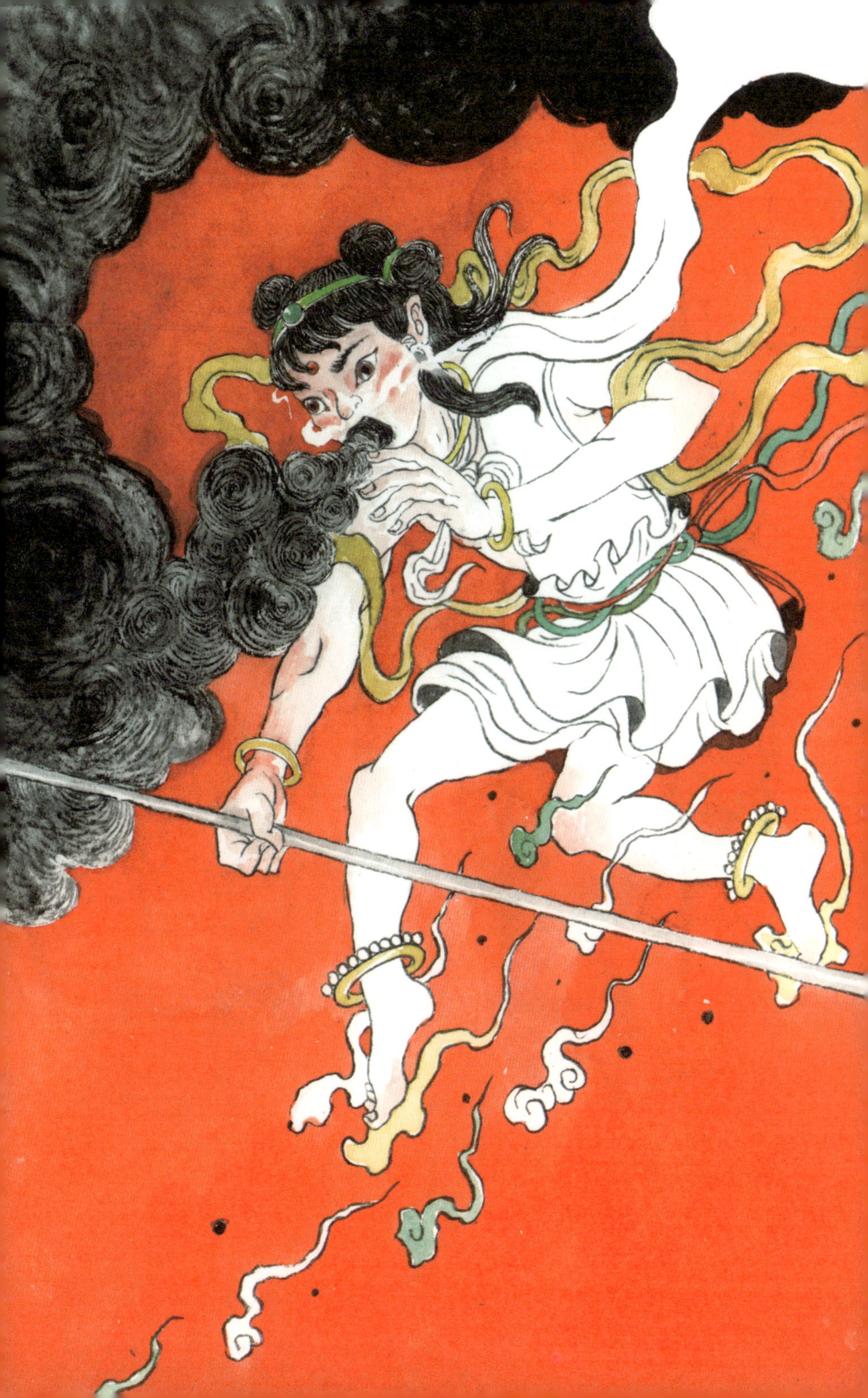

真假美猴王

女儿国王

青牛精

铁扇公主

九头虫

蜈蚣精

牛魔王

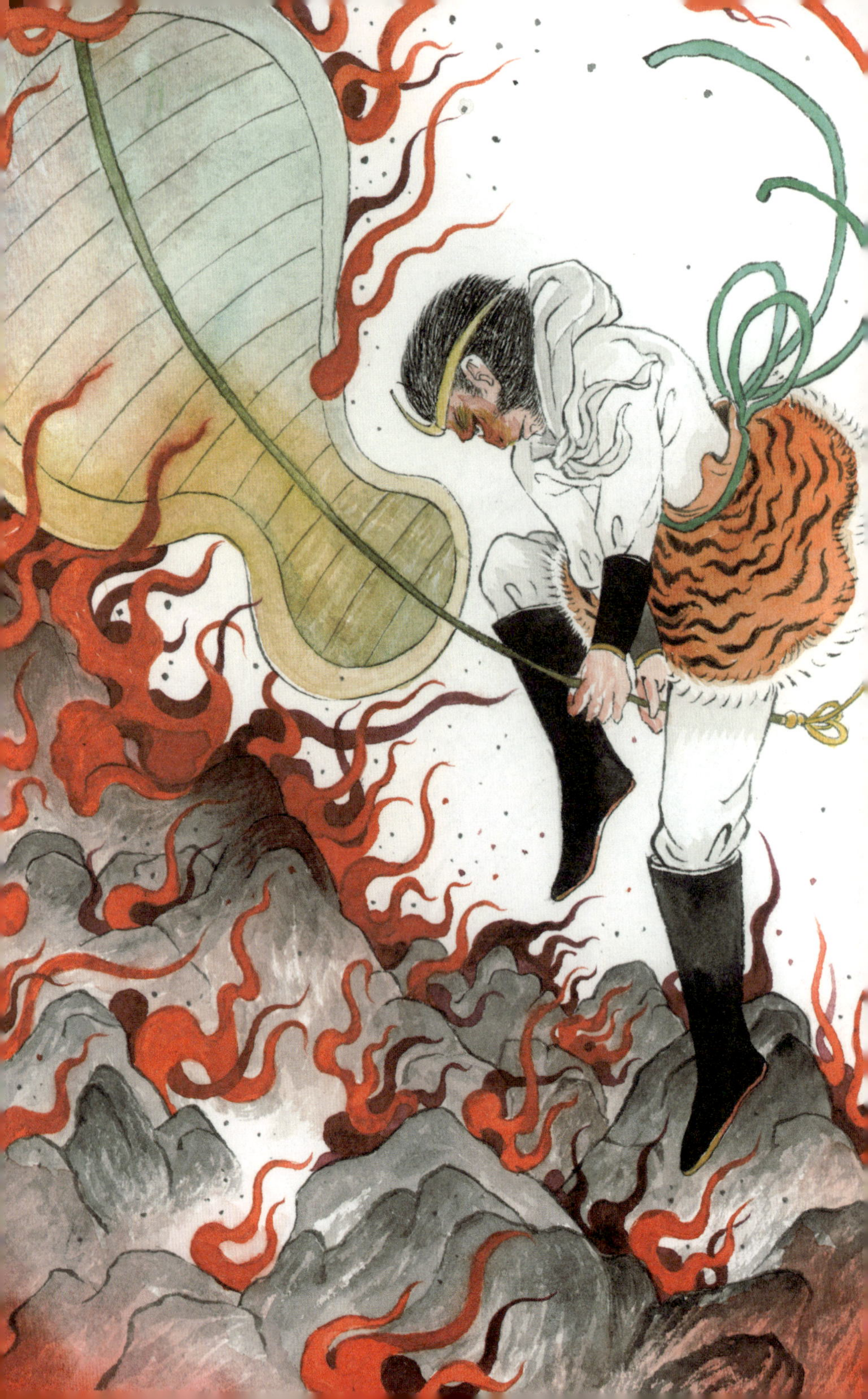

骨之别了。

再说第二个问题：六耳猕猴事件对于唐僧团队内部关系的意义。

在取经团体的内部关系史上，六耳猕猴事件是继"三打白骨精"之后的另一座里程碑。假如说"白骨精事件"的结果是使孙悟空的大师兄地位不可动摇，那么，"六耳猕猴事件"则是以如来口谕的方式，宣示了悟空在取经队伍中不可或缺的关键地位。在杀贼事件中，唐僧之所以断然地驱逐悟空，一方面是性格乃至世界观方面存在很大的差异，令唐僧常有"道不同不相为谋"的感慨；另一方面，唐僧也未必没有自己的想法，那就是，他在西天路上走了这么多年，已经知道了取经行动的策划者是如来，也知道了自己的身份是金蝉长老，所以尽管知道没有悟空取经会很艰难，但仍然相信没有悟空，经还是能取到的。但现在，观音出现了，她以一种斩钉截铁的语气，不容置辩的态度告诉唐僧："你今须是收留悟空，一路上魔障未消，必得他保护你，才得到灵山，见佛取经。"唐僧尽管性格有些呆板，但并不呆傻，通过观音的话语，他已经清楚地明白了佛祖对这件事情的态度：我对你的支持是有条件的，没有悟空，你这个经是取不成的，再任性下去，对你没有丝毫的好处。果然，从此以后，唐僧就再也没有找过悟空的麻烦，紧箍咒也再也没有念过。

最后说一说"谛听"。按照多数学者的意见，谛听的原型应该是中国神话中的神兽"獬豸"，它的外形像羊，但只有一只角，它有一种奇怪的性情，就是一见到罪犯，就会用角去顶他。因为这个特点，它在古代被视为代表司法公正的象征，比如明清两代负责监察的御史和按察使的官服上，绣的就是獬豸的图案。至于为什么用动物来断案，用人类文化学的视角来看，应该是古代"神判法"的遗留——所谓"神判法"，就是古人遇到难以断明之事，往往会将是非曲直的裁决权交给神明，交给神明的方式有多种，其中之一就是"兽决"，即根据动物面对犯罪嫌疑人的不同反应来断定该人是否有罪。比如两个人都有犯罪嫌疑，那么就可以把他们都关进老虎笼子里，老虎吃掉谁，谁就是罪犯，活下来的就是无辜的那一个。这种方法在现在看起来很荒唐，不过也不能说毫无道理，因为古人相信神明，所以真正的罪犯往往会更加恐惧，而这种恐惧感会被远比人类更加敏感的动物捕捉到。古代好多看起来很荒唐的事情，其实认真想来，都还是有自身的道理。

第五十九回

烈焰滚滚

"火焰山"的原型在今天的什么地方？

从这一回起，接下来的三回内容，都和牛魔王、铁扇公主夫妻有关，这一回是故事的开端部分。

故事发生在西游九年的秋天。唐僧师徒来到火焰山，无法通过，询问当地居民，得知只有从翠云山铁扇公主处借得芭蕉扇才可以暂时熄灭火焰，通过此地。悟空知道铁扇公主恨自己，但又无他法可想，只有硬着头皮来到翠云山找铁扇公主，果然不出所料地被拒绝了。悟空以武力胁迫铁扇公主，铁扇公主将假芭蕉扇交给悟空。悟空拿到扇子扇火，结果被腾起的烈焰烧伤。火焰山的土地告诉悟空，要想借到真芭蕉扇，只能去找铁扇公主的丈夫大力牛魔王。

这一回我们要说的问题有两个：一是火焰山的原型；二是孙悟空

和铁扇公主在红孩儿问题上的是非曲直，顺便谈一下父母，特别是母亲爱孩子的正确方式。

先说第一个问题：火焰山的原型。因为1986年版电视连续剧《西游记》的"三借芭蕉扇"是在新疆吐鲁番盆地的克孜勒塔格山（翻译成汉语就是"火山"的意思）拍摄的，而它又确实横亘在古丝绸之路，即唐玄奘西行天竺求法的路上，所以现在的人们普遍认为它就是《西游记》原著中"火焰山"的原型。该山东西长约100千米，南北宽约10千米，海拔约500米，形似一条赤色巨龙卧于大戈壁滩上。当强烈的阳光照射时，红色砂岩熠熠发光，如阵阵烈焰直冲云霄，景色极其壮观。这里夏季温度高达47℃，最热处达70℃。我曾经去过这个地方，当地一道著名的旅游食品就是埋在沙子里烤熟的鸡蛋，可以想见那里的温度之高。当然还有其他一些说法，比如说火焰山的原型其实是自燃的煤田。新疆地区有一些煤田，因为含硫量高，燃点很低，而新疆地区夏季地面温度又特别高，于是不少地方的煤田就发生了自燃现象，有些煤田甚至已经静静地燃烧了成百上千年了。这些自燃的煤田，同样在西游路上，它们也可能是火焰山的原型之一。

再说第二个问题：孙悟空和铁扇公主的是非曲直。

站在悟空的角度，自己绝对是红孩儿的有恩之人。不错，当初他确实想把红孩儿一把摔死，但那是因为红孩儿想吃掉唐僧，并且自己那时候也不知道红孩儿和牛魔王的关系；后来他请来了观世音帮忙，观音也确实给红孩儿吃了点苦头，但那也是不得已，不如此就不能顺利西行。不过后来的情形证明，红孩儿遇到观世音，绝对是因祸得福了。我们可以设想，就凭红孩儿那乖张的性格，他给自己及他的牛魔王老爸引来麻烦是迟早的事。（你想，蔑视天庭的基层政权组织，还能有好果子吃吗？）是观音的雷霆手段与菩萨心肠，使红孩儿的性格发生了根本性的转变。天罡刀穿腿，是给红孩儿的杀威棒；金箍儿套头，是给他必要的约束；一步一拜到南海，是对他野性的消磨。加上之后观音对他的谆谆教导，红孩儿逐渐发生了脱胎换骨的变化。至于前途方面，那就更不用说了，用后来悟空对牛魔王说的话就是，他在菩萨门下，享极乐之门堂，受逍遥之永寿，比起做妖怪来，自然要好上不知道有多少倍了。

但就是这样一件在悟空看来"天大的好事"，竟然成了铁扇公主仇恨悟空的缘由。

她根本就不听悟空讲的什么红孩儿现在跟着观音菩萨，"与天地同寿，日月同庚，你倒不谢老孙保命之恩"的那些大道理，坚持认为红孩儿虽然没死，但骨肉分离，母子不能相见，就是被悟空害了。

两个人谁说的是正确的？我们就来分析一番。其实，这种对待同一事物而存在着价值判断差异的现象，无论是在对待历史问题，还是在对待现实问题上，都非常普遍，就像庄子所说的"彼亦一是非，此亦一是非""自其异者视之，肝胆楚越也"。举个简单的例子，在《红楼梦》里，多数人都艳羡元春的入宫，以为这是人间荣华富贵的极致，而元春自己则把皇宫说成是"不得见人的去处"，这之间的差距，该有多大？对于类似的问题，我的理解是，作为旁观者，只要你的立场不违背基本的伦理道德，那么无论你做出怎样的判断，都无所谓绝对的正确与错误。最重要的是当事人的态度，因为究竟当事人感觉如何，那是如人饮水，只有当事人自己心里最清楚。

那么红孩儿自己的感受如何呢？我们可以负责任地说：感觉很好。如在灵感大王事件中，悟空到南海去见观音，善财童子就和守山大神等一批人去迎接悟空，见到悟空后还特别上前给悟空施礼，说如今在菩萨身边，早晚不离左右，蒙菩萨耳提面命，朝夕教诲，自感收获甚大，这一切都多亏了大圣啊。从红孩儿的谈吐中我们不难感受到，从前那个偏僻乖张的问题儿童，已经变成了一个彬彬有礼的模范少年了。他虽然最初跟从观音是出于强迫，但越到后来，就越觉得这才是正路，也是自己想要的生活。正是出于这个原因，我的选择是站在悟空的一边。既然红孩儿自己都觉得悟空对自己有恩，那么铁扇公主的愤怒就显得非常荒唐了。

我们还可以把这个话题稍微延伸一下，就是父母究竟怎样才算真的爱子女。以罗刹女而论，她虽然也深爱着自己的儿子，但我们却并不能因此就说她是位合格的母亲，因为她分不清事情的大小和利弊，所以就显得狭隘而短视。在罗刹女看来，世界上最重要的事情就是能够和儿子时常团聚，满足母爱的需要竟然比儿子的前途更加重要，在这个意义上，她虽然是个神仙，却远远比不上《触龙说赵太后》里面的那个人间女子赵太后，因为赵太后深深地明白"父母之爱子，则为之计深远"的道理，所以当齐国提出要她的儿子长安君做人质时，尽管她深爱着自己的儿子，但为了长安君的前途，还是听从了触龙的劝说而把儿子送到齐国。罗刹女的教训，值得天下做母亲的人三思。

第六十回

纵容溺爱

牛魔王在子女教育方面存在什么问题？

大力牛魔王虽然是铁扇公主之夫，不过如今被玉面公主招赘为夫，现居住在积雷山摩云洞，已经久不回翠云山的旧家了。悟空到积雷山去找牛魔王，不想惊吓了玉面公主。牛魔王本来就恨悟空找观音收服红孩儿，如今爱妾被惊吓，新仇旧恨，怎肯答应借扇，当即与悟空战在一起。斗至天晚，牛魔王赴乱石山碧波潭老龙的宴请，孙悟空趁机偷了牛魔王的辟水金睛兽，变作牛魔王的样子，来到翠云山芭蕉洞，从铁扇公主处将芭蕉扇骗到手。宴会过后，牛魔王发现辟水金睛兽被偷走，急忙赶回芭蕉洞，得知芭蕉扇已经被悟空骗走，连忙奔火焰山而来。

这一回我们要说的问题有三个：第一，火焰山这把火居然是悟空自己放的，作者这样安排，到底是出于怎样的一种考虑？第二，辟水金睛兽是个什么动物？第三，讲讲牛魔王的家庭在子女教育方面存在的问题。

先说第一个问题。

在西行之路上，火焰山给唐僧师徒造成的麻烦是巨大的。不过出人意料的是，这座给悟空带来极大麻烦的火焰山，竟然是孙悟空当年大闹天宫时，从八卦炉逃出时蹬落的几块砖头。这几块砖头，带着火下去，就成了今天横在眼前，阻住了西行去路的火焰山。作者这样安排，其实是巧妙影射了一个道理，就是今天我们遇到的很多问题，很可能都是当年自己在有心无心之间留下的隐患。

再说第二个问题：辟水金睛兽。

在《西游记》中，牛魔王是唯一有坐骑的妖怪，他的坐骑，就是辟水金睛兽。那么这个"辟水金睛兽"到底长什么模样？原著没说，一般人对于辟水金睛兽的印象，大体上来自电视剧：1986年版《西游记》根据清代《西游记》版画，把它做成了独角麒麟的样子，而张纪中版《西游记》更是脑洞大开，把它做成了恐龙的造型。

其实，这两种造型都是错误的。正确的造型，应该是犀牛的样子。在中国文化中，犀牛与"避水"有着不解之缘。大概是因为犀牛造型独特，其角非常珍贵，所以就给它附会了一些很厉害的功能，而其最著名的功能，就是能够避水。比如南朝宋沈怀远所撰《南越志》就说，"海中出离水犀，似牛，其出入有光，水为之开"；唐代刘恂《岭表录异》也说:"犀行于海,水为之开。"古人还认为刻犀角为鱼形,"衔以入水,水开三尺,可得气,息水中",非常神异。这些描写,都和孙悟空骑了辟水金睛兽出入水中就不必再捻着避水诀的情形相符合。

所以,牛魔王的坐骑以"避水"为名,毫无疑问就应该是一只犀牛,一只眼睛金黄色的犀牛。

最后说第三个问题,牛魔王、铁扇公主的子女教育。

在红孩儿的故事中,红孩儿的蛮横与嚣张给我们留下了深刻的印象。那么,红孩儿为什么会有这样的个性?如果说火云洞的故事给我们展示的是红孩儿成长的"果",那么火焰山的故事则为我们展示了"因"。

红孩儿之所以如此,首先和他的家庭背景及成长经历有着很大的关系。他是牛魔王和罗刹女的独生儿子。在以后的故事中我们也可以看出来,牛魔王这个人的性格是极其倔强的,而罗刹女的性格也十分刚烈,他秉承父母的遗传,性格中自然也就有非常刚硬的一面。再就是牛魔王和罗刹女就这么一个儿子,父母对他难免溺爱。我这样说是有根据的,因为后来无论是红孩儿的母亲罗刹女也好,还是父亲牛魔王也好,见到悟空后都质问"你怎么把我的儿子牛圣婴给害了",而根本就不提牛圣婴捉走唐僧、几乎烧死悟空的事情,足见他们对红孩儿那种不问是非的纵容态度。纵容溺爱,即使普通人的孩子尚且会形成极其骄纵的性格,更何况像牛魔王这样法力高强、神通广大、坐镇一方的超级魔头的小衙内了。

另一个重要的原因则是家庭的变故。这就是火焰山的土地告诉我们的,在悟空经过号山的不久以前,牛魔王发生了婚外恋。牛魔王的新欢是一只狐狸精,叫玉面公主。这玉面公主是万岁狐王的女儿,万岁狐王死后,留下了万贯家财,无人掌管。玉面公主访得牛魔王神通广大,情愿倒贴嫁妆,招赘牛魔王为夫。遭到这样变故,红孩儿那本就骄纵的性格,自然就变得更加叛逆而乖张。现代教育理论研究的情况表明,家庭因素是形成儿童性格问题的主要根源。现在看来,这一科研成果不仅适用于人类,也适用于神仙和妖怪。

第六十一回

反目成仇

孙悟空与牛魔王的兄弟之情

这一回的内容,是牛魔王追上孙悟空,变作八戒的样子,将芭蕉扇骗回。悟空大怒,当即就与牛魔王战在一处。这一场恶斗,在整部《西游记》中,堪称首屈一指,卷入的人员之多、各方势力之复杂,也就当初孙悟空大闹天宫时与小圣二郎之间的那场恶斗可以与之相提并论。随着战斗的持续,八戒、火焰山的土地和所帅阴兵、保护唐僧的六丁六甲等一众护法、托塔天王率领的天兵天将,乃至佛祖派来的四大金刚等相继加入擒拿牛魔王的队伍当中。战斗的最后以牛魔王失败并愿意归顺如来而告终。铁扇公主献出芭蕉扇,悟空连扇四十九扇,彻底扇灭大火,将八百里火焰山永变为一片清凉之地。扫平障碍后,师徒四人继续西行。

这一回我们要说的问题有三个,都与牛魔王有关。第一,牛魔王从一个有钱有势的人生赢家,到最后沦落为一无所有的悲催汉子,能够给我们怎样的人生启示。第二,牛魔王是悟空结义的兄弟,作者为什么一定要让这一对兄弟反目成仇?第三,为什么捉一个牛魔王竟如此复杂,几乎来了个"天界总动员"?为什么牛魔王最后皈依了我佛如来?

先说第一个问题。

在《西游记》里,牛魔王是较为世俗的妖怪。他有着极其广泛的社会关系和庞大的家族势力,最有意思的是,他还是《西游记》中唯一过着完整家庭生活的妖怪,不但有个厉害的儿子,还有娇妻美妾可以左拥右抱。难怪有人说,整部《西游记》中,最逍遥自在的妖怪,就要数牛魔王了。

但牛魔王的幸福生活,最终却毁在了自己的手中。到底是什么原因,导致了牛魔王幸福生活的终结?

对于导致人生失败的原因,中国人喜欢将其归结为四点,即所谓"酒""色""财""气",它们被称为"人生四戒",认为如果处理不好它们的话,就会给人带来极大的祸患。对于以"酒""色""财""气"为代表的欲望人生的思考,是中国通俗文艺作品极其重要的一个话题,特别是明代中晚期以后,随着商品经济的发展,社会财富的积累,人们的物欲、色欲日见其盛,造成的社会问题日见其重,对这一问题反思的作品也就日见其多。在明代的文学作品,特别是通俗文艺作品中,你到处都会看到对酒、色、财、气要时刻加以提防的谆谆告诫,如"酒是断肠的毒药,色是惹祸的根苗,财是下山的猛虎,气是杀人的钢刀""酒色财气四堵墙,人人都在里边藏;谁能跳出圈外头,不活百岁寿也长"。《西游记》是明代的通俗文艺作品,当然也继承了明代文学的这一传统,而对于这类问题的反思,又集中地体现在牛魔王这个人物的身上。牛魔王可以说是酒、色、财、气四全。牛魔王喜欢喝酒。当年和孙悟空等结拜的时候,几个人做得最多的事情就是觥筹交错,饮酒作乐。时间过去了几百年,牛魔王贪杯的爱好也一直没有什么改变。牛魔王好色。他本来有结发妻子,但还是因为贪恋美色而娶了玉面公主,这就造成了家庭内部的一些矛盾。牛魔王对钱财也有一定的欲望,他娶玉面公主,虽然主要是因为好色,但也不能说没有贪图人家钱财的嫌疑。但以上三点都还不致命,最致命的是他的"气"。悟空本来只是想借扇子过火焰山而已,但他却不忘悟空当年降伏红孩儿及惊吓了玉面公主的所谓"新仇旧恨",不惜与悟空及悟空背后的如来为敌。正是他那种无谓的盛气与愤怒,使得牛魔王完全失去了应有的冷静与理智,最终导致了自己幸福生活的终结。

整个"三借芭蕉扇"长达三回的故事,表面上是写唐僧师徒如何通过与牛魔王夫妇的争斗,最终成功翻越火焰山,其深层的意蕴则是在演绎牛魔王酒、色、财、气的欲望人生,以及由此而最终导致人生失败的教训。

再说第二个问题:为什么作者要安排悟空与牛魔王反目成仇?回答是:作者之所以这样安排,就是要以此为象征,让悟空与以往的江湖身份彻底告别。

一切文学作品都是社会生活的反映,不过这种反映有直接和间接、写实或写虚之分罢了。《西游记》也是如此。天界佛国，在《西游记》的世界里对应的是人间的庙堂；而妖怪的世界，则对应着人间的江湖。孙悟空的经历，其实和人间那些出江湖而入庙堂的人，比如宋江之流，是很相似的，悟空后来的降妖除怪，和宋江后来去攻打王庆方腊也有性质上的类似，都意味着对往日世界的对立甚至是反叛。如果说以往遇见的妖怪都不熟悉，还可以在情感上无所顾忌，那么在面对牛魔王的时候，冲突和对立就显得分外突出了。悟空的态度很明显，在昔日的结义兄弟和取经大业二者必须选一的情形下，悟空的选择是为了取经大业，宁可不要结义兄弟，这就象征着悟空已经彻底告别了昔日的江湖，他心中除了西行，就再也没有第二个心思了。牛魔王的故事紧接在"真假美猴王"之后，作者把这两个在《西游记》中分量最大的故事安排在一起，是有很深的哲理意味的。

最后说第三个问题，为什么捉拿牛魔王会如此大费周章，而他最后又皈依了我佛如来？一言以蔽之，是因为牛在佛教中有着特殊的地位。在佛教中，牛有双重的含义。一方面，牛因为超强的负重能力、洁净的生活习性、从容安定的举止仪态，被认为是一种非常高贵的动物，具有很好的威仪与德行。佛教中的很多经典都曾经把如来比作"人间牛王"，而如来身相的"八十种好"，其中之一就是"行步安平，犹如牛王"。这些都可以看出佛教对牛的推崇。但另一方面，牛也因为其倔强难驯的特点，而常被佛教用来比喻众生刚强难调的内心，比如禅宗就有著名的"十牛图"，以牧牛为主题，讲解众生修行的十重境界。在这个意义上，天界、佛界声势浩大地降伏牛魔王，就并不简单地是降伏一只普通的牛而已，而是象征着调服众生心性的艰难。

第六十二回

心佛合一

揭开舍利子佛宝背后的秘密

《西游记》第六十二回的故事发生在西游第九年的秋末冬初,唐僧师徒来到了祭赛国,住在一个叫金光寺的寺庙中,此时这个寺庙的和尚正因为金光寺的舍利子佛宝被偷而受难。当天晚上,悟空陪唐僧扫塔,捉住了在塔顶值班的小妖奔波儿灞与灞波儿奔,他们供出了偷佛宝的乃是万圣老龙的女婿九头鸟。唐僧与悟空在祭赛国国王面前洗刷了金光寺和尚的清白,并接受国王的请求,前往碧波潭擒拿妖怪。

这一回我们要说的问题有两个。一是说一说什么是"舍利子",二是说一说两个小妖的名字"奔波儿灞"与"灞波儿奔"。

先说第一个问题:什么是"舍利子"。

"舍利子"在一般的民众中充满了神秘感。为了尽量把这个问题说清楚，我们从宗教与科学两个层面，对"舍利子"做一个简明扼要的解释。

先说宗教层面的"舍利子"。"舍利子"是"舍利"的一种。所谓"舍利"，是一个梵文音译词，意思是"身骨""遗体"，高僧大德生前遗留下来的头发、牙齿、骨灰等，都可以叫作"舍利"。一些高僧大德在火化以后，经常能在骨灰中发现坚固或结晶的微粒，因为其形状样貌特殊，特别受到一些佛教徒的重视和尊敬，称之为"舍利子"或"坚固子"。按照佛家的解释，舍利子是高僧大德修行的产物，是修行者心与佛相结合的外在显现，所以弥足珍贵。

而《西游记》中祭赛国的舍利子佛宝，从其受尊重的程度及其存放于佛塔中的保存方式，应该是佛祖释迦牟尼的舍利子。佛祖灭度后，信徒们在他的骨灰中发现了许许多多晶亮透明、五光十色、坚硬如钢的圆形硬物，这些舍利子多达一石六斗，共计八万四千余颗。在当时有八个国王争分佛陀舍利，每人各得一份，他们将佛的舍利带回自己的国家，造塔供奉，让百姓瞻仰、礼拜。后来阿育王统一印度，为了弘扬佛法，发掘从前的舍利塔，将这些舍利子分送到世界各地，并兴建宝塔以安放这些佛陀的灵骨，这就是阿育王塔。佛教能够产生世界性的影响，除了教义的博大精微，也离不开阿育王的巨大贡献。对于佛教徒而言，佛陀的舍利子是世间最弥足珍贵的宝贝，这也就可以理解为什么舍利子佛宝丢失以后，祭赛国国王会如此愤怒，以至于对金光寺的僧众痛下狠手了。

有人会问：中国有佛骨舍利吗？回答是肯定的。按照《法苑珠林》的记载，中国共有舍利塔十九座，每座塔中，均有数量不等的佛骨舍利，而这些舍利中，最著名的，大概就要数因为唐代大文豪韩愈的《谏迎佛骨表》一文而家喻户晓的那枚佛指骨舍利了。这颗舍利，目前还珍藏在法门寺的地宫中。

以上说的是"舍利子"。那么，舍利子到底是怎么形成的？后世的人们做出了许多推测。有的说是僧人长期食素，产生大量的磷酸盐、碳酸盐以结晶的形式沉积于体内形成的。也有的人说是骨骼在焚烧的时候产生了重结晶现象，据1998年台湾"中山科学研究院"曾对一位高僧的舍利子进行了分析，发现其主要成分来自人骨。也有人说可能是高僧随身佩戴的物品，比如宝石等遇到高温，宝石中的二氧化硅与人体骨骼中的碳酸钙发生反应，生成类似于骨瓷、琉璃之类的物品，一些高僧大德留下的舍利与随身佩戴的佛珠乃至观音像、佛像形状类似，说明了这种可能性的存在。另外，一些研究成果证明，舍利子的形成与焚烧的温度存在一定的关系，一般来说，焚烧的温度越低，产生舍利子的可能性就越大。近年来，舍利的产生越来越多，超过以往的任何时代，有人推测，这与殡仪馆使用的程序可控的现代火化炉应该有一定的关系。

再说第二个问题，两个小妖"奔波儿灞"与"灞波儿奔"的名字。对于这两个名字，比较有学术含量的解释有两种。一种说法是"奔波儿灞"是蒙古语 bambar（虎将）的音译，而"灞波儿奔"就是把这个音译词倒过来再念一遍。这两个小妖是碧波潭老龙的得力干将，老龙对他们寄予厚望，所以就给他们起了这样两个十分响亮的名字。另一种说法是，藏地在唐代称为吐蕃，藏族人称其地为"蕃"（藏语 bod），称其地居民为"本巴"（bod-pa），"奔波儿灞"可能就是"bon-po-pa"的音译，可直接理解为"吐蕃人"。这两种说法虽然有所不同，但都指明"奔波儿灞"与"灞波儿奔"这两个充满异域风情的名字都是音译词，而非作者随便的杜撰。

第六十三回

形如鬼魅

九头虫到底是个什么怪物?

　　这一回说的是悟空、八戒到碧波潭捉拿妖怪,悟空与九头虫争斗,双方不分胜负,八戒助阵,结果九头虫现出原形变成一只凶恶的九头鸟,并一口将八戒咬住。悟空潜入龙宫,救出八戒,打死老龙,正在商议下一步如何对付九头虫时,正好碰上打猎路过的二郎神和他的梅山六兄弟。两位当初曾经以性命相搏的好汉而今惺惺相惜,真正是"相逢一笑泯恩仇",当晚开怀痛饮,第二天一早,即兵合一处,前去碧波潭挑战。万圣老龙的儿子、孙子先后被八戒等人打死,九头虫现出原形,伸出一个脑袋要咬二郎神,被二郎神的细犬一口咬下,九头鸟负痛,带着剩下的八个脑袋逃之夭夭。悟空变作九头虫的模样,进入碧波潭,从龙女处骗得舍利子佛宝和九叶灵芝后现出本相,龙女来抢,被八戒一耙打死。如今老龙一家,只剩下一个龙婆。悟空八戒捧着宝贝,押着龙婆,来到祭赛国,将佛宝安放于宝塔之中,宝塔顿时恢复了旧日光彩；又饶恕了龙婆的性命，让她永远看守宝塔。忙过这一件大事，唐僧师徒又走上了西行取经的道路。

这一回我们要说的问题有三个。第一，九头虫的本领并不高强，悟空为什么要请二郎神出手帮忙？从中我们能学到什么人际交往的方法？第二和第三个问题都和动物有关：碧波潭老龙的女婿九头虫到底是个什么怪物？二郎神的哮天犬到底是什么品种的狗？

先说第一个问题：悟空为什么要请二郎神帮忙？

在《西游记》中，九头虫其实并不是什么厉害得了不得的大魔头，他的老丈人碧波潭的老龙一家，更是一帮不堪一击的乌合之众。在二郎神到来之前，悟空和八戒已经把老龙打死，只不过没有乘胜追击而已，场面上是完全占了上风的。就在这个时候，二郎神出现了，悟空当即就让八戒去约见二郎神，请二郎神帮忙。你听悟空对八戒说的话："八戒，那是我七圣兄弟，倒好留请他们，与我助战，若得成功，倒是一场大机会也。"这个"大机会"是什么？是悟空八戒敌不过妖怪，要请救兵的机会吗？绝对不是，因为连二郎神自己听了悟空叙述的过往经过，都说那你们为什么不正好攻击，连窝巢都灭了。那么这个"大机会"是什么？其实很简单，就是与二郎神去除前嫌，建立交往的机会。这里面其实蕴含着一个人际交往的重要技巧，就是在很多时候，请别人帮自己一个别人能够胜任的小忙，是最好的建立友谊的方法。因为第一，放低身段请别人帮忙，是对对方价值的最大尊重；第二，有了这个契机，自己也就有了报答感谢对方的机会。明白了这一点，我们再看悟空在这一回里与二郎神见面的前后种种表现——比如让八戒先去通报，待二郎神请自己而后才与其相见；与老龙一家交战时自己只是与八戒打下手，把主要的敌人九头虫交给二郎神处理，等等——都能看出悟空的心思。再看一看悟空与二郎神交谈时那温文尔雅的外交语言，我们不得不说，经历过"真假美猴王"事件之后的悟空，真的连气质都发生重大的改变了。

再说第二点：九头虫到底是个什么动物。

看过原文的读者都知道，所谓"九头虫"，并非是有九个脑袋的虫子，而是九个脑袋的鸟。明明是"九头鸟"，为什么叫"九头虫"呢？原来，古人把包括人在内的动物都叫作"虫"，虫分五类，分别是"裸虫"，比如人类；"鳞虫"，比如鲤鱼；"毛虫"，比如老虎；"羽虫"，比如鹦鹉；"昆虫"，比如蟋蟀。这种分类方法，读过《西游记》关于如来点破六耳猕猴真相那一段故事的读者应该还都有点印象。

那么九头鸟的原型是什么动物呢？

最靠谱的解释是猫头鹰。

最早见于记载的"九头鸟"，是《山海经》中的"九凤"，它有九个和人头一样的脑袋。这里面其实已经可以看出猫头鹰的味道了——因为在所有常见的鸟类中，猫头鹰的脑袋是最像人脸的。有人说猫头鹰和凤凰怎么能联系在一起呢？其实这并不奇怪。殷商时期，猫头鹰是被崇拜的对象，现存殷商时期的大量猫头鹰图案和造型的青铜器都说明了这一点。不过随着殷商的灭亡，猫头鹰身上的妖孽气息越来越重。汉代刘骢骏的《玄根赋》，提到的所谓"九头之鸧"，就已经是典型的妖物了。所谓"鸧"，又叫"鬼车"，其实就是猫头鹰。据说这个"九头之鸧"原来有十个脑袋，被天狗咬掉一个，还有九个，断掉脑袋的伤口经常流血，血滴在谁家的衣服上，那家就要倒霉。它之所以叫"鬼车"，有两个原因，一是夜里活动，飞起来又悄无声息，就有一种鬼魅的感觉；二是它的叫声，很像是车轮旋转的声音。至于为什么给猫头鹰附会上了九个脑袋，我猜测是因为猫头鹰的脖子很灵活，能够转动二百七十度，听觉又很敏锐，基本能做到哪个方向有声音，脑袋就扭到那个方向，古人夜里看猫头鹰，无论哪个方向看到的都是头部的正面，所以就产生了一种错觉，以为这种动物一定有很多脑袋。另外在这里还要为所谓猫头鹰"不祥"的说法做一个解释。猫头鹰其实是一种食腐动物，它能够嗅到动物将死的气息，所以人们经常会在有将死之人的人家发现它。古人不懂得这个道理，认为死亡是猫头鹰带来的，这是颠倒了因果关系的一种说法。

最后说一说哮天犬的品种。之所以有这个想法，是因为1986年版《西游记》中的哮天犬是一只大狼狗，这是不符合原著的。对于这只狗，原著描述得很清楚，这是一只细犬。细犬是中国很古老的狩猎犬种，按品种产地又分为两种，山东细犬和陕西细犬，其中山东细犬是短毛犬，陕西细犬是长毛犬。一只好细犬的标准特点是"头如梭，腰如弓，尾似箭，四个蹄子一盘蒜"，脑袋要小，尾巴要细，腰部要苗条，爪子要紧凑。中国细犬的奔跑能力、捕猎欲望都很强，是非常优秀的猎犬。《西游记》将它，而不是中华田园犬作为二郎神的猎狗，确实很有眼光。

第六十四回

才女杏仙

唐僧面对女色诱惑的定力如何？

《西游记》第六十四回的故事发生在西游十年的春天。说的是唐僧师徒来到一个叫荆棘岭的地方，忽然被几个树妖抓走。他们将唐僧捉到木仙庵，你唱我和，作了大半夜的诗。内中有一杏仙，容貌美丽，气质高雅，堪称秀外慧中。她看中了唐僧的相貌才华，流露出爱慕之意，其他几个树妖也在一旁撺掇，软硬兼施，要逼唐僧成其好事。唐僧抵死不从，千钧一发之际，几个徒弟赶来，救了唐僧，八戒更是一顿钉耙，将几棵成精的老树连根挖起，绝了后患，而后师徒几人继续西行。

在《西游记》所有的故事中，这一回的故事是最奇特甚至是奇怪的，它几乎没有什么情节，主要的内容就是一首连一首地作诗，所以多数读者在这一回的阅读中收获的几乎只有疲惫。于是问题就来了：

作者为什么要写这么一个故事？

不少人都猜测，八十一难实在太难凑，作者编故事编得实在太辛苦，于是就在这一回大量"放水"，凑合出这么一个低水平的故事来。

我是坚决不同意这种说法的。实际上，作者写这个故事是有深意的。这个深意，就是塑造了杏仙这个唐代的文艺女青年，写出了这类女子对男子所具有的独特吸引力，展示了唐僧面对不同女色的诱惑的定力。

我们以前就说过，在《西游记》中，一个非常重要的主题就是女色考验。为了把这个主题表现得更充分，就需要写出不同气质、不同类型的女性与唐僧的碰撞来。实际上，《西游记》也是这样做的，并且做得很成功。如果说蝎子精幻化的女子主要展现的是妖冶泼辣，女儿国国王展现的是女方的资源和真情，那么杏仙展现的就是文艺女青年的才华风韵。

在中国历史上，我们可以在文艺女青年的类别下开列一个长长的名单，她们在汉代为卓文君、蔡文姬，在唐代为薛涛、鱼玄机，在宋代为李清照、朱淑真，在元代为管道升，在明代为柳如是、李香君，在清代为陈端生、顾太清，在现代则为萧红、张爱玲、三毛。文艺女青年一般具有两个最鲜明的特征：一是才华，这种才华主要表现在文学方面；二是个性，如果说普通的女性关注的是柴米油盐，那么文艺女青年关注的则主要是诗意和远方。她们有品位，有个性，对男性的选择更注重对方的才华和性情，而较少地执着于对方的地位与财富。

文艺女青年对于男性往往有着特殊的吸引力。一是因为她们的精神世界很丰富，和她们在一起的时光会较为浪漫和富有情趣；二是因为她们不那么势利眼，简单来说就是不会嫌男人穷，这就让男人容易对她们心生感激与感动。典型的文艺女青年的做派就是汉代的卓文君与司马相如夜奔，当时的卓文君是千金之女，而司马相如则不过是几乎一无所有的贫困小青年。

正因为文艺女青年所具有的这些特殊的吸引力，所以对于男性，特别是那些具有一定文化素养、渴望心灵交流的男性来说，她们简直就是为梦想而生的，而男人们也确实把她们写进了作为男人的白日梦的文学作品中。《西厢记》中的莺莺，《牡丹亭》中的杜丽娘，明末清初风行大江南北的才子佳人小说中的佳人，《聊斋志异》中的花妖狐媚，《红楼梦》中的闺阁才女，都写满了男性对文艺女青年的喜爱。

把荆棘岭的故事放进这样一个背景中，就不难看出唐僧的难得了。杏仙正是一个优质的文艺女青年。她相貌出众，热爱文学，也很有才华，她喜欢唐僧就情不自禁地表达出来，即使唐僧是个一无所有的穷和尚，她也根本不在乎。唐僧面对一个如花似玉的女性主动投怀送抱，不管他是出于对取经事业的忠诚也好，对佛教信仰的虔诚也好，甚至只是惧怕妖精加害自己的戒惧也好，反正他是态度坚决地过了这个美人关。唐僧的表现，是可以打满分的。

第六十五回

疑点重重

黄眉大王和以往遇到的妖怪有着怎样的区别？

《西游记》第六十五回故事发生在西游十一年的春天。说的是师徒四人走到一个叫小西天的地方，此地有一处被魔王黄眉大王点化的庙宇，唤作"小雷音寺"，外表与西天大雷音寺无异。唐僧、八戒、沙僧不识真假，入内礼拜，被黄眉大王所擒；悟空与其交手，被妖怪用一副金铙困在当中。揭谛到天宫请来二十八星宿，费尽心力，才在亢金龙的帮助下出得金铙，并在出来的时候将金铙打碎。不过那妖怪还有另外两件法宝，一件是短软狼牙棒，使用起来武艺与悟空不相上下；还有一件是人种袋，悟空请来的各路救兵都被他轻松纳入囊中。悟空独自逃脱，思量再搬救兵。

这一回我们要说的问题有三个：一是这个所谓"黄眉大王"与以往遇到的妖怪有什么不同，二是对黄眉大王的几件法宝稍做说明，三是对"小西天"所对应的地理位置稍做解释。

先说第一个问题：这个黄眉大王与以往的妖怪有什么不同。

只要我们对本回的内容稍加留意，就会意识到，这个黄眉大王和悟空以往遇到的妖怪有着很大的区别。

一是这个妖怪与佛家有着很深的渊源。悟空一靠近这个寺院，就意识到这个寺院有点特别。按照书中的描述，这里祥光蔼蔼，彩雾纷纷，不但景色和雷音寺一般无二，就是殿上，也同样有如来，有五百罗汉、三千揭谛、四金刚、八菩萨、比丘尼、优婆塞、无数圣僧、道者等一干人物。这说明什么？说明这个妖怪肯定是到过灵山的，否则对灵山不会如此熟悉。

二是这妖怪为难唐僧师徒，目的也和一般妖怪不同。你看他和悟空的对话："一向久知你往西去，有些手段，故此设象显能，诱你师父进来，要和你打个赌赛。如若斗得过我，饶你师徒，让汝等成个正果；如若不能，将汝等打死，等我去见如来取经，果正中华也。"他的意思根本就不是吃唐僧肉，而是要和悟空一争高下，进而取代唐僧师徒，成就传经东土的大业。

这个黄眉大王之所以如此，和他的具体身份密切相关。他的身份在下一回才会揭晓，所以具体的原因我们也就留到下回，这里仅仅做个提示，提请各位读者注意。

再说第二个问题：黄眉大王的几件法宝。

黄眉大王一共有三件法宝：金铙、短软狼牙棒、人种袋。对于这几件法宝到底有何寓意，以往的读者都并未留意，直到21世纪初期，才被山东师范大学的杜贵晨先生说出了真相。按照杜贵晨先生的解释，这个"铙钹"，其原型就是女性的性器官；而"短软狼牙棒"和"人种袋"，其原型就是男性的性器官。明白了这一点，再看原文的一些充满暗示意味的描写，我们就会有一种"原来如此"的恍然大悟。当然，杜先生的落脚点并不仅仅在于揭示这几件法宝的真相，而是透过山东方言，凭借这些物品对性器官的影射来证明《西游记》和山东的关系，比如证明《西游记》的作者乃是泰安或者长期居住在泰安的人士，花果山的原型乃是泰山，等等。杜先生的见解，在2010年前后曾经引起过很大的轰动，我就记得当年和杜先生一起参加在南开大学召开的一个全国性的古代小说会议时，杜先生就因为这个观点而成为会议的热点人物。当时不少老一辈学者对此颇有微词，认为这样的说法未免不雅，有把名著搞成黄段子的嫌疑，不过我对这种担心倒有些不以为然。实际上，《西游记》本身就是一部通俗小说，在通俗文艺中加入一些噱头来吸引听众或者观众，乃是一种非常常见的做法，杜贵晨先生只是说出了一种事实，实在没有什么可大惊小怪的。更何况，按照弗洛伊德等精神分析学家的解释，文学在很大程度上就是作家的白日梦，是欲望的投射与升华，而情欲乃是人类最基本的欲望之一。

最后说第三个问题："小西天"在哪里。

根据晚清的《时务通考》，明清人所说的"小西天"，当地叫"白木戎"，其具体所对应的地方，按照青年才俊李天飞的考证，应该是今天的锡金。我们知道，《西游记》所描写的唐僧师徒行经的国家，很多是有原型的,在《大唐西域记》中都有蛛丝马迹。那么"小西天"是不是也是这样呢?答案是否定的。历史上的玄奘法师,基本上是沿着古丝绸之路西行求法的,绝无可能经行地处青藏高原的锡金。那么何以作者会将地处青藏高原的"小西天"写入《西游记》呢?回答是,明清时期的交通状况已经和唐代有所变化。随着交通的开拓,明清时期,中原人进入印度多是经过青藏高原,而不必绕道新疆了。通过青藏高原进入印度,就一定会经过锡金。与沿途荒凉的雪域高原相比,锡金有大片肥沃的土地,而且佛教信徒众多,初到此地的人很可能会有印度已经不远的错觉,因而给其一个"小西天"的称呼,也就在情理之中了。

第六十六回

未来之佛

弥勒佛在佛教中殊胜的地位

这一回说的是悟空到武当山向荡魔天尊求救,荡魔天尊派出龟蛇二将与五大神龙去降伏妖魔,不想仍被黄眉大王用人种袋收在囊中。又去泗州大圣国师王菩萨处请来小张太子以及四大神将,结果重蹈覆辙。正当悟空无可奈何之际,弥勒佛从天而降,说这所谓黄眉大王乃是自己手下一个司磬的童子,那褡包乃是弥勒佛的后天人种袋,棒槌乃是敲磬的棒槌,而后与悟空一起降伏妖魔,收了法宝。弥勒回归本处,悟空到妖精洞府中解放了被擒的各路神仙及唐僧、八戒等人。师徒四人休整半日,第二天继续向西而行。

这一回我们要说的,是悟空请来的三位大神:弥勒佛、真武大帝、大圣国师王菩萨。

先说弥勒佛。

弥勒佛在中国可以说是家喻户晓、妇孺皆知。除了如来和观音，知名度最高、影响最大的，肯定就是弥勒了。

弥勒佛在佛教中有着极其殊胜的地位。佛门中有"三世佛"的说法，其中，燃灯佛为过去佛，如来为今世佛，弥勒佛为未来佛。通俗地说，他就是释迦牟尼未来的接班人。他生于印度波罗奈国劫波利村，约略与释迦牟尼同时。他家境富裕，相貌美好庄严，出生后不久，就有相师预言他会成为转轮圣王。长大后从佛出家，佛学造诣高深，著有《瑜伽师地论》等著作，被后世唯识宗尊奉为鼻祖。历史上的玄奘法师就是唯识宗的开创者，他对弥勒就极为推崇，发愿死后转生弥勒净土。

从前面的介绍就可以知道，佛经中的弥勒，相貌美好庄严，应该和如来的相貌差不多。但为什么我们见到的各种弥勒的画像、雕刻，都是一副白白胖胖、大腹便便、终日笑口常开的形象呢？这就要说到五代时期的一个著名僧人契此和尚了。根据《宋高僧传》《五灯会元》的记载，契此和尚是明州（今宁波）人，号长汀子，他大腹便便，行为放达，时常袒胸露怀，嬉笑人间。因为他常常在锡杖上挂着一只布袋云游四方，所以人们又叫他"布袋和尚"。后梁贞明三年某日，他来到浙江奉化岳林寺东廊，在一块磐石上端坐而说偈曰："弥勒真弥勒，分身千百亿。时时示时人，时人自不识。"偈毕，安然而逝。人们联系契此日常的不平凡行为，遂认定契此为弥勒化身，并按他的模样塑成"弥勒菩萨"，安放在天王殿正中，大肚弥勒佛的形象也就此流传开来。虽然这副相貌与佛经中弥勒本来的样子不相符合，但他慈眉善目、笑口常开，将大乘佛法宽宏、慈悲、欢喜的精神形象化地表现了出来，也为庄重严肃的佛法增添了不少轻松活泼的气氛，因而广受欢迎。另外，汉地的寺院一般以农历正月初一为弥勒的诞辰，也是因为相传布袋和尚的出生日在这一天。

弥勒在中国的影响很大。因为他是未来佛，而他下生的时候，人间就会变成美好的世界，所以在民间，特别是在生活在苦难中的下层百姓的观念中，他就有了某种"救世主"的意味。民间的弥勒信仰，以白色的莲花为标志。每到天灾人祸、社会动荡之时，就有不少人打着"弥勒下生"的旗帜组织起各种反抗力量。举个例子，从元朝一直到近代，在中国历史上一直不曾消歇并且动辄就风起云涌的白莲教，就是信仰弥勒的，所打的旗号，就是"弥勒下生"。因为白莲教对现实王权有消解乃至反抗的意味，所以历代封建统治者对其都持否定态度，因此弥勒信仰在主流社会并不流行，只是民间的一股暗流。普通人说起弥勒佛，知道的也无非就是他的无所牵挂、笑口常开了。

再说真武大帝。

"真武"，是从"玄武"而来的。"玄武"本是二十八星宿中北方七宿的总称，其形状如同纠缠在一起的龟蛇，"位在北方，故曰玄；身有鳞甲，故曰武"，战国时候的典籍对此已有记载。

"玄武"更名为"真武"，以及"真武"的人格化，都发生在宋朝。之所以更名"真武"，据说是为了避宋真宗的名讳（宋真宗曾名玄修、玄侃）。根据《元始天尊说北方真武妙经》的说法，真武帝君原来是净乐国太子，长大成人后十分勇猛，唯务修行，发誓要除尽天下妖魔，不愿继承王位。后入武当修炼，历经二十四年，功成圆满，白日飞升，玉帝下令敕镇北方，统摄玄武之位。宋天禧年间（1017—1022）诏封为"真武灵应真君"。元朝大德七年（1303）加封为"元圣仁威玄天上帝"，一跃而为北方最高神。明代是真武大帝声势显赫、民间信仰最为普遍的时期。明朝初期，燕王朱棣发动"靖难之变"，他起于北方而最终成功，对真武大帝这个北方的最高神灵自然心怀崇敬，所以登基之后，即下诏封真武为"北极镇天真武玄天上帝"，并大规模地修建武当山的宫观庙堂，使武当山成为举世闻名的道教圣地。因帝王的大力提倡，真武大帝的信仰在明代达到了鼎盛，宫廷内和民间修建了大量的真武庙。

最后说大圣国师王菩萨。与真武大帝相比，大圣国师王菩萨的知名度就要小很多了，他的影响，主要在江淮一带。和真武大帝不同，大圣国师王菩萨在历史上是实有其人的，《宋高僧传》中就有他的记载。他是一位外国和尚，名叫僧伽，唐高宗时期就到了中国，他的主要道场普光王寺，就在《西游记》这一回提到的泗州。他生前就有很多神迹，去世后很久仍然流传着许多灵异传说。民间传说中最有名的一件事，就是他曾到狼山，想在此落脚，但当时的狼山为群狼所盘踞，于是僧伽就与狼王商议，要借一块自己衣服大小的地方让自己打坐。狼王答应了。僧伽将自己的衣服解下，展开来竟然将整个狼山全部覆盖了。狼王遵守诺言，率领群狼离开，从此江北就再也无狼了。他之所以被称为"大圣国师王菩萨"，"大圣"是尊称，"国师王"则是因为唐中宗曾诏请僧伽至皇家的内道场，与其促膝长谈，僧伽对一些事情的判断占卜，全都极其灵验，中宗于是尊其为国师，自己和文武百官都自称是僧伽的弟子，称"菩萨"则是许多信众认为他并非凡人，而是大势至菩萨的化身。

第六十七回

苦修人形

《西游记》中妖精的段位如何辨别？

《西游记》第六十七回的故事发生在西游十一年的春天，时间比遇到黄眉大王晚了大约一个多月。说的是唐僧师徒到了一个名叫稀柿衕的地方，此地地广人稀，漫山遍野都是柿子树，成熟的柿子落在山里腐烂变质，臭气熏天，不知经过多少岁月，已经将西去的道路完全填满。这是困难之一。困难之二，是这里还有一个妖怪不时出没，三年间已经不知道吃了多少人口牛马。悟空和八戒出手，玩笑间将妖怪降伏，原来那是一只道行极浅、尚不会说话的蟒蛇精；八戒变作巨猪，将稀柿衕积年的烂柿子拱开。扫清障碍后，师徒四人继续向西而行。

这一回对于悟空和妖怪战斗的描写，在整部《西游记》中，都可以说是别开生面。悟空从一开始就没有把这个妖怪放到眼里，到发觉那妖怪的道行低到连人话都不会说、天一亮就不得不现出原形的时候，就更是纯然以一种玩笑的心态来对付这个妖怪了。所以，我们看这一回降妖除怪到最后阶段的时候，悟空和八戒两个人真是童心大发，他们的表现其实不像是降妖除怪，而是两个想象力丰富而又喜欢恶作剧的儿童在折磨一只可怜的动物。

这一回的问题有两个：一是由这只道行极浅的妖精引发的关于妖精的段位问题；二是在充满降妖除怪故事的《西游记》中，为什么会安排打扫稀柿衕这样一个又脏又臭、一点浪漫色彩都没有的故事？

先说第一个问题：妖精的段位问题。

在《西游记》里，这一回的蟒蛇精是个段位极低的妖怪，他虽然已经修得人形，但还不会说话，在这一点上，他不但比不上牛魔王等大魔王，就是和那些大魔王洞府中跑腿的小妖怪如精细鬼、伶俐虫等也还有很大的差距。不过，这妖怪虽然段位不高，但毕竟是巨蟒变的，所以仍然有一定战斗力，这才可以和悟空八戒交战良久。

不会说话，是妖精段位低的一个表现。妖精段位低的另一个表现，则是不具备人形，这样的妖怪《西游记》里还有一个，就是送悟空等人过通天河的那只老鳖。那只老鳖修行千年，已经会说人话，但仍然脱不得龟壳，所以非常焦虑，想托唐僧在面见如来的时候替自己询问一下。

所以我们就可以知道，和人的相似程度是辨别妖精级别高低时一个重要的指标。这说明什么？说明三点：第一，人类在想象神仙鬼怪那个虚幻世界的时候，其基础仍然是我们生活的这个现实世界，所谓妖魔鬼怪，认真想来，其实都是我们现实世界中的各种事物，特别是动物和植物，以及它们的变形与组合，比如多几个脑袋、多几条尾巴、这个动物的脑袋配那种动物的身子、这个动物的身子配那种动物的尾巴，等等；第二，就是在和其他动物的比较中，人是有极强的优越感的，是把自己远远凌驾于其他动物之上的，更不要说植物了，所以当动植物变成精怪时，其形态都要向人类看齐；第三，在人的诸多特点中，语言能力是被单独强调的，它被看作是人类区别于其他动物的一个本质性特征。

再说第二个问题：取经团队面对的脏活累活。

在充满奇幻浪漫色彩的《西游记》中，打扫稀柿衕是个一点都不浪漫的故事。那么为什么在《西游记》中，会安排这么一个故事呢？有两点：第一，这个故事告诉我们，做成一番事业，固然会有一些类似降伏牛魔王、黄袍怪这样技术含量极高的工作，但与此同时，也还有大量技术含量并不那么高的极其烦冗的日常事务，甚至还有一些令人生厌甚至是恶心的事情要去处理，这些事情处理不好，事业同样做不成；第二，这个故事也告诉我们，尺有所短，寸有所长，即使你再能干，也有你处理不好、甚至是处理不了的事情，所以不要随便轻视你的伙伴。孙悟空降妖除怪内行，但碰到稀柿衕，他也只能捂着鼻子干瞪眼，如果没有猪八戒，一味地等候七绝山百姓另开出一条西去的大路，取经怕是真要等到猴年马月去了。

另外，这一回还提到了柿子的"七绝"，对此我们还要稍做解释。

这"七绝"也叫"七德",唐代段成式的《酉阳杂俎》与宋代罗愿的《尔雅翼》等书中都有记述,说的是柿子树的七样好处:一、寿,柿子树的寿命可达数百年;二、多阴,树叶繁茂,可以供人乘凉;三、无鸟巢,鸟不在树上做窝;四、无虫,不招虫子;五、霜叶可玩,就是到秋天树叶会变红,可供玩赏;六、嘉实,果实美味;七、落叶肥大,柿子树的落叶很大,质地如纸,可以写字。《西游记》中其他"六绝"都与《酉阳杂俎》《尔雅翼》相同,唯独把"寿"写成了"益寿",容易给人误解,所以特别地说明一下。

第六十八回

暗中讽刺

《西游记》在明朝被禁？

　　《西游记》第六十八回的故事发生在西游十一年的夏天。说的是唐僧师徒来到一个叫朱紫国的地方，那国王因为三年前正宫娘娘被妖精掳走，受惊吓生病，已经久不上朝，还好唐僧正赶上国王召集群臣张挂黄榜悬赏名医，趁便见了国王，被国王留下赴宴。悟空让沙僧看家，自己和八戒外出购买做饭菜的各味调料。在街上，悟空看到张挂的寻医榜文，有意戏弄八戒，将榜文揭下，置于八戒怀中。看守榜文的军士上前扯住八戒，就要带他去给国王治病。八戒知道是孙悟空戏弄他，直接将众军士领到会同馆去见悟空。悟空不以为意，一力应承。

　　从这一回开始，一连四回，讲的都是朱紫国降伏金毛犼的故事。不过本回只是故事的开端部分，但这并不是说本回就没有什么好说的，实际上，要说《西游记》对于明代的影射和批评，这一回是最为明显的。

前些年有部很流行的书叫《明朝那些事儿》，书里说《西游记》在明代乃是禁书。这当然不是真的，不过，假如它真的曾经在明朝被禁，我想也没有什么可以奇怪的，只看这一回，里面对明朝种种弊政的影射，放在那个时代，真可以说达到了胆大妄为的程度。为什么这么说呢？

首先看"朱紫国"这个国名。

我们知道，《西游记》的写作年代是明朝，而明朝的皇帝姓朱。按照传统的"五德终始说"，明朝以火德王，以朱红为正色。紫色与红色本来很相近，也是吉祥尊贵的颜色，如唐朝的官员三品以上才能穿紫，但朱元璋因为《论语》里有"恶紫之夺朱"的话，并且自己姓朱，"紫夺朱"听起来总觉得有些不祥，于是废止了紫色在官服中的使用，四品以上官员的官服均为较深的红色。而"朱紫国"却偏偏将"朱"和"紫"连在一起，身在朱明王朝，很难不把这个国名和明朝联系在一起，并且读出一点不敬的意味。而且，作者似乎怕读者不明白自己的意思，还在行文中对这一点进行了强调。你看国王下的榜文，里面分明有一句话："不拘北往东来，中华外国，若有精医药者，请登宝殿，疗理朕躬。""外国"乃是本国人对其他国家的统称，这里将"中华"与"外国"对称，很明显，"朱紫国"所实指的，就是中华。

其次，看朱紫国国王的表现。书中写唐僧到了朱紫国，在会同馆住下，问管事的人国王可在殿上，那管事的回答："我万岁爷爷久不上朝，今日乃黄道良辰，正与文武多官议出黄榜。你若要倒换关文，趁此急去还赶上；到明日，就不能够了，不知还有多少时伺候哩。"这样的描写，也让人立刻就能联想到明世宗嘉靖皇帝。明世宗在位的前二十年还是一个奋发有为的皇帝,但到了晚年,承平日久,加上追求长生不老,他整日躲在西苑炼丹,足足有二十多年不怎么上朝。古代炼丹师所炼制的丹药,主要原料是朱砂、硫磺等,化学成分主要是铅、水银、硫等,很多都是重金属元素,这种东西吃多了,明世宗的身体状况可想而知。朱紫国国王那一副病怏怏的身体,也和明世宗后期的身体状况非常相似。

最后,作者还借猪八戒之口对太监进行了挖苦讽刺。文中写八戒管太监叫奶奶,几个军士说你不识货,怎么管公公叫奶奶。八戒说:"不羞!你这反了阴阳的!他二位老妈妈儿,不叫他做婆婆、奶奶,倒叫他做公公!"只要对明朝有所了解的人就会一望而知,这是指桑骂槐地对明朝太监专权这一大弊政进行讽刺。在中国历史上,太监专权是明朝的一大特色。从明成祖朱棣开始,皇帝大肆重用太监,他们不但掌握了东厂、西厂、锦衣卫等特务机构,并且也常常被派往地方和军队,掌握了帝国相当大的权力。那些得宠的大太监,如王振、刘瑾、魏忠贤等,他们权势虽不像唐朝后期的大太监如仇士良、王守澄等那样大到可以废立皇帝,但其权势仅仅在皇帝一人之下,对朝臣几乎有生杀予夺的权力。当然,在《西游记》问世的嘉靖年间,宦官专权还没有发展到后来的魏忠贤那样登峰造极,但也已经把朝廷与社会搞得乌烟瘴气。对于这种丑恶的社会现象,知识分子普遍不满,而借八戒之口,进行一番指桑骂槐的挖苦,也是文中应有之义了。

由这些曲折笔墨可以看出,对于明朝的社会现实,作家绝对有所不满,才以隐晦的笔墨,曲折地进行表达。在这一点上,我们真的要为作家的正直和勇气点赞。

第六十九回

悬丝诊脉

妙手回春的孙大夫

第六十九回说的是孙悟空大展身手，妙手回春，以乌金丹将国王的重病治好。师徒几人问起国王生病的缘由，原来是三年之前的端午节，国王的正宫娘娘，也就是金圣宫被妖怪赛太岁掳走，当时国王正在吃粽子，受到惊吓，粽子凝滞在内，遂养成大病。说话间，一个妖精驾着狂风来到上空。悟空腾空而起，拦住妖精。

这一回和荆棘岭的情况有点类似，几乎没有什么故事性，而且主要的内容都和取经没有什么直接的关联。荆棘岭的主要内容是吟诗作对，这一集的主要内容则是医药知识。不过，和荆棘岭上那些写得没有太高审美价值的诗歌相比，这一集涉及的中医药知识要有意思得多，也和我们的生活关系紧密得多。所以，我们的问题，也就围绕着本回所涉及的中医知识。我们的问题有两个：第一，悬丝诊脉到底靠不靠谱；第二，中药里的"药引子"到底是个什么东西，为什么好多药引子看起来那么奇怪？

先说第一个问题：悬丝诊脉。

中国人对于"悬丝诊脉"的印象，多半来自古装剧：宫中的娘娘或者大户人家的小姐生病，叫来郎中，娘娘或者小姐躺在床帐里，将几条丝线系于手腕并拉出帐幔，医生就根据这几根丝线传导出的脉象，来判断患者的病情，并开出药方。

明明一伸手就能摸到的脉象，却一定要通过几根丝线来判断，其原因就在于古代是一个男女大防极严的社会，男女授受不亲，所以就弄出了这么一个看起来很玄乎的东西。

那么，悬丝诊脉到底靠不靠谱？

从原理上说，"悬丝诊脉"并非没有根据。"悬丝诊脉"，替代的是"望闻问切"中的"切"，也就是脉诊，即通过对患者脉象的感受，来判断患者的病情。它和一般"脉诊"的唯一区别，就是后者需要身体的接触，而前者只需要几根丝线。我们知道，拉紧的绳子是能够传导震动的，所以，只要丝线拉得足够紧，它们还是能够把脉搏的跳动情况传导到医生手指上的。

但也就仅此而已。古代医生讲究"望闻问切"，四项结合，方能做出准确的判断。仅仅凭着几条丝线传导到手中的跳动就能准确判断出患者的所有情况，基本上是天方夜谭。正因为如此，"悬丝诊脉"在正宗的医书中根本就没有记载，而现代中医也严禁在门诊中使用这种方法。当代"京城四大名医"之一的施今墨先生在一次接受访谈时说，悬丝诊脉乃是一种"亦真亦假"的东西。所谓"真"，就是历史上确有其事；所谓"假"，就是"悬丝诊脉"基本上是个过场。以后宫妃嫔生病为例，总要由太监、宫女向太医详细转述病情，而太医也会尽可能地询问症状、病程等情况，这些情况才是太医做出判断的真正依据。所谓"悬丝"，基本是装装样子，能够提供给医生的信息其实很少。

再说第二个问题：奇怪的药引子。

在这一回里，悟空的"乌金丹"，是要用"无根水"，也就是雨水来送服的。这"无根水"，就是"乌金丹"的药引子。

什么是"药引子"？

用中医术语讲，就是"引药入经"。它有点像化学中的"催化剂"，本身并不一定是药，却能够起到"向导"的作用，引导其他的药物到达病变部位或某一经脉。常见的"药引子"，有米汤、盐水、蜂蜜水、黄酒、甘草等。

不过，在各种文学作品中，我们看到的药引子可真是稀奇古怪、五花八门。比如《说唐》中，徐茂公生了病，药引子是李世民的胡子。《杨家将》中，杨六郎生了病，药引子的规格比这还高，是所谓"龙须凤发"——皇帝的胡子和女皇的头发，其中女皇的头发还得是红色的。

鲁迅在《父亲的病》一文中，提到的药引子是蟋蟀一对，而且这对蟋蟀还必须是原配。鲁迅对此就发表了一段很幽默的议论，说"似乎昆虫也要贞节，续弦或再醮，连做药资格也丧失了"。

那么，为什么古代一些医生要用到这些稀奇古怪的药引子呢？原因可能有两个：一是古人迷信，真的认为某些东西具有特别的魔力，比如《杨家将》中的"龙须凤发"，就认为既然皇帝、女皇至高无上，地位神圣，则其毛发胡须自然也就有着不可思议的力量；另一个则是医生知道患者的情况已经不可施为，或者干脆就是庸医对自己的医术颇有自知之明，为了给自己预先找一个脱身之策，就索性找一些稀奇古怪的东西做药引子，给对方出难题，好给自己找一个借以抽身而退的借口。

第七十回

爱而不得

《西游记》中最痴情的妖怪是谁？

这一回说的是赛太岁的先锋到朱紫国索要宫女，结果被悟空打败。先锋回到麒麟山獬豸洞，将此事报与赛太岁，赛太岁大怒，准备兴妖兵灭掉朱紫国。悟空变作小妖来到麒麟山，打听得赛太岁有一样能够喷出烟、火、沙的厉害宝贝，于是设法取得娘娘的信任，让娘娘将宝贝骗了过来。悟空拿到宝贝，原来是三个铃铛，顺手扯下塞在铃铛内的棉花，当即烟火沙大作，惊动了满洞的妖怪。悟空丢下铃铛，变作一只苍蝇躲在墙壁之上。

这一回我们要说的问题有两个：一是赛太岁和朱紫国国王之间故事的历史文化原型；二是怎样看待赛太岁对金圣宫娘娘的痴情。

我们先说第一点：赛太岁故事的原型。

赛太岁的故事，简单来说，就是赛太岁看中了金圣宫娘娘，逼迫朱紫国国王将娘娘交出，否则就要吃掉国王以及全国百姓。国王不得已，只好照办。交出金圣宫娘娘后，朱紫国国君痛苦万分，不由得相思成疾。

怎么样？是不是有一种似曾相识又似是而非的感觉？没错，只看梗概的话，朱紫国国君、金圣宫娘娘、赛太岁的故事其实就是元杂剧《汉宫秋》中汉元帝、王昭君、呼韩邪单于故事的翻版。在《汉宫秋》中，昭君的身份是元帝的妃子。呼韩邪单于听毛延寿说王昭君很美，于是以发兵攻打汉朝为要挟，逼迫元帝交出昭君。为了江山社稷，也为了自己的身家性命，元帝只好同意。交出昭君之后，元帝在屈辱与懊恼中痛苦万分，不由得相思成疾。当然，这两个故事的最终结局是不同的，在《西游记》中，金圣宫娘娘得到了孙悟空的救助，所以最终还是和朱紫国国王团聚了；而在《汉宫秋》中，昭君没有迎来自己的孙悟空，最终自杀身死。

当然，我们还要特别指出，《汉宫秋》与真实的历史是有所不同的。在真实的历史中，昭君并非妃子，而只是一个宫女。她嫁给单于的原因，是因为汉元帝后宫人数众多，不知道该宠幸谁才好，于是就让宫廷画师毛延寿将宫女们画成像供自己挑选，毛延寿向王昭君索贿不成，就将昭君画得很丑，这就使得昭君根本没有被元帝选中的机会。昭君心怀愤怒，于是挺身而出，主动前往匈奴和亲。历史上的昭君没有像《汉宫秋》里写的那样自杀，而是扎根草原，一直被单于宠爱。她不但生活幸福，还利用自己的身份，为民族和平做出了卓越的贡献，成为民族友好的使者和永远的象征。

再说第二点，赛太岁的痴情。

讲到痴情，在《西游记》当中，赛太岁绝对能排到第一。不少人在看过黄袍怪和百花羞的故事之后，都说黄袍怪是个情圣。这其实是受了新旧两版电视连续剧《西游记》的影响。在原著中，黄袍怪对百花羞根本就说不上好，你看黄袍怪一看八戒、沙僧来降伏他，猜测是百花羞送了书信到宝象国后，立刻就提了一把钢刀要杀百花羞，就可以知道百花羞在黄袍怪心中的地位如何。这还是百花羞和黄袍怪做了十三年夫妻，给他生了两个儿子的情况下。百花羞在黄袍怪那里，每天都是战战兢兢，如履薄冰。反观赛太岁，虽然把金圣宫娘娘抢回山洞中三年，但这三年，却是连娘娘的手都不曾碰着一下；不但连手都不曾碰一下，按照赛太岁自己的话说，娘娘每天对自己只是骂，好脸色也不曾给一个。饶是如此，赛太岁对她依然痴心不改，只要娘娘露出一点笑容，对他来说就如同拨云见日；只要金圣宫娘娘提出要求，哪怕是他爱惜如性命、片刻不曾离身的法宝，也可以立刻交给娘娘。最搞笑的地方，是金圣宫娘娘听说赛太岁要攻打朱紫国，顿时眼泪汪汪，赛太岁知道娘娘担心朱紫国国王的性命安危，居然让悟空假扮的小妖有来有去告诉娘娘，说朱紫国人马骁勇，好让娘娘的心下能稍有宽解。替对方考虑竟然贴心到了这种程度，套用现在的话来说，这绝对是真爱啊。

从以上两点，我们也可以约略看出《西游记》的巨大魅力。首先，它可深可浅，随人而现，孩子可以读出故事，成年人可以读出文化。另外就是《西游记》塑造形象的功力。不单是悟空这样的主角，就是路上出现的妖怪，也都写得富有深意。这些妖怪，虽然形体相貌特别，但跳动在其身体之中的，依然是一颗我们能读懂的人心。《西游记》写了多少种妖怪，其实也就写了多少种人心。具体到赛太岁来说，这颗心就是那种爱而不得，又难以割舍的心。听起来似乎令人感动，但我们绝不能就此谴责金圣宫娘娘，说她辜负了赛太岁。爱不爱是你的事，但接受不接受是我的事。在象征意义上来说，赛太岁这个妖魔，正是那种不为对方所接受，而依然放不下自己，也不放开对方的心魔。

第七十一回

伦理纲常

张伯端为什么对金圣宫娘娘的节操如此上心?

  这一回说的是悟空一计不成，又生一计。他让金圣宫娘娘用酒灌醉赛太岁，自己趁便偷走金铃，把一个毫毛变作的假货放回原处，而后潜出洞外，亮明身份，向赛太岁挑战。赛太岁打不过孙悟空，就要用紫金铃对付悟空，谁知真金铃早已被悟空偷走，反被悟空用烟火沙困住。正当赛太岁命悬一线之际，观世音菩萨从天而降，灭了烟火沙，救了赛太岁。原来，这赛太岁是观世音胯下的坐骑金毛犼。观世音骑金毛犼回转南海，悟空带金圣宫娘娘回到朱紫国。

  这一回孙悟空的童心表现得极其充分。你看他到麒麟山挑战，先不报自己的姓名，而是说自己是朱紫国派来的外公，尚未交战，就已经在话头上占了个大便宜，这都是孩子们惯常的把戏。而在赛太岁询问悟空宝贝的来历时，他又顺口胡诌自己的宝贝是母的，而赛太岁的是公的。宝贝分公母，已经很有意思了；母的竟然可以胜过公的，又捎带拿赛太岁对金圣宫娘娘的百般宠溺而一无所获开了一把玩笑。

至于这一回的问题，我们说两点：第一，金毛犼是个什么动物；第二，张道陵为什么对金圣宫娘娘的贞节如此上心。

先说第一点：金毛犼是个什么动物。

金毛犼，顾名思义，就是毛色金黄的犼，这个"犼"，乃是上古传说中的一种神兽，这种动物凶猛异常，它腾空上下，据说能吃龙的脑子。对于这种神兽，其实我们应该都不太陌生，天安门前后那两对华表顶端蹲着的动物，就是"犼"。不过，门前门后的那两对犼，任务是不大相同的：门前的那对犼，头是朝外的，如果帝王外出得久了，它们就会大声吼叫，呼唤君王回朝料理政事，所以又叫"望君归"；门后的那对犼，头是朝内的，如果君王久居深宫，对民情失于体察，它们也会大声吼叫，提醒君王外出巡视，了解民间疾苦，所以又叫"望君出"。把这种力能降龙的凶猛动物放在皇宫的门前门后，看起来似乎有点奇怪，不过认真想想，还真是自有道理：要不是这么凶猛的动物，恐怕真的没有办法对"真龙天子"形成震慑。

这是传说中的动物，不过，根据《述异记》的记载，在康熙年间，这种神奇的动物竟然出现了。在康熙二十五年（1686）的夏天，"平阳县有犼从海中逐龙至空中，斗三日夜，人见三蛟二龙，合斗一犼，杀一龙二蛟，犼亦随毙，俱堕山谷。其中一物，长一二丈，形类马，有鳞鬣。死后，鳞鬣中犹焰起火光丈余，盖即犼也"。

观世音这么慈悲的菩萨,坐骑竟然是如此凶猛的野兽,看起来似乎有些奇怪。不过认真想想,这也难怪。菩萨的坐骑,其实也就相当于今天的汽车。而如今的豪华汽车,哪一个不是追求那种出场即能震慑一切的气场呢?在世俗人的心中,菩萨是大领导,胯下的坐骑假如是一匹普通的骡马之类的动物,如何能激起众生的敬畏心呢?从美学的效果来说,菩萨的美丽、端庄、慈悲,与犼的狰狞、可怕、凶狠,正好形成了鲜明的对比,这就产生了极大的张力,让观音一出场就带给我们极大的震撼。这样看来,观音骑犼,真是最恰当的选择。

再说第二点:金圣宫娘娘的贞节问题。

这一回的最后,紫阳真人张伯端出现了。他的出现,揭开了为什么赛太岁三年都无法靠近金圣宫娘娘的谜团:当初娘娘刚被赛太岁掳走,他就将一件棕衣披在娘娘身上,娘娘于是立刻身生毒刺,任何人都不得沾身。

《西游记》让紫阳真人对娘娘的贞节如此上心,说来说去,还是作者自己的心思。

而实际上,这已经不是作者第一次对娘娘这个级别的女人的贞节问题如此关心了。早在乌鸡国的故事里,文殊菩萨胯下的青狮将乌鸡国国王推下水井,占了他三年的江山,待悟空降伏青狮怪,文殊菩萨出手相救的时候,悟空说:"固然如此,但只三宫娘娘,与他同眠同起,点污了他的身体,坏了多少纲常伦理,还叫做不曾害人?"而作者就特别安排文殊菩萨说了一句:"点污他不得。他是个骟了的狮子。"

作者为什么会这样？男权思想与等级观念。

　　《西游记》就算想象再丰富，也依然是男权社会的产物。作者是站在男性的角度进行书写的，所以就绝不会允许异类的雄性和人间的女性过上正常乃至美满的夫妻生活，因为这不但败坏了人间的伦理纲常，也动摇了男性的权威。其实也不仅仅是《西游记》，整个中国古代文学，和女妖生活得很幸福的男人比比皆是，比如《聊斋志异》笔下的那些书生，但和男妖生活得很幸福的女子一个没有，就说明了男权思维在封建时代的无处不在。

　　说到这里，有的读者可能就会有疑问了：金圣宫娘娘得到了张伯端的棕衣，体生毒刺，贞节算是保全了，那被掳走的宫女呢？还不是受到了赛太岁的玷污？这就要说到第二点了：等级观念。《西游记》产生的年代是封建时代，而封建时代是典型的等级社会。在等级社会中，不同阶层的人享有的权利和尊严是不相同的。娘娘的贞节必须保全，但同时又需要一个反例，证明和男妖生活在一起的女人绝不会有好结果，于是就安排了几个被赛太岁蹂躏而死的宫女。

第七十二回

秀色可餐

面对蜘蛛精的唐僧到底有没有动心？

第七十二回的故事发生在西游十二年的春天，说的是唐僧师徒来到了盘丝洞，遇到了七个蜘蛛精幻化的少女。唐僧前往化缘，被蜘蛛精困在洞中。悟空前去解救，正巧蜘蛛精在洗澡，悟空觉得此时下手有失脸面，于是叫来八戒处理。八戒欢天喜地去降妖，反被蜘蛛精困住。困住八戒后，蜘蛛精留下几个干儿子——马蜂、牛虻之类的守洞，前往师兄蜈蚣精处搬救兵。八戒脱困，找到悟空，一起赶到盘丝洞，杀死守洞的小妖，救出唐僧，继续向西而去。

这一回我们的问题有两个：第一，面对蜘蛛精，唐僧到底有没有动心；第二，蜘蛛精的故事与董永和七仙女、牛郎织女故事的关联。

先说第一个问题：面对蜘蛛精，唐僧到底有没有动心。

我的回答是：唐僧确实是动了心。实际上，在西行路上遇到女妖的所有场合中，这一次可以说是唐僧表现得最为失态的一次。他本是来化斋的，但第一次看到四个蜘蛛精在做针线活，不知不觉就看呆了，这一看就是半个时辰，照现在的钟点来算，就是一个小时。一个小时之后，唐僧忽然醒悟过来自己是来化斋的，整顿了一下自己的思绪继续向前走，又遇到了在踢气球的另外三个蜘蛛精，这一看，又是好长的一段时间。唐僧是来化斋的，但几个少女的容颜姿态竟然让他忘记了吃饭，可见"秀色可餐"绝不是一句空话。

我们以前看到过许多次唐僧在面对女色考验时的上佳表现，他绝对不是那种面对女色就忘乎所以的好色之徒。那为什么几个蜘蛛精就能让唐僧如此失态呢？

这就要说到几个蜘蛛精与沿路其他女人及女妖的不同了。我不止一次地强调过，西行路上的各色女子，实际上代表了不同类型的女性，比如妖媚妖冶的蝎子精，国色天香的女儿国国王，等等。盘丝洞的这七个蜘蛛精，强调的则是她们的天真与活泼，甚至有一点顽皮，她们实际上是以人间未成年的女孩子为艺术原型来塑造的。比如她们和七个虫蛭小人儿结为母子的关系，就让人想起古往今来孩子们最喜欢的游戏"过家家"。也正是因为这个缘故，许多对《西游记》的主题持"童话说"的学者就经常把这段文字拈出，作为支持他们观点的有力论据。

唐僧在这几个蜘蛛精面前的失态，如果我们在心理学上做一番深挖，就应该是今人所谓的"洛丽塔情结"。《洛丽塔》是著名作家纳博科夫的一部小说，写的是一个中年男子与一个少女的复杂纠缠的情感故事，而所谓的"洛丽塔情结"，也就是男性心理深处对青春少女的一种欲望与迷恋。在《西游记》中，几个蜘蛛精似乎并未刻意勾引唐僧，但她们有意无意间展示的那种青春活力，却正让唐僧至少在瞬间无法自拔，同时也因此受到了很大的惩罚。

再说第二个问题：蜘蛛精与七仙女。

蜘蛛精的数量是七个，这是个很有意思的数字。一看到这个数字，很多人立刻就会生出丰富的联想——没错，民间传说中牛郎织女、董永和七仙女的故事中，女孩子的数量都不多不少是七个。所不同的只是故事的结局：董永、牛郎发现了七个洗澡的仙女，把自己最中意的仙女的衣服偷走，然后演绎出了一段缠绵悱恻的爱情故事；悟空发现了洗澡中的蜘蛛精，叫来了猪八戒，猪八戒一通胡闹之后，却要将蜘蛛精打死。用现代的话语来说就是，盘丝洞的故事，乃是对董永、牛郎故事的戏仿，作者用一种出人意表的方式，完成了对原来故事的颠覆与解构。

那么问题来了：为什么同样是发现女孩子洗澡，蜘蛛精的故事却与牛郎织女、董永和七仙女的故事有着如此巨大的差别？

答案是：时代不同了。

牛郎织女、董永和七仙女的故事，都是形成极早的民间故事。董永的故事发生在汉代，牛郎织女的故事则要上溯到更加久远的先秦时期。而在秦汉以及之前的时期，礼教对于男女之间的约束远远比不上后世那样严格。我们看《诗经》，不少爱情故事都是在水边发生的。一群女孩子在水边洗澡,男孩子发现了自己心仪的那一个,然后开始自己的爱情故事,在上古时期,这是健康的,符合道德的。但随着时代的演进,社会上对于女性的贞节越来越重视,女性对自己身体的羞耻感越来越强,把自己包裹得越来越严,窥视女孩子洗澡也就带有越来越明显的色情意味,越来越不符合主流的两性道德。《西游记》产生的明代,正是两性道德非常严苛的时代。所以,到了这个时期,还在泉水边洗澡的,就不再是仙女而只能是妖精,窥视女性洗澡也就不能再得到奖励而只能是像猪八戒那样受到惩罚了。

第七十三回

薄如纸张

蜈蚣精与蜘蛛精的同门之情

第七十三回说的是几个蜘蛛精从盘丝洞逃走,躲在了师兄蜈蚣精所在的黄花观中。唐僧师徒一路西行,恰巧投宿在黄花观中。几个蜘蛛精将过往的事情添油加醋告知蜈蚣精,蜈蚣精一来替师妹报仇,二来觊觎唐僧肉,于是下手放毒。唐僧、八戒、沙僧中毒倒地,悟空机敏,躲过了蜈蚣精的暗算。两下动起手来,蜘蛛精被悟空打死,悟空却也被道士放出的金光困住,吃了大亏。正当无可奈何之际,黎山老姆从天而降。在黎山老姆的指点下,悟空找到昴日星官的母亲毗蓝婆,一只修成正果的大母鸡,破了蜈蚣精的金光,救了唐僧三人的性命。

这一回我们要说的问题有两个:一是蜈蚣精与蜘蛛精之间那薄如纸张的同门之情;二是从悟空与蜈蚣精之间斗智斗勇的细节看《西游记》与《水浒传》之间的隐秘关联。

先说第一个问题：蜘蛛精与蜈蚣精之间的同门之情。

很多人都曾经指出，中国神怪故事最大的特点，就在于它荒诞笔墨后那真实的人情。这个故事也是如此。《西游记》里写到了很多妖精，但这些妖精身上所体现出来的，并不是整齐划一的"妖性"，而是不同的"人情"。在这个故事里，我们读出的是七个蜘蛛精和她们师兄之间那种极不对等的同门之情。七个蜘蛛精对这个大哥极为尊敬，也极为信赖，但我们看到，从几个师妹走进黄花观的大门，百眼魔君就对这几个师妹爱答不理。说什么"可可的今日丸药，这枝药忌见阴人"，百眼魔君对她们就是一种爱理不理的态度。及至她们把百眼魔君拉到自己的房间，想和他多说几句话时，还要跪在地上，饶是如此，百眼魔君还是拉着个脸，一分钟都不想耽误。到后来她们说出要百眼魔君帮忙的根由，百眼魔君的出手相助也不是真心要替她们出气，而是自己想吃唐僧肉罢了，那表面上的"勃然大怒"也不过是顺便装装样子，给几个师妹一个顺手人情。他的真实想法在悟空捉住几个蜘蛛精，想用蜘蛛精换取师父性命的那一刻暴露无遗，面对几个师妹的苦苦哀求，他的回答是"妹妹，我要吃唐僧哩，救不得你了"。七个蜘蛛精对人情世故的懵懂无知，百眼魔君的自私冷漠，都被刻画得栩栩如生。这个故事让我们想到了明代陈继儒在《小窗幽记》中所说的一句名言，就是在和比自己位高的人交往时，是"宁使王公讶其不来，毋使王公厌其不去"，一厢情愿地与根本就没把你放在眼里的人交好，除了冷淡和屈辱，什么也得不到，至于想靠着这样的人给自己以帮助，更无异于痴人说梦。

再说第二个问题：《西游记》与《水浒传》之间的隐秘关联。

在本回中，蜈蚣精与孙悟空之间的斗智斗勇，被写得一波三折。但是，放下书卷，你有没有觉得这一幕似曾相识？如果没有，我就再提示一句：悟空在黄花观的所遇，与《水浒传》中武松在十字坡的所遇，是不是如出一辙呢？

必须指出，发现这一点的，并不是区区在下，而是著名学者林庚先生。林庚先生在其《西游记漫话》中指出，整部《西游记》所展示出的充满危险与变故的漫长行程，是在唐僧西天取经原有故事的梗概之上，依据行旅客商往来江湖的生活经历充实和丰富起来的，它就是一部以取经故事为主体的讲史性传奇与江湖历险的混合体。实际上，《西游记》中的妖精基本上都是占山为王、各有领地的，这和人间那些啸聚山林的草寇没有什么不同；悟空和那些妖精的你来我往、斗智斗勇，也正像英雄好汉闯荡江湖所经历的种种风波。这一点，我们只要对比一下《西游记》和《水浒传》中的相关文字，就可以有清楚的认识。比如在我们今天所讲的这一部分内容中，蜈蚣精是怎么算计唐僧师徒的？用毒药。这和《水浒传》中孙二娘要用蒙汗药把武松以及几个公人麻翻有什么区别？连目的都一样，就是为了吃肉。至于孙悟空能够逃脱的原因，并不是因为有什么特异功能，而是凭着他的细心和机灵，一眼就看出了百眼魔君杯子里的东西和自己杯子里的东西不一样，这和武松之所以没有着孙二娘的蒙汗药，是因为早就看出这个女人不怀好意，所以把碗中的药酒泼掉，又有什么不同呢？

最后捎带说一下被毗蓝婆带回家的蜈蚣精。在《西游记》中，大多数没有什么背景的"草根"妖怪的结局都很惨：它们基本上都死在悟空的金箍棒下。但这也不是说所有的草根妖怪都必须死，比如这一回的蜈蚣精：他的结局，是被毗蓝婆带回家，做了一个看门的护卫。神仙哪里需要什么护卫，分明就是一只宠物罢了。在《西游记》中，这只是随手一写，但可能让作者想不到的是，如今的蜈蚣，竟然真的成了另类宠物的热门之选。几乎每个宠物市场，都有一大堆在玻璃柜子里蜿蜒爬行的蜈蚣。不光是蜈蚣，包括蝎子、蜘蛛、毒蛇，以前让人们避之唯恐不及的动物，今天竟然被堂而皇之地养在了家里。于是我们的问题来了：为什么今天会兴起像蜈蚣蝎子这样的另类宠物？最表面的解释是这些另类宠物的饲养者追求个性。而更深层次的答案还在于人的心理与生理机制。蜈蚣、蝎子、蜘蛛之类的动物，长期以来都是会给人类带来伤害的家伙，对这些动物的恐惧，已经深深埋藏在人类的记忆深处乃至基因之中，所以，在看到或接触到这些动物的时候，危险信号就会传达到人的大脑皮层中。为了克服这种恐惧，大脑会分泌出一种化学物质内啡肽。内啡肽实际上就是人体产生的吗啡，它可以缓解痛苦，使人体处于轻度的麻醉兴奋状态。简单来说，喂养以及摆弄这些令人恐惧的另类宠物，享受的就是那种轻微的恐惧，以及恐惧过后带来的轻微麻醉感。

第七十四回

终极妖国

恐怖的"狮驼岭"到底是什么来历?

《西游记》第七十四回的故事发生在西游十二年的初秋。

从这一回开始,一直到第七十七回,接连四回,讲述的都是取经团队与狮子、大象、大鹏三个大魔头斗智斗勇的故事。本回是这个故事单元的开端部分,说的是唐僧师徒来到一处叫狮驼岭的地方,尚未正面与三个大魔头相遇,就碰上了前来提醒的太白金星。为了探明情况,悟空变作小妖,混入狮驼洞中,不想露出破绽,结果被众妖精拿住。

我们这一回要说的问题有两个:第一,在整个故事开始之前,点出这个故事在整部《西游记》中的特殊地位;第二,说一说本故事发生的地点"狮驼岭"到底是什么来历。

先说第一点：狮驼岭的故事在整部《西游记》中的地位。

在《西游记》所有的故事单元中，这个单元的地位非常重要。这个重要性首先表现在篇幅上，在所有的降妖故事中，本故事单元所占的篇幅最长；这个重要性还表现在这三个魔头的实力上，无论是法力、势力、人脉，它们都是沿路所有妖怪中最为强大的。在本故事之后，唐僧师徒基本上就再也没有遇到什么特别像样的妖怪了。我们曾经说过，《西游记》是一部以取经故事为主体的讲史性传奇与江湖历险的混合体，《西游记》中的妖精，和《水浒传》中那些啸聚山林、各有领地的山大王也并没有什么本质的不同；你看《水浒传》中，小喽啰向山寨大头领说话，说的是"大王"如何；而《西游记》中的小妖遇到什么事情，也无不是飞跑到山洞里，慌慌张张来上一句"大王，祸事了"。同样是占山为王的好汉，这座山和那座山上的好汉也是有很大区别。以《水浒传》而论，有桃花山上的小霸王周通和打虎将李忠，也有二龙山上的花和尚鲁智深、行者武松和青面兽杨志。桃花山和二龙山，那档次差得可真不是一点半点。而狮驼岭的三个妖精，可以说是《西游记》所有的妖怪中档次最高的一组；唐僧一行在狮驼岭所面对的考验，也是整个西行路上最为凶险的。在后面几回的本故事中，你会看到悟空第一次真正面对死亡的威胁；第一次被一个妖精欺负得泪如雨下、悲声不绝；第一次主动面见如来，提出放弃取经，到花果山了此残生；而如来也是在全书中唯一一次亲自动身，亲自出手替取经团队降伏妖魔。

再说第二点："狮驼"二字的来历。

在《西游记》中,"狮驼"二字不是第一次出现。当年孙悟空在花果山称王的时候,曾与另外六个妖王结为兄弟,其中之一就是"狮驼王"。一般来说,《西游记》中的妖怪都有动物原型,比如孙悟空是猴子,牛魔王是牛,但这个"狮驼"是什么,在《西游记》中完全看不出来。翻阅各种工具书,对于"狮驼"这种动物,也没有比较明确的介绍。比较靠谱的解释是李天飞做出的。他说《西游记》里的"狮驼"和动物的关系并不大,"狮驼"其实就是"尸陀"二字的谐音,所谓"尸陀",不谈其宗教意义,其实就是尸体;葬尸场,就叫"尸陀林"。这一回所说的"狮驼岭",其实就是"尸陀林"的谐音。这一点,在如今的版本中体现得不太明显,但在比较早的版本比如世德堂本的《西游记》中,唐僧师徒进入狮驼岭、狮驼国所看到的到处都是尸体残骸的情景,是可以很好地印证这个说法的。

稍微再说一句,在佛教,特别是在藏传佛教中,"尸陀林"是经常被提起的。直到今天,许多法师还是建议信众到尸陀林中看一看。为什么?因为从佛家的主张来看,它可以最好地引发出人们的无常观想和不净观想。所谓无常观想,就是想象我们的身体都会随着时间的流逝而苍老腐朽;所谓不净观想,就是想象我们的肉体都是由血肉便溺等不洁之物构成的。经常做不净观想和无常观想,能帮助我们不为色欲所诱惑,也对我们看破、放下世间的一切有所帮助。而乱葬岗的情景,就是修习无常观想和不净观想的最好场合。其实,即使我们普通人,不时去一下尸陀林的类似场合,比如火葬场、殡仪馆,对于我们激发起对生命的敬畏,冷静思索人生的意义和归宿,也都是有所帮助的。

第七十五回

祸从口出

"阴阳二气瓶"为什么不许人说话？

　　第七十五回说的是孙悟空混进狮驼洞中打探情况，结果露出破绽，被捉住并放在了三魔头的法宝阴阳二气瓶中，若不是有观世音菩萨赠予的三根救命毫毛，用它变作金刚钻钻破阴阳二气瓶，悟空几乎在狮驼洞丢了性命。悟空逃脱出去，将情况禀明唐僧，而后上门挑战。老魔出战，不是悟空的对手，于是现出狮子的原形，张口将悟空吞在腹中。悟空在老魔肚腹中施展拳脚，几乎将老魔疼死。

　　这一回的内容，从故事上来说，主要是孙悟空从阴阳二气瓶中死里逃生的故事。从题目"心猿钻透阴阳窍，魔主还归大道真"来说，它影射的应该是道家内丹派的修行功夫。"阴阳窍"，在道家内丹派那里也叫"玄牝门"，所指穴位就是会阴穴。会阴穴是任督二脉的交会点。所谓任脉，是躯干正面由一系列特定穴位组成的一道经脉，主阴；

督脉则是人体背面一些特定穴位组成的一道经脉，主阳。钻透阴阳窍，就是打通任督二脉，使阴阳二气达到无所阻碍的状态。打通任督二脉，在道家看来，乃是长生的第一步。不过，即使你对内丹派一无所知，也仍然不妨碍理解、享受这个生动有趣的故事。它写得极其诙谐有趣，把悟空机智、幽默的性格特征表现得淋漓尽致。

这一回我们要说的问题比较多，有四个。第一，扒一扒这只狮子的来历；第二，说一说三魔头的法宝"阴阳二气瓶"为什么不许人说话；第三，说一说"金刚钻"；第四，说一说据说是悟空从广东带来的"折叠锅儿"。

先说第一个问题。

这只狮子，从后文所揭示出来的原形和出身来看，它原本是文殊菩萨的坐骑。为什么给文殊菩萨安排这样一只动物作为坐骑？这和文殊菩萨的身份，以及狮子在佛教中的地位有着很大的关联。

文殊菩萨在佛教中有很高的地位。他与观音菩萨、普贤菩萨、地藏菩萨一起，并称为四大菩萨。文殊菩萨是过去佛的老师，以智慧而著称，能破除一切邪见。这样殊胜的地位，自然就要有与之相配的坐骑。而狮子，就是适合作为文殊坐骑的动物。在印度，狮子有着极高的地位，人们称狮子为百兽之王，并常用它来比喻尊贵威严的帝王。产生于这样的文化土壤的佛教，对狮子自然也就尊崇有加。佛经中经常用狮子来比喻释迦牟尼，比如说他是"人间狮子""人雄狮子""大狮子王"等；佛祖说法被称为"狮吼"；连佛祖的坐卧之具，也被称为

"狮子座""狮子床"。正如白化文先生指出的："在诸多的大型动物中，佛教对狮子最为偏爱，它似乎成为佛教在某些方面的一种象征，或象征物。"那么佛教究竟看中了狮子的哪些特点呢？大体说来，约略有两点：一是无畏。狮子是百兽之王，高踞在食物链的顶点，没有什么动物能够威胁到它，所以行动举止之间，自然会有一种无所畏惧的安详。二是无敌。在自然界中，狮子是没有对手的，它勇猛强大，可以战胜、降伏一切与之挑战的对手。正因为狮子具有这两个特点，所以佛家就经常用狮子来象征佛祖释迦牟尼乃至后世的一些高僧大德所具有的那种无畏安详，以及能够破除一切外道邪见的勇猛无敌。用它来当作文殊菩萨的坐骑，自然是再合适不过。

文殊菩萨的这个坐骑还有一个经常被人们讨论的话题点，就是它曾经两次出现在《西游记》中：第一次是在乌鸡国，它变化成一个老道，骗取了国王的信任，而后趁便将其推入井中，篡夺了人家的江山；第二次就是这一回了。不过从这一回他和悟空的对话来看，似乎两个人过去从未有什么交集的样子。也有人说会不会文殊菩萨养了两只狮子，就像一些大老板有不止一辆汽车？这一点作品中没有明确交代，还真不好妄测。

再说阴阳二气瓶。

阴阳二气瓶这个宝贝很有意思，人被装在瓶子里，假如一年不说话，里面一年都是凉快的；只要一说话，里面就会有火来烧。简单来说，这个宝贝最大的特点就是不许人说话。《西游记》有这个设定，其实一点都不奇怪。还记得当年悟空在灵台方寸山学成变化，在师兄弟面前炫耀引发轰动、惊扰到师父，须菩提斥责他们时说的那番话吗？他说："你等大呼大叫，全不像个修行的体段！修行的人，口开神气散,舌动是非生。如何在此嚷笑?"

那么《西游记》为什么会做这个设定呢?可以从内外两个方面来解释。从外的一方面来说,闭口不言,可以减少口业。在佛家看来,造业的方式无非三种,就是身业、口业、意业。身业是行动造成的,意业是思想造成的,口业指话语造成的。所以,要想少造业,管住自己的嘴巴,实在是修行的一个重要方面。从内的一方面来说,人的心思之所以有扰动,和眼睛、耳朵、嘴巴等这些感官受到外界的刺激有很大的关联,要想减少扰动,让自己的思虑处于安定的状态,就要想方设法减少乃至切断外界的刺激。闭口不言,就切断了和他人的语言交流而产生的刺激,这一点在修习禅定时尤其重要。

所以,悟空在阴阳二气瓶中的遭遇,实际上是具有很强的比喻意义的。一年不言语,瓶中一年都是清凉的;而只要一开口,就有火来烧了。它是想告诉人们这样一个道理:修禅要入空寂,先学不言不语。

再说第二点:钻透阴阳二气瓶的金刚钻。

当年观世音菩萨曾赠予孙悟空三根救命的毫毛,悟空一直不曾使用,这一回三根毫毛第一次派上了用场。悟空用这三根毫毛,一根变作金刚钻,一根变作竹片,一根变作绳子,一通猛钻,把阴阳二气瓶钻了一个窟窿,这才算逃了性命。

许多现代听众,都是在一句俗话"没有金刚钻,莫揽瓷器活"中知道有金刚钻这种东西的。什么是"金刚钻"?就是以金刚石,即钻石为钻头的一套钻具。古代的人生活远比我们现代人俭省,瓷器打破了,只要瓷片没有丢失，一般都要想方设法进行修补，修补瓷器有一个专门的术语叫作"锔"，方法就是先把瓷器的碎片按照原来的形状摆放固定好，而后在瓷片上打孔，最后用锔钉将碎片连接在一起。瓷器又脆又硬又滑，在瓷器上打孔，是一件很不容易的事情。但有了金刚钻就不一样了。瓷器的硬度是6，金刚石的硬度是10，用金刚石的钻头在瓷器上打眼，就和用钢刀加工木头一样容易，于是就有了"没有金刚钻，莫揽瓷器活"这样一个俗语。很多人说到金刚石，都以为是很晚近的东西，但实际上，中国也是金刚石的产地，早在魏晋南北朝时期就有关于金刚石的记载，不过储量很少，没有形成矿口而已，一般都是靠运气偶然获得；中国人也不怎么把钻石作为珍贵的首饰，而主要是将其作为对玉器、瓷器进行加工的工具。

最后说一说孙悟空口中从"广里"带来的折叠锅。"广里"，指的是广东那里。明清时期，广东的冶铁业很发达，出产的铁锅全国闻名。唐僧取经虽然发生在唐代，但《西游记》的创作却是在明代，所以在这里悟空才会有从广东带锅的说法。在户外活动已经成为风尚的今天，各种方便的折叠便携锅比比皆是，但在明清时期，就有方便出行的折叠锅，是不是很出乎你的意料呢？其实，折叠锅在战国时期就已经出现了，荆州黄山战国楚墓就出土过一件铜制的折叠锅。今天的折叠锅，其折叠部位基本都是把手；但战国的这件折叠锅有所不同，锅底有三足，足中部有轴，足部折起来变短，方便携带；放开来变长，便于在底部生火。根据李天飞的猜测，《西游记》里的折叠锅，应该与此类似。作者让悟空随口说出折叠锅，可见在当时是一种常见的东西，但仅仅四五百年后，就已经弄不清此锅的庐山真面目，真是一件令人感叹的事情。

第七十六回

六牙白象

普贤菩萨的坐骑为什么有六个象牙？

第七十六回说的是大魔头狮子精被悟空降伏，准备送孙悟空过狮驼岭，但这激起了二魔头大象精的好胜之心，他也要与悟空赌斗武艺，结果又被悟空以揪住鼻子的方式轻松降伏。大魔头与二魔头终于死心，但三魔头不以为意，说服两位兄长，设下计策，将师徒四人诱入狮驼国中，准备将其一举捉拿。

这一回我们要说的问题有两个：一是说一说二魔头，也就是普贤菩萨的坐骑大象；二是说一说这一回提到的"龙华会"到底是什么会。

先说普贤菩萨的坐骑大象。

普贤菩萨之所以以大象为坐骑，是因为无论是普贤菩萨，还是大象,在佛教中的地位都非常崇高。在佛教中,普贤菩萨和文殊菩萨、观音菩萨、地藏菩萨一起,并称为四大菩萨。"普贤"二字,"普"是普遍,遍及一切处;"贤"是美妙、美善。如果说观音代表慈悲,文殊代表智慧,那么普贤就代表着美德与善念,他是大乘菩萨行大行大愿的代表,象征着中国大乘佛教的精神。

普贤菩萨的坐骑,就是本回出现的白象了。当然,这只大象不是一般的大象,而是六牙白象。六牙,代表着六度,即布施、持戒、忍辱、精进、禅定(止观)、智慧;四足则代表着四如意,即欲如意、念如意、精进如意、慧如意。大象,特别是六牙白象,在佛经中地位非凡,如来降生的时候,就是乘坐六牙白象从左肋进入母亲的身体的。《大般若波罗蜜多经》中说如来进退如象中之王,《无量寿经》中也说地藏王菩萨如同象中之王。那么大象有什么特点,让佛家如此厚爱呢?一是力大无穷。大象是陆地上体形最大的动物,与庞大的体形相应的,是它巨大的力气。巨大的力气,使得大象具有陆地上其他动物所不能比拟的负重能力。二是安定从容。和狮子一样,大象在自然界中是没有天敌的。不必担心天敌的伤害,就不必像一些小动物那样因随时准备逃走而处于一种紧张的状态中。另外,大象形体巨大行动相对迟缓,看起来总是一副安定从容的仪态,与人类进入禅定时的状态非常相似。因为这两个特点,佛家就赋予了大象以能堪大任、无畏从容的品质特征。

再说第二个问题:龙华会。

这一回中,猪八戒被二魔头捉住,泡在水塘里,当悟空前去解救,看到八戒的一副狼狈相时,有这样一句话:"怎的好么?他也是龙华会上的一个人。但只恨他动不动分行李散伙,又要撺掇师父念紧箍咒咒我。"

在《西游记》中,提到"龙华会"的次数很多。比如在狮驼岭之前蜈蚣精的故事里,黎山老姆给悟空指出求救之路的时候就说:"我才自龙华会上回来,见你师父有难,假做孝妇,借夫丧之名,免他一死。"

那么,究竟什么是"龙华会"?

"龙华会"源于佛教。根据《弥勒下生经》的说法,佛陀灭度后五十六亿七千万年,弥勒菩萨自兜率天下生人间,出家学道,坐于翅头城华林园中龙华树下悟道。其树名龙华者,言其枝干高大如龙盘空,且能开灿烂之花,结丰硕之果。弥勒成佛后,在龙华树下前后分三次说法。昔时于释迦牟尼佛的教法下未曾得道者,其关系深厚殊胜者,则赴初会;其次则赴二会;缘分浅薄者则赴三会。至此会时,以上中下根之别,悉可得道。这就是所谓的"龙华三会"。

所以,严格按照佛教经典所指明的时间来说,龙华会距离现在很遥远。不过,可能是由于《弥勒下生经》描绘的蓝图太过美好,所以民间似乎已经对龙华会迫不及待了。从南北朝时候起,许多寺庙就在四月初八这一天开庙会,庙会的名称就叫"龙华会",作为迎接弥勒降生的征兆。四月初八本来是释迦牟尼的降生日,是所谓"浴佛节",但民间似乎对此不以为意,两节就这样合一了;时间久了,后来的一般百姓又弄不清"龙华会"是干什么的,反正是在释迦牟尼生日时召开的,甚而就将"龙华会"当成佛祖的生日宴会了。

再到后来,"龙华会"的所指又有进一步的扩大。大概在一些民间宗教人士看来,能参加佛祖的生日聚会的,肯定非仙即佛,于是就把"龙华会"当成了"成仙"的代名词。所谓"龙华会上人",就是指成了仙的人。悟空在这里说的"他也是龙华会上的一个人",就是在这个意义上说的。

第七十七回

大鹏金翅雕

西游第一妖的神秘身份是什么？

这一回说的是三个魔头将唐僧师徒引入狮驼国中，双方交手，悟空兄弟不是三个魔头的对手，结果师徒四人均被捉住。晚上，悟空救出唐僧和八戒、沙僧，准备趁夜色逃走，不想又被魔头察觉，除悟空外，其他三人均被捉回。为了让悟空死心，三个魔头放出唐僧已经被吃掉的假信。悟空听信流言，心如死灰，到如来处恳请脱下紧箍儿，到花果山了此残生。如来指明真相，说出三位魔头的出身，并亲自动身到狮驼国，将三位魔头降伏。

这一回我们的问题有两个：一是大鹏金翅雕的来历，二是从悟空听到唐僧已死后的表现看悟空对唐僧乃至整个取经事业态度的变化。

这一回描写了三魔头大鹏金翅雕的大展身手。

中国的老百姓，凡是看到作品中有英雄好汉出现的话，都会习惯性地比较一下他们武艺的高下，给他们排个座次。比如《三国演义》，人们有一个比较公认的座次表，就是所谓"一吕（布）二赵（云）三典韦，四关（羽）五马（超）六张飞，七黄（忠）八许（褚）九姜维"；关于《隋唐演义》，人们也有一个所谓"四猛""四绝""十三杰"的分类排行，可见"文无第一，武无第二"，遇到作品中的英雄好汉，就喜欢让他们较量一个上下高低。《西游记》虽然是一部写妖魔鬼怪的作品，里面的武艺都当不得真，可是这也挡不住广大读者排座次的浓厚兴趣。《西游记》里比较厉害的妖怪大概有那么十来位：牛魔王、独角兕王、金角银角大王、九头狮子、六耳猕猴、黄眉童子、大鹏金翅雕，等等。那么这些妖怪的实力到底孰强孰弱呢？这妖怪的座次可不像人那样容易排，所以我看到的《西游记》妖怪实力座次表就千差万别。但不管再怎样千差万别，排在第一的都是雷打不动的大鹏金翅雕。其他的妖怪也可能法力高于悟空，也可能有厉害的法宝，但基本上都是在某一项上胜出悟空。但大鹏金翅雕不同，他无论是武功、法力、法宝，都胜过悟空。不但如此，就连悟空最拿得出手的必杀技——筋斗云，在大鹏金翅雕的一对翅膀面前也相形见绌。所以，要给《西游记》的那些妖怪做一个排行的话，大鹏金翅雕无疑排在第一。

对于这只鸟的出身，如来曾做了一番介绍，说他是佛母孔雀大明王菩萨的兄弟，所以他还算是如来的舅舅。但实际上，如来与大鹏的这一层关系，在佛经上找不到任何记载。孔雀大明王菩萨之所以被称为"佛母"，按照佛教寓言故事集《本生经》的说法，如来曾存身于孔雀蛋之中，但孔雀有大鹏这么个兄弟，要么是出于《西游记》作者的杜撰，要么是见于我们现在已经找不到的什么神秘传说。大鹏金翅雕和佛教的渊源，比较确切的出处，是在佛教典籍中经常出现的一种专门以龙族为食的大鸟，叫迦楼罗，我国的佛经翻译家将其翻译为"金翅鸟"，列天龙八部之一，是佛教的护法神之一。这种神鸟随着佛教的流传而在世界的许多地方，比如东南亚、南亚有很大的影响，泰国国徽上的神鸟就是这种金翅鸟。

而其更为深厚的背景则是中国的道家文化。狮驼岭上的小妖对大鹏的介绍是这样的："我三大王不是凡间之怪物，名号云程万里鹏，行动时，抟风运海，振北图南。"看到这里，对道家文化有所了解的人恐怕立刻就会条件反射般地在脑海里跳出《庄子·逍遥游》里的句子："北冥有鱼，其名为鲲。鲲之大，不知其几千里也。化而为鸟，其名为鹏。鹏之背，不知其几千里也。怒而飞，其翼若垂天之云。是鸟也，海运则将徙于南冥……鹏之徙于南冥也，水击三千里，抟扶摇而上者九万里。"意思是说，北冥有一只大鱼叫作鲲，有几千里那么大；鲲化作的大鸟叫作鹏，鹏有多大也不知道，光它的背就有几千里。它突然飞起的时候，翅膀就像从天边垂下的云彩。这种鸟，每当大海涨落的时候，就从北冥迁徙到南冥。迁徙的时候，要在水面上击水而行三千里后才能扶摇升空，直到九万里的高空之上。这是多么恢弘的气势！可以说，自从庄子在《逍遥游》中创造出这只鸟之后，它就一直翱翔在中国文化的天宇之上。拥有这样的文化背景，其档次之高，恐怕也是小说家想象力所能达到的极限了。

再说第二点：从悟空听闻唐僧已死后的表现，看他对唐僧乃至整个取经事业态度的变化。在悟空听信了唐僧已死的传言后，有一段心理描写："这都是我佛如来坐在那极乐之境，没得事干，弄了那三藏之经！若果有心劝善，理当送上东土，却不是个万古流传？只是舍不得送去，却教我等来取。怎知道苦历千山，今朝到此丧命！罢！罢！罢！老孙且驾个筋斗云，去见如来，备言前事。若肯把经与我送上东土，一则传扬善果，二则了我等愿心；若不肯与我，教他把松箍咒念念，褪下这个箍子，交还与他，老孙还归本洞，称王道寡，耍子儿去罢。"

听到这里，我们很自然地会想起"真假美猴王"故事中的六耳猕猴，也就是悟空的那颗妄心对沙僧所说的那段话："我打唐僧，抢行李，不因我不上西方，亦不因我爱居此地。我今熟读了牒文，我自己上西方拜佛求经，送上东土，我独成功，教那南赡部洲人立我为祖，万代传名也。"表面看起来，两番话非常相似。但仔细比较就会发现，虽然他还是希望自己把经传往东土，但今番想如此做的目的却与前一次有了性质上的区别：上一次他是出于愤恨，也是为了自己万代传名；这一次则是以为唐僧已死，虽不排除传扬善果、扬名立万的成分，但更大程度上是为了帮师父完成心愿。所以，这绝不能理解为悟空的二心再起，而是他已经把取经当成了自己和师父的共同使命。而在如来降伏妖怪后，他向如来说的那句"佛爷，你今收了妖精，除了大害，只是没了我师父也"，更是令人落泪。一句话，悟空变得越来越柔软了。

其实，悟空的态度，唐僧也是看在眼里的。当八戒被妖精捉住后，唐僧催促悟空快去救八戒，悟空笑着说师父你偏心，我老孙被捉住，你不挂念，呆子刚被捉住，你就着急。唐僧说什么？他说："徒弟呵，你去，我岂不挂念？想着你会变化，断然不至伤身。那呆子生得狼犺，又不会腾那，这一去，少吉多凶。你还去救他一救。"从唐僧的话，我们也可以看出唐僧对悟空的感情其实也和从前有了极大的变化。而悟空听了，也不再说些什么，赶快去救八戒，看到八戒浸泡在水中，除了一如既往地不忘开八戒的玩笑，竟然也生出了怜惜之心。总之，在这场堪称是西游途中最大的考验当中，我们可以看出，经历了千山万水以及万千考验，师徒四众的感情已经到达了水乳交融、亲如一家的程度。

第七十八回

映射历史

比丘国国王为何要用小孩心肝做药引？

《西游记》第七十八回的故事发生在西游十二年的冬天。说的是唐僧师徒来到一个叫比丘国的国家，发现这个国家家家门前都有一个鹅笼，每个鹅笼里都有一个小男孩。询问当地百姓，原来是一个老道将一个美女进献给国王，国王纵欲无度，身体衰弱，老道随即向国王献上了一个强身健体的药方，要用一千一百一十一个小儿的心肝做药引。唐僧师徒不忍，悟空当晚就用神通，将小儿藏起。第二天唐僧师徒见驾，唐僧与老道就佛道优劣展开讨论，结果老道占了上风。散朝后老道即向国王提出，唐僧的一副心肝可抵得过那一千一百一十一个小儿心肝的功效，国王大喜过望，准备以唐僧的心肝做药引。悟空探得消息，与唐僧将计就计，自己变成唐僧的模样面见国王，准备见机行事，除掉妖魔。

这一回我们要说的问题有两个：一是这一回国王用小儿心肝做药引有无历史依据，二是历史上的玄奘法师是否真如这一回里的唐僧那样拙口笨舌。

先说第一点：比丘国国王用小儿心肝做药引有无历史依据。

之所以在这里说这个问题，是因为坊间有一种流行的说法，认为比丘国的故事，是对于万历年间大太监高寀吃小儿脑事件的影射。根据沈德符《万历野获编》的记载，明神宗朱翊钧在位时大太监高寀被派到福建监督税收。做太监的，对于自己生理上的不完整都有一种自卑的心理，这时就有一些方士给高寀出主意，说这不要紧，只要能吃够一千个小男孩的脑子，就可以重新变回真正的男人。高寀对此深信不疑，于是到处买小男孩，然后悄悄杀掉吃脑子。时间久了，知道的人越来越多，于是那些穷人家就再也不肯卖孩子了。高寀买不到孩子，就让人到处去偷，一时间民间丢孩子的事情屡见不鲜。这是明朝一件很有轰动效应的大事件，按理说人神共愤，理应受到严惩，不过高寀却并没有因此受到什么太大的影响，明神宗知道这件事，也只是把高寀调回京师而已。

实际上，高寀吃小儿脑的事件发生在《西游记》已知最早的刻本世德堂本刊刻后不久，所以，比丘国国王要以一千一百一十一个小儿心肝做药引的故事肯定不是对于这件事的直接影射。但是，高寀事件也足以说明，在当时的社会，确乎存在这种乱象，而作者对于这种惨无人道的行径是深恶痛绝的。

再说第二点：历史上玄奘法师是否和《西游记》中的唐僧那样拙口笨舌。

在这一回里，作者设置了一个环节，就是以唐僧为代表的佛家和以妖道为代表的道家之间的辩论。我们切不可小看了这场论战。实际上，这种闹到朝廷上的佛道论战，在中国历史上还真的发生过，而且不止一次，双方也各有输赢。规模最大的一次，是元宪宗八年（1258）在开平府的大安阁举行的那场规模空前的佛道大辩论，双方都派出了最强大的阵容，并由忽必烈亲自担任裁判。经过激烈交锋，最终佛门获胜。

说完了历史上的佛道辩论，再回到《西游记》。在本回的这场论辩中，唐僧的表现是不太理想的。他讲了一通"万缘都罢""诸法皆空"的道理，但很明显，并没有得到比丘国君臣的认可；而老道在讲完之后，不但国王欢喜，满朝文武也是一片喝彩。最后的结果是唐僧"不胜羞愧"：很明显，唐僧输了。并且，还有学者深挖了一下唐僧用来和老道辩论的那些话语，发现不少都是直接来自元代全真派道士三于真人的《心地赋》，这样的话，唐僧真的是连面子带里子都输得一干二净。

历史上的玄奘法师，是不是真如唐僧那样拙口笨舌呢？绝对不是。玄奘法师二十一岁的时候，在庄严寺为僧众讲解佛经，就已经震动了长安的佛教界，被人们称为稀世之才；后来到印度那烂陀寺跟随戒贤学习的时候，又时常代表那烂陀寺与向大乘佛教挑战的各种外道论战，每次都大获全胜；而其在离开印度之前在曲女城召开的无遮大会上，玄奘将自己的论点悬挂在会场上迎接挑战，一连十八天，竟然无人敢应战,足见历史上真实的玄奘法师的见解之深与口舌之利。

总之,我们千万不要将《西游记》中的唐僧与历史上真实的玄奘法师混为一谈。唐僧的风采,比起玄奘法师的深沉勇毅、辩才无碍来说,那是相差不可以道里计的。

第七十九回

笔墨深刻

为何"有背景"的妖怪总能逍遥法外?

《西游记》第七十九回说的是悟空假扮唐僧去见国王,国王提出要借唐僧的心做药引。悟空不以为意,剖开胸膛,滚出一堆心来,唬得国王胆战心惊。悟空变回真形,与老道战在一处。老道不是悟空的对手,化作一道寒光,与其进献给国王的美女一道逃走。悟空紧追不舍,眼看赶上,就要结果妖精性命之际,南极老人星赶到,将老道救下。原来这老道乃是南极寿星胯下的梅花鹿。那美女则被八戒一耙打死,原来她是一只白面狐狸。悟空与仙翁一起到比丘国,说明原委,国王召开宴会,款待仙翁,仙翁临行,以三颗仙枣相赠。

这一回我们要说的问题有两个:一是这一回故事背后的典故,二是妖精的背景问题。

先说第一个：这一回故事背后的文化典故。

这一回的最后，南极仙翁出面，说出梅花鹿之所以在比丘国为害的缘由：原来是东华帝君到南极仙翁处下棋，就在两个神仙下棋的时候，梅花鹿趁机下界。又说比丘国国王宴请南极仙翁，南极仙翁以三颗仙枣相赠，国王吃下后，感到病也好了，身体也轻快了。

对中国文化有所了解的人在看到这两个情节的时候，一定会觉得熟悉无比。没错，这就是"观棋烂柯"这一典故的另一个版本。

"观棋烂柯"是中国一个非常著名的典故。根据梁代任昉《述异记》的记载，晋朝时有一个叫王质的樵夫到石室山砍柴，看到有两个童子一边唱歌一边下棋。王质就在旁边一边听歌一边看下棋。一个童子给了王质一个东西，像枣核的形状，王质含在嘴里，很久也不觉得肚子饿。过了一会，童子对王质说你该走了。王质起身，看身边的斧子，斧子的手柄已经腐烂了。等王质回到家的时候，发现时间已经过了几十年，同代人都已经离世。

在这个故事里，人们可以读出对生命短暂的感慨，对世事沧桑的感慨，对当下与永恒的迷惘。正因为如此，故事流传得广泛而久远。因为故事太有名，就产生了两个很有意思的后果：一是围棋从此和"烂柯"二字结下了不解之缘，后世的许多棋谱，都以"烂柯"为名，而围棋似乎也就成了仙人标志性的休闲娱乐活动；二是大枣这种浆果从众多的食品中脱颖而出，成了某种带有长寿意味的滋补食品。这个故事在传播的过程中，也产生了很多版本，人物的身份年龄乃至性别都发生了变化,南极仙翁与东华帝君的故事正是众多的版本之一。

回过头再看比丘国的故事,我们就会觉得这个故事挺有意思。一是不露痕迹地将"观棋烂柯"的诸多文化要素运用到故事之中,显得文化含量十足;二是在南极仙翁下棋的时候,安排他的坐骑下界走了一趟,这就对原来的故事进行了某种颠覆,令人有一种脑洞大开的惊喜。

再说第二个问题:《西游记》中妖怪的背景。

比丘国的故事中一共有两个妖怪,一个是梅花鹿,一个是白面狐狸。要论作恶,白面狐狸不过迷惑了国王一人,梅花鹿变化的老道却要吃一千一百一十一个小儿的心肝,后者不知比前者要大多少,但二者的结局却大不相同,后者不过被寿星劈头打了一掌,前者却被八戒一把打了九个血窟窿,非常难看地死去。

再联系上一回狮驼岭的三个妖怪把狮驼岭、狮驼城吃成了人间地狱,最后却毫发未伤地被佛菩萨带回的事情,我们就会认同网上流行很久的那个段子:没背景的妖怪都被打死了,有背景的妖怪都活了下来。

所谓"背景",指的是天界的神佛。神佛自然是好的,但他们的属下或亲戚却时常为恶并逍遥法外。它所影射的,就是一些达官显贵自身或许清廉,但他们的亲信下属却往往为害不浅的社会现象。这确实是一种现实的存在。"阎王好见,小鬼难缠",这是民间的表述。那么官员们自己的表述呢?《四库全书》的编纂官、乾隆爷的宠臣纪晓岚是这样说的:"其最为民害者,一曰吏,一曰役,一曰官之亲属,一曰官之仆隶。是四种人,无官之责,有官之权。"在其号称"实录"的《阅微草堂笔记》里,就记载了一个真实的故事,从这个故事以及围绕着这个故事引发的一些议论中,我们就可以看出封建时代官僚爪牙为害之烈到了怎样的程度,以及这些官僚看待这个问题的态度。这个故事说的是,有一个专门做跟班为生的人,曾经多次挟制官长而官长竟然对他束手无策,就连他的妻子都是官长家被他拐跑的婢女,官员竟然连追都不敢追。围绕着这个长随的行为,官员展开了议论,其中一个官员是这样说的:"此辈依人门户,本为舞弊而来。譬彼养鹰,断不能责以食谷,在主人善驾驭耳。""譬彼养鹰,断不能责以食谷"竟然成了官场共识,可见这种现象在当时已经到了怎样严重的程度。纪晓岚所处的时代,还是所谓"康乾盛世",和纪晓岚谈论问题的那些官僚还是那些"好"官僚,在《西游记》写作的那个以纵弛而闻名的明代中后期,这种腐败更不用说严重到什么程度了。在这个意义上,《西游记》虽然是一部到处都有游戏笔墨的轻松小说,但所反映出来的社会问题,还真是不乏深刻。

第八十回

童身修行

老鼠精一语道破西游路上女妖最大的秘密

《西游记》第八十回故事发生在西游十三年的春天，遇到的妖怪是鼎鼎大名的老鼠精。从本回开始，接连四回的主角，都是这个老鼠精。这一回是故事的开篇部分。说的是唐僧师徒走到一片黑松大林时，遇到了一个被绑在树上的美貌女子，声称自己是在为父母扫墓时被强盗抢来的，恳请唐僧师徒搭救。悟空看出这女子是一个妖怪，但唐僧在八戒的撺掇下，还是执意将这女子救下，带在身边。这一回的结尾，是当天晚上，师徒四人带着这个女子走到一处叫"镇海禅林寺"的寺庙歇宿下来。至于一个女人来到寺庙里住下会发生什么不得了的事情，那就要在后面一回揭晓了。

这一回我们要提醒大家注意的要点有三个。一是为什么这只小小的老鼠精能够占据四回的篇幅；二是唐僧在与悟空意见相左时的态度与从前相比发生的变化；三是提醒大家注意锦毛老鼠精所说的一句极其重要的话："那唐僧乃童身修行，一点元阳未泄，正欲拿他去配合，成太乙金仙。"

先说第一点。在《西游记》中，能够占据四回篇幅的，一般都是法力极高的大魔头，比如牛魔王，狮驼岭的大鹏、白象、青狮。那么，为什么一只小小的老鼠精，竟然也能够享受到如此非凡的待遇？原因很简单，因为老鼠这种动物虽然很小，似乎也不怎么讨人喜欢，但在中国文化中，地位却并不低。

这种重要性最直观的体现，就是其在十二生肖中座次名列第一。这里面实际包含两个层次的问题：为什么老鼠能够列于十二生肖之中，为什么老鼠列第一。

老鼠能够位列十二生肖之中，是因为它与人类的关系极为密切，而在这种密切的关联中，人类发现了它具有的一些特别的优点。老鼠有极其强大的生育能力，性早熟，孕育期短，而且全年均可受孕，根据测算，一对老鼠在一年之中所繁衍的鼠子鼠孙，就可以达到上千，这正好与中国注重生育的传统文化极为契合。老鼠有极其顽强的生命力，只要有人类的地方，就一定有老鼠的身影，而且无论人类用什么办法，都无法将其消灭。老鼠有强大的生存技能，爬山游泳，上树打洞，它几乎无所不能。所有这些特点，使人类在转换了一种视角之后再看老鼠，很容易生出一种赞叹之情。

而其能够在十二生肖中位列第一，也与生活习性有关。中国以十二地支计时,每个地支对应一个时辰,该地支所对应的动物,正好都是在该时辰中最为活跃的。老鼠在凌晨时分最为活跃,所以就理所当然地排在最前面了。

再说第二点:唐僧对悟空的态度。

在西游的路上,妖怪变作妇女儿童,利用唐僧的同情心而给取经团队造成麻烦的事情已经发生过好几回了。这一回也是一样。不过,在这一回中,我们不难看出唐僧对待悟空、八戒的态度和从前相比发生了很大的变化。当锦毛老鼠变化的美女出现在取经团队面前,假说自己是被强盗所掳的时候,八戒是一如既往地怜香惜玉,上前进行解救,悟空则认定美女是妖精,于是八戒就和悟空发生了冲突。唐僧虽然还是对女子心怀慈悲,但这一次却首先站在了悟空一方,说:"八戒呵,你师兄常时也看得不差。既这等说,不要管他,我们去罢。"即使后来唐僧在妖精的一再哀求下还是把妖怪救了下来,但也不再坚持自己的看法是正确的,而只是说假如发生了问题,这个锅自己和八戒来背就是。由此不难看出,此时的唐僧,理性的天平已经是很明显地倾斜到了悟空一方,他不能放下的,其实只是自己的同情心而已。

最后说第三点。

在蝎子精那一回里,我们其实已经提到,西游路上的女妖之所以不和那些男妖一样要吃掉唐僧,而是一定要和唐僧同房,并不是因为唐僧相貌英俊,气宇非凡,而是因为与唐僧结合,能够获得更大的好处,把这个好处明明白白地揭示出来的,就是这一回老鼠精所说的这句话:"那唐僧乃童身修行,一点元阳未泄,正欲拿他去配合,成太乙金仙。"这句话,乃是整个《西游记》中女妖与唐僧故事的核心,所以值得特别的注意。

第八十一回

镇海禅林

寺院到底能不能容留女性住宿？

《西游记》第八十一回说的是唐僧师徒带着解救来的女子住进了镇海禅林寺。唐僧偶感风寒，只得暂停西行，住下养病。这一病就是三日，在这三日之中，镇海寺每天夜里都有两个和尚死于非命。为了探知究竟，悟空变化作一个俊俏的小和尚前往佛殿，夜半时分，果然有一个美貌的女妖前来色诱自己，而且也果然不出悟空所料，这女妖正是前几日解救的那个女子。双方交起手来，那女妖不是悟空的对手，化作一阵清风逃走，不过在逃走的时候，顺便掳走了正在方丈中安歇的唐僧。

这一回我们要说的问题有两个。一是"镇海禅林寺"到底是个什么寺；二是这镇海禅林寺之所以在三天内一连死了六个和尚，全都是因为容留了老鼠精幻化的女子入寺住宿，于是我们的问题来了：佛教的寺院，到底能不能容留女性住宿呢？

我们先说第一个问题："镇海禅林寺"到底是个什么寺。

其实，只要对佛教稍有了解的人，看过《西游记》中对"镇海禅林寺"情况的描写，都会有一种怪怪的感觉。中国的佛教寺院，在元代之前，大体上是按照教派来分的，比如禅宗的寺院叫禅寺，律宗的寺院叫律寺，而天台法华诸宗的叫教寺。到了明代，朱元璋进行了革新，将佛教寺院按照功能分成了三种：禅寺、法寺、教寺。其中，禅寺是供禅师们参禅悟道的寺院；法寺是注重经纶研究，弘教说法的寺院；教寺则是从事世俗教化的寺院。

明白了中国佛教寺庙的分类，再看这座"镇海禅林寺"，就会发现，无论是按照元代之前的佛寺种类的划分，还是按照明代之后佛寺种类的划分，它都是一个很奇怪的所在。"禅林寺"，顾名思义，一定是一所禅宗寺庙，而禅宗乃是中国所独有的一个宗教流派。也就是说，在中国之外，是不可能有禅寺的。而这座"镇海禅林寺"在哪里呢？按照《西游记》里交代的，唐僧离开了两界山，就到了西牛贺洲的地界。一座禅寺坐落在西牛贺洲，实在是一件非常奇怪的事情。而且住在里面的和尚不对。按照《西游记》里所说的，住在这座镇海禅林寺中的和尚，乃是一群"喇嘛僧"。喇嘛，是对藏传佛教僧人的称呼，藏传佛教僧人住在一座禅寺中，实在也是一件非常搞笑的事情。

《西游记》中之所以出现这种情况，主要是因为它带有很强的民间性，而一般的民间人士，遇佛烧香，进庙磕头，对于佛教内部这许多的分别其实是不在意的。

再说第二点：佛教的寺院是否允许女子，特别是年轻的女子歇宿。回答是，女子进入寺庙烧香是没有问题的，但在一般的情况下，是不允许女子在寺庙内歇宿的。但在一些比较特殊的情况下，也不是那么绝对。以本回的故事而言，一个被强盗掳掠的女子，前不着村后不着店，如果镇海寺不容留她，将其置于夜晚的荒郊野外，随时都会有生命危险，方丈允许她暂时安歇在寺院中，也是此种情形下仅有的选择了。这就好比儒家经常讲的"从经"与"从权"：男女授受不亲，经也；嫂溺援之以手，权也。假如看着嫂子落水而不伸手救援，那就无异于禽兽了。

还要捎带说明的是，在《西游记》中，作恶的道士很多，比如虎力、鹿力、羊力几个大仙，比如比丘国的国丈等；但其实，《西游记》中的坏和尚也不少。比如观音禅院中的金池长老，二百七十多岁了，因为贪恋唐僧的袈裟，竟要置人于死地；这一回镇海寺的和尚，其整体水平也堪忧。唐僧师徒带着那女子来的时候，众僧攒攒簇簇，都到方丈中来，除了问唐僧取经的事情，还因"贪看那女子"。而那几个死于非命的和尚，固然很可怜，但究其根本原因，还是悟空说的"那几个愚僧，都被色欲引诱，所以伤了性命"。他们自己也要负很大责任。

《西游记》之所以这样写，也有两个原因：一是和唐僧做对比，在这种对比面前凸显唐僧在色欲面前的定力；二也是表达了当时民间对于僧人的一种看法。普通下层的百姓，固然在很多时候需要佛教给自己的心灵提供寄托的港湾，但在内心深处，却又很难对其有发自内心的虔诚信仰。民间说"三姑六婆",其中的"三姑"是"尼姑""道姑""卦姑","六婆"是"牙婆""媒婆""虔婆""稳婆""药婆""巫婆",将尼姑与媒婆、虔婆之类的角色相提并论,足可见这种态度。我们看"三言二拍"、《水浒传》等民间色彩浓厚的文学作品,总有一些形象甚是负面的和尚尼姑,而热衷于烧香拜佛的女性,特别是年轻女性也罕有正面的形象,都是这种观念在文学作品中的反映。

第八十二回

天地为媒

老鼠精招亲背后不为人知的故事

《西游记》第八十二回说的是悟空打听到唐僧被老鼠精捉到陷空山无底洞准备成亲,于是潜入洞中打探消息,正好就看到了老鼠精纠缠唐僧的一幕。悟空见机行事,变作一个桃子,趁着妖精张口要吃,一骨碌滚在妖精的腹中,一番折腾,几乎将妖精疼死。妖精被逼无奈,只好将唐僧送出无底洞。

这一回我们的问题有两个:一是从悟空对八戒的一番调教看悟空性格前后发生的巨大变化;二是说一说老鼠精招亲故事的背景与来历。

先说第一个问题:从悟空对八戒的一番调教看悟空性格前后发生的巨大变化。

八戒第一次探路，遇到两个在井上打水的女子，八戒一眼就看出那是两个女妖。难道八戒和悟空一样，有了火眼金睛不成？不是的。原来八戒是看到那两个女子戴的是"一尺二三寸高的篾丝鬏髻，甚不时兴"。这当然是作者的幽默，大概在当时看来，戴着这种过时的、高高的发饰的女子，怪模怪样的，和妖怪差不多吧。八戒一开口就是："妖怪。"这一句妖怪，让那两个女子勃然大怒，抡起抬水的杠子，照着八戒的脑袋就是几杠子。八戒狼狈回来，向悟空说明情况，悟空于是就借着山中两样木头，也就是杨木与檀木的遭遇，给八戒讲了一通"温柔天下去得，刚强寸步难移"的道理：杨木柔软，匠人们于是拿来雕刻做佛像，供人礼拜；檀木坚硬，所以匠人们就把它用铁箍了头，用作油坊里的杵子，每日受捶打之苦。由此告诉八戒："人将礼乐为先""你一身都是手，也要略温存"。八戒听了悟空的话，再次前去探路，唱个喏儿，称呼人家做"奶奶"，而这次果然就受到了很好的礼遇，两个女妖随口就把老鼠精准备招亲唐僧的重要信息透露给了八戒。

"温柔天下去得，刚强寸步难移""人将礼乐为先""你一身都是手，也要略温存"，这些话语，在中国人而言是耳熟能详，没有什么可值得奇怪的。值得奇怪的是这番话居然是从孙悟空口中说出的。孙悟空给我们留下印象最深刻的，恐怕就是他那点火就着的火暴脾气，但如今却说出一段充满阴柔色彩的话语，特别是他拿山中的杨树与檀木所打的那两个比方，简直就是老子《道德经》中"万物草木之生也柔脆，其死也枯槁"这一番话的翻版。这说明了什么？说明了悟空的思想性格发生了深刻的变化，他越来越成熟了。

再说第二点：老鼠精招亲故事的背景与来历。

《西游记》中安排进一个老鼠精,那是再自然不过的。只要我们仔细回忆一下,就会发现,这十二生肖,《西游记》一个也没有落下。牛有牛魔王,虎有虎力大仙,兔有玉兔精,龙有四海龙王,蛇有荆棘岭上不会说话的蛇妖,马有小白龙,羊有羊力大仙,猴有孙悟空,鸡有昴日星官,狗有哮天犬,猪有八戒,怎么可能单单没有排在十二生肖第一位的老鼠呢?另外"老鼠娶亲"这个题材,在民间的影响实在是太广泛了。老鼠和人类的关系可以说是太密切了,自从有了人类,不管我们喜欢也罢,不喜欢也罢,老鼠都如影随形地伴随在人类身边。对于老鼠,我们最基本的反应当然是厌恶,但在长期的观察和相处中,人类也发现了它的一些优点,特别是善于积蓄、胆小温驯、生育力极强这几个特点,更是与社会上对于理想的家庭女性的角色要求有着相当高的契合度。如此一来,毫不奇怪地,你就能在相当广泛的范围内找到"老鼠娶亲"的故事。

老鼠精与其他女妖有不大一样的特点。《西游记》中的女妖,实际上是代表了世界上不同类型的女子,她们对唐僧的诱惑,实际上也象征着我们在这个世界上所可能遇到的不同类型的女性带给我们的诱惑。比如琵琶精的妖冶泼辣,蜘蛛精的青春活泼,女儿国国王的富有,等等。那么老鼠精呢?就是那种很熟悉而舒服的家常风景。她居住的环境,有日色风声,又有花草果木;住的地方,是一座二滴水的门楼,团团都是松竹,内有许多房舍,和妖怪惯常住的石洞很不相同。就是要和唐僧婚媾,也要"指天地为媒",还要办上一桌子丰盛的婚宴,而且从婚宴用水都要取山凹"阴阳交媾的好水"来看,那态度和我们日常生活中对婚宴的重视简直是一模一样的。难怪在这一回里,唐僧面对老鼠精的热情,虽是半真半假,也还是叫了她一声"娘子"了。

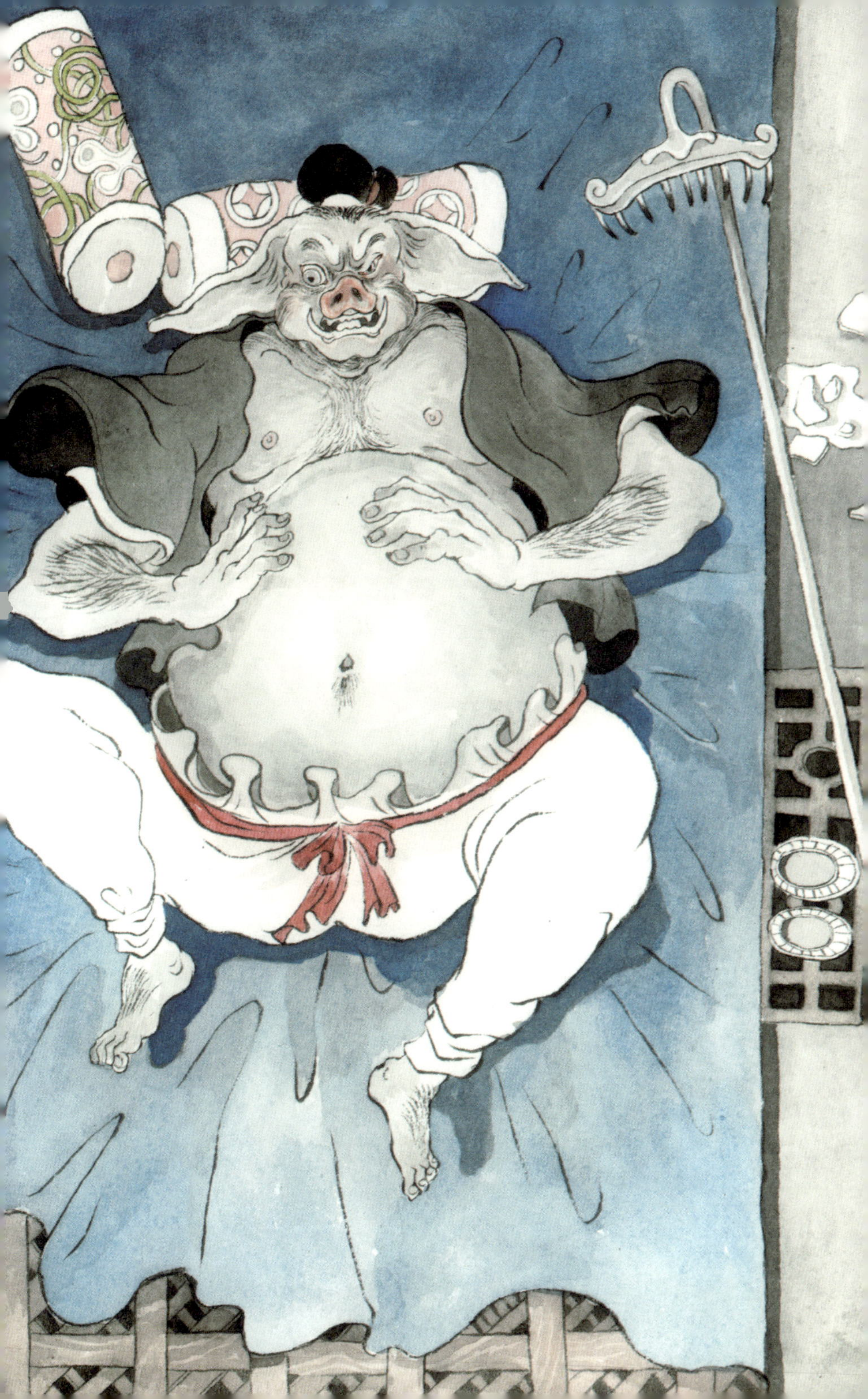

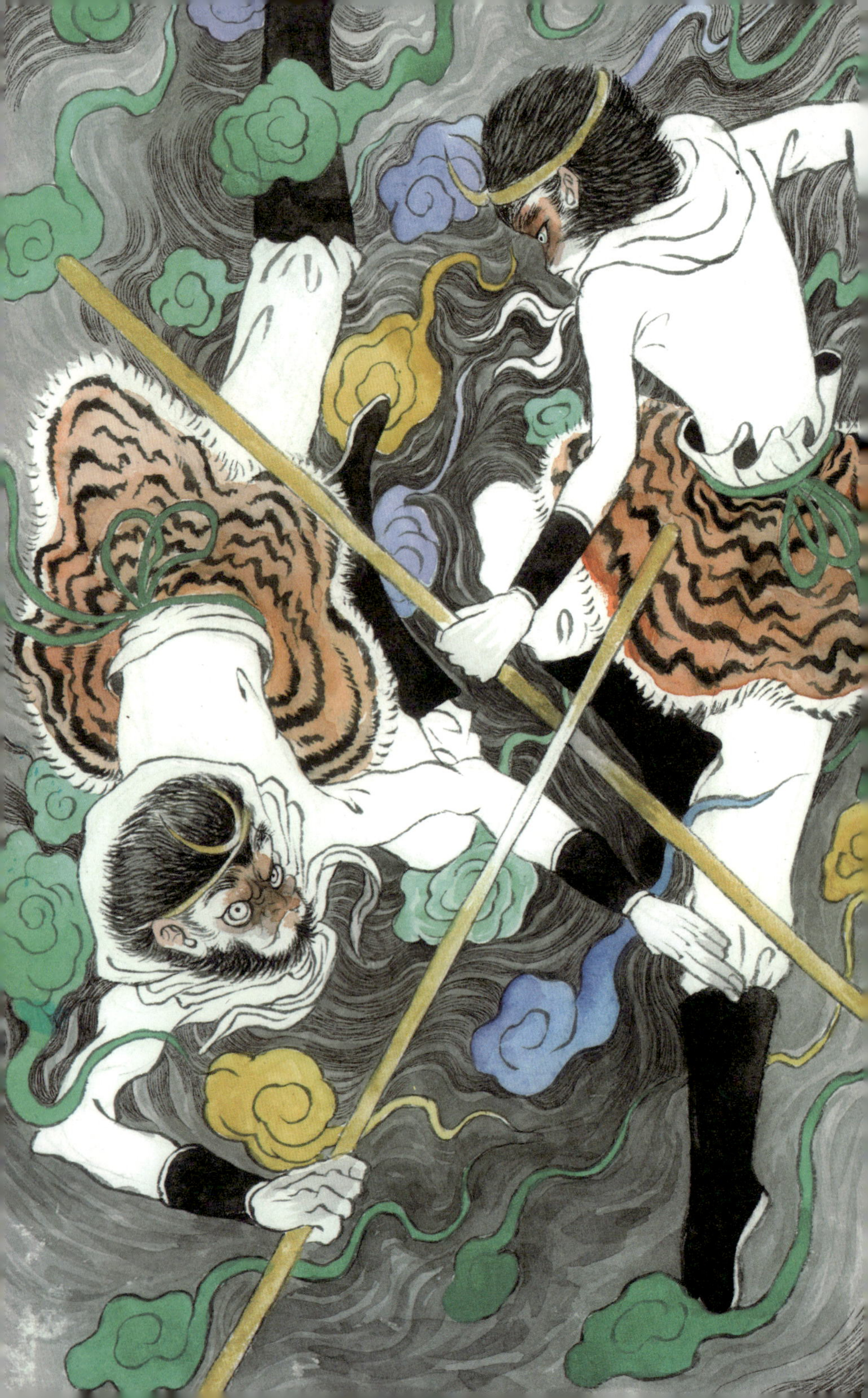

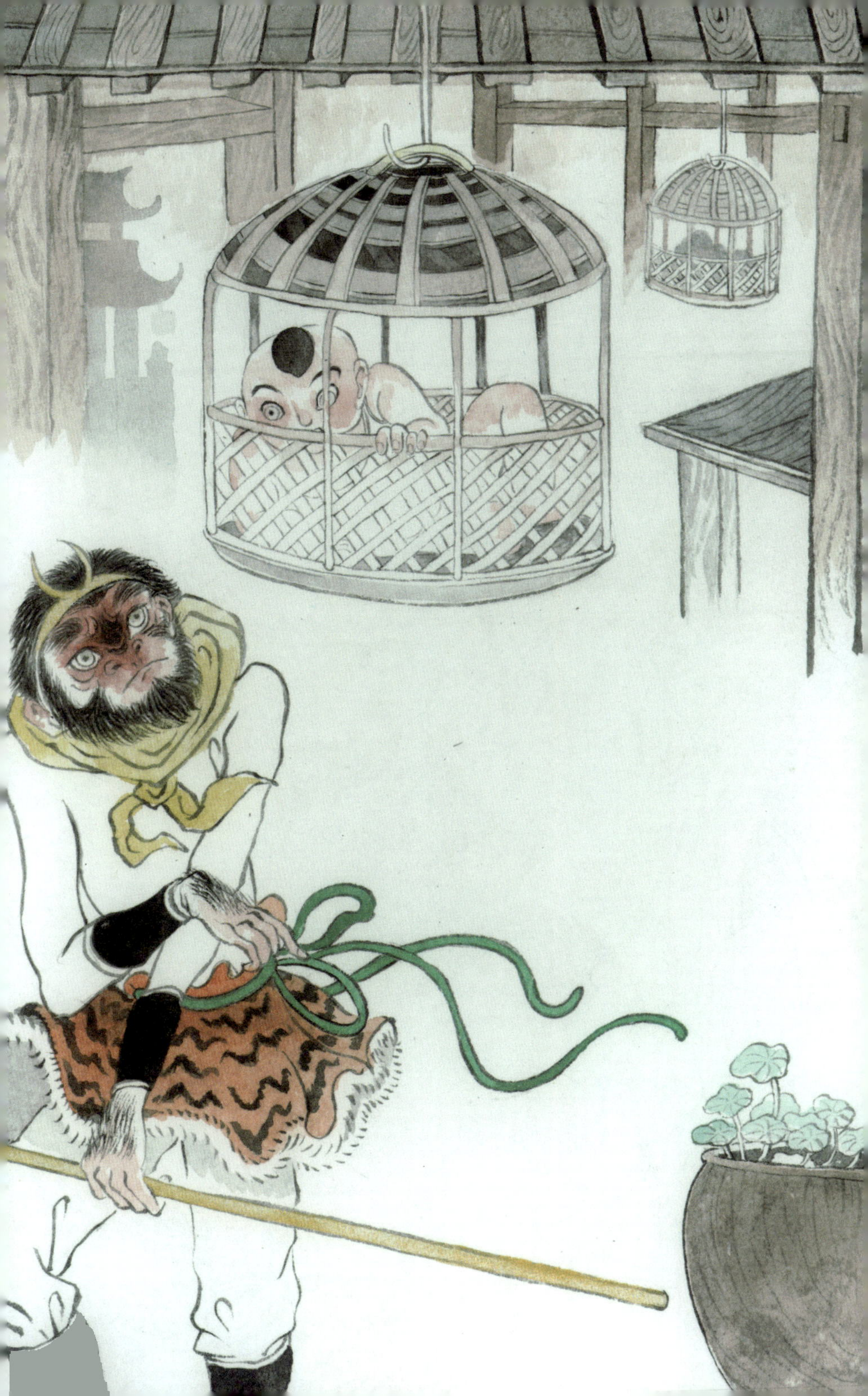

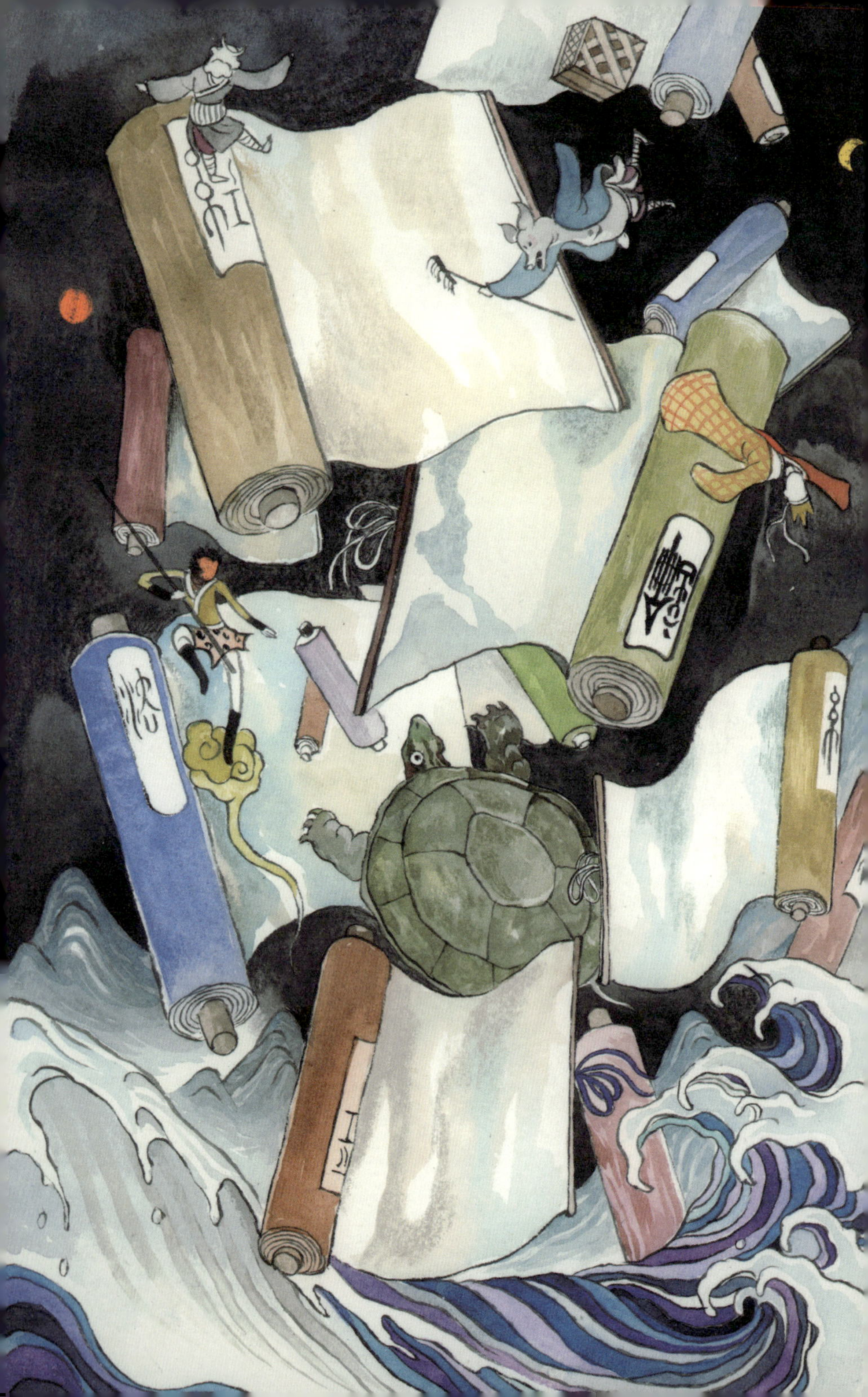

第八十三回

是非恩怨

老鼠精怎么会成为托塔李天王的义女?

《西游记》第八十三回说的是妖精万般无奈,只好将唐僧送出无底洞。送出之后,悟空从妖精口中跳出,随即双方就开始了打斗。八戒、沙僧看悟空打得热闹,撇下唐僧,也加入战斗。妖精不是对手,化成清风逃走了,顺便又把唐僧摄入了洞中。

悟空二次入洞,却在无意中发现妖精供着一个牌位,上面写着"尊父李天王位"以及"尊兄哪吒三太子位"。悟空得了牌位,不再与妖精纠缠,而是直上天宫,在玉帝面前告了李天王一状。原来,这妖精乃是三百年前在灵山偷吃如来香花灯烛的一只金鼻白毛老鼠精,李天王奉命前去捉拿,饶老鼠精不死,老鼠精心怀感念,遂拜李天王为义父,拜三太子为兄。悟空说明原委后,李天王和哪吒随即下界,捉住妖怪,押回天庭交旨,悟空救出唐僧,继续向西而行。

这一回我们要注意的有两点。一是，为什么作者会安排老鼠精为李天王的义女？这背后有什么文化渊源？二是，要大家注意这一回中一个非常重要的插曲：李天王和哪吒这对父子的是非恩怨，以及这之中的文化意味。

先说第一点：老鼠精与托塔李天王的渊源。

老鼠精怎么和托塔李天王扯上关系了呢？根据李天飞的考证，是因为唐代高僧不空的《毗沙门仪轨》。

托塔李天王的原型，是毗沙门天王。而老鼠精与毗沙门天王的渊源，根据《毗沙门仪轨》的说法，天宝元年，大石、康国等五个国家围住了唐朝的安息城。安息告急，但安息距离长安一万多里，要等朝廷派兵，那真是黄花菜都凉了。唐玄宗向一行法师寻求办法，一行法师推荐了胡僧大广智法师。大广智法师立即作法，登时就有一位金盔金甲的天将带领数百神兵来到玄宗面前。玄宗问大广智法师来的救兵是谁，法师解释说是毗沙门天王的二儿子独健。二郎独健随即带领神兵赶赴安息。不久之后，安息传来消息，说来了一位金盔金甲的神将，驱使无数老鼠把敌人的弓弦统统咬断，我方于是大获全胜。

就这样，老鼠精和托塔李天王就发生了关联。而到了《西游记》作者笔下，这种关联就被具体化为义父与义女的关系。当然，作者这样一番改动，也是有其深意的，那就是，下界为害的妖魔，不仅有上界神仙（比如奎木狼）、神仙的坐骑（比如太上老君的青牛、文殊菩萨的狮子）、仆从（比如金角银角大王），还有他们的亲戚。而这种关系实际上又是当时社会现实的一种影射，即当时为害社会的各种势力，往往与上层官僚有着千丝万缕的关联。

再说第二点：李天王与哪吒这对父子之间的恩怨，以及这种恩怨背后的文化意味。

这一回的主要故事是李天王父子下界帮助悟空降魔，不过，在降魔之前，在李天王的住处，还发生了一个非常重要的插曲。因为李天王早就忘记了下界还有一个干女儿，所以当悟空说天王纵容女儿下界为害的时候，天王恼怒之下一刀劈向悟空，被哪吒以斩妖剑架住。李天王看到这一幕的反应是大惊失色。何以如此呢？书中是这样写的：

> 原来天王生此子时，他左手掌上有个"哪"字，右手掌上有个"吒"字，故名哪吒。这太子三朝儿就下海净身闯祸，踏倒水晶宫，捉住蛟龙要抽筋为绦子。天王知道，恐生后患，欲杀之。哪吒愤怒，将刀在手，割肉还母，剔骨还父；还了父精母血，一点灵魂，径到西方极乐世界告佛。佛正与众菩萨讲经，只闻得幢幡宝盖有人叫道："救命！"佛慧眼一看，知是哪吒之魂，即将碧藕为骨，荷叶为衣，念动起死回生真言，哪吒遂得了性命，运用神力，法降九十六洞妖魔，神通广大。后来要杀天王，报那剔骨之仇。天王无奈，告求我佛如来。如来以和为尚，赐他一座玲珑剔透舍利子如意黄金宝塔，——那塔上层层有佛，艳艳光明。——唤哪吒以佛为父，解释了冤仇。所以称为托塔李天王者，此也。今日因闲在家，未曾托着那塔，恐哪吒有报仇之意，故吓个大惊失色。

就是这一个小小的插曲，后来在《封神演义》中被敷衍成多达数回的文字，而哪吒也成为中国古典文学中一个极为特殊的角色。中国的文化，向来推崇孝道，甚至将孝道推崇到了一种不近情理的地步，所谓"天下无不是的父母"，所谓"父要子亡，子不得不亡"。但这个哪吒，却是一个端着火尖枪要置父亲于死地的狠角色，而吊诡的是，对这个极其叛逆的角色，后世读者的主流反应却是报之以同情与喜爱。个中原因，主要是托塔天王这个父亲对儿子太薄情寡义了。当我们读到哪吒在父亲的逼迫下执刀在手，割肉还母，剔骨还父的时候，我们对哪吒很难不生起由衷的同情，而当我们看到哪吒端着火尖枪追杀天王的时候，心中也就很难不生起一种由衷的快意。哪吒的故事，实际上是对很多人心中"父要子亡，子不得不亡"愚孝观念的一个有力的反思与反拨，它是中国传统的"孝文化"中几乎绝无仅有的一个异数，所以特别值得注意。

第八十四回

夜半剃头

悟空为何要用特殊的方式震慑灭法国国王？

《西游记》第八十四回的故事发生在西游十三年的夏天，说的是唐僧师徒走到了一个叫作"灭法国"的国家，这个国家的国王两年前发下一个大愿，要杀满一万个和尚，如今已经杀了九千九百九十六个，只差四个了。唐僧师徒一行人假扮俗人，在国中的一个旅店内歇宿，怕光头被人看见，于是睡在一个大木柜中。半夜时分，一伙强盗打入旅店，将柜子抬出城外，出城后不久遇到官兵，柜子落到官兵手中，准备第二天交给国王定夺。唐僧怕第二天国王见到自己一行正好四个和尚，杀了去凑一万之数，很是恐惧。悟空告知师父不必担心。他变作蟭蟟从柜子里出去，径直来到皇宫，把金箍棒变作千百口剃头刀；又拔下许多毫毛，变作千百个小行者，一人一把刀，把国王、妃嫔并全城大小官员的头发全部剃掉。做完这些事情，悟空依旧回到柜中睡觉。用悟空对唐僧说的话就是："明日见那昏君，老孙自有对答，管你一毫儿也不伤。"

这一回中，给人留下印象最深的地方，就是悟空用夜半剃头的方式震慑灭法国国王的手段。对于书中的这一段描写，古往今来的评论者都认为是神来的一笔。那么，作者给悟空安排这种震慑国王的方式，好在什么地方呢？

在普通读者看来，这当然是非常有意思的一笔，因为头发的"发"与灭法国的"法"谐音，"灭法国"成了"灭发国"，确实有相映成趣之妙。

另外，在有着一定佛教知识的读者看来，这也是很有学问的一笔，因为根据《佛说鸯崛髻经》的说法，当年鸯崛髻相信杀满一千人就能功德圆满，得到涅槃，于是就开始杀人，还剩最后一个，正巧他的母亲给他送饭，就想干脆把母亲杀了凑数，正要动手之际，佛陀到来，为鸯崛髻说法，鸯崛髻表示皈依后，佛陀说了一句"善来诸比丘"，鸯崛髻的头发胡须就自动脱落了，两相对比，悟空给国王剃头的故事就显得很有来历。

但国王肯定不会觉得好玩。小说描写那国王一摸脑袋，不见了头发的反应是"唬得三尸神咋，七魄飞空"。为什么剃掉了头发，就能让国王如此惊恐？当然是国王读出了其中的潜台词：今天我能够剃掉你的头发，明天我就能割掉你的脑袋。

从心理学的角度来分析，《西游记》给悟空安排了这样的震慑手段，确实是深谙人心的神来之笔。在人的心灵深处，家，特别是卧室，乃是这个世界上最安全的角落,当这个角落变得不安全的时候,人在心理上受到的震荡是最为强烈的。

英国政治家老威廉·皮特1763年在国会的演讲《论英国人个人居家安全的权利》中的一段话应该说是把这个道理说透了:"即使最穷的人,在他的小屋里也能够对抗国王的权威。屋子可能很破旧,屋顶可能摇摇欲坠;风可以吹进这所房子,雨可以淋进这所房子,但是国王不能踏进这所房子,他的千军万马也不敢跨过这间破房子的门槛。"这也就是人们常说的"风能进,雨能进,国王不能进"。古往今来的法律,对于入户抢劫、盗窃都是从重处罚,实际上也表明了对于个人居所于人心理上的重要性的认识。普通人如此,国王就更不要说了。如今竟然有人能够在自己的睡梦之中将自己的头发剃掉,国王的恐惧,也就可想而知了。

第八十五回

三武一宗

灭法国国王要杀一万个和尚背后的真相

《西游记》第八十五回的故事分为上下两个部分。上半部分是灭法国故事的结局，说的是国王上朝，发现文武官员和自己都被剃落了头发，不禁对以往杀害和尚的行动十分后悔。正巧此时官兵带着大柜子到来，柜子打开，唐僧师徒走出。被剃了头发的国王自然对唐僧师徒十分礼敬，不仅大摆筵宴，还拜唐僧为师。临行前，国王请求更改国名，悟空将"灭法国"改为"钦法国"，而后师徒四人继续西行。

后半部分则是隐雾山豹子精故事的开端，故事发生的时间是从灭法国出来后不久，说的是唐僧师徒来到一个叫隐雾山折岳连环洞的地方，遇到了一个善于喷云吐雾的妖怪，本事和猪八戒差不多，采纳手下一个小妖所献的"分瓣梅花计"，调虎离山，趁虚下手，将唐僧捉入洞中。

因为豹子精的故事在这一回刚刚开端,所以豹子精的事情我们下一回再讲。这一回,我们先把灭法国的问题做个了结。

在本回中,灭法国国王对自己何以要杀一万个和尚做出了解释:"朕常年有愿杀僧者,曾因僧谤了朕,朕许天愿,要杀一万和尚做圆满。"于是我们的问题来了:作者为什么在取经路上,安排这样一个国度呢?它背后影射的又是什么呢?

我们的回答是:作者安排灭法国这样一个国度,用意很明显,就是以此来影射历史上那些灭佛的事件;另外,也不排除对明朝开国皇帝朱元璋的影射。

自从佛教产生以来,虽然传播广泛、影响深远,但在传播的过程中,也曾经经历过许多次灾难与重大打击。这些灾难和打击,佛教界有个专门的术语,叫"法难"。

在中国,最有名的法难就是所谓"三武一宗"法难。历史上的"三武一宗"法难,是指北魏太武帝、北周武帝、唐武宗和后周世宗等四位帝王所带来的四次大祸害。当时,无数的寺院、经书、佛像、法器等被焚毁、破坏,大量僧侣遭到杀戮,或被迫还俗。这一次次的打击,使得佛教的发展遭到严重的扼杀,甚至面临生死存亡的危险。

在世界范围内,佛教所经历过的"法难"也不少,而其中又尤以佛教产生地的印度本土最为严重。佛教本产生于印度,也曾经是印度的第一大宗教,但从十一世纪以来,在印度教、伊斯兰教的挤压下,佛教日渐式微；到十六世纪的锡兰一系，佛教在印度半岛已近销声匿迹。其他如日本、朝鲜，历史上也都有过灭佛的事件。

作者给这个国家起个"灭法国"的名字，很明显，主要就是为影射历史上那些法难而写的。

为什么说也不排除对朱元璋的影射呢？这是因为，在明朝人的眼中，朱元璋似乎是个对佛教、和尚有着很深仇怨的皇帝。在明朝小说《英烈传》中，曾有这样一个情节，说朱元璋当年带兵打仗，路过一个寺庙，结果被住持引入方丈，茶果相待。说话间，住持拿出一个化缘的簿子，说正在修整黄金宝殿，请朱元璋随喜功德。朱元璋当时情势所迫，只好拿起笔来，写了五千两，但内心深处却极度地恼怒。书里写朱元璋当时的想法是："和尚不是好惹的，见面就要化缘。我本无心到此，被他将茶果诓住，写上许多银子。若我日后登了大位，当杜此贪憎，灭尽佛教。"还有一个很流行的故事，说朱元璋外出游历，经过一个寺庙，寺中墙壁上有一幅画，画的是一个和尚，身背布袋，旁边还有一首诗："大千世界浩茫茫，收拾都将一袋藏。毕竟有收还有散，放宽些子又何妨。"诗表面上是写和尚不妨将袋子松开些，但实际意思一望而知，就是讽刺朱元璋执政严苛太过。朱元璋认为这画画写诗的人是在诽谤自己，下令找出作者，但是毫无结果。恼怒之下，遂下令将全寺和尚一起杀死。认为和尚诽谤自己、下令杀和尚，《西游记》中灭法国国王的两个主要构成点，在朱元璋的民间形象中也都具备，所以说灭法国国王这个形象影射朱元璋，也不无道理。

第八十六回

君子豹变

作者为何安排一个毫无本领的豹子精？

《西游记》第八十六回的故事是承接上回的，说的是悟空、八戒、沙僧中了老妖的"分瓣梅花计"，各自对付前来引诱的小妖，结果老妖乘虚而入，将唐僧抓入洞中，并放出风来，说唐僧已经被吃掉。悟空、八戒、沙僧一度上当，待探听得唐僧未死，很快就救下师父，打死老妖，原来妖怪是一只豹子精。和唐僧一同被解救的还有一个樵夫，那樵夫提供了一个重大信息："这条大路，向西方不满千里，就是天竺国，极乐之乡也。"唐僧师徒谢过樵夫，一路向西而行。

在《西游记》中，这个豹子精的故事是非常特殊的。他本领低微，也就和猪八戒一个水平，八戒稍微超水平发挥一点，他就不是对手了；他也没什么计谋，一切行动完全听从自己手下几个小妖的主张；并且也没有丝毫背景，天上地下一个认识的大神仙也没有。一言以蔽之，这只豹子就没什么能"让人提得起筷子"的地方。正因为如此，清朝的黄周星就把这只豹子精看作整部《西游记》中最没意思的三个妖精之一："西方大小诸妖，有神通者，固神通矣。即无神通者，亦尚有意致。若其间绝无意致者，惟黑水河之鼍，青龙山之犀，与连环洞之豹耳。天下无事无差等，魔怪之中，亦复有优劣耶？"意思是说，西游路上的大小妖怪，有神通的不用说了，没神通的也都有点意思，唯独黑水河的鼍龙、青龙山的犀牛、连环洞的豹子，既没神通，也没意思。天下事物参差不齐，难道妖魔的世界也是这个样子吗？

于是我们的问题来了：既然豹子精这么没意思，连黄周星这么个大才子都觉得没什么可说的，那么我们谈什么呢？

回答是：谈文化，豹文化。这个问题其实也可以这样问：为什么作者一定要写一个豹子精的故事放在《西游记》中呢？

回答是，这没什么可以奇怪的。豹子虽然不像狮子、老虎那样孔武有力，但其凶猛、敏捷、高贵、美丽、优雅，也给人留下了极为深刻的印象。而这些特点，也使得它在中国文化中占有重要的一席之地。中国带有"豹"的词语很多，并且大多数寓意美好，如用"豹姿"形容君子的仪容，"豹论"形容言谈长于兵法，"豹髓"形容珍贵名贵的蜡烛，等等。可以说，在中国文化里，豹是一种高贵的存在。而中国文化如此看重豹子，其实主要就是两点：一是豹子敏捷而凶猛；二是豹子美丽而有文采。

先说第一点：敏捷凶猛。

豹子是大自然中的顶级猎手。它虽然不像狮子、老虎那样体形硕大，但论技巧、敏捷、凶猛，却还要在老虎和狮子之上。更重要的一点是，豹子虽然不像猫狗那样作为一个种群被驯化了，但作为个体的豹子，驯养的难度却并不是很大。正因为如此，古代的王公贵族，很早就开始驯养猎豹，或将其作为捕猎的帮手，或将其作为炫耀财富地位的摆设，因而豹子也较多地进入了人们的生活，当然，进入的是王公贵族的生活，而绝非寻常的百姓之家。根据现有的记载，早在先秦，豹就已经和狗一样，成为助猎的工具；而唐代、元代现存的图画，有的已把豹子如何助猎的具体情形展示在我们面前。豹子的优点是行动敏捷、速度快，缺点是耐力不强，于是在打猎的时候，人们就让豹子蹲在马背上，等到靠近猎物，再将其放出，对猎物进行致命一击。

豹子具有的这个特点，就使得人们很容易将其与军人、军事联系起来。古代用"龙韬豹略"来形容一个人的军事才能；用"龙眉豹颈"形容武士的姿态，都是这个意思。

再说第二点：美丽而有文采。

豹子的花纹很美丽是有目共睹的，并且这种美丽的花纹并非生来就有，小豹子出生的时候其实只是一个小毛团，举动也很笨拙，随着岁月的增长，豹子行动矫捷、气质高贵、形体美丽，可以说由内而外都发生了脱胎换骨的变化。

豹子的这个特征，很早就被中国人发现，并被写进了号称"百经之首"的《易经》中，所谓"君子豹变，其文蔚也"。从其在《易经》

中的本义来讲,"君子豹变"既有像豹子那样自我变革、自我完善,使得自己更加完美的意思,也有像豹子那样迅速地闻风而动,投入变革的意思。不过在后来,在单独使用"君子豹变"的时候,人们更多地把意思落在了前者而不是后者上,也就是用豹变来形容君子的长成:一个君子,可能出身和本领均极低微而普通,就像小豹子那样丑陋,但是经过修身、求知,最终像成年的豹子一样,矫健而美丽,成为一个有品质的人。

顺便说一下,作者给豹子精安排的住处是"隐雾山折岳连环洞",让他自号"南山大王",也是有来历的。出处是《列女传》卷二的《贤明传·陶答子妻》,说的是陶答子是个贪官,妻子劝他辞官归隐,说南山上有个豹子,在雨雾的天气里隐身山上,即使七天不吃东西,也不愿意下山弄脏自己的皮毛,而那些猪狗之类,一旦把自己养肥,死期也就到了,以此劝丈夫收手。后来人们将隐居避世称为"豹隐",就是从这里来的。

第八十七回

天人感应

为何凤仙郡百姓要替郡守背黑锅？

《西游记》第八十七回故事发生的时间是西游十四年的春天，地点则是天竺外郡凤仙郡。说的是唐僧师徒来到凤仙郡，得知此处已经亢旱三年，无一滴雨水。悟空前往玉帝处求雨，得知无雨的原因是凤仙郡的郡守三年前斋天之时，与妻子发生口角，一气之下将斋天的供奉推倒，正好被下界的玉帝碰到。玉帝大怒，于是立下一座米山，一座面山，一把金锁。米山下有一只鸡，面山下有一条狗，金锁下有一盏灯，什么时候鸡吃完了米，狗吃完了面，灯烧断了锁，什么时候凤仙郡的大旱才能结束。正当悟空无可奈何之时，四大天师指点迷津，说只有做善事才能化解。悟空将此意告诉凤仙郡守，郡守以及全城百姓无不焚香念佛，在一片善声中，滂沱大雨果然如期而至，解了三年大旱之苦。

旧历的十二月二十五日，是所谓"玉皇节"，相传每年的这一天，玉皇大帝都要下凡，巡察人间的善恶，而百姓也普遍在这一天进行斋天的仪式，叫"接玉皇"。这一整天最重要的事情，就是不要发生口角，特别是女人，一定不能骂人。凤仙郡故事的灵感，大概就来源于此。从故事的设计者来看，大概是想通过这个故事来告诉人们，对于年节的诸种礼仪必须谨守，对于神佛鬼怪必须恭敬吧。

不过，这个故事给人留下最深刻印象的，恐怕是玉帝的小题大做。郡侯是个清正贤良、爱民如子的好官，这样的好官，即使有什么小过错，也应该赦宥，如今竟然为了一点小过错，就罚凤仙郡亢旱数年，假如不是唐僧师徒正巧路过，要等到米山面山被鸡狗吃尽、黄金锁被灯火燎断，还不知要到什么时候。而最让今人难以理解的，则是为什么郡侯一人冒犯上天，惩罚不直接落在郡侯身上，而一定要让全郡的百姓都跟着遭殃呢？

其实，《西游记》让凤仙郡百姓替郡守一个人背锅，这样的安排，在中国也不算稀奇。还记得《窦娥冤》吗？窦娥蒙受了巨大的冤枉，临死之前发下了三宗誓愿。前两宗是血染白练、六月飞雪，这是要让大家明白她窦娥死得冤，既有轰动效应，也不会对人们的日常生活造成太大的影响，没有什么问题；但这第三桩誓愿，也就是"着楚州亢旱三年"，发得也太狠了些。窦娥要求上天这样做的理由是："你道是天公不可期，人心不可怜，不知皇天也肯从人愿。做甚么三年不见甘霖降，也只为东海曾经孝妇冤。如今轮到你山阳县，这都是官吏每无心正法，使百姓有口难言！"你看，这窦娥的逻辑和玉帝的逻辑是一样的。

为什么《窦娥冤》和《西游记》会描写这种在现代人看起来很奇怪的思维逻辑呢？这就要说到一套在中国影响极其深远的叫"天人感应"的观念了。所谓"天人感应"，是儒家的神学术语，认为天与人，特别是人中的在上位者之间存在着一种感应关系，人类的行为会上感于天，天会根据人类行为的善恶正邪下感于人；因此，也就能够从气象气候的表现，来推知一个国家政治的好坏。孔子曾说："邦大旱，毋乃失诸刑与德乎？"又劝国君"正刑与德，以事上天"，其中的道理，就是所谓"国家将兴，必有祯祥；国家将亡，必有妖孽。见乎蓍龟，动乎四体"，这一理念最早见于《尚书》，经孔子的继承发挥，到汉代董仲舒的手中而达到完备。

在今天看来，天道是天道，人事是人事，这二者之间本来没有什么必然的关系。而在相信万物有灵的古代，却很容易对"天人感应"这一套说法产生由衷的信服感。儒家之所以发展了"天人感应"的学说，除相信之外，更有政治的考量。这就是，在君主专制的时代，君主乃是至高无上的存在，既没有法律能够对其进行约束，也没有什么机构能够对君王进行制约。中国的皇帝又叫"天子"，即上天的长子，"奉天承运"，代表上天来统治天下臣民。在普遍相信"君权神授"的时代，能够抬出来与君主的权威抗衡、令其感到敬畏的，除了"天"之外，也确实没有什么别的力量了。

经董仲舒完善的这套"天人感应"理论，在后世产生了重大的影响。翻阅二十四史，古代的帝王每当遇到日月失明、星辰逆行、山崩泉涌、水旱蝗虫等灾异情况，无不悚然忧惧，认为是上天震怒，而谋求补过之道。我们随便举几个例子。比如贞观十一年（637），天降暴雨，致使洛水泛滥，唐太宗立刻就认为一定是自己的政治不够清明，于是立刻下令百官进谏，指出自己的过失。而唐文宗开成四年（839），天下大旱，唐文宗认为这都是由于自己的无德造成的，甚至要以退位的方式向上天谢罪。

我们刚才所说的，都是关于"天子"的事情。不过，天子及至于诸侯，逻辑是一以贯之的。明乎此，就知道为什么郡侯一人有过，而一郡都为之大旱了。

第八十八回

降妖宝杖

沙僧的兵器到底是什么样子的？

《西游记》第八十八回的故事发生在西游第十四年的秋天，唐僧师徒来到了天竺国下郡玉华州，州中城主，乃是天竺皇帝的宗室玉华王。玉华王召见唐僧师徒，被悟空、八戒、沙僧的丑陋惊吓，回到后宫，犹自面带惊恐。玉华王的三个儿子都是习武之人，闻知此事，自告奋勇去捉妖，结果悟空兄弟三人小露身手，便让三个王子衷心佩服。三个王子欲拜悟空兄弟为师，三人欣然同意；他们又想依照三人兵器打造棍棒钉耙，悟空三人也痛快答应。不过，就在悟空三人的兵器摆放在兵器厂时，却被豹头山的狮子精趁夜偷走。

这一回的内容，应该说只是悟空与一大群狮子精交手故事的引子，所以不算是个单独的故事。不过，里面有几个很有意思的点，还是可以拿出来说一说的。

第一个特别值得注意的点,是唐僧与玉华王的对答中所透露出的时间。玉华王问唐僧你从大唐到这里,路程大概多少,唐僧的回答是:"贫僧也未记程途。但先年蒙观音菩萨在我王御前显身,曾留了颂子,言西方十万八千里。贫僧在路,已经过一十四遍寒暑矣。"作者恐怕读者们一眼看过去不曾留意,还特别让玉华王又重复了一遍:"十四遍寒暑,即十四年了。"如果说作者借隐雾山折岳连环洞救出的那个樵夫之口,说出了距离天竺已经不远,指出取经之事在空间上已经接近目的地的话,那么,这一次就是借玉华王与唐僧的对话,指出取经之事在时间上也已经接近尾声。

第二点值得注意的,是对悟空、八戒、沙僧三人兵器的描写。玉华县三位王子所使用的兵器,分别是齐眉棍、九齿耙、乌油黑棒,因为和悟空、八戒、沙僧三人所用兵器相同,所以才分别拜他们为师。所以我们在这里就再一次提醒各位读者注意,沙僧所用的兵器降妖宝杖,绝不是如鲁智深所用的那种一头铲子、一头月牙的形状,而是一根光秃秃的棍子。另外,作品也再次强调了师兄三人兵器的重量:如意金箍棒是一万三千五百斤,九齿钉耙和降妖宝杖的重量都是五千零四十八斤。而我们也再一次对三人兵器的重量进行解释:一万三千五百,对应的是人一天要呼吸一万三千五百次;五千零四十八,对应的是中国第一部汉语大藏经的卷数五千零四十八卷。

第三个值得注意的是,悟空的性格与从前相比发生了巨大的变化。以前的悟空,猴性居多,人性较少;现在的悟空,除了形象之外,气质性格已经与人类没有什么太大的差别了。就连本领,也越来越人类化。你看他教授三位王子本领,又是画罡斗,又是吹仙气,又是运子午周天，一举一动，无不是标准的仙人架势。其实，悟空的性格并不是突变的，而是随着一路西行渐变的。越接近西天，悟空身上的猴性就越少。这其实也是有巨大的象征意义的：我们每个人身上都有兽性和人性两个方面，所谓修行，就是逐渐去除兽性，凸显人性的过程。

整回故事，除了悟空兄弟三人在空中炫技的那一段，基本上都是描写人间的笔墨，所以难免会让希望看到神魔斗法的读者失望，特别是悟空师徒赴宴那一段。玉华王为了表达悟空三人收自己儿子为徒弟的喜悦，命令大开筵宴。宴席摆列好，歌舞吹弹，撮弄演戏，让师徒们尽乐一日。你能想象神仙和我们一起吃饭看电影的情景吗？比较有意思的情节有一个，那就是三位小皇子拿着他们的棍、耙、棒，向悟空、八戒、沙僧挑战，而八戒、悟空、沙僧几乎没出手就将他们降伏的那一幕。这一幕，用今天流行的一个词来形容，就叫"降维打击"。菜鸟挑战老手，大概都是这个场景。

第八十九回

大跌眼镜

黄狮精为何偏偏召开钉耙会？

《西游记》第八十九回说的是豹头山的黄狮精偷走三样兵器，欣喜异常，准备召开钉耙会庆贺。悟空寻访兵器下落，碰到为钉耙会下山采买牛羊的小妖，于是将计就计，与八戒、沙僧分别扮作小妖及贩卖牛羊的客人，混入豹头山，抢走兵器，杀死满洞妖魔，赶走了黄狮精。黄狮精跑到竹节山九曲盘桓洞，向祖翁九灵元圣诉说委屈。九灵元圣听罢黄狮精的诉说，带领猱狮、雪狮、狻猊等一帮儿孙，腾云驾雾，来到玉华州，要为黄狮精报仇雪恨。

这一回我们要说的问题有两个：一是"钉耙会"所透露出的江湖信息；二是这一回中提到的"白泽""抟象"等是不是中国古代为狮子所做的种类划分。

先说第一点:"钉耙会"透露出的江湖信息。

这一回特别有意思的地方,就是黄狮精得了孙悟空兄弟三人的兵器,要召开一个"钉耙会"。《西游记》中的妖精开会,已经不是第一次了,第一次是唐僧的袈裟被黑熊精偷走,黑熊精非常开心,于是准备召开"佛衣会",所以对于妖精也爱开会,我们其实并没有太多的话要说;我们要大家特别注意的,就是黄狮精要召开钉耙会,为了招待前来赴会的各位妖精,特别派了两个小妖,拿了二十两银子,到集市上去买猪羊。妖精要想得到猪羊,竟然也需要拿了银子去买,这真是让我们大跌眼镜。我们以前在蜈蚣精的故事中就已经提到,唐僧师徒被蜈蚣精下毒陷害,和武松等几人在十字坡被孙二娘下蒙汗药的情形有异曲同工之妙;那么这一回黄狮精开钉耙会而要小妖下山买牛羊,则与《水浒传》中那些山头的好汉日常所用也须到山下购买是同出一理的。说到底,西天路上的妖魔,其人间原型就是那些占山为王的草寇,这些草寇也有生活日用,这些生活日用既然不能由山寨组织生产,就必然要从山寨周围得到;要想恒久地从周围得到这些生活所必需的东西,就不能一味地依靠抢掠,因为这等于杀鸡取卵。《水浒传》中那些占山为王的好汉,其得到金钱财物的方式,规模大的劫掠官府,规模小的抢劫往来的客商,几乎没有骚扰周边普通百姓的,小霸王周通看上了山寨附近刘老儿的闺女,也还要留下二十两金子做聘礼,就是这个道理。

再说第二点:这一回中提到的"白泽""抟象"等是否为狮子所分种类的代称。

这一回说九灵元圣听说黄狮精所遭受的委屈，当即就"点猱狮、雪狮、狻猊、白泽、伏狸、抟象诸孙，各执锋利器械，黄狮引领，各纵狂风，径至豹头山界"，给人的感觉，这里提到的是六个狮子的品种似的。而在后面的第九十回中，又说"大圣同八戒、沙僧，出城头，觌面相迎，见那伙妖精都是些杂毛狮子：黄狮精在前引领，狻猊狮在左，白泽狮、伏狸狮在右，猱狮、雪狮、抟象狮在后"，更强化了大家的这种印象。实际上，中国古代是没有这种对狮子的划分方法的，书中的这些狮子的名色，有的是古书中提到的一些像狮子的神兽，比如"狻猊""白泽"，有的是从一些关于狮子的典故中化出的名字，比如"抟象""猱狮""伏狸"，有的则是某一颜色的狮子，比如"雪狮""黄狮"。究其原因，则是因为中国本来就不是狮子的原产国，狮子距离人们的生活十分遥远，所以也就不可能像对马、牛、狗等动物那样，对其有着详尽的观察与分类，当作者想区别不同的狮子的时候，也就只能这样编造一些名目了。按照现在对狮子种类进行的划分，狮子可以分为巴巴里狮、开普狮、肯尼亚狮、马赛狮、克鲁格狮、刚果狮等亚种。如果《西游记》的作者有这样的生物学知识，就可以从容地说"点起巴巴里、开普、马赛、克鲁格诸孙，各执锋利器械"，而不必牵强地编造出一系列子虚乌有的品种了。

第九十回

传奇天尊

九灵元圣背后的主人究竟有多可怕？

这一回说的是九灵元圣带着一群狮子精前往玉华州寻仇，在混战中，悟空兄弟与一群狮子精互有胜负。不过，等到九灵元圣，也就是九头狮子一出手，悟空兄弟就只有束手就擒的份了。它也不用什么兵器，只要把头一摇，左右八个头张开大口，就能以迅雷不及掩耳之势将对手衔在口中。师徒四人，包括玉华王父子，都这样被九头狮子不费吹灰之力地捉住。悟空无计可施，幸亏土地说出九头狮子的主人乃是太乙救苦天尊，悟空搬来救兵，方才将九灵元圣降伏。降伏妖魔后，悟空、八戒、沙僧将武艺传授给三位王子，而后辞别玉华王，继续向西而进。

这一回我们的问题有两个：第一，想当年悟空大闹天宫，满天神仙都拿悟空无可奈何，如今九灵元圣不过是救苦天尊的坐骑，居然就能如此轻松地捉住悟空，悟空的本领前后为什么会有这么大的反差呢？

第二，一个坐骑都这么厉害，那么这个太乙救苦天尊到底是何方神圣？

咱们先说第一个问题。

悟空本领的前后反差，一直是《西游记》被诟病的一个点。当年悟空大闹天宫的时候，十万天兵天将都不是他的对手；特别是他从八卦炉中跳出来之后，满天的神仙都对这只狂怒的猴子无可奈何，要不是如来出手，这一场大闹，真不知道该如何收场。所有这些，都给人留下强烈的印象，就是悟空的本领天下无敌。但到悟空从五行山下放出来，在保护唐僧西天取经的路上，似乎随便一个什么妖怪就能逼得他抓耳挠腮，无计可施，这到底是怎么回事？对于这一点，许多读者都有自己的解释。有的说悟空压在五行山下五百年功夫退化了；有的说这五百年中妖精们的本领进化了，悟空跟不上时代了；有的说当年就不是神仙们打不过，而是出工不出力，故意"放水"，而现在妖精们为了自己能长生不老，自然全力相搏；等等。我们的解释则是，悟空的身份和任务都发生了变化。当年悟空是天庭秩序的破坏者，作为破坏者，只要在任何一点破坏成功了，就算胜利了；而他现在则是秩序的维护者，只要有一点疏漏，唐僧出了问题，则就算失败了，这也就是人们常说的"毁树容易种树难"的道理。

再说第二点：九头狮子的主人太乙救苦天尊到底是何方神圣。今天的读者，生活在科学昌明的时代，对太乙救苦天尊已经不太熟悉了。但在过去的时代，太乙救苦天尊却是一个知名度极高、信仰面十分广泛的大神。他常被简称为太乙天尊或救苦天尊，又称青玄大帝、青华大帝、寻声救苦天尊等，在道教信仰中的地位和作用，与佛教中的观世音菩萨大体是差不多的。根据道教经典的记载，他的生日是农历十一月十一日，居住在"东方青华长乐世界"妙严宫（"严"或作"岩"）。他大圣大慈，大悲大愿，而且法力极高，可以将业果与地狱业力的象征血湖化为莲池，座下九头狮子一声吼，能够打开九幽地狱的大门，即地狱的最深层。人类在危难之时，只要念诵天尊圣号，天尊即随声赴感，前往解救；对于积德行善、晓道明玄而功德圆满之人，太乙救苦天尊亦能"乘九狮之仙驭，散百宝之祥光"，接引其登天成仙。正因为如此，他在信徒心目中也有极为深厚的信仰基础，尤其在道教的度亡斋醮科仪上，法师不论使用何种科书，无一不请天尊加持。

明白了这些，就知道作者为什么要把这样一个本领极高的大魔头，安排为太乙救苦天尊的坐骑了。

第九十一回

大有讲究

三个犀牛精的神秘来历

《西游记》第九十一回的故事发生在西游十五年的正月。这也是唐僧师徒西行之路的最后一年。说的是唐僧师徒离开玉华州,到了天竺国的外郡金平府,结果在这里遇到了"辟寒""辟暑""辟尘"三个犀牛精。这三个犀牛精,每年冒充佛祖骗金平府百姓进贡数量惊人的酥合香油,如今更是胆大妄为,直接将唐僧摄走,准备煎了吃肉。悟空前去解救,奈何单拳难敌四手,于是回来找齐八戒、沙僧,一同前去挑战。

这一回我们要说的内容有两点:第一,提醒大家注意一段极为精彩、极有哲理意蕴的对话;第二,解释一下三个犀牛精名字的来历。

咱们先说第一点。这段特别精彩、特别富有哲理意味的对话发生在慈云寺长老和唐僧之间。慈云寺长老听说玄奘法师来自大唐，倒身下拜，唐僧慌忙搀扶，问何以行如此大礼。长老的回答是："我这里向善的人，看经念佛，都指望修到你中华地托生。才见老师丰采衣冠，果然是前世修到的，方得此受用，故当下拜。"这还不算完。过了一会，又有和尚出来行礼，他问唐僧的问题居然是："老师中华大国，到此何为？"我们从这几个和尚口中听出来的意思，都是对中华大国充满无限的向往，对于玄奘法师竟然从大唐来到这里表达了一定程度的不解。这真是一件颇有黑色幽默色彩的事情。唐僧把天竺看作梦想之地，所以舍生忘死、不远万里而来；这里的人却又把中华看作是梦想之地，烧香念佛想要托生到中华之地。这倒真有点像今天人们对于旅行的解释了：所谓旅行，就是从自己待腻了的地方，跑到别人待腻了的地方去看看。

而表层的黑色幽默下面，则是更深的哲理意味，因为唐僧毕竟不是来旅游，而是拜佛求经的。此处已经是天竺境内，距离灵山只有千里之遥；此时已经是西行求法的尾声，距离面见如来仅有半年的时间。也就是说，这寺庙里的和尚，假如有面见如来的愿望，他们的便利条件是唐僧所无法比拟的。但是，这些和尚对自己的便利条件竟然完全无感，还一心羡慕唐僧能够托生在中华之地。看来，佛陀和这世间一切伟大的事物一样，只有在能够寻找和发现伟大的人眼中，才是伟大的。

再说第二点，三只犀牛精的名字。

这三只犀牛精的名字，都是大有讲究的，每一个名字背后，都是一则与犀牛有关的典故。

"辟寒"的典故来自王仁裕的《开元天宝遗事》,说开元二年的冬天,交趾国进贡了一枚犀牛角,呈金黄色。把这枚犀牛角放在黄金的盘子里,置于宫殿之中,整座宫殿都能感受到袭人的暖意。如果真有这东西的话,一枚犀牛角在手,冬天的暖气费都是可以省下来的。

"辟暑"的典故则来自苏鹗的《杜阳杂编》,说唐文宗曾召李训讲《周易》,当时正是盛夏,天气很热,唐文宗于是就让人取来两样东西为李训降温:一样是水玉腰带,另一样是辟暑犀如意。所谓"水玉"就是今天的水晶,水玉腰带,就是水晶做的腰带;如意最初就是痒痒挠,后来日益精美,向着礼器和装饰品方向发展,辟暑犀如意,就是用犀牛角做成的如意。这两样东西,都是利用其坚硬冰凉的触感让人在盛夏体会到一丝凉意。

"辟尘"的典故来自刘恂的《岭表录异》,据当时的传闻,犀牛角有好多种,其中的一种就叫"辟尘犀",用这种犀牛角做的梳子,女人用它梳头,头发上不容易沾染尘土。

这许多的典故,都说明了在中国文化中,对于犀牛角,是有着特殊的喜爱和尊崇的。之所以如此,可能的原因,一是物理特性,也就是和其他的牛角(比如水牛角和黄牛角)相比,犀牛角个更大,质地更坚硬,颜色更深沉厚重;二是物以稀为贵,中国原来是有犀牛的,但很早就灭绝了,犀牛角来到中国要靠进口,所以身价也就更高;三是可附加的文化意义更多,这主要是因为犀牛角的纹理变化非常丰富,特别是犀牛的顶角,中间有一道白色的纹理贯穿始终,横切面有如星象,一个动物能把星象长在脑袋上,这就很容易让人们对它肃然起敬。

第九十二回

相生相克

四木禽星的真实本领

《西游记》第九十二回的主要内容，是悟空一个人打不过三个犀牛精，回来拉上八戒、沙僧，三人一起来到玄英洞，结果仍然打不过，八戒、沙僧反被三个犀牛精捉去。悟空万般无奈，只好上天庭求救。太白金星献计，说只要角木蛟、奎木狼、斗木獬、井木犴这"四木禽星"出马，就一定能将犀牛精降伏。四木禽星出马，果然不费吹灰之力，大获全胜。悟空、八戒邀请四位星宿一起下界，让金平府官民人等瞻仰；又将三只犀牛精的六只犀牛角锯下，四只献给玉帝，一只留在金平府，另外一只准备将来献给如来。

这一回我们要说的问题有三个：一是为什么悟空都对付不了的几只犀牛精，悟空的手下败将"四木禽星"却能够将其轻松降伏；二是从悟空如何分配几只犀牛角看悟空的变化；三是悟空为什么要让那些神仙在云端伫立片刻再走。

我们先说第一个问题。

在《西游记》中，悟空武力的真实水平一直是一个很大的问题，对于这一点，我们曾经在前面的章节中做过解释，这里不再赘述。不过要说到这一回武力值的设定，却既不是作者的疏忽，也不是出于什么微言大义，而是源自一个传统的占卜方法"演禽术"。所谓"演禽术"，就是以二十八种禽兽（也就是动物）与天上的二十八星宿结成固定搭配，再与日、月、金、木、水、火、土七星相匹配，而后根据彼此之间的生克关系而断定吉凶。在"演禽术"的设定中，与"木"相关的星宿是四个，就是《西游记》此回中的角木蛟、奎木狼、斗木獬、井木犴这"四木禽星"。而犀牛也是牛，牛在"演禽术"中对应的星宿是金牛座。在演禽术的设定中，这四木禽星正好是克制牛的，特别是"井木犴"，它是所有星宿中最厉害的，所以我们就看到了本回中的描写：三个犀牛精一见到四木禽星，立刻就开始逃跑，其他三位星宿对付几只犀牛还稍微费点周折，而井木犴几乎瞬间就拿下一只犀牛，并且将其按在地上啃食。至于其中吉凶生克的具体推演，可以参考《演禽通纂》一类专门的占卜之书。以我自己的眼光看来，很多推演都很牵强附会，基本属于封建迷信，可信度不高。

再说第二个问题：从几只犀牛角的分配看悟空前后的变化。

在《西游记》中，悟空请观音、天界众神等出面降妖除怪的情况不是一次两次了，但是，悟空的感谢，基本上都是口头上的致谢，什么"老官辛苦了""多谢菩萨"之类的。但这次，悟空却是少有地以进献礼物的方式来表达感谢，而对于这六只犀牛角的分配，可以说是处理得面面俱到，滴水不漏：四只给玉帝表示感谢，一只留在金平府作为凭证，一只将来送给如来作为拜佛见面之礼。这说明随着取经事业接近尾声，悟空经过十几年的历练，越来越成熟了。

最后说第三个问题：悟空为什么一定要请几位神仙在空中伫立片刻再走。

在《西游记》中，类似的情况其实有好几次。比如悟空请观音降伏了金鱼精之后，就请观世音菩萨站立在云端，接受当地百姓的顶礼膜拜，当地的一些画家将手提鱼篮的观音描绘下来，这就是后世流传的"鱼篮观音"像。作者为什么这样写？难道是这些神仙都特别好面子吗？其实绝不是这么简单。悟空请这些神仙菩萨伫立空中的意思，是让当地的百姓生发出感激和敬畏之心，由此而潜心礼拜，供奉上本地的香火。在《西游记》的世界里，"香火"乃是上界神仙必须从下界获得的基本资源，没有这些香火，上界的神仙是无法生存的。这其实涉及神魔题材小说的一个底层逻辑。神魔小说可以海阔天空地幻想，可是要想让小说有可读性，就必须组成基本的情节。而在中国的信仰体系中，"香火"，就是神仙们不能自己生产、仰赖人间供奉的基本资源。再往深里说，这套体系，其实还是以人间的社会结构为蓝图的。神仙好比高高在上的帝王将相，他们的法力就好比帝王将相的权力，他们可以祸福百姓，但同时也离不开百姓的供养。

第九十三回

黄金铺园

天竺脚下布金寺的由来

　　《西游记》第九十三回的故事发生在西游十五年的春天,说的是唐僧师徒离开金平府,来到一座叫布金寺的寺院中歇宿。在和布金寺长老的闲聊中,我们知道唐僧今年已经四十五岁。长老又告诉唐僧,两年前,一阵风吹来了一个年轻美貌女子,她说自己是天竺国的公主。长老也曾进城打探,却打听得公主并无伤损,因此暂时将这女子留在寺中,为了防备寺中僧人动邪念,就假说将妖邪镇压于此,恳请唐僧到达天竺国都城后广施法力,探明真情。带着这个疑问,唐僧等人离开布金寺,来到天竺国国都。在去见驾的路上,恰巧遇到天竺国公主抛绣球招亲,公主抛起绣球,不偏不倚,正好砸在唐僧身上。

　　在这一回中,唐僧师徒、布金寺长老多次提到布金寺得名的由来,所以我们就说一说相应的典故。

关于这个典故，《西游记》的描述大体正确，不过细节处不够准确，所以我们还是把典故原原本本地再叙述一遍。按照佛教经典的记载，舍卫国有一个慈悲心肠的富人叫"须达多"，因为经常扶孤济困，人们都叫他"给孤独"（"供给、救济"的意思）长者。给孤独长者在摩揭陀国听佛陀说法，立刻就产生了虔诚的信仰，于是请求佛陀到舍卫国说法，佛陀也答应了。为了给佛陀和随从僧众准备一个最美的环境，给孤独长者走访了国内的园林后，认为祇陀太子的园林最好。因此，他请求太子将园林卖给他。祇陀太子自己非常喜欢这座园林，本不打算卖，就玩笑说："好啊，你拿金子来铺满这座园林吧！铺满五寸厚的黄金，我就把这座园林卖给你！"给孤独长者毫不犹豫地一口答应下来。随后，给孤独长者真的变卖家产换为黄金，开始在园林中铺地，很快就要铺满了。这让祇陀太子深受震撼，心想，世人都贪爱金子（钱财），这位长者如此不惜重金只为给佛陀造园林，我身为一国太子，什么都不缺，却独独不能护持佛法吗？于是，太子将园林献给佛陀。给孤独长者不答应，太子便说："先前我们所说好的，只是卖地，不包括树林在内！你虽然买了地，树林还是我的。你供养佛陀以土地，我就供养佛陀以树林！"就这样，祇陀太子供养树、给孤独长者供养园（地），两人一起，请佛陀说法。因为这座园林是祇陀太子和给孤独长者一起供养的，所以佛陀就亲自给这座园林定名为"祇（陀）树给孤独园"。从此以后，"祇（陀）树给孤独园"就成了一个专门指地方的定语，后人简称为"祇园精舍"或者"祇园"，它和王舍城的竹林精舍一道并称为佛教最早的两大精舍。佛世尊在此居住约二十五年，宣讲了许多著名的经典，如《楞严经》《金刚经》《阿弥陀经》《胜鬘经》等。精舍遗址约相当于今天印度境内拉布提河南岸的塞特马赫特（Setmahet 或 Sanetnmaheeh）。不过，《西游记》中说在此遗址上修建的"布金寺"并不存在,根据《大唐西域记》的记载,玄奘法师赴天竺取经来此时,精舍已然湮毁,"都城荒颓","伽蓝数百,圮坏良多"。

第九十四回

椰子文化

整部《西游记》中最会"聊天"的人是谁？

《西游记》第九十四回说的是唐僧被公主的绣球打中，国王于是将唐僧宣进大殿之中，商量女儿的结婚事宜。唐僧借口还有三个徒弟，请国王将三个徒弟叫来，交代他们取经之事，国王依言准奏。四人相见，商量定到结婚之日，看公主气象如何、是人是妖，而后采取行动。

这一回我们要说的话题有两个。一是，在包括《西游记》的中国小说、戏曲中，"抛绣球招亲"是经常出现的一个桥段，那么我们不禁要问：中国古代，到底有没有这个风俗习惯？二是，以国王和唐僧师徒之间的交流为契机，说一说陌生人之间的沟通交流问题。

先说"抛绣球招亲"。凡是对中国古代小说、戏曲有所了解的，大概都对这个桥段很熟悉，《破窑记》《王宝钏》等，都有对抛绣球招亲场面的描写。不过，在古人的生活中，这一风俗却并不存在，而是出于作家的虚构。虚构的来源据说是壮族的"飞砣"。宋人朱辅在《溪蛮丛笑》中记载道："土俗岁极日，野外男女分两朋，各以五色彩囊、豆粟往来抛接，名'飞砣'。"飞砣是一种兵器，但这里说的显然不是兵器，而是用线和布做成的彩囊。宋人周去非在《岭外代答》中记述："男女目成，则女爱砣而男婚已定。"就是说如果女青年看上男青年的话，就会把自己的彩囊抛给男青年，如果男青年接下了这个"飞砣"，就表示接受了女青年的爱意，这事就算定了下来。这种习俗，在作家看来，真是充满了浪漫色彩，于是就把它拿过来使用，使其成了古代小说、戏曲中构思情节的一个常用桥段。

再说国王与唐僧师徒之间的闲聊。

单从情节上来看，在整部《西游记》中，这一回堪称是最没有故事性的一回，因为这整整一回，所讲述的无非是彩楼招亲之后、动手降妖之前那过渡性的时刻，在故事情节方面是没有任何发展的。没有故事情节，全篇就是师徒几人之间、国王与唐僧师徒之间的对话。但我们在读这一回的时候，却也并没有感到多么无聊与乏味。为什么呢？关键就在于国王。

所以，这一回最大的亮点，其实就是天竺国的国王。他是整部《西游记》中最会聊天的人。国王和唐僧师徒之间以前是没有什么交集的，兴趣爱好也没什么共同之处，所以真要聊起天来，其实也没什么可聊的。但国王还是很好地处理了这个问题。他先是询问唐僧这几个徒弟是谁，来历如何，而这果然也就引得悟空、八戒乃至沙僧都参与到交流之中,化解了无话可谈的尴尬。而在和唐僧单独交流的时候,二人之间就更没有什么可聊的了。唐僧出于无聊,就把目光停留在了屏风上的几首诗上,国王注意到了这一点,于是就邀请唐僧依韵作诗,作诗是很花时间的,而一旦诗写好,又可以借着诗的内容将聊天深入下去,这就又使二人之间无话可说的局面被完全地打破。

国王的表现,给我们上了一堂生动的社交技巧课。一般来说,中国人大多是不太善于同陌生人聊天的,特别是那种看似无意义的闲谈。而之所以存在这个短板,用一个比较形象的比喻来表达,就是中国文化是所谓的"椰子文化",而西方文化是所谓的"桃子文化"。椰子的外壳很硬,但里面的空间又大又软;桃子则正好相反,外皮很薄,但内核却很小而坚硬。这也即是说,中国人擅长熟人社会的社交规则和技巧,却不善于与陌生人打交道,缺乏对陌生人表达善意的能力;西方人则很重视和擅长与陌生人的交流,而在与熟人交往时,则又很强调自我的保护与独立。造成这一文化差别的原因在于,传统的中国社会属于熟人社会。以前我们不太擅长与陌生人打交道是没有太大的关系的,但如今掌握与陌生人的交流技巧特别重要。因此,社会上就有许多教人闲聊的文章乃至课程。这些课程的要点,概括起来说无非就是几点:让对方放松,并感觉被重视;保持话题的开放性;确保聊天的内容让对方感到自在;观察对方,寻找新的话题,引导谈话的顺利延续;等等。而这些要素,我们在国王与唐僧的聊天中都能找到。所以说,《西游记》真的是一本常读常新的书,它能给我们带来的不仅仅是哲理与文化,甚至还包括许多你用得上的生存与生活技巧。

第九十五回

对比鲜明

从玉兔精看《西游记》中妖精的生死

这一回说的是悟空看破所谓公主乃是妖怪所变,上前将假公主一把抓住。二者斗在一起,妖精不是对手,化作金光逃走,逃入一个山洞之中。悟空在土地山神的指引下追入洞中,正要结果妖怪性命,结果被赶来的嫦娥仙子拦住。原来这真公主乃是月宫中下界的素娥仙子,假公主乃是月宫中与嫦娥做伴的玉兔,当年素娥曾打了玉兔一巴掌,所以玉兔下界来报这一掌之仇。嫦娥将玉兔带回宫中,悟空也带领国王到布金寺中找回真公主。诸事处理完毕,师徒四人辞别天竺国君臣百姓,继续向灵山而去。

玉兔精,是整部《西游记》中唐僧师徒遇到的最后一个妖精。《西游记》写唐僧的出身,是从他的父亲陈光蕊得中状元后被当朝宰相之女满堂娇彩楼招亲写起的;如今马上要达到灵山,遇到的最后一个妖精又是以彩楼招亲的形式给唐僧造成了一些麻烦,父子二人,也算是完成了一个循环。

这一回我们要说的问题有两个:一是月宫中玉兔的来历;二是玉兔精既然是整部《西游记》中的最后一个妖精,而它被嫦娥救走的结局又与此前三个犀牛精被杀的结果形成了鲜明的对比,所以我们也就可以就此总结一下《西游记》中妖精命运的规律。

先说第一点:月宫中玉兔的来历。

在中国的典籍中,最早提到月亮中的动物的,是屈原的《天问》。原文是这样的:"夜光何德,死则又育?厥利维何,而顾菟在腹?"一般翻译成"月亮有什么本领,死后又能复苏?顾兔生在肚子里,对它有什么用处?",也就是说,把"菟"翻译做"兔子"。

不过,也有很多人指出,把屈原所说的"菟"理解为"兔子"的"兔",实际上是一个误会,屈原所说的"菟"实际上是"於菟"的简写,而"於菟"在楚地的本来意思是"老虎"。原来,楚国的一些地方特别崇拜老虎,认为月亮里也住着虎神,所以屈原才有"顾菟在腹"的说法。后人不理解这一点,于是就按照发音把"菟"解释为"兔子"。又因为白兔的色泽很像月亮皎洁的光辉,就进一步将月亮中的兔子固化为所谓"玉兔"。这种误解,至迟在汉代就已经发生了,到后来以讹传讹,习非成是,月亮里的老虎终于被彻底赶走,让位给这只雪白的兔子了。

再说第二点:《西游记》中妖怪的命运。

《西游记》中妖怪的命运，用现在一个特别流行的网络段子的说法就是："没背景的妖怪都被打死了，有背景的妖怪都被救走了。"《西游记》中，取经团体所遇到的妖怪大致可以分为两种：一种是自生自灭于天地之间的野势力妖怪；另一种则与天界有着千丝万缕的关联。那些和天界没有什么关联的野势力妖怪，只要是为害地方或者冒犯唐僧取经团体的，除了黑熊精和蜈蚣精之外，基本上都被打死了；但和上界仙佛有关的，却全部活了下来。

　　是前一种为害大而后一种为害小吗？绝对不是。我们以盘丝洞和狮驼岭为例，要说在当地为害之烈，给取经团体造成麻烦之大，那么盘丝洞的一百个蜘蛛精也比不上狮驼岭的三个超级魔头。

　　作品之所以有这样的描写，与封建时代的社会现实有着密切的关联。

第九十六回

大有门道

"过分热情"的寇员外一家

  《西游记》第九十六回的故事,发生在西游十五年的初夏,地点则是距离灵山只有八百里的铜台府。说的是这铜台府有个六十四岁的寇员外,四十岁时发下宏愿,要斋满一万和尚(通俗地说,就是要请满一万和尚吃饭),如今只差四个,所以一见唐僧师徒四人到来,真有喜从天降之感,将他们留在家中,好茶好饭,热情款待。唐僧取经心切,勉强在寇员外家住了半个月,正要起身,寇员外的夫人、两个儿子又站了出来,说那半个月是寇员外的功德,他们还要以自己的名义,各自再供养唐僧师徒半个月。唐僧哪里肯从,执意西行,这就惹恼了寇夫人,为后面唐僧师徒遇到的一系列麻烦埋下了伏笔。

  这一回其实故事性较弱,所以对于那些想看降妖除怪的读者来说,可能会非常失望。但这一回还是大有门道的,这其中的中国门道,就是传统儒家所说的"恕道"。

在这一回中,寇员外一家对唐僧师徒,可以说是热情到了极点。但是,这热情的结果是什么呢?是唐僧的烦恼和取经队伍的矛盾。当十五天的佛事终于做完,取经心切的唐僧恨不得立马登程的时候,寇员外又提出挽留。在寇员外家肆意吃喝的八戒也建议干脆再住几日,吃上几天再走。面对寇员外,唐僧不好发作,见八戒又来捣乱,唐僧登时就怒了:"你这劣货,只知要吃,更不管回向之因,正是那'槽里吃食,圈里擦痒'的畜生!汝等既要贪此嗔痴,明日等我自家去罢。"甚至走出寇员外家,当八戒再次说起寇员外的饭菜,抱怨该多住几日的时候,唐僧还是余怒未消:"泼孽畜,又来抱怨了!常言道:'长安虽好,不是久恋之家。'待我们有缘拜了佛祖,取得真经,那时回转大唐,奏过主公,将那御厨里饭,凭你吃上几年,胀死你这孽畜,教你做个饱鬼!"翻遍整部《西游记》,唐僧说话这么粗鲁的,只有这么一次。

寇员外的好心,为什么会惹来这么一场不快?原因就在于寇员外不懂得恕道。

在中国的文化传统中,"恕道"和"忠道"是联系在一起的,这两点联系在一起,就是孔子特别重视,甚至将其视为本学派根本特征的"忠恕"。在《论语·里仁》篇,孔子对曾子说:"参乎!吾道一以贯之。"(曾参啊,我讲的道是由一个基本的思想贯彻始终的。)曾子的回答是:"唯。"(是。)孔子出门之后,门人就问:"何谓也?"(老师说的是什么意思?)曾子说:"夫子之道,忠恕而已矣。"(老师的道,就是忠恕罢了。)

那么,"忠"和"恕"又是什么意思呢?孔子自己做出了解答。所谓"忠"就是"己欲立而立人,己欲达而达人";所谓"恕",就是"己所不欲,勿施于人"。这二者,其实都是孔子所推崇的"仁者爱人""推己及人"的具体化,不过"忠"是就积极方向而言,"恕"是就消极方向而言。这里的"积极""消极"都是中性词。在这二者中,"恕"又是更基本的,用我们现代的话语来表述,就是它保证了我们不被强迫的自由,所以当子贡问孔子:"有一言而可以终身行之者乎?"孔子就做出了"其恕乎!己所不欲,勿施于人"的回答。

回过头来说寇员外。在"忠道"方面,寇员外是没问题的,他喜欢风光,所以也就竭力以最风光的方式款待唐僧师徒;但在"恕道"方面,他是大有问题的,因为他既然不愿意被别人强迫做自己不愿意做的事情,那么也就不应该勉强挽留唐僧,而应该在奉过一顿斋饭后,立刻就放唐僧前往他心心念念的灵山。

这世界上的许多事情都是这样,你捧出的是一颗好心,但收到的却可能是一个坏结果。油比水好,但按着牛头喝油,不如让它自己喝水。宝钗明明是个好姑娘,但被硬安排给宝玉,哪怕宝钗对宝玉再好,宝玉的感觉依然是"纵然是举案齐眉,到底意难平"。

不勉强别人,是对一个人好的最好方式,也是对对方的最大的尊重。

第九十七回

黑色幽默

天竺国的真实样子

这一回的内容紧承上一回的内容。说的是寇员外送别唐僧师徒时，因为露富，一群盗匪起了觊觎之心，当天晚上洗劫了寇家，还将前来阻拦的寇员外杀死。寇员外的妻子张氏，一来怨恨唐僧前日不肯接受自己斋僧的请求，二来觉得这场灾难是因为送唐僧而起的，所以就把仇恨都记在了唐僧师徒身上，到官府首告抢劫杀人的乃是唐僧师徒，于是官府就将唐僧师徒捉进牢狱。这当然难不倒悟空。他弄起神通，先是假冒寇员外的鬼魂到寇家让他们撤了诉状，而后又到官府装神弄鬼让他们速速释放唐僧，为了证明自己一行的清白，又到阴曹地府将寇员外带回阳间，让他自己将受害前后的原委向官府说明。一场官司完毕，唐僧师徒继续向着近在咫尺的灵山进发。

这一回我们要说的问题有两个：一是从这场官司看人性的弱点；

二是回答一个很多人心头的困惑——天竺国为什么是这个样子的？

我们先说第一个问题：从这场官司看人性的弱点。

这一回，是唐僧师徒登上灵山之前的最后一回。按照很多人的看法，这一回应该出现一个像样的大魔头才对，可是整回故事，全都是些人间百姓的鸡毛蒜皮之事，这哪里是《西游记》，简直就是"三言二拍"之《包公案》嘛。所以对于这一回，很多人的评价不高，甚至有人说，之所以如此，是作者写到这里，已经是江郎才尽——认为《西游记》从狮驼国的大鹏金翅雕以后，就再也没出现过一个像样的妖怪，而到了最后一回，连不像样的妖怪都找不出来了，只好拿人间的"女子与小人"来凑数。但我认为，这主要是我们习惯了《西游记》中妖魔鬼怪的打打杀杀而已。其实，作者之所以把"铜台府监禁"作为最后一集，还是有深意的。因为，尽管这个故事没有"大闹天宫"的惊心动魄，没有"女儿国"的活色生香，但若论其笔墨背后的深意，这个看似平淡庸常的故事，却又有以往那些神奇荒诞、光怪陆离的故事所没有的味道，即对世态人情之生动描摹。比如张穿针，她哪里有什么斋僧的真心？只不过凑热闹，满足自己的虚荣心而已。正因为如此，她一听说唐僧不愿接受她的供养，觉得对方不给自己面子，立刻就反转面皮，恼羞成怒。这张氏的行为，真的像她的名字：她的心胸，真的就只能穿得下一根针。张氏身上，还把人性中另一个常见的弱点"迁怒"表现得淋漓尽致。张氏本来清楚地看到是一伙明火执仗的强盗杀死了自己的丈夫，但为什么会红口白牙地诬陷说是唐僧师徒？就因为她存了一颗心，认定寇洪是送唐僧露了富才招致盗贼的觊觎，所以唐僧就应当为寇洪之死负责。透过《西游记》，我们自然能看出张氏逻辑的荒唐与混乱,但在现实生活中,有多少人能够像孔子盛赞的颜回那样,真正做到"不迁怒、不贰过"呢?

再比如,唐僧等人被铜台府的地方官捉到监狱中,悟空所做的,并不是在公堂之上与张穿针对质,辩明自己的无罪,而是暗地里施展手段,又是托梦,又是装神弄鬼,又是天上地下地显露神通,恐吓张氏母子与地方官员,以种种非正常的手段来打赢这本来理所应当打赢的官司。而最有意味的是悟空到地府的那一段文字。按照生死簿上的记载,那寇洪本该在六十四岁上命终,但因为悟空来找,阎王就赶忙拿出笔来,延了他一纪(十二年)的寿命,从作者的笔墨来看,作者认为这是理所当然的。难怪萨孟武先生读到这里,就忍不住感慨说,吾国旧时代法律之不能进步,人民权利之没有保护,由此就知道原因是出在哪里了——因为那时的人们,已经习非成是,把人情手段对法理的压制视为理所当然了。

再说第二个问题:天竺国为什么是这个样子。

我想,绝大多数读者在跟随唐僧师徒来到天竺国之前,恐怕都想不到作者会把天竺国写成这个样子。绝大多数读者,在读到唐僧四人在天竺国的一系列经历之后,恐怕都会对这个国度失望。其实,这种失望在我们展开阅读《西游记》的过程中恐怕就已经在滋长了。如果我们足够细心的话,会在阅读中感到一种迷惘。还记得当初如来说到传经的缘起时,在灵山对众人说的那一番话吗?他说:"我观四大部洲,众生善恶,各方不一:东胜神洲者,敬天礼地,心爽气平;北俱芦洲者,虽好杀生,只因糊口,性拙情疏,无多作践;我西牛贺洲者,不贪不杀,养气潜灵，虽无上真，人人固寿；但那南赡部洲者，贪淫乐祸，多杀多争，正所谓口舌凶场，是非恶海。"在如来的描述中，西牛贺洲真是一片令人梦寐以求的乐土。唐僧是由南赡部洲出发而到达西牛贺洲的。西牛贺洲与南赡部洲的地理分野，作品中并没有明确标出，但第一次提出已经到了西牛贺洲的是猪八戒所在的乌斯藏高老庄，我们暂且就把这个地方作为分野。而我们统计一下妖怪出现的数量就可以知道，《西游记》中的妖怪，特别是比较厉害的魔头，绝大多数的活动范围，正是在西牛贺洲，这个统计结果，和如来所标榜的"不贪不杀，养气潜灵，虽无上真，人人固寿"的西牛贺洲，怎么看都有很大的出入。

那么，前后的反差，是不是出于作者的失误呢？不是。仔细阅读《西游记》，我们有理由相信，这种落差感其实是作者有意传达给我们的。比如说，自从踏入天竺境内，唐僧就对所见到的一切似乎都有一种发自内心的敬意，时时充满赞叹，不过作者随即就用一种近乎"黑色幽默"的笔调写出，他所遇到和听到的许多事情，都似乎在时时告诉他，他的很多想法和现实都有一种微妙的"错位"。

接下来的问题就是，作者为什么要这样写？

答案是：我们不是作者，所以我们也不知道作者把天竺写成这个样子的真实的动机。我们只能站在今天的角度，试图去解释把天竺写成这个样子的可能的原因。

一个可能的原因是，《西游记》的作者是读过《大唐西域记》《大唐大慈恩寺三藏法师传》这样的历史文献的。在阅读这些文献的过程中，作者对真实的天竺是有一定的认识的。那个时代的天竺，本来就很混乱，小国林立，战争频仍，玄奘在天竺游历的过程中，不但遭受过强盗的抢劫，也曾经差点被当成祭祀的牺牲杀掉。作者只不过是想用文艺的笔墨，表达出他对那个时候的天竺的印象罢了。

还有一种可能是，作者之所以这样写，其根本原因就是作者在作品中一再强调的一个观点，即真正的灵山并不是在天竺国的某一个确切的地方，而是在我们的心头，用《西游记》里悟空对唐僧的话来说就是"佛在灵山莫远求，灵山只在汝心头。人人有个灵山塔，好向灵山塔下修""只要你见性志诚，念念回首处，即是灵山"。灵山究竟在什么地方并不重要，即使它坐落在粪壤之中，也不影响它的壮丽与威严。

我认为后一种解释，可能更符合作者的本意。

第九十八回

脱胎换骨

"无字真经"背后的禅机

这一回的故事发生在西行十五年的夏天。师徒四人离开铜台府,六七天后,唐僧师徒在跋山涉水、经历了无数艰难险阻后,终于踏上了灵山圣境。师徒四人在灵山一共停留了一天一夜。这一天一夜发生的事情主要有三件:唐僧本人的脱胎换骨,一行人拜见如来佛祖,"无字真经"事件。诸事完毕,唐僧师徒就打点行囊,告辞佛祖,准备回转大唐,弘扬佛法了。

这一回我们要说的问题有两个:一是《西游记》中如来传给唐僧的经典与历史上玄奘法师取回的佛经是否一致;二是解释一下"无字真经"背后的禅机。

我们先说第一个问题:《西游记》中如来传给唐僧的"三藏真经"。

关于《西游记》中"三藏真经"的说法,其实我们在讲到唐僧西天取经缘起的时候已经说过,所谓"《法》一藏,谈天;《论》一藏,说地;《经》一藏,度鬼。三藏共计三十五部,共一万五千一百四十四卷"的说法,是不对的。因为在这里再次出现,所以我们也就不得不再一次强调:按正确的说法,所谓"三藏",乃是"经""律""论",其中,"经"是佛祖自造,"律"是信徒修行的戒条,"论"是后代高僧大德的见解创造。而"三藏"共一万五千一百四十四的说法,也是不对的,这个数字完全出于作者的杜撰,其背后的逻辑是这样的:既然一藏经数是五千零四十八,三藏真经,自然就是一万五千一百四十四了。至于说三藏经典共有三十五部就更是不正确的了,佛教典籍浩如烟海,仅仅是《大正藏》就收录了佛经三千多部,更不要说还没有收录的了。《西游记》毕竟是小说,里面涉及的知识未必全部准确,这是读者在阅读作品的时候应该注意的。

至于《西游记》中说如来让阿傩、迦叶带着唐僧,从这一万五千一百四十四卷中挑了五千零四十八卷带回大唐,也是不对的。根据史料,玄奘法师从印度回来时,共带回梵文佛经五百二十六筴、六百五十七部。

再说第二个问题:无字真经背后的玄机。

在《西游记》中,要说最匪夷所思的一笔,恐怕就是唐僧师徒在历尽了千辛万苦之后终于面见如来,可是却被阿傩、迦叶为难的一幕了。阿傩、迦叶向唐僧索取所谓"人事",真的就是如同表面上我们所看到的那样公然索贿吗?假如是,灵山是何等的庄严澄澈之境,为什么会容许这种索取贿赂的事情发生?作者又是怎样一种心态,在取经行为就要完成的时候，忽然加上这样"佛头着粪"的一笔？如果这行为并不像表面那样简单，那么作者这样写的目的又是什么？再就是唐僧师徒第一次取到的，到底是如来说的"无字真经"，还是悟空说的，阿傩、迦叶索贿不成，拿来糊弄他们的一堆白纸？

正因为这一切都发生得太奇怪了，所以古往今来的评论者，都关心这个问题，并试图做出解答，而不同时代的不同解读者，对作者这种写法的态度，以及做出的解释是截然不同的。

先说如来放任阿傩、迦叶二位尊者索贿的问题。对于这个问题，最流行的解释有三种。第一种解释是《西游记》所以如此，是因为作者本来就对仙佛不那么敬重，这种不太敬重的态度，其实也不仅仅表现在如来放纵这二位尊者索贿这一处地方，比如作者以前就借悟空之口说出观音"该他一世无夫"，说如来是"妖精的外甥"，等等。第二种解释是作者之所以如此，主要还是出于对当时社会风俗的一种调侃：在中晚明商品经济的大潮中，一切都沾染上了商业的气息，世俗的欲念无所不在，就连西方世界也不能免俗，这样的描写，其实只是对于世情的一种调侃，和作者的宗教态度并无关系。第三种解释则显得更高深而富有宗教意味，认为阿傩、迦叶之所以如此，其真实的用意并不在于要什么好处，而是在敦促他们要真正地舍得与放下。这三种解释，都各有一番道理，我则更愿意相信第三种解释。唐僧师徒舍死忘生地西行，为了取经，更为了成正果，特别是唐僧与悟空，如来其实已经是允诺了他们成佛的。既然要成佛，就要看破放下。那么，他们怎么能够再贪恋凡间的东西呢？看看他们几个身上，还有什么是凡间的俗物？不就是唐王送的"紫金钵"吗？放弃紫金钵，就了却了尘缘。

两个尊者不过是找个理由，了却他们的尘缘罢了。

再就是阿傩、迦叶第一次传给唐僧师徒的，到底是"无字真经"，还是一堆白纸？

最简单的解释当然就是悟空对唐僧的解释：这一定是阿傩、迦叶那两个家伙向我们讨要好处，我们没给他们，所以才用这些无字的白纸来糊弄我们。但是，我认为这个看法可能是过于简单了。你想，取经行动是如来策划的，作为如来的亲传弟子，这两位尊者怎么敢在如来眼皮子底下做这个手脚，破坏如来的传经大业呢？所以，在我看来，所谓"无字真经"，本来就是一堆白纸，而所以有这样的笔墨，乃是作者深受禅宗"不立文字"的影响使然。

其实，在《西游记》中，有一处可以说是对这一点的最好参照。那是在第九十三回，当唐僧抱怨路途险峻的时候，悟空说，师父你把《心经》忘了吧。唐僧说，《心经》是我随身的衣钵，怎么会忘。悟空说，你只是会念，却不会解。唐僧说，那么你会解啰。悟空说，我会。唐僧听了，不再作声；八戒、沙僧则一起嘲笑悟空，说你会耍棍子罢了，哪里会解什么经。唐僧则在一旁说，八戒、沙僧你们别乱说，悟空解的是无言语文字，乃是真解。这是什么意思？就是说对佛法的理解，靠的并不是语言文字，而是心灵的领悟。既然解经不靠文字，那么真经自然也不必写在纸上。唐僧一行历经艰辛而百折不回，受尽诱惑而不为所动，这行动本身就说明了他们对佛法的领悟，在这个意义上，完成了西行，也就取得了"真经"。既然如此，为什么还要有那上万卷的"白本"呢？这就涉及一个更高深的佛学命题了，所谓"空有二俱非"，也就是真义既不在"空"，也不在"有"，而是在"空"与"有"之间：有白本，所以并非完全的"空"；本上空无一字，所以也非完全的"有"。作者这样写，是深得禅宗"不立文字"之真谛的，其用意，就如同那些禅门大师一样，留一个公案，让《西游记》的读者们仔细参酌。

说到这里，可能一些读者又会问了：既然白本这么好，那么为什么如来最终还是将有字的真经传给东土？原因很简单，就是如来所说的："东土众生愚迷，不识无字之经"，所以只好将那有字的真经传去。打一个比方来解释这个问题，二人之间交流的最高的境界就是"意会"，即"心有灵犀"，但在很多时候，假如还没有达到那样默契的心灵状态，必要的语言文字沟通还是必要的。这些话听起来有点绕，有点玄，不太好理解，但又确实很重要，所以在这里就不得不多啰唆几句。

第九十九回

九九归一

八十一难背后的秘密

　　这一回说的是唐僧师徒刚动身回转大唐,那些护法的揭谛、功曹、丁甲就将唐僧受难的簿子呈上观音。观音一数,只有八十难,距离九九八十一之数还差一难。观音吩咐金刚在通天河放下唐僧师徒,唐僧师徒在这里再次碰到了当年渡他们过河的老鼋。老鼋又一次担起了送唐僧师徒过河的任务。走到一半,老鼋问起当年托付唐僧到西天问佛祖自己何时能够脱去鳖壳得到人身的事情。唐僧早把这事忘得干干净净,老鼋一问,唐僧顿时语塞。老鼋很生气,将唐僧师徒与经书撇在水中,自己沉下水去。师徒四人爬上岸来,将经书在石头上晾晒,其中的《本行经》被石头粘住,造成了破损。三藏懊恼,悟空却笑道:"不在此!不在此!盖天地不全。这经原是全全的,今沾破了,乃是应不全之奥妙也,岂人力所能与耶!"

附近的陈家庄人看到唐僧师徒，纷纷前来，将唐僧师徒引入庄内，家家都要请他们用斋饭。唐僧师徒唯恐耽误了行程，当晚三更，悄悄地离了陈家庄，向大唐而去。

这一回我们要说的问题有两个：一是为什么唐僧必定要满九九八十一难，功德才算圆满；二是为什么悟空看到《佛本行经》被沾破，不但不懊恼，还说这是应天地不全之奥妙。

我们先说第一个问题。其实，无论古今中外，都存在着一些对于神秘数字的迷恋、崇拜或者忌讳。对于古人来说，一些数字，比如"三""六""九""十二"等，似乎都有着很神秘的意义。"八十一"也是这样的一个数字，而且它似乎也有很充分的理由值得人们崇拜和迷恋。我们知道，个位数中最大的数字就是九，八十一是由九个九叠加而成的，而叠加后的个位数又是一，重新回到了最小的数字，对于数学水平不高的古人来说，这简直是太神奇的一件事情了。正因为如此，它也就有了极强的象征意义，它可以用于演绎，象征极为繁复的事件，也可以用于归纳，象征极为繁复的事件最后归于一统的终结。

再说第二个问题：为什么经书沾破，悟空不但不懊恼，还说这是应天地不全之奥妙？

先说所谓"天地不全"。所谓"天地不全"的话，乃是悟空的原创。不过，这话虽出自悟空，却也有传统文化的背景。从中国的救世神话"女娲补天"来看，天地确实是不完全的。当年共工与颛顼争斗，共工失败了。一怒之下，以头撞不周之山，天柱折，地维绝。女娲炼五色石补苍天,断巨鳌足以立四极,经过一番整治,终于把天地搞定,但还是留下了后遗症,天有些向西北倾斜,大地有些向东南塌陷,因此太阳、月亮和众星辰都很自然地向西方运行,江河都往东南汇流。当然,天地本无所谓全或不全,所谓"天地不全",其实是人们思想观念的投射,人们在生活中发现,世上万物几乎没有尽善尽美、全然合乎人意的:收成有丰歉,人生有生死,身体有强弱,当人们想给这一切找到一个原型做出解释的时候,天地本身的阴晴冷暖、周流变化就成了最好的媒介。当人们把自身不完满的现实和天地宇宙的所谓不完满的本来面目联系在一起的时候,一切也似乎都显得顺理成章了。既然连天地都不完全,所以也就必须接受事物本身的不完美、不绝对。这种观念在中国的文学中有着非常普遍的体现。比如《红楼梦》中就没有一个完美无瑕的女孩儿,黛玉太瘦弱,宝钗微胖,湘云口吃;《水浒传》中也没有一个完美的好汉,武松戾气太重,林冲性格懦弱;而苏东坡的《水调歌头》中也说:"人有悲欢离合,月有阴晴圆缺,此事古难全。"

另外,还要特别说明一下,《佛本行经》并不是玄奘法师带回来的,这部经书早在隋朝就已完整传入中国,并由阇那崛多翻译为中文了,共六十卷。《西游记》说《佛本行经》被石头沾破,所以至今还是不完全的,并不准确,请大家一定要注意。

第一百回

人生真谛

《西游记》究竟告诉了我们什么？

《西游记》第一百回说的是唐僧师徒将真经带回大唐，受到唐太宗李世民以及长安百姓的热烈欢迎。唐僧向太宗约略叙述西行取经的经过后，又将所取来的真经以及沿路的官文印信呈上。太宗非常高兴，亲自撰写了《圣教序》赐给唐僧，并请唐僧到雁塔寺宣教。唐僧捧经卷登台，方欲宣讲，被八大金刚拦住，带着他师徒四人离开长安，径直来到灵山大雷音寺。功成受封，唐僧被封旃檀功德佛，悟空被封为斗战胜佛，八戒封为净坛使者，沙僧封为金身罗汉，白龙马封为八部天龙马。

一部《西游记》到此就结束了。

故事虽然结束了，但作品给我们留下的思考，却远远没有结束。

《西游记》写的自然是唐僧师徒四人历尽艰难险阻，跋山涉水，不远万里到西方求取真经的故事。这个故事的原型，是唐代高僧玄奘法师西行求法的真实经历。那么，《西游记》里的唐僧取经，和历史上真实的玄奘西行求法到底是不是一回事呢？当然不是。历史上真实的玄奘法师，他所求的真经非常明确，就是印度的梵文经典，真经取到了，任务就完成了，玄奘的心灵也就安宁了。但《西游记》里的真经，却并不是梵文经典这么简单。表面上看，唐僧师徒带回的是有字的真经，但是，正如作品一再强调的那样，唐僧师徒西行求法的意义，更在于那"无字真经"。那么这个"无字真经"到底是什么呢？可以说自从《西游记》产生，就有无数的人对这个问题进行思考，并给出了自己的回答。但在我看来，这个"真经"，就是它在至简的故事中所包含的文化信息，就是它在光怪陆离的表象下所折射出来的哲理意蕴，就是它在极其荒诞的形式下所包含的人生真谛——对绝对自由的向往、对自我实现的追求、为了实现目标而必需的动心忍性与自我完善，以及自我实现后心灵有所安放的完满与宁静。

　　在《西游记》中，我们读懂了什么叫"艰难困苦，玉汝于成"。"故天将降大任于是人也，必先苦其心志，劳其筋骨，饿其体肤，空乏其身，行拂乱其所为，所以动心忍性，曾益其所不能。"唐僧师徒从东土大唐出发，到西天取经成功，总共经历了九九八十一难，可以说是对《孟子》中这段话最生动的注脚。这九九八十一难，有的是因为气候环境的恶劣，有的是因为取经团体成员之间观念的差异，有的是因为当年的无心之失，有的是因为被沿路的妖魔垂涎……就其各自所包含的寓意而言，基本上把一个人在走向成功之路上所能遇到的种种灾难类型都概括了。唐僧师徒须经由这九九八十一难才能成功，正象征着人只有经历过种种的磨难，才能最终得到成功。而取经须经历十四年，也正象征着要想做成一件事情，并不能一蹴而就，而是要经过长期的坚持。

在《西游记》中，我们看到了团队的力量。我们还记得当唐僧在灵山被接引佛祖度脱时对三个徒弟连声道谢的时候，悟空说的话吗？悟空说不必，咱们相互扶持，两不相谢。师父亏了我们保护，才能到达灵山，脱却凡胎；我们也亏师父解脱，借门路修行，才能终成正果。悟空的话，用我们今天的话来说就是"合作共赢"——而合作共赢，正是一切团队能够存在的最重要的理由。师徒四人各有优点，也各有缺陷。但只要这个团队有着共同的目标，有着足够的包容性，分工协作，取长补短，就有可能做出一番惊天动地的事业，而一旦整个团队的大愿景实现了，个体的小愿景也就能得到实现。

在《西游记》中，我们看到了信仰与责任的力量。这一点主要是通过唐僧这个人物形象体现出来的。和历史上勇毅果敢、无所畏惧的玄奘法师相比，《西游记》里的唐僧给我们留下的印象似乎是太软弱了。在西行路上，每当遇到高山大川，可能有妖魔的地方，唐僧都是忧心忡忡的；妖怪出现，他的第一反应基本上就是手足瘫软，魂飞魄散地摔下马来。但从另一个方面，我们却也可以说，唐僧实在是这个团体中意志最坚定顽强的一个。悟空是无所畏惧的，但他的无所畏惧是有条件的，他有金刚不坏之身，他有七十二般变化，他有如意金箍棒，他还有筋斗云。八戒、沙僧虽然没有悟空那么大的本事，但也有一身足以自保的本领。唐僧有什么？除了一具令妖怪垂涎的肉身，他一无所有。但就凭这一具肉身，他就敢向着茫茫的西方，义无反顾地出发。这份大勇猛、大刚毅，值得所有的人为之顶礼赞叹。

在《西游记》中，我们看到了对人生意义的探寻与思考。这一点主要是通过悟空这个形象体现出来的。《西游记》的主人公自然是悟空。一部《西游记》不是从唐僧写起，而是从悟空出世写起，就点明了悟空在这部作品中的无上位置。在整部《西游记》中，我们看悟空的行为，其实都贯穿着一个思想，那就是对人生意义的探寻。正如张文江先生在《西游记讲记》中所说的，人其实都有一个盲目的大志，盲目地有一个东西要做。要把这个东西点死掉，再出来一个东西，再点死掉，再出来一个东西……最后把自己的想法弄明白了，这就是明心见性。孙悟空就是这样。从天产石猴到美猴王，从弼马温到齐天大圣，从孙行者到斗战胜佛，他的经历，完美演绎了冯友兰所谓从"自然境界"到"功利境界"，再到"道德境界"与"天地境界"的生命历程，他终于从浑浑噩噩达到了对生命的彻底觉悟。从无知的懵懂开始，到追求自我欲望的满足，再到追求道德的完善，最后达到对宇宙人生的大彻大悟。用有"日本经营之神"之称的稻盛和夫的话来说就是："我们降临俗世，经受各种风浪的冲击，尝尽人间的苦乐，或幸福或悲伤，一直到呼吸停止之前，我们都不懈地、顽强地努力奋斗。这个人生的过程本身，就像磨炼灵魂的砂纸，人们在磨炼中提升心性，涵养精神，带着比降生时更高层次的灵魂离开人世。我认为这就是人生的目的，除此之外，人生再无别的目的。"

当然，你还可以为这个"真经"做你自己的注解。因为很简单，只要你不是浑浑噩噩、醉生梦死，而是有所希冀、有所追求的话，那么你的心头也有一座"灵山"，而你的人生，在某种程度上也是一部活的"西游记"。由梦想与磨难交织成的每一首乐章，在细节处都会有所不同。